W0381049

Über das Buch

Die authentischen Kriminalfälle dieses Buches haben einen gemeinsamen Hintergrund: Sie ereigneten sich in der DDR. Packend schildert Girod die Ermittlungsarbeit der Polizei, richtet sein Augenmerk auf gerichtsmedizinische und kriminaltechnische Erkenntnisse und stellt Tathergang und Täterspsychogramme dar. In der vorliegenden Sammlung finden sich die interessantesten und aufschlussreichsten Fälle aus seinen Erfolgsbüchern »Der Kannibale«, »Blutspuren«, »Das Skelett im Wald« und »Der Polizistenmord von Gera«.

Über den Autor

Hans Girod, Jahrgang 1937, promovierte 1975 zum Dr. jur. und wurde 1983 habilitiert. Bis 1994 war er als Hochschuldozent für Spezielle Kriminalistik an der Humboldt-Universität Berlin tätig. Seine Arbeitsgebiete: Sexual- und Gewaltdelikte, insbesondere Tötungsfälle, Identifizierung unbekannter Toter und interdisziplinäre Probleme der somatischen Rechtsmedizin und forensischen Psychiatrie. Neben Fachbüchern veröffentlichte er mehrere Sammlungen mit authentischen Kriminalfällen. Hans Girod lebt heute im niederbayrischen Landshut.

Hans Girod

Im Blutrausch

Spektakuläre Kriminalfälle

Das Neue Berlin

Inhalt

Vorbemerkung

Die Kriminalstatistik der DDR registrierte über Jahrzehnte gleichbleibend ein Tötungsverbrechen auf 100 000 Einwohner pro Jahr. In der gleichen Zeitspanne stieg die Häufigkeit dieser Deliktgruppe in der Bundesrepublik auf das Fünffache. Nach dem Untergang der DDR ist in den neuen Bundesländern auch diese Größe inzwischen überschritten. Im internationalen Vergleich schnitt die DDR mit ihrem geringen Anteil an Tötungsdelikten sehr günstig ab. Man vermutet richtig, dass sich das Gesamtbild der Kriminalität in der DDR sowohl quantitativ als auch qualitativ von dem in der Bundesrepublik erheblich unterschied. So entfielen in den sechziger und siebziger Jahren in der DDR durchschnittlich 750 Straftaten auf 100 000 Einwohner, während in der Bundesrepublik der Anteil bereits 6200 und in Westberlin sogar 12 000 betrug.

Dafür gab es verschiedene Gründe: Der Ehrgeiz der SED und der DDR-Regierung lag darin, nachzuweisen, dass die Kriminalitätsbelastung ständig abnahm. Zentralistische Verwaltungsstrukturen, harte Strafen, nahezu perfekte Personenkontrollen, ein ausgefeiltes polizeiliches Meldesystem und geschlossene Grenzen führten über die Jahre in der Tat zu einem Rückgang der Kriminalität, selbst wenn statistische Angaben – wie allenthalben üblich – gelegentlich durch ausgeklügelte Zuordnungen verfälscht wurden.

Für das internationale Verbrechen blieb die DDR wenig attraktiv. Ganze Deliktgruppen der organisierten Kriminalität wie Drogenhandel oder Entführungen, deren beängstigendes Ausmaß heute bereits eine ernste Gefahr für die Gesellschaft bedeutet, fehlten deshalb im Kriminalitätsbild der DDR.

Bestimmte Formen häufig auftretender Delikte mit geringem Schaden wurden Verfehlungen genannt. Sie waren keine Straftaten und blieben daher außerhalb der Kriminalstatistik. Verfehlungen wurden, wie im Falle kleiner Ladendiebstähle, durch die, wie es in der entsprechenden Verordnung hieß, »leitenden Mitarbeiter der Verkaufseinrichtungen« selbst geahndet oder es entschieden über sie die sogenannten gesellschaftlichen Gerichte.

Die geringe Kriminalitätsbelastung erklärt sich aber auch aus dem humanistischen Anspruch der DDR, die Kriminalität schrittweise aus dem Leben der Gesellschaft zu verdrängen, der – wenn er auch letztlich eine Vision bleiben musste – immerhin vielfältige, ehrliche Bemühungen hervorbrachte.

Schließlich wurden mit der Ablösung des seit 1871 in Deutschland gültigen Strafgesetzbuches durch das 1968 in Kraft getretene sozialistische Strafgesetzbuch der DDR andere, gemeinhin traditionell eigenständige Tatbestände, wie z. B. die Prostitution oder die Kindestötung, die nicht in das Bild der sozialistischen Menschengemeinschaft passten, aus ideologischen Gründen kurzerhand dadurch kaschiert, dass man sie in anderen, unverfänglichen Tatbeständen wie asoziale Lebensweise oder Totschlag untergehen ließ. Systemtypische Delikte, die vorrangig den Schutz der Staatsordnung und der Wirtschaft betrafen, auf die die sozialistische Rechtsordnung besonders empfindlich reagierte, bereicherten hingegen das Strafgesetzbuch.

Der inoffizielle Grundsatz der SED-Führung »Erst politisch entscheiden, dann rechtlich würdigen«, führte in den Rechtswissenschaften, aber auch in der Rechtspraxis dazu, dass ihnen mitunter konstruierte Theorieinstrumentarien aufgezwungen wurden, um die jeweils aktuelle Rechtspolitik der SED zu rechtfertigen und wissenschaftlich zu bestätigen.

Solange sich die Kriminalitätsanalyse auf die Beschreibung und Erklärung von Verbrechen im kapitalistischen Gesellschaftssystem beschränkte, wurden umfangreichen Veröffentlichungen keine Hindernisse in den Weg gelegt. Mehr oder weniger leidenschaftlich, meist aber selbstgefällig, wurde aus dem von Marx und Engels postulierten unauflöslichen Widerspruch zwischen gesellschaftlicher Arbeit und privater Aneignung abgeleitet, dass die Kriminalität dem Kapitalismus eigen ist und schließlich zu seinem Untergang beiträgt. Dem Sozialismus hingegen ist sie wesensfremd, besitzt keine Basis mehr und wird bald aus dem Leben der Gesellschaft verbannt sein.

Wenn der erste Teil dieser These auch zutreffen mag, so blieb der zweite Teil ein irreales Wunschdenken und verbaute schon deshalb ernsthafte theoretische Auseinandersetzungen, weil die Frage nach den eigenen Widersprüchen im Sozialismus, z.B. wenn der Mensch als Miteigentümer des gesellschaftlichen Vermögens sich dennoch daran vergeht, letztlich unbeantwortet bleiben musste.

Obwohl das phänomenologische Bild und die strafrechtlichen Tatbestände der sogenannten allgemeinen Kriminalität in der DDR und die meisten kriminologischen Ergebnisse mit denen der alten Bundesrepublik in vieler Hinsicht vergleichbar waren, blieben die Deutungsversuche über die Ursachen der Kriminalität im Sozialismus wegen der fehlerhaften Prämisse, dass der Mensch bald frei von Egoismus und Habgier sei und sich ausschließlich in der Arbeit und zum Wohle des Gemeinwesens verwirklicht, nur Worthülsen einer hilflosen politischen und ideologischen Argumentation.

So gab es keinen öffentlichen Platz für die wissenschaftliche Erörterung besonderer Wirkungsmechanismen krimineller Erscheinungsformen in der DDR, wenn man von den vollmundigen Schuldzuweisungen absieht, die alle Ursachen dem unerwünschten Kriminalitätsimport aus dem Kapitalismus anlasteten.

Die Kriminalistik indes, die sich mit der Untersuchungsmethodik konkreter Straftaten befasst und die um ihren eigenen wissenschaftlichen Gegenstand, insbesondere als Universitätsdisziplin bemüht war, behielt daher immer eine freundlich-kühle Distanz zur Kriminologie in der DDR. Und in der täglichen Wirklichkeit der Kriminalpolizei ließ sich aus den gespreizten kriminologischen Theorien ohnehin kaum ein praktischer Nutzen ziehen.

Der kriminalistische Untersuchungsalltag in der DDR unterschied sich in der Taktik, Methodik und Spurenkunde kaum von dem in der Bundesrepublik. Allerdings vollzog er sich unter anderen Rahmenbedingungen:

So war die Volkspolizei militärisch strukturiert. Zwar bestanden Kommissariate und Dezernate, doch in ihnen arbeiteten »Kommissare« mit militärischen Dienstgraden. Die Volkspolizei zählte als wichtiger Bestandteil der Landesverteidigung zum System der sogenannten bewaffneten Organe.

Die Kriminalpolizei besaß als »Untersuchungsorgan« strafprozessrechtliche Kompetenzen, die sie von denen der übrigen Polizei schärfer abgrenzten als in den alten Bundesländern. Auch ihre relativ gute personelle Situation wirkte sich positiv auf die Ermittlungsqualität aus. War ein Untersuchungsführer in der DDR mit der gleichzeitigen Bearbeitung von maximal dreißig Verfahren ausgelastet, so hatte sein westdeutscher Kollege bereits mehr als einhundert zu bewältigen.

Schließlich wurden bestimmte höhere Leitungspositionen in der Volkspolizei inoffiziell durch MfS-Offiziere (sogenannte OiBE, Offiziere im besonderen Einsatz) besetzt.

Unter diesen Bedingungen, die sich, wie in anderen Bereichen auch, schließlich durch einen mächtigen politisch-ideologischen Indoktrinationsapparat in Form der Politabteilungen ergänzen ließen, wurde die eigentliche kriminalistische Arbeit geleistet.

Was die schnelle und umfassende Aufklärung von Tötungsstraftaten in der DDR betraf, mangelte es gewiss nicht an der erforderlichen Sachkunde und Ernsthaftigkeit. Gut ausgebildete Morduntersuchungskommissionen (MUK) in jedem Bezirk, deren Leiter in der Regel über ein kriminalistisches Universitätsdiplom verfügten, ein vorbildliches Netz gerichtsärztlicher Versorgung, günstige gesetzliche Voraussetzungen für die ärztliche Leichenschau, aber auch für die Leichenöffnung, insbesondere die sogenannte Verwaltungssektion, und die Nutzung der naturwissenschaftlichen und technischen Erkenntnismöglichkeiten der Kriminalistik für die Untersuchung von Gewaltdelikten sicherten der Justiz Aufklärungsquoten, die im internationalen Vergleich der DDR durchaus vorderste Plätze sicherten.

Der Mord zählte auch in der DDR zu den Delikten mit der höchsten Gesellschaftsgefährlichkeit und wurde in der Regel mit lebenslänglicher Freiheitsstrafe, bis in die siebziger Jahre nicht selten sogar mit dem Tode bestraft.

Seit der Herausbildung der forensischen Wissenschaften haben sich die Fachleute, auch in der DDR, ernsthaft darum bemüht, das Phänomen der Gewalt gegen die körperliche und sexuelle Integrität des Menschen zu untersuchen und vom scheinbar entwicklungsbedingt Tierischen in uns abzugrenzen.

Immer mehr sind wir heute genötigt, uns mit der Gewalt auseinanderzusetzen. Infolge seiner ethischen, moralischen und sozialen Entwicklung hat der Mensch gelernt, sein Gewaltpotential zu zügeln. Doch gibt es vielfältige Umstände, es freizusetzen. Dann brechen sich spezielle Mechanismen ihre Bahn, die den ursprünglichen Gedanken an Gewalt in die Realität der Tötung überführen. Es sind komplizierte psychische, soziale, medizinisch erklärbare, gefühlsmäßig fassbare, gerechtfertigte und ungerechtfertigte, aber auch für immer verborgene Faktoren. Sie vereinen sich mit der seit der jüngeren Steinzeit vorhandenen, unveränderten Triebausstattung des Menschen, bei dem sich im Unterschied zur Tierwelt zum Erhaltungstrieb Mordlust, Habgier und andere, den Tieren fremde, niedere Beweggründe zu gesellen scheinen.

Zwischen Täter und Opfer baut sich vielfach eine bizarre Realität auf, die selbst ein Fachmann meist nur unvollkommen zu erkennen und zu beurteilen vermag. Zu welchen Mitteln im Einzelfall auch gegriffen wird, welche Beweggründe und Anlässe ihm zugrunde liegen, immer stehen die Schicksale von Täter und Opfer gleichermaßen für die extremsten Varianten zwischenmenschlicher Konfliktlösung.

Oft tut sich ein scheinbar unentwirrbares Ursachengeflecht auf, dessen Hintergründe zerstörerische Umwelteinflüsse, zerrüttete Sozialbindungen, unbefriedigtes und ungesteuertes Trieberleben, aber auch zunehmende Verzweiflung und Angst sind und die der unheilvollen Aggression oft schon bei geringsten Anlässen zum Durchbruch verhelfen.

So handelt der Durchschnittstäter aus oftmals banaler Situation heraus plötzlich, im Affekt und enthemmt durch Alkohol oder andere Sucht- und Betäubungsmittel. Gekränkte Eitelkeit, Hass, Wut, Habgier, Egoismus und ungezügelter Sexualtrieb sind dabei die mobilisierenden Elemente. Das Opfer stammt dann meist aus dem näheren sozialen Umfeld. Dreiviertel aller Tötungsdelikte in der DDR – wie auch weltweit – lassen sich in dieses Schubfach legen.

Nur ein knappes Drittel der Täter hat die Tat mehr oder weniger langfristig vorbedacht, nicht wenige unter ihnen mit teuflischer Abgebrühtheit. Ihr ganzes Denken verläuft in einer einzigen Richtung: Die Tötung wird als ausschließliche Lösung erwogen.

Andere Täter kalkulieren den Tod des Opfers als mögliche Folge ein, etwa, wenn der Räuber das niedergeschlagene, bewusstlose Opfer ins Wasser stößt und es kaltblütig seinem Schicksal überlässt.

Nach dem Verbrechen fühlt sich jeder Täter alsbald in einer fatalen Schlinge, aus der er sich nicht mehr befreien kann. Die Tat lässt sich nicht ungeschehen machen, woraus neue, vorher nicht kalkulierbare Reaktionen erwachsen. Oft unternimmt er Rettungs- und Wiederbelebungsversuche, die Ausdruck eines nicht selten unbeschreiblichen Entsetzens über sich selbst sind. Manch einer unternimmt den Versuch, seinem eigenen Leben ebenfalls ein Ende zu setzen, oder aber er ist wie gelähmt, verbleibt am Tatort, bis die Polizei ihn festnimmt. Schuldgefühle und Bestürzung, häufiger aber die Angst vor gesellschaftlicher Sühne, veranlassen manche Täter auch, sich der Polizei zu stellen.

Mitunter setzen sich jedoch die destruktiven Kräfte im Täter fort. Die Furcht vor Entdeckung paart sich mit eiskalter Berechnung der Folgen. Daraus erwachsen neue Triebkräfte: Spuren werden beseitigt, falsche Fährten gelegt. Die Tat wird mehr oder minder geschickt verschleiert. Der Täter verschwindet im Hintergrund. Der Drang, die eigene Person zu schützen und nichts preiszugeben, kann die Untersuchungshaft überdauern. Eine Verurteilung erfolgt dann mitunter ohne Geständnis. Nicht selten wird bei der Bewertung der Beweismittel, die der Polizei zur Verfügung stehen, das erlahmte Verteidigungsverhalten erneuert und ein bereits abgelegtes Geständnis vor Gericht widerrufen.

Die drohende Todesstrafe, die in vielen Ländern immer noch als Höchststrafe ausgesprochen wird, zumindest die Erwartung einer langen Haftstrafe, erzeugen zuweilen erstaunliche Widerstandskräfte, die Polizei, Staatsanwalt oder Gericht mit den im Strafprozessrecht zugelassenen Mitteln oft nicht brechen können.

Im Grunde sind die meisten Täter lediglich bestrebt, nicht als Verdächtige in das Netz polizeilicher Ermittlungen zu geraten. Deshalb bemühen sie sich, die Tat gänzlich oder teilweise zu verschleiern. Je nach dem Grad ihrer Intelligenz, den zeitlichen und örtlichen Bedingungen, unter denen solche Verschleierungen stattfinden müssen, aber auch ihrer aktuellen psychischen Belastbarkeit erlangen solche Kaschierungen unterschiedliche Qualität. Sie reichen von einfachen ablenkenden Spurenveränderungen über die Vortäuschung eines tödlichen Unfalls, einer Selbsttötung oder gar eines natürlichen Todes bis zur restlosen Beseitigung des Opfers. Ihrem Ergebnis steht die moderne Kriminalistik mit dem entsprechenden taktischen und naturwissenschaftlich-technischen Potential gegenüber, die, wenn sie zum Einsatz kommt, mit bestechender Sicherheit in den spurenkundlichen Mikrokosmos der Tat vorzudringen vermag, der weit außerhalb dessen liegt, was ein Täter sich vorstellen kann.

Gerade die letztgenannte Kategorie von Fällen stellte auch in der DDR die eigentliche Herausforderung für Kriminalisten und Gerichtsmediziner dar. Zusammen mit Partnern anderer forensischer Disziplinen waren sie, sehr oft erfolgreich, zuweilen auch mit in die Irre führender politischer und ideologischer Orientierung bemüht, die Opfer zu identifizieren, die Täter zu ermitteln und zu überführen sowie die facettenreichen Tatabläufe, Verhaltensweisen und Beweggründe auszuleuchten.

Das vorliegende Buch widmet sich authentischen Mordfällen, die sich in der DDR zugetragen haben.

Die Notwendigkeit, persönliche Daten und die Intimsphäre der Täter, Opfer und Zeugen zu schützen, begründet, dass vor allem die Namen der Beteiligten und, wo es geraten erschien, die auch Handlungsorte verändert, bestimmte Handlungsabläufe gestrafft oder auf das kriminologisch Typische konzentriert wurden.

Die agierenden Kriminalisten, Gutachter und höheren Polizeioffiziere sind keine erfundenen Figuren, vereinen in sich mitunter jedoch mehrere Persönlichkeiten, die mit dem jeweiligen Fall zu tun hatten. Die für eine plastische Darstellung der Berichte notwendigen Dialoge sind zumeist rekonstruiert oder nachempfunden, bleiben aber stets sach- und persönlichkeitsbezogen und dienen der Charakterisierung der jeweilig beschriebenen Situation.

Der Würger von Plauen

Aktenzeichen 3 BS 14/87-131-132.87
Bezirksstaatsanwalt Karl-Marx-Stadt

Am 25. Juni 1982 meldet sich gegen 1.00 Uhr die neunzehnjährige Abiturientin Corinna Kiefer beim Kriminaldienst des VPKA Plauen zur Erstattung einer Anzeige.

Ihr Zustand lässt Schreckliches vermuten: Struppiges blondes Haar, Gesicht, Hände und Rückenpartie des geblümten Kleides voller Schmutz, im vorderen Halsbereich rot verfärbte, deutliche Würgemale.

Tränenüberströmt und angstschlotternd stammelt sie, vor einer knappen Stunde im August-Bebel-Hain von einem Unbekannten überfallen, bis zur Bewusstlosigkeit gewürgt und beraubt worden zu sein. Der Mann sei wie eine Schleichkatze plötzlich aus der Deckung eines Gebüsches hervorgesprungen, habe sie von hinten gepackt, blitzschnell zu Boden gerissen und ins Dickicht gezerrt. Er sei dann über sie gestiegen, hätte sich auf ihre Arme gekniet, sie auf diese Weise am Erdboden fixiert und sein Gesicht ganz an das ihre gedrückt, dass sie seinen gehetzten, heftigen Atem wahrnehmen konnte. Dann habe er sie mit beiden Händen kräftig gewürgt. Ihr war so, als hätte der Unbekannte Gummihandschuhe getragen, denn sie habe den Gummi gerochen. Überdies hätten starke Schmerzen, Atemnot und Lebensangst sie völlig wehrlos gemacht.

Durch den brutalen Würgeakt sei sie ohnmächtig geworden. Ihrer Einschätzung nach müsse sie einige Minuten bewusstlos gewesen sein. Wieder zu sich gekommen, habe sie rücklings auf dem Erdreich zwischen den Sträuchern gelegen. Der Unbekannte wäre unterdessen längst verschwunden.

Ihr erster Gedanke war, im Zustand der Willenlosigkeit womöglich vergewaltigt worden zu sein. Nach Überprüfung ihres Körpers glaube sie dies aber nicht. Hingegen sei ihr aufgefallen, dass die beiden Goldringe von ihrer Hand, die Brille, das Scheckheft und die Geldbörse mit etwas Kleingeld fehlen. Und was den Unbekannten betrifft? Leider, der ließe sich nur ziemlich unzureichend beschreiben, aber er sei groß und kräftig, könnte womöglich schulterlanges Haar tragen und völlig schwarz gekleidet gewesen sein. Er habe die ganze Zeit kein Wort gesprochen und sein Gesicht immer von ihr abgewendet.

Der Diensthabende, Kriminalmeister Lothar Griesbauer (28), ein stattlicher Jung-Siegfried-Typ mit freundlichen Augen, der normalerweise im Kommissariat 3 arbeitet, um Einbrecher, Diebe und Hehler zu verfolgen, leitet noch vor der förmlichen Anzeigenaufnahme die notwendigen polizeilichen Maßnahmen ein: Sofortmeldung absetzen, Fahndung nach dem unbekannten Täter auslösen, die Sperrung des entwendeten Scheckhefts veranlassen. Zudem wird die Schülerin ärztlich untersucht. Und tatsächlich: Die Spuren am Hals sind Relikte eines massiven Würgevorgangs, der glücklicherweise nicht zum Bruch des Zungenbeins oder Kehlkopfskeletts führte. Auch die Vermutung, eine sexuelle Manipulation oder gar ein Geschlechtsverkehr könnte ausgeschlossen werden, wird durch die ärztlichen Befunde bestätigt.

Dann lässt sich Griesbauer von der Schülerin den Ort des Überfalls zeigen. Er liegt inmitten des August-Bebel-Hains zwischen einer dichten Gebüschgruppe linksseitig des vom Bezirkskrankenhaus stadteinwärts führenden, die Parkanlage durchquerenden Verbindungsweges. Doch die spurenkundliche Ausbeute einer bloßen Inaugenscheinnahme ist logischerweise mager. Zwar sind die Schleifspuren vom Weg bis in das Buschwerk ebenso deutlich zu erkennen wie die Stelle, an der Corinna Kiefer rücklings auf dem Erdreich gelegen haben muss, doch werden keine Schuhabdruckspuren des Täters gefunden, anhand derer Schuhgröße und -art sowie ein individuelles Sohlenprofil hätten bestimmt werden können. Eine weitere kriminaltechnische Untersuchung des Tatorts unterbleibt. Zumindest aber bestätigen sich die Angaben des Mädchens …

Wochenlange Ermittlungen in dieser Sache führen aber keinen Schritt weiter. Zu vage sind die Angaben zum Täter, der überdies auch keinerlei Bemühungen zeigt, die geraubten Sparkassenschecks in bare Münze einzulösen.

Wahrscheinlich wäre der Vorgang bald eingestellt worden, wenn nicht am 11. August 1982 – also knapp zwei Monate nach dem Überfall – die neunzehnjährige Schwesternschülerin Evelin Rabel einen ähnlichen Überfall angezeigt hätte. Sie kam gerade vom Spätdienst im Bezirkskrankenhaus, nahm ihren gewohnten Weg nach Hause stadteinwärts durch den August-Bebel-Hain, als sie plötzlich hinterrücks von einem Unbekannten angefallen, bis zur Ohnmacht gewürgt, hinter einem Gebüsch abgelegt und ihrer Armbanduhr sowie eines Täschchens mit Kosmetika beraubt wurde. Auch sie kann den Räuber nur unzureichend beschreiben. Ihr fiel jedoch auf, dass er mit einer rot-weiß gestreiften Strickjacke bekleidet war, Gummihandschuhe trug, kein Wort sprach und sich bemühte, sein Gesicht zu verbergen.

Aus den spärlichen Informationen »groß, sportlich, stark, schulterlange Haare, vermutlich Träger eines Oberlippenbärtchens« fertigt die Polizei ein Phantombild, das in der örtlichen Presse veröffentlicht wird. Doch der Fahndungsaufruf verfehlt seine angestrebte Wirkung. Stattdessen breiten sich Unruhe und Angst in der Bevölkerung aus.

Die allgemeine Verdrossenheit in der ansonsten von schwerer Kriminalität verschonten Vogtländischen Kreisstadt sorgt für eine gereizte Stimmung. Sachdienliche Hinweise gehen bei der Kripo indes nicht ein. Vier Tage später, in der Nacht vom 13. zum 14. August 1982, schlägt der Unbekannte in nur kurzem zeitlichen Abstand gleich zweimal zu: Die vierundzwanzigjährige Textilfacharbeiterin Sabine Huth wird in der Nähe der Streichhölzerbrücke auf gleiche Weise wie die anderen beiden Frauen überfallen und ihres Einkaufsbeutels beraubt. Fast eine Stunde lang ist sie bewusstlos. Noch in der gleichen Nacht gerät auch die zweiundzwanzigjährige Verkäuferin Martina Hermann auf ihrem Heimweg am Rinnelberg in die Fänge des Unholds, kann sich aber von ihm losreißen und flüchten.

Die Nachricht von der nächtlichen Aktivität des würgenden Räubers verbreitet sich am nächsten Tag in der Stadt wie ein Buschfeuer. Die SED-Bezirksleitung reagiert höchst verstimmt und schlussfolgert klassenkämpferisch, dass ein solcher Täter großen ideologischen Schaden anrichtet, indem er die durch vielfältige Versorgungsengpässe ohnehin erschwerte Lage im Lande zusätzlich vermiest. Deshalb sorgt sie dafür, notwendige Presseinformationen über den Würger tunlichst zurückzuhalten, um eine weitere Beunruhigung der Bürger zu vermeiden. Doch das Gegenteil tritt ein: Spekulationen und Verunsicherung schießen nun erst recht ins Kraut. So gesellt sich zur allgemeinen wirtschaftlichen Unzufriedenheit der Bevölkerung die Angst um Leib und Leben. Hinter vorgehaltener Hand ist aber auch die vermeintliche Unfähigkeit der Polizei allgemeines Stadtgespräch.

Tatsächlich aber ist der polizeiliche Aufklärungswille längst mobilisiert. Allerdings: in derlei Fällen besteht das kriminalistische Dilemma darin, dass Serientäter regelmäßig erst dann erkannt werden können, wenn mehrere vergleichbare Fälle vorliegen. Die Tatanalysen der bisherigen Delikte weisen nun sicher auf gleichartige Begehungsweisen und Tätermerkmale hin und lassen somit einen gefährlichen Serientäter vermuten. Für den Leiter des VP-Kreisamts liegen damit die administrativen Voraussetzungen vor, einen sogenannten Brennpunktbefehl zu erlassen. Ergebnis: Aus Mitarbeitern verschiedener Sachgebiete wird eine stabsmäßig geführte Sonderkommission »Würger« gebildet.

Da die vier Überfälle jeweils um Mitternacht verübt wurden, die Tatzeiten aber keinen Aufschluss über die Präferenz bestimmter Wochentage erlauben, werden die üblichen Ermittlungen der Einsatzgruppe von zeitlich unregelmäßigen, verdeckten, nächtlichen Observationen im weiträumigen Territorium des Plauener Südostens begleitet. Zivile Polizistinnen flanieren in den Nachtstunden durch das industriereiche Stadtgebiet mit seinen Kleingärten und Parkanlagen. Andernorts lauern in unauffälligen Baubuden, geparkten Fahrzeugen oder Häusernischen Dutzende von

Gesetzeshütern, um den Würger auf frischer Tat zu schnappen. Doch eine Nacht nach der anderen vergeht ohne einen Fahndungserfolg. Lediglich einige harmlose männliche Nachtschwärmer, die sich »im Operationsgebiet aufhalten«, werden vorübergehend Opfer polizeilicher Neugierde.

Am späten Donnerstagabend des 2. Septembers 1982 – für diese Nacht ist zufällig keine Observation geplant – wird bei der Polizei ein weiterer Überfall gemeldet. Ein Unbekannter beraubt gegen 22.00 Uhr an der Verbindungstreppe der Trögerstraße zum Rinnelberg die einundvierzigjährige Sekretärin Steffi Lange, nachdem er sie durch rabiates Würgen außer Gefecht gesetzt hat.

Kein Zweifel, der Würger hat wieder zugeschlagen, denn alle bisher festgestellten Tatmerkmale treffen auf ihn zu. Diesmal aber besteht seine Beute nur aus einer simplen textilen Einkaufstasche mit wertlosen persönlichen Sachen, darunter ein Passbild des Opfers. Aber auch ein weiteres Merkmal lässt der Vorfall erkennen: Der Würger führt seine Überfälle auch vor Mitternacht durch. Fazit: Taktischen Regeln zufolge müssten die heimlichen Beobachtungen zeitlich erweitert werden und von nun an auch die Stunden vor Mitternacht erfassen. Doch Observationen dieses Ausmaßes sind personalintensiv und zeitaufwendig und stehen zumeist in einem ungesunden Aufwand-Nutzen-Verhältnis. Zehn Tage später finden deshalb die nächtlichen Laueraktionen nur noch gelegentlich, mit weniger Einsatzkräften und zeitlich reduziert statt.

Dann, am Abend des 19. Septembers 1982 – zufällig hat Kriminalmeister Griesbauer sonntäglichen Kriminaldienst – wird ein weiterer Fall des Würgers bekannt: Die siebzehnjährige Schülerin Karin Linkhorst wurde auf ihrem Heimweg in der Nähe des August-Bebel-Hains überfallen, ins Gebüsch gezerrt, bis zur Bewusstlosigkeit gewürgt und ihrer Cordtasche beraubt, in der sich lediglich Kosmetika, Ausweise, Schlüssel und Kleingeld befanden. Nun ist sie mit ihrem Vater auf dem VPKA erschienen, um den Vorfall anzuzeigen. Griesbauer lässt sich den Tatort zeigen und sucht minutenlang ergebnislos nach Schuheindruckspuren und verdächtigen Gegenständen. Resigniert übergibt er beim morgendlichen Rapport Anzeige und Besichtigungsprotokoll dem Leiter der Einsatzgruppe »Würger«, den der Neuanfall verständlicherweise keineswegs entzückt.

Die Ermittler treten auf der Stelle. Zwar gehen ständig neue Hinweise ein, werden andere Straftaten aufgedeckt, Verdächtige überprüft und Zeugen vernommen, nur der ersehnte Erfolg, den Würger endlich dingfest zu machen, stellt sich nicht ein. Inzwischen wächst die Sorge der abkommandierten Kriminalisten, dass sich in ihren seit vielen Wochen verwaisten Büros massenhaft unerledigte Akten stapeln. Überdies ist es nicht üblich, Überstunden zu vergüten oder durch Freizeit abzugelten. Schnell sind die Belastungsgrenzen erreicht, und der Jagdeifer lässt nach. So vergeht die Zeit, und mit ihr schwindet die Hoffnung.

Mehr als sechs Monate gibt der Würger Ruhe. Das ist ungewöhnlich. Fragen werden aufgeworfen: Ist er krank, wegen einer anderen Sache in Haft, hat er sein Betätigungsfeld verlagert oder sein Unwesen gar endgültig aufgegeben, kann folglich die Einsatzgruppe aufgelöst werden? In der Führungsetage des VPKA sinniert man darüber und kommt zu dem Schluss, die Sonderkommission zwar nicht gänzlich aufzulösen, aber zu reduzieren.

Sonntag. Am 15. Mai 1983, ein neuer Überfall. Schock in der kleinen Einsatzgruppe: Ist der Würger nach so langer Zeit plötzlich wieder aktiv? Gegen 2.45 Uhr wird nämlich die zweiunddreißigjährige Kellnerin Gerlinde Franze an der Bahnunterführung Reichenbacher Straße von einem Mann, den sie kaum beschreiben kann, von hinten angefallen und nach der Aufforderung, die Augen zu schließen, zu Boden gerissen und so massiv gewürgt, dass sie fast anderthalb Stunden bewusstlos auf dem Rücken liegt. Die Ärzte des Bezirkskrankenhauses stellen erhebliche Würgeverletzungen fest. Tagelang wird die junge Frau unter Schluckbeschwerden und Übelkeit leiden. Nur glücklichen Umständen ist es zu verdanken, dass sie nicht zu Tode kam. Doch es gibt drei bemerkenswerte Unterschiede zu den bisherigen Fällen: Zum einen wurde Frau Franze nicht beraubt. Zum zweiten sprach der Unbekannte sie an. Und schließlich, so glaubt sie, muss der Täter ihre Ohnmacht ausgenutzt haben, ihren Rock hochzuschieben und die Strumpfhose herunterzuziehen, ohne jedoch direkte sexuelle Handlungen vorzunehmen, denn der Slip blieb unberührt.

Wenngleich dieser Überfall vor allem wegen der offensichtlich sexuellen Komponente nicht deckungsgleich mit den anderen Fällen ist und vermutlich von einem »Trittbrettfahrer« begangen wurde, wird er dennoch von der Einsatzgruppe erfasst. Aber auch dieses Ereignis bleibt trotz hartnäckiger Ermittlungen unaufgeklärt.

Weitere Monate vergehen ohne eine weitere Untat des Würgers. Die polizeiliche Lage wird indes von den wachsenden ökonomischen Problemen des Landes beeinflusst. Erste Symptome des wirtschaftlichen Niedergangs der DDR zeigen sich. Längst haben die Volksrepubliken Polen und Rumänien den ökonomischen Bankrott erklärt. Der politische Untergrund regt sich allerorten. Trotz offiziellem Zweckoptimismus der SED-Führung spürt jedermann, wie der DDR-Binnenmarkt unter dem Devisenmangel leidet und die Versorgungslücken nicht geschlossen werden können. Selbst ein Milliardenkredit, den der bayerische Ministerpräsident Franz Josef Strauß vermittelt, kann die Agonie nur verlängern. Vielerorts greift das Volk zur Selbsthilfe: Die geflügelten Worte »etwas organisieren« symbolisieren, wie aus den volkseigenen Produktionsfonds immer mehr in die private Konsumtion illegal abfließt. Westgeld eröffnet in zunehmendem Maße einen inoffiziellen, zweiten Markt, führt zu Spekulation und Preistreiberei. Auch im Kriminalitätsbild spiegelt sich dieses Dilemma wider. So boomen im großen wie im kleinen Finanz- und Wirtschaftsdelikte. Die Untersuchung von Straftaten gegen die Volkswirtschaft hat damit auch polizeiliche Priorität und erfordert eine entsprechende Kräftebindung. Deshalb, aber auch, weil die Polizei bereits monatelang auf der Stelle tritt und einige Funktionäre der Ansicht sind, der Würger sei gar kein DDR-Bürger und habe das Land längst verlassen, wird der Brennpunktbefehl alsbald aufgehoben. Ergebnis: Die Sonderkommission »Würger« wird aufgelöst. Doch glücklicherweise verrinnt die Zeit ohne einen Neuanfall.

Zwei scheinbar nebensächliche Episoden in den Nächten des 27. Septembers und 17. Oktobers 1985 erfordern zwar noch einmal die volle polizeiliche Aufmerksamkeit. Zum einen wird die neunundvierzigjährige Postangestellte Heidi Schiffmann von einem Unbekannten hinterrücks angefallen, der ihr den Einkaufskorb entreißt. Da sich zufällig ein Passant nähert, lässt er von ihr ab und macht sich unerkannt aus dem Staub. Zum anderen wird die dreißigjährige Verkäuferin Inge Schäfer auf dem Heimweg vom Kino hinterrücks überfallen, kann sich aber aus den Klauen des Unholds befreien und flüchten. Natürlich wird die Frage aufgeworfen, ob der Würger wieder aktiv geworden ist. Doch diese Überfälle scheinen nicht seine Handschrift zu tragen, also kein Grund für eine Notiz in der sozialistischen Tagespresse. Die Zweifler beruhigen sich bald, denn es geht in der Tat weitere Zeit ins Land ohne ein Vorkommnis ähnlicher Art.

So verblassen im Verlauf des Jahres 1986 die Erinnerungen an den geheimnisvollen würgenden und raubenden Missetäter. Hingegen wird die Öffentlichkeit durch andere, höchst offizielle Themen auf Trab gebracht.

Monatelang bestimmt nämlich der XI. SED-Parteitag das gesellschaftspolitische Leben in der DDR. Überschwängliche Huldigungen der SED-Führung und unzählige Erfolgsmeldungen über die vermeintliche »Festigung der entwickelten sozialistischen Gesellschaft« und schließlich das pompöse Partei-Spektakel im Berliner Palast der Republik bilden die Schlagzeilen in den sozialistischen Medien. Auch als Gorbatschow im Januar 1987 in einer programmatischen Rede zu Perestroika und Glasnost aufruft, gehen die alten Männer im SED-Politbüro verärgert auf Distanz zum »großen Bruder«, weil sie meinen, das Mehrparteiensystem in der DDR verkörpere genügend Demokratie. Sie wollen nicht wahrnehmen, dass die allgemeine Unzufriedenheit der Menschen wächst.

Inzwischen ist es Februar 1987. An den Würger denkt wohl niemand mehr. Auch nicht bei der Polizei. Das Verfahren gegen den Unbekannten wurde längst eingestellt, da »die kriminalistischen Mittel und Möglichkeiten zur Aufklärung der Straftaten erschöpft sind und keine begründete Aussicht besteht, den Täter zu ermitteln«. Scheinbar hat sich die damalige Vermutung bestätigt, er sei Ausländer und längst in sein Heimatland abgetaucht – ein kapitalistisches, versteht sich. Also, undenkbar, dass er in Plauen wieder von sich reden macht.

Ein fataler Irrtum! Denn in der Nacht vom 13. zum 14. Februar wird die Erinnerung an den würgenden Unhold plötzlich wieder belebt. Gegen 3.00 Uhr erscheint die MTA Steffi Golze (22) im VPKA zur Erstattung einer Strafanzeige, weil sie, von einer privaten Feier kommend, auf dem Heimweg in der Nähe der Kleingärten an der Liebigstraße von einem Unbekannten überfallen, niedergerissen, bis zur Bewusstlosigkeit gewürgt und beraubt wurde. Zum Glück ist sie noch am Leben.

Es ist kurios: Zufällig hat Lothar Griesbauer, nach erfolgreichem Fernstudium an der Fachschule des MDI inzwischen zum Unterleutnant der Kriminalpolizei avanciert, wieder Wochenenddienst. Folglich obliegt ihm die Anzeigenaufnahme und der Erste Angriff bei allen am Wochenende anfallenden kriminalistisch relevanten Sachverhalten. Er befragt Frau Golze. Aber auch ihre Informationen über den Täter sind so dürftig wie die in der Vergangenheit, und die übliche Inaugenscheinnahme des Tatorts verläuft ebenfalls im Sande. Diesmal aber gibt es keinen Zweifel. Der Würger ist wieder unterwegs.

Im internen Polizeibetrieb des VPKA schlägt der Neuanfall wie eine Bombe ein. Doch den Berufsrevolutionären der Polizeiführung und SED-Kreisleitung passt er nicht in das sicherheitspolitische und ideologische Konzept. Schnell haben sie eine einfache Erklärung parat: »Der Täter unterliegt offensichtlich dem dekadent-klassenfeindlichen Einfluss des Westfernsehens.« Woher sonst sollen die Anregungen für derartig heimtückische Überfälle kommen? Gewollt oder ungewollt wird damit der Würger zum Staatsfeind gestempelt, was praktisch bedeutet, ihn im politischen Untergrund zu ermitteln. Mit klassenkämpferischer Diktion mahnen die Funktionäre zur Wachsamkeit und vor allem zur Schweigsamkeit. Nichts darf nach außen dringen. Keine Information an die Presse, keine erneute Beunruhigung der Plauener Bürger!

Einer jedoch sieht das anders: Wolfgang Bollmann (44), Major der Kriminalpolizei – ein hellwacher Geist mit jahrelanger Erfahrung bei der Untersuchung unnatürlicher Todesfälle. Er ist seit Kurzem neuer Kripo-Chef von Plauen. Klar, einen Fahndungsaufruf in der Presse wird er nicht durchsetzen können, aber eine Wiederbelebung des Brennpunktbefehls und die Neuformierung einer Sonderkommission hält er für möglich. Voraussetzung ist eine sachkundige Analyse aller Vorgänge über den würgenden Räuber – die Grundlage für einen fundierten Untersuchungsplan. Nichts soll mehr dem Zufall überlassen bleiben! Kriminalistische Offensive ist gefragt. Bollmann konsultiert telefonisch Dr. Hartwig Glaser (48) von der Sektion Kriminalistik der Humboldt-Universität im fernen Berlin, fragt ihn, ob er im Fall des Würgers eine sogenannte Täterhypothese erstellen würde. Glaser ist Kriminalwissenschaftler, vor allem ein renommierter Untersuchungsmethodiker in Sachen nicht natürliche Todesfälle und Sexualdelikte, der neben seiner akademischen Tätigkeit in Lehre und Forschung gelegentlich auch die Mordkommissionen in praktischen Untersuchungsfragen unterstützt. Er ist sofort bereit, nach Plauen zu kommen, jedoch erst am Abend des 9. März. Schließlich beeinträchtigt das Tingeln in der kriminalistischen Praxis den regulären Dienstbetrieb, weshalb mit Bedacht Vorlesungen und Seminare getauscht, Konsultationen und Beratungen verschoben und andere, weniger wichtige Termine abgesagt werden müssen.

Major Bollmann lässt ein Hotelzimmer reservieren und beauftragt Lothar Griesbauer aus dem Kommissariat 3, der mit dem Würgerfall bestens vertraut ist, dem Gast aus Berlin als Adlatus zur Seite zu stehen.

Am Morgen des 10. März, 7.30 Uhr. Dr. Glaser sitzt im Speiseraum des HO-Central-Hotels in der Plauener Bahnhofstraße und beißt gerade genüsslich in ein knuspriges Marmeladenbrötchen, als ein stattlicher junger Mann im sportlichen Anorak an seinen Tisch tritt und fast schüchtern fragt: »Verzeihung, sind Sie Dr. Glaser?«

Der Angesprochene nickt mit dem Kopf.

»Unterleutnant Griesbauer«, stellt sich der junge Mann vor. Weil der Bissen Glasers Mundhöhle verstopft und Sprechen mit vollem Mund gegen die guten Sitten verstößt, begrüßt er den Ankömmling nur mit einer Handbewegung, die bedeuten soll, Platz zu nehmen. Zaghaft folgt Griesbauer der Aufforderung. Dr. Glaser gibt dem Ober ein Zeichen, einen weiteren Kaffee zu bringen und wendet sich Griesbauer zu: »Ihr Chef hat Sie schon angekündigt. Sie trinken doch einen Kaffee mit?« Der Leutnant bekundet sein Einverständnis mit einem kurzen Lächeln, sagt: »Ich habe Befehl vom K-Leiter, Sie zu betreuen. 8.30 Uhr will er Sie begrüßen. Mein Dienstwagen steht draußen«, und nimmt Platz.

Beim Kaffee entwickelt sich zwischen den Männern ein Small Talk, bei dem Glaser nebenbei erfährt, dass Griesbauer stolzer Vater zweier Kinder ist. Allerdings habe sich seine Frau vor einem halben Jahr von ihm scheiden lassen. Sie wolle ein normales Familienleben, wie andere auch. Schade. Jetzt teile er das Los mit vielen seiner Genossen. Denn Polizistenehen zerbrechen häufig an den permanenten dienstlichen Belastungen. Glücklicherweise bleibt ihm wenigstens der »Trabi«, auf den er so lange warten musste. Aber auch Fachliches kommt zur Sprache: Das bereits Jahre andauernde Katz-und-Maus-Spiel zwischen dem würgenden Räuber und der Polizei. Griesbauer klagt: Mehr als zwölf Fälle sind bereits angezeigt worden. Aber keine Spuren, keine brauchbare Beschreibung des Täters. Weiß der Teufel, wie viele Fälle noch latent sind, wie viele Frauen aus Scham keine Anzeige erstatteten und wie viele Versuche scheiterten. Eine vertrackte Geschichte! Zu allem Unglück habe der Unbekannte vor einigen Tagen wieder zugeschlagen. Die übliche Machart. Diesmal sei das Opfer aber eine fünfundvierzigjährige Frau. Außerdem betrage der Abstand zwischen den letzten beiden Überfällen nur elf Tage. Beinahe wehmütig beendet Griesbauer das Klagelied, in dem er anzweifelt, dass die Plauener Polizei den Fall jemals lösen wird. Dr. Glaser, der seinem Gegenüber aufmerksam zuhört, will neutral bleiben und schließt das Gespräch kurzerhand ab: »Erwarten Sie jetzt noch keine Meinung von mir. Ich muss mir erst ein genaues Bild machen!«

Kurz darauf kutschiert Griesbauer den Gast aus Berlin mit dem VP-eigenen Wartburg zum Kreisamt in der Freiheitsstraße. Die Begrüßung bei Major Bollmann ist kurz. Er hat es eilig, muss zum großen Chef. Besorgt berichtet er von dem Neuanfall in der Nacht zum 23. Februar und von seinem Vorhaben, den Alten von einer Reaktivierung des Brennpunktbefehls zu überzeugen. Die Frage, was Glaser für seine Arbeit benötige, beantwortet dieser kurz und präzise: »Ein Büro, Telefon, Stadtplan, die Akten aller ungeklärten Überfälle auf Frauen aus den letzten Jahren und die Möglichkeit, die Tatorte zu besichtigen!«

»Kein Problem«, verspricht Bollmann, »Unterleutnant Griesbauer hat Anweisung, sich um alles zu kümmern!«

Bis zum Abend verkriecht sich Dr. Glaser in das für ihn vorbereitete Büro. Stundenlang vertieft er sich in die inzwischen herangeschafften Akten. Gelegentlich betritt Unterleutnant Griesbauer auf leisen Sohlen den Raum, um wortlos eine Tasse frischgebrühten Kaffee auf den Schreibtisch zu stellen. Nur zur Tischzeit, die er mit Major Bollmann in der Kantine verbringt, unterbricht er für eine halbe Stunde seine Arbeit.

Am anderen Morgen bittet er Griesbauer um eine streng zweckorientierte Stadtrundfahrt: Er will sich einen Überblick über alle Tatorte verschaffen, ihre topografischen Eigenheiten ebenso kennenlernen wie ihre Einordnung in das Stadtbild von Plauen. Stundenlang sind die beiden unterwegs. Grünanlagen, Kleingärten, Wohngebiete, die Umgebung des Kreiskrankenhauses und der Fabriken im Nordosten der Stadt, Brücken und inoffizielle Abkürzungswege sind

Objekte kriminalistischer Neugierde des Berliner Experten. Während sich Glaser von den Orten vergangener Untaten unentwegt Notizen und Skizzen macht, erläutert der Unterleutnant mit erstaunlicher Genauigkeit, wie sich das jeweilige Gelände mit den Jahren verändert hat und in welcher Art und an welchen Orten seinerzeit die polizeilichen Observationen stattfanden. Nach dieser Exkursion verschwindet Dr. Glaser wieder im Büro. Jetzt hat er alle Ausgangsmaterialien für die Analyse der Fälle beisammen. Der Sortierarbeit folgt das Denken. In Glasers Hirn läuft ein für die Kriminalistik typischer, ziemlich komplizierter Erkenntnisprozess ab, bei dem die vorhandenen Fakten geordnet und bewertet werden, um ihre objektiven Zusammenhänge zu finden und zu erklären. Das betrifft Tatabläufe, Tatorte, Tatzeiten ebenso wie Persönlichkeiten von Täter und Opfer, deren Handlungsmotive und Rolle in der Dynamik des Verbrechens. Die Ergebnisse sind Hypothesen, die wegen ihrer Variabilität und Variantenhaftigkeit in der Kriminalistik Versionen genannt werden. Das Erkenntnisziel besteht darin, die Versionen zu verifizieren, zu verwerfen oder aus ihnen Schlussfolgerungen abzuleiten, die zum Auffinden neuer, bisher unbekannter Tatsachen verhelfen. Um die Übersicht über diesen Prozess zu behalten und sich von jeglicher Voreingenommenheit und Spekulation zu lösen, ist für jede Version eine exakte Untersuchungsplanung vonnöten.

Dr. Glaser prüft die Fälle zunächst auf Gleichartigkeit einzelner Tat- und Tätermerkmale, dann darauf, ob sie tatsächlich einem einzigen Täter zuzuordnen wären. Auch die überfallenen Frauen vergleicht er hinsichtlich ihres tatrelevanten äußeren und inneren Erscheinungsbildes, ob sich möglicherweise ein präferenter Opfertyp bestimmen ließe, der wiederum Rückschlüsse auf die Täterpersönlichkeit gestattet. Das Ziel seiner Tätigkeit besteht also letztlich darin, neue Ermittlungsansätze zu finden und so den Untersuchern den erforderlichen Motivationsschub zu verleihen.

Drei Tage lang dröselt Glaser die in den Fällen steckenden Informationsmengen auf, vergleicht, entschlüsselt und leitet ab. Lediglich durch die Butlerdienste, die Unterleutnant Griesbauer leistet, um ihn bei Laune zu halten, lässt er sich kurzzeitig ablenken. Schließlich münden alle Überlegungen in einer vierzehnseitigen »Stellungnahme zum Fall ›Würger‹«, die Dr. Glaser am 4. Tag dem Kripo-Chef Major Bollmann und dem Sachbearbeiter Unterleutnant Griesbauer zur Diskussion stellt.

Danach weisen zehn der ausgewerteten Fälle bedeutsame Gleichförmigkeiten auf, die eine Zusammenfassung zu einem Brennpunkt rechtfertigen, verursacht durch einen gefährlichen sexuellen Serientäter, der seit Jahren sein Unwesen treibt, ein genau geplantes Sicherungsverhalten zeigt, von Tat zu Tat handlungsintensiver und risikobereiter wird. Glaser begründet, warum aus den Tatzeiten keine Schlussfolgerungen für einen prognostizierbaren Tatrhythmus zu ziehen sind, hingegen die Tatorte für eine ausgezeichnete Ortskenntnis des Täters sprechen. Auch wenn die herkömmlichen Spuren von Sexualhandlungen fehlen, spräche dies keineswegs gegen ein sexuelles Handlungsmotiv des Täters, der nämlich das Würgen bis zur Bewusstlosigkeit anstrebt und nicht den Raub. Die absolute Wehrlosigkeit der Opfer verschafft ihm das Gefühl innerer Größe und Befriedigung, kompensiert sein beschädigtes Selbstbewusstsein, wenigstens für kurze Zeit. Auf diese Weise will er beherrschen, demütigen und sich sexuell befriedigen. Folglich ist er eine gestörte, selbstwertbeeinträchtigte Persönlichkeit. Ein einsamer Mann, der vermutlich allein oder in weitgehend zweckbestimmter Partnerschaft lebt. Äußerlich sozial angepasst, bieder, unauffällig, aber innerlich schwach, egoistisch und eitel, wird er getrieben von seinen übermächtigen, krankhaften Wünschen. Kurzum: Er ist das Produkt einer sexuologisch relevanten Vorgeschichte, und die dürfte dem sozialen Umfeld nicht verborgen geblieben sein. Von den geringen Bargeldmengen abgesehen, spielt das vermeintliche Raubgut für den Täter lediglich die Rolle von sexuellen Souvenirs, besser Fetischen. Er behütet sie insgeheim, um sich bei Gelegenheit an ihnen zu erregen und die Überfälle gedanklich nachzuerleben. Also: Die polizeilichen Ermittlungen in Richtung eines materiell motivierten Täters – wie sie bei Raubdelikten üblich sind und von denen die bisherigen Untersuchungen ausgingen – müssen wegen der andersgearteten Täterpersönlichkeit zwangsläufig in eine Sackgasse führen.

Dr. Glaser meint, wenn auch keines der Opfer bisher zu Tode kam, läge das mitnichten in der Absicht des Täters, sondern sei vielmehr ein außergewöhnlicher Glücksumstand. Denn dahinter verberge sich ein forensisches Problem mit direkten strafrechtlichen Konsequenzen: Wenn der Täter nämlich in der Lage wäre, einen Würgeakt bewusst so zu dosieren, dass er lediglich eine Bewusstlosigkeit herbeiführt und nicht den Tod, könne er strafrechtlich nur wegen eines Körperverletzungsdelikts belangt werden. Tatsächlich aber ist eine nur auf die Bewusstlosigkeit des Opfers abzielende Dosierung des Würgevorgangs unmöglich, weil verschiedene physische und psychische Dispositionen zu einem reflexartigen Tod führen können. Und solche Dispositionen sind nicht vorhersehbar. Folglich ist bei der strafrechtlichen Bewertung der bisherigen Überfälle immer von einem bedingten Tötungsvorsatz auszugehen. Mit anderen Worten: Der Plauener Würger findet sich bewusst damit ab, dass seine Attacken zum Tod der Opfer führen können. Und das kennzeichnet seine hohe Gesellschaftsgefährlichkeit. Er ist ein potentieller Mörder, dessen Konto mittlerweile zehn bekannte Mordversuche aufweist. Und das ist vielleicht nur die Spitze des Eisbergs.

Glaser schließt seine Erläuterungen mit der Empfehlung ab, den Würgerfall unverzüglich der zuständigen Mordkommission in Karl-Marx-Stadt zu übergeben.

Unterleutnant Griesbauer ist nicht so leicht von der Expertenmeinung zu überzeugen und bekundet leise Zweifel an den Thesen des Berliners. Für ihn ist der Würger ein klassischer Räuber, der bislang nur durch Zufall an solche Opfer geriet, die ihm nur unbedeutende Beute einbrachten. Aber das könne sich ja beim nächsten Fall ändern. Im Übrigen sei er sowieso skeptisch gegenüber solchen Fallanalysen und Täterhypothesen, von denen man meist nicht wisse, ob sie die Grenze zur Spekulation bereits überschritten haben.

Major Bollmann wiederum ist nach Glasers Ausführungen ziemlich still geworden. Nachdenklich überfliegt er Seite für Seite des Schriftstücks, das Glaser ihm überreicht hatte, und räumt schließlich ein, den Fall unter diesem Aspekt bisher nicht gesehen zu haben. Ja, das ist wahrscheinlich nichts für Plauen, er werde sich mit dem Amtsleiter beraten und umgehend mit Karl-Marx-Stadt telefonieren.

Am Abend des gleichen Tages will Dr. Glaser nach Berlin zurück. Griesbauer, der ihn zum Bahnhof chauffiert, ist ziemlich in sich gekehrt und wortkarg. Glaser erahnt die Gründe für die Verstimmung und beruhigt ihn: »Denken Sie nur nicht, ich wäre sauer, nur weil Sie mir in dem Gespräch bei Ihrem Chef widersprochen haben!«

Griesbauer grinst verlegen und bekennt: »Vielleicht haben Sie doch recht mit dem Würger!«

Anfang der siebziger Jahre war in den USA die Aufklärungsquote bei Tötungsverbrechen von vormals etwa 93% auf 69% gesunken. Auch die für diese Deliktkategorie sonst üblichen engen Täter-Opfer-Beziehungen hatten zugunsten von »Fremdtätern« rapide abgenommen. Dieser besorgniserregende Trend initiierte nicht nur intensivere kriminologische Untersuchungen, sondern veranlasste auch das FBI, die Untersuchungsmethodik von Tötungsverbrechen stärker wissenschaftlich zu durchdringen, um dem Phänomen der großen Zahl an unbekannten Tätern taktisch wirkungsvoller begegnen zu können. So ging man u.a. von der Überlegung aus, die übliche Dekodierung der Tatspuren nicht nur auf den formalen naturwissenschaftlich-technischen Gehalt zu beschränken, sondern auch mögliche Widerspiegelungen psychologischer Inhalte in die Spureninterpretation einzuschließen. Anders ausgedrückt: Die kriminalistische Spurenanalyse sollte auch ein subjektiver Transformationsprozess sein, der Spuren zu hypothetischen Aussagen über psychische und soziale Eigenarten des Spurenverursachens umwandelt. Dazu wurden Ende der achtziger Jahre computergestützte, methodische Verfahren entwickelt. Das war die Geburtsstunde des »Täterprofiling«, das die flinken Medien bald zur Wunderwaffe gegen Serienkiller erklärten. Falsche Interpretationen der statistischen Angaben hatten nämlich längst dazu verleitet, in der hohen Zahl an unbekannten Tätern einen »Serienmörder-Boom« zu erkennen. In Wahrheit – so seriöse kriminologische Untersuchungen – wichen die Zahlen der Fälle von Serientätern in den USA keineswegs signifikant von denen anderer Länder ab. Doch das »Hannibal-Lecter-Virus« hatte längst eine Epidemie der Phantasterei ausgelöst. Sogar in der Verbrechenswirklichkeit übertrieb mancher Täter angesichts des großen Medieninteresses seine Taten mit überschwänglicher Geständnisfreude. Der »Profiler« wurde zum neuen Helden der Krimiautoren, verhalf zu hohen Buchauflagen und belegte beste Sendeplätze. Doch echte »Profiler« sind keine Hellseher, die beim Rundgang über den Tatort aus den Spuren treffsicher »Name und Anschrift« des Täters herauslesen, so dass dessen Verhaftung für die erstaunte Polizei nur noch ein Kinderspiel ist.

Sie sind vielmehr penible Fallanalytiker, arbeiten am Schreibtisch und ermitteln nicht selbst. Auf der Basis verschiedener gültiger Modelle werden nach festgelegtem Verfahren (Datenerfassung durch Fragebögen, computergestützte Auswertung) Fälle nach unterschiedlichen Gesichtspunkten ausgewertet. Einer dieser Aspekte ist die Frage nach dem »Täterprofil«. Und die Antwort darauf darf keinesfalls apodiktisch sein. Vielmehr hat sie nur zu einer hypothetischen Aussage zu führen analog anderer Versionen. Dergestalt dient sie als Ermittlungshilfe mit mehr oder minder großem Wahrscheinlichkeitsgehalt.

In der DDR-Kriminalistik erfolgte die Erarbeitung von Täterhypothesen, besser Täterversionen, schon immer auf fallanalytischer Basis. Sie zählte bereits seit den frühen siebziger Jahren zum allgemeinen Methodenarsenal der Aufklärung von Kapitalverbrechen und wurde auf hohem Niveau betrieben.

Dafür gibt es im Wesentlichen zwei Gründe: Zum einen befand sich die Kriminalistik längst nicht mehr wie in der Vergangenheit in der Umklammerung einer internen kriminalpolizeilichen Dienstkunde. Vielmehr entwickelte sie sich *unter Einschluss der forensischen Disziplinen zu einer komplexen Wissenschaft, die nach langer, wechselvoller Geschichte an der Berliner Humboldt-Universität sich als autonome, im deutschen Sprachraum einmalige Fachrichtung (Studiengang mit Diplomabschluss) etablieren konnte, bis sie – nebenbei bemerkt – im Jahr 1994 auf Beschluss des Berliner Senats »mangels Bedarfs« (!) schließen musste.*

Zum anderen beschäftigte sich das Kriminalistische Institut der VP, das dem Ministerium des Innern unterstand, nicht nur mit Routineaufgaben spurenkundlicher Gutachtenerstattung, sondern auch mit theoretischen Fragen der Kriminalistik. Die Erkenntnisse beider Institutionen z.B. im Teilbereich der kriminalistischen Untersuchungsplanung mit seinem Herzstück der Versionsbildung und -überprüfung wurden direkt in die Methodik der kriminalpolizeilichen Untersuchungspraxis überführt.

Eigens für das »Profiling« ausgebildete Experten – über die heutzutage jede moderne Polizei verfügt – gab es zu DDR-Zeiten zwar nicht, doch wurden »Ermittlungssachverständige« (Kriminalwissenschaftler sowie forensisch orientierte Psychologen und Psychiater) vor allem in die Untersuchung komplizierter Tötungs- und Sexualverbrechen mit unbekanntem Täter einbezogen. Sie erarbeiteten empirische Täterprofile. Erwähnenswert scheint, dass bei der Fahndung nach dem sogenannten Eberswalder Knabenmörder in den Jahren 1969 bis 1971 (Täter Erwin Hagedorn) der Ostberliner Psychiater Hans Szewczyk fallanalytisch die weltweit erste Täterhypothese schuf, also etliche Jahre vor den ersten FBI-Veröffentlichungen von Robert K. Ressler und John Douglas, die gemeinhin als Väter des »Profilings« gelten. Allerdings war der Einsatz von »Ermittlungssachverständigen« dann problematisch, wenn diese nach Abschluss der polizeilichen Untersuchungen zusätzlich mit der Erstattung von Gerichtsgutachten beauftragt und damit am Strafprozess direkt beteiligt wurden. Da sie bereits in die Interna der Ermittlungen involviert waren, hätten sie de jure als gerichtliche Sachverständige ausgeschlossen werden müssen (§§ 39 und 157 des DDR-Strafprozessrechts), »um die Unvoreingenommenheit und Objektivität der Begutachtung zu gewährleisten«. Die Gerichtspraxis sah in vielen Fällen jedoch darüber hinweg. Ob unter diesen Umständen ein objektives, von jeglicher Befangenheit freies Gutachten möglich war, darf wohl bezweifelt werden.

Etwa zehn Tage später erhält Dr. Glaser einen dringenden Anruf aus Plauen. Major Bollmann ist am Apparat. »Glückwunsch!«, scherzt er, »Sie wollen wohl unbedingt Ehrenbürger von Plauen werden!«

Glaser ist verdutzt, versteht nicht. Bollmann bemerkt die Irritation seines Gesprächspartners und kommt auf den Punkt: »Ich hoffe, Sie sitzen. Wir haben nämlich Ihren Mann!«

»Wie ›Ihren Mann‹?«, fragt Glaser ziemlich ratlos.

»Na, genau den, den Sie in der Täterhypothese beschrieben haben«, erklärt Bollmann, »Haftbefehl ist bereits erlassen. Die MUK hat die Sache übernommen. Übrigens, Sie kennen ihn!«

»Wieso soll ich ihn kennen?«, wundert sich Glaser. Kichern am anderen Ende der Leitung. Der Kripo-Chef amüsiert sich über Glasers Ahnungslosigkeit: »Ich sagte doch ›hoffentlich sitzen Sie‹! Eine Woche lang haben Sie mit ihm zusammengearbeitet!«

Langsam scheint Glaser zu begreifen. Aber: Um sicher zu gehen, ob er Bollmann richtig verstanden hat, fragt er: »Meinen Sie etwa Griesbauer?«

»Genau«, brüllt Bollmann begeistert in die Sprechmuschel, »ist das nicht ein Hammer?«

Glaser ist so perplex, dass er nur sagen kann: »Das haut mich um!«

Bollmann meint es ernst. Der jahrelang gesuchte Würger befindet sich seit einigen Tagen tatsächlich hinter Schloss und Riegel.

Nicht nur Glaser, auch die Plauener Polizisten sind baff, als sich in Windeseile im VPKA herumspricht, Unterleutnant Griesbauer aus dem Kommissariat 3 sei der seit Jahren gesuchte Übeltäter. Im Speisesaal, auf den Fluren und in den Büros gibt es nur noch ein Thema: der nette und emsige Genosse Griesbauer – Würger von Plauen! Sofort wittert die politische Obrigkeit Ungemach. Nicht auszumalen, welcher ideologische Schaden entsteht, wenn die Öffentlichkeit erführe, der Plauener Unhold sei Offizier der Kripo und langjähriges SED-Mitglied, der sogar eifrig gegen sich selbst ermittelte. Deshalb ordnet sie das große Stillschweigen an. Über die Person des Würgers soll keine Einzelheit »nach draußen« dringen. Lediglich zu einer knappen Information in der Tagespresse entschließt man sich: »Dank unermüdlicher und intensiver Ermittlungstätigkeit der Volkspolizei konnte der Bürger G. verhaftet werden. G. hatte Frauen und Mädchen gesundheitlich geschädigt und sich fremdes Eigentum angeeignet.«

Wie kam es zu der plötzlichen Wende im Würgerfall? Um es gleich klarzustellen: Glasers Täterhypothese hat nicht die Festnahme des Täters bewirkt. Zwar stimmen die von ihm beschriebenen Tätermerkmale mit Griesbauers Persönlichkeit in so vielen Punkten überein, dass sie nicht nur die späteren personenbezogenen Ermittlungen, sondern auch das psychologisch-taktische Vorgehen in den Beschuldigtenvernehmungen erleichtern.

Tatsächlich jedoch führt die plötzliche Wende im Würgerfall der in der Kriminalistik zwar beliebte, aber sehr zurückhaltende »Kommissar Zufall« herbei. Denn: Einige Tage nach Glasers Gastrolle in Plauen sucht Griesbauers Exgattin Jutta den Chef des VPKA auf und bittet ihn in einer persönlichen Angelegenheit um ein Gespräch. Bollmann wird hinzugezogen. Nur mit Rücksicht auf die gemeinsamen Kinder, so Frau Griesbauer, habe sie sich bisher zurückgehalten und die Probleme nicht nach außen dringen lassen. Doch nun ist ihre Geduld erschöpft. Die prekäre Wohnungsnot in Plauen zwang dazu, die ehemals eheliche Behausung durch scharf gezogene Grenzen in Bereiche zu trennen, in denen der jeweils andere nichts mehr zu suchen hat. Auch der Hausrat wurde peinlich genau aufgeteilt. Doch das einstmals vereinbarte kameradschaftliche Nebeneinander gelingt nicht. Stattdessen wird das Klima zwischen den Eheleuten immer kälter. Streitigkeiten häufen sich, nehmen an Heftigkeit zu, eskalieren bereits zu Handgreiflichkeiten. Deshalb bittet sie den VPKA-Chef, kraft seines Amts bei der Beschaffung einer Wohnung für ihren Exgatten oder für sie und die Kinder behilflich zu sein. Und er verspricht, sich für sie einzusetzen und überlässt das weitere Gespräch dem Kripo-Chef, weil er zu einer dringenden Beratung müsse.

Bollmann will nun noch mehr über das bisherige Privatleben seines emsigen Mitarbeiters wissen. Und Frau Griesbauer legt die Geheimnisse ihrer verkorksten Ehe frei: Ja, überhaupt verhält sich Lothar von jeher ziemlich absonderlich. So zum Beispiel die Sache mit dem sogenannten Observationskoffer, den er sorgsam verschlossen im Keller aufbewahrt und dessen Inhalt sie aus Gründen der Geheimhaltung niemals sehen sollte. Wenn er Nachtdienst hat, nimmt er das geheimnisvolle Utensil stets mit. Manchmal steht er sogar mitten in der Nacht auf, nimmt den Koffer und geht für einige Stunden »auf Observation«. Sie vermutet, dass sich darin »Umziehsachen« befinden, die er für seine verdeckten Beobachtungen benötigt.

Bollmann argwöhnt bei diesen Schilderungen, dass Unterleutnant Griesbauer ein Doppelleben führen muss, denn das, was die junge Frau vorbringt, mutet wie ein billiger Krimi an und hat mit realer Polizeipraxis nichts zu tun. Geht er vielleicht fremd? Nun, das wäre möglich. Aber benötigt man dazu einen Koffer, vor allem, im Nachtdienst? War es Zufall, dass in den beiden Nächten, in denen Griesbauer Kriminaldienst hatte, Überfälle des Würgers stattfanden? Freilich, Bollmanns Gedanken sind kühn, doch Glasers Täterhypothese mit der vermutlichen Persönlichkeitsstruktur des Würgers lässt ihn nicht los. Sie regt zu konkreten Fragen an. Jetzt will der Major mehr über das Innenleben seines Mitarbeiters erfahren. Gottlob ist Frau Griesbauer auch bereit, die intimsten Dinge ihrer Ehe zu offenbaren. Mit naiver Offenherzigkeit schildert sie, dass Lothar sexuelle Probleme hat und unter Erektionsschwäche leidet, sich aber hartnäckig weigert, einen Facharzt aufzusuchen. Er zeigt von Beginn der Ehe an eine gewisse Aversion gegen körperliche

Kontakte mit ihr und befriedigt sich deshalb meist selbst. Manchmal aber kommt es über ihn, dann fesselt er sie gewaltsam nackt aufs Bett, um mit dem Hals einer Weinflasche seine perversen Spielchen mit ihr zu treiben und dabei zu masturbieren. Ein normales, auf gegenseitiger Lust beruhendes Sexualleben ist ihr völlig fremd.

Aber auch anderes weiß Jutta Griesbauer zu berichten: vor Jahren habe sie Lothar eine rot-weiß gestreifte Strickjacke geschenkt. Als sie später zufällig erfuhr, die Polizei fahnde nach einem Täter, der offenbar mit einer ähnlichen Jacke bekleidet war, fiel ihr ein, dass Lothar seine Jacke schon lange nicht mehr getragen hatte. Arglos fragte sie ihn danach. Er hatte prompt eine Erklärung parat: Schon kurze Zeit nach ihrem Erhalt habe er sie wegen einer Ölverschmutzung vernichten müssen. Angeblich habe er sie darüber unterrichtet, woran sie sich aber nicht im geringsten erinnern kann.

Und: Lothar müsste als Parteimitglied eigentlich die Gebote der sozialistischen Moral einhalten, doch offensichtlich nimmt der es mit dem Eigentum anderer nicht so genau. Er dringt nämlich nicht nur heimlich in ihren verschlossenen Wohnraum ein und bestiehlt sie, sondern ist schon seit Langem in Besitz einer aus einem Einbruch stammenden, polizeilich beschlagnahmten Industrie-Bohrmaschine, die er kurzerhand aus der Asservatenkammer mitgehen ließ und jetzt sein eigen nennt. Das ist doch Diebstahl, eines Volkspolizisten unwürdig! Oder?

Zufrieden verlässt die ehemüde Frau das VP-Kreisamt. In ihrer Begleitung zwei freundliche Kriminalisten der MUK mit einem Durchsuchungsbeschluss in der Tasche. Vielleicht finden sie nicht nur die Bohrmaschine in Griesbauers Keller. Allein ihre Unterschlagung erfüllt bereits einen strafrechtlichen Tatbestand, der nach allen prozessrechtlichen Regeln untersucht werden muss. Und zusätzlich könnte ganz nebenbei auch das Geheimnis des »Observationskoffers« gelüftet werden, hinter dem sich womöglich ein viel bedeutsamerer Tatbestand verbirgt.

Zwei Stunden später. Bollmann lässt den ahnungslosen Unterleutnant Griesbauer zu sich kommen. Schon beim Betreten des Büros erblickt dieser auf dem Schreibtisch seines Chefs die Bohrmaschine und den geöffneten ominösen »Observationskoffer«, in dem sich Utensilien für eine komplette Maskerade als »schwarze Gestalt« befinden. Aber noch viel brisanter sind die im Koffer deponierten Beutestücke des Würgers: Ausweise, Geldbörsen, Kosmetikutensilien, Armbanduhren und Schmuck – die Habseligkeiten der überfallenen Frauen. Griesbauer schrickt zusammen. Die beiden Kriminalisten, die die Durchsuchung führten, postieren sich bedrohlich neben ihn. Bollmann blickt böse, zeigt auf den Koffer und meint sarkastisch: »Sieh an, sieh an, unser Herr Würger!«

Griesbauer ist am Ende, errötet bis unter die Schädeldecke, seine Kinnlade vibriert. Er stammelt: »Ich wusste es, eines Tages bin ich dran!«

Major Bollmann streckt fordernd eine Hand aus: »Dienstausweis und Waffe her!«

Wortlos folgt Griesbauer dem Befehl, wohl wissend, dass zu beiden Seiten neben ihm wachsame Augen jede seiner Bewegungen verfolgen. Dann klicken die Handschellen. Als er abgeführt wird, zischt Bollmann: »Sie wollten doch immer schon zur MUK. Jetzt werden Sie sogar hingebracht!«

Lothar Griesbauer ist ein weiches, weinerliches Kind aus geordnetem Elternhaus. Von der ziemlich dominanten Mutter gehätschelt, von Gleichaltrigen isoliert, wächst er in provinziellen Verhältnissen auf. Er bleibt viel für sich allein, hat kaum Spielgefährten. Eine auffällige Introvertiertheit und häufiges Bettnässen, das erst kurz vor der Einschulung aufhört, zeigt schon frühzeitig eine neurotische Entwicklung an. Beizeiten weisen ihm die Schulkameraden, unter deren Hänseleien er jahrelang leidet, eine Außenseiterrolle zu. Kein Wunder, dass Lothars soziale Bindungsfähigkeit auch weiterhin unterentwickelt bleibt. Später, auf der Berufsschule erkennt er aber, dass überdurchschnittliche sportliche Leistungen ihm Anerkennung einbringen und seinen Selbstwert aufbessern. Jedoch führt der nun einseitig sportbezogene Ehrgeiz zu Arroganz, Egoismus und Elitebewusstsein. Wiederum werden so soziale Distanzen aufgebaut, die ihm den Weg zu echten Freundschaften versperren. Auf diese Weise bleibt er Einzelgänger mit nur wenigen zweckbestimmten Sozialkontakten. Seine schulischen Leistungen liegen durchweg im Mittelmaß. Nach der kombinierten Berufsausbildung mit Abitur arbeitet er eine Zeit lang als Monteur, absolviert seinen freiwilligen Wehrdienst in einem Spezialaufklärungsbataillon der NVA, wo Nahkampf und Überlebenstraining seine körperliche Fitness herausfordern. Anschließend beginnt er ein Studium an der Pädagogischen Hochschule Zwickau, das er jedoch alsbald abbricht. Eine Zeit lang verdingt er sich nun als Übungsleiter beim Deutschen Turn- und Sportbund. Dann sieht er seine endgültige berufliche Perspektive in der Volkspolizei.

Lothars sexuelle Entwicklung verläuft bis zum Abschluss der Pubertät unauffällig. Doch bei späteren Intimkontakten mit dem anderen Geschlecht beherrschen ihn Erektionsschwäche und Versagensängste derart, dass er schließlich, selbst in der späteren Ehe, mit allerlei Techniken autoerotischer Betätigung experimentiert.

Seine Frau Jutta kennt er bereits von Kindesbeinen an. Auch sie wächst in ziemlich spießiger Umgebung, über alle Maßen behütet auf. Die Eltern scheuen die sexuelle Aufklärung der Tochter und halten hartnäckig und mit Erfolg jeden Burschen von ihr fern. Nur den Umgang mit Lothar tolerieren sie. So gleitet sie unschuldig und unwissend in die, übrigens von beiden Eltern mit Eifer forcierte, Ehe mit Lothar. Er ist es, der sie in der Kunst des Liebesspiels unterweist, freilich nach seinen eigenwilligen Regeln, denen sie sich zwar artig fügt, die ihr aber stets zuwider sind.

Der freundliche, zurückhaltende, jede soziale Konfrontation vermeidende Lothar Griesbauer leistet im Kommissariat 3 von Anfang an eine ordentliche, gewissenhafte Arbeit, so dass man ihn schon frühzeitig mit selbstständiger Fallbearbeitung betraut. Aber niemand bemerkt, dass er hin und wieder Orte aufsucht, die ihm als Tatorte sexuellen

Missbrauchs bekannt sind. Sorgsam darauf achtend, nicht beobachtet zu werden, versetzt er sich dort in die Rolle des Täters und masturbiert. Manchmal zieht er sich dabei zur sexuellen Stimulation eine inzwischen völlig überdehnte rote Kinderstrumpfhose über, deren Asservation im Rahmen eines von ihm bearbeiteten Falles unterblieb.

Im Frühjahr 1982 erfährt Griesbauer von einem Mitarbeiter des Kommissariats Einzelheiten über einen autoerotischen Unfall durch Strangulation. Dieser Fall interessiert ihn sehr. In der Fachliteratur informiert er sich genauer. Denn dieses Phänomen sexueller Lustgewinnung könnte das Arsenal seiner eigenen Sexualpraktiken bereichern. Wochenlang spukt die sexuelle Selbststrangulation in seinem Hirn. Er erfährt aber auch von den lebensbedrohlichen Risiken dieser Befriedigungsart und schreckt deshalb davor zurück. Übrig bleibt aber die erregende Vorstellung, eine Frau mit den Händen zu strangulieren. Der Gedanke, dies zu tun, setzt sich fest. Er durchdenkt sein Vorgehen, beschafft sich dunkle Bekleidung und Gummihandschuhe, sucht ein geeignetes »Operationsgebiet«, prüft Fluchtmöglichkeiten. Zunächst halten ihn noch Hemmungen zurück. Doch mit der Zeit gewinnt der Triebdruck Übermacht. Dann will er es wissen!

Am 25. Juni 1982 hat Lothar Griesbauer Nachtdienst. Der VP-eigene Trabant steht ihm zur Verfügung. In den späten Abendstunden muss er zu einem Einsatz: Einbruch in einen Kiosk. Zigaretten und Alkoholika wurden entwendet. Der erste Angriff liegt in seiner Kompetenz. Als die Spezialisten kommen, übergibt er den Tatort. Doch er fährt nicht zurück zur Dienststelle. Unweit des August-Bebel-Hains parkt er den Trabi. Einige Male läuft er durch den Park, sondiert die Lage. Dann lauert er im Gebüsch. Kurz nach 24.00 Uhr erspäht er ein junges Mädchen, die Abiturientin Corinna Kiefer, sein erstes Opfer. Blitzschnell fällt er über sie her, setzt zum Würgegriff an, schleift die Bewusstlose ins Gebüsch. Das Gefühl absoluter Macht über sein wehrloses Opfer löst in ihm einen übermächtigen Sinnesrausch aus, der ohne weitere sexuelle Manipulation einen Samenerguss produziert.

»Ich kniete seitlich neben ihr«, sagt er später, »habe ihren Puls gefühlt und dabei festgestellt, dass sie mehrere Fingerringe trug. Die habe ich von den Fingern abgezogen. Dann habe ich ihr die Brille vom Gesicht entfernt, weil ich noch nie eine Frau mit Brille besessen habe. Auch ein Scheckheft habe ich ihr abgenommen, aber niemals einen Scheck davon eingelöst. Die entwendeten Gegenstände habe ich in eine Tasche meiner Kutte gesteckt ...«

Nach der Tat flüchtet Griesbauer über verschiedene Schleichwege zum Auto, zieht sich um und fährt zurück zum VPKA, wo eine Stunde später die Überfallene zur Anzeige erscheint. In höchster innerer Anspannung begegnet er ihr, doch sie erkennt ihn nicht. Mit Feuereifer nimmt er die Anzeige auf, besichtigt mit ihr den Tatort, nicht um Spuren zu sichern, wie er vorgibt, sondern um sie zu verwischen. Später, wieder allein im Büro, legt er eine Akte über den »Raubüberfall« an. Da er gewissenhafte Polizeiarbeit leisten will, entnimmt er seiner Kutte die entwendeten Ringe und die Brille, legt das Raubgut vor sich auf den Schreibtisch und malt es auf einem Bogen Papier fein säuberlich ab. Er versieht die Zeichnung mit der Bemerkung »Nach Angaben der Geschädigten gefertigt« und vervollständigt damit die Akte. Die verräterischen Utensilien verstaut er wieder in der Kutte, um sie bei nächster Gelegenheit in seinem »Observationskoffer« zu deponieren.

Sodann verschwindet er auf der Toilette, um in einer Masturbationsphantasie das Geschehene im August-Bebel-Hain noch einmal intensiv aufleben zu lassen.

In unregelmäßigen Zeitabständen schleicht er ruhelos im nächtlichen Plauen umher. Dies freilich nur dann, wenn keine polizeilichen Sondereinsätze, über die er immer bestens informiert ist, ihn gefährden könnten. Dabei ist er äußerst vorsichtig, vermeidet jedes Risiko. Hat er ein Opfer erspäht, sichert er sich nach allen Seiten ab, um bei der geringsten Störung sein Vorhaben aufzugeben. In einem Fall, so vermutet er, hätte ihn das Opfer womöglich an seiner rot-weißen Strickjacke wiedererkennen können, weshalb er das verräterische Kleidungsstück bei nächster Gelegenheit vernichtet. Viele vergebliche Versuche nimmt er in Kauf, ehe ein Überfall gelingt. Doch von Mal zu Mal wird er sicherer, komplettiert seine Tarnung und die Sammlung seiner Fetische und brutalisiert den Würgevorgang.

Besonders aufregend sind die Ereignisse in der Nacht vom 19. zum 20. September 1982, als er Kriminaldienst hat. Nach einem Einsatz im Süden Plauens kehrt er nicht zur Dienststelle zurück, sondern macht einen Abstecher zum August-Bebel-Hain. Dort fällt er über die Schülerin Karin Linkhorst her, zerrt sie hinter die Büsche und würgt sie bewusstlos. Die Wehrlosigkeit des ohnmächtigen jungen Mädchens versetzt ihn in eine solche Erregung, dass er ohne weiteres Zutun zum sexuellen Höhepunkt gelangt. Sorgsam darauf achtend, keine verdächtigen Spuren zu hinterlassen, macht er sich flugs aus dem Staub und überlässt die Bewusstlose ihrem Schicksal.

Einige Stunden später sitzt Griesbauer im Büro und tippt irgendwelche Protokolle, als das Telefon klingelt. Die Hauswache bittet ihn zum Warteraum ins Erdgeschoss. Ein brutaler Überfall soll angezeigt werden. Augenblicklich liegen seine Nerven blank, weil er ahnt, was auf ihn zukommt. Und richtig: Auf der Wartebank sitzt die Schülerin, die er überfallen hat. Später wird er in der Vernehmung diese Szene so beschreiben: »Als ich die Treppe runterging und die Kleine mit ihrem Vater dort sitzen sah, musste ich mich vor Aufregung kurz am Treppengeländer festhalten. Ich spürte, wie mir heißes Blut in den Unterleib schoss, hatte sofort eine feuchte Hose. Zum Glück erkannte sie mich nicht. Ein nettes Mädchen, wir haben uns gut unterhalten. Das war ein schönes Gefühl ...«

Bis zum nächsten Überfall vergehen reichlich acht Monate, unterbrochen von mehreren vergeblichen Versuchen. Lediglich die »sexuellen Experimente« setzt er regelmäßig fort, mal in der Abgeschiedenheit seines Hauskellers, mal im ehelichen Schlafgemach. Doch das alles befriedigt ihn nicht. Offensichtlich liegen die sexuellen Reizschwellen bereits so hoch, dass er sie nur schwerlich erreichen kann.

In der Nacht vom 14. zum 15. Mai 1983 erfolgt dann der Überfall auf die Kellnerin Gerlinde Franze, der zwei Besonderheiten aufweist: Zum einen geht Griesbauer wesentlich handlungsintensiver und risikobereiter vor als bei früheren Überfällen. Sein Angriff erfolgt so heftig, dass die junge Frau fast anderthalb Stunden ohne Bewusstsein ist. Nur glückliche Umstände und eine gesunde Konstitution verhindern ihren Tod. Zum anderen hinterlässt er erstmalig deutliche Merkmale einer sexuell getönten Handlung. Dazu schildert er später: »Als sie auf dem Boden vor mir lag, kam mir zu Bewusstsein, dass sie viel fleischiger war, ich meine korpulenter, als die anderen Frauen. Aus Neugierde habe ich dann ihren Rock hochgeschlagen und die Strumpfhose ein Stück runtergezogen. Als ich das weiße Schlüpferdreieck gesehen habe, hat es gereicht. Ich habe sie dann so liegen lassen ...«

Griesbauer hat sich längst damit abgefunden, dass die Würgeattacken seine Opfer töten können. Auch die »Experimente« mit Jutta, das weiß er, sind mitunter lebensgefährlich. Aber die Lust am Würgen lässt ihn einfach nicht los. Nur ganz tief in seinem Innern spürt er, dass seine verkorkste Sexualität therapiebedürftig wäre. Trotzdem will er weiter machen wie bisher. Wieder und wieder. Bis man ihn stoppt.

Länger als zwei Jahre bleibt Lothar Griesbauer im Hintergrund, führt nach außen ein unauffälliges Leben. Erst am 28. September 1985 schlägt er wieder zu. Es wird ein Fiasko. Der Überfall misslingt, weil sich ein Zeuge nähert. Er muss flüchten. Wieder heißt es warten, bis sich die Öffentlichkeit einigermaßen beruhigt hat.

Auch der Überfall auf die dreißigjährige Inge Schäfer misslingt. Zuvor hatte er sie aus einer Deckung heraus in ihrer Parterrewohnung beim Umkleiden beobachtet und gewartet, bis sie das Haus verlässt. Doch sie kann den Überfall abwehren und flüchten. Später auf der Dienststelle führt er mit »großer Einfühlsamkeit« ihre Zeugenvernehmung durch.

Die Zuspitzung der ehelichen Konflikte im Jahre 1986, die Ärgernisse im Zusammenhang mit der von Jutta hartnäckig betriebenen Scheidung, aber auch die von Feindseligkeiten und Neid durchsetzte Aufteilung des Hausrats halten ihn eine Zeitlang von weiteren Überfällen ab.

Erst am 14. Februar 1987 ist es so weit: Er fällt über die MTA Steffi Golze her. Dabei ist er unvorsichtig, denn sie kann ihn kurz sehen. Griesbauer selbst nimmt später ihre Anzeige auf. Er hat Glück! Sie erkennt in ihm nicht den Täter. Allerdings: Als sie den Unbekannten beschreiben soll, erhält er die arglose Antwort: »Etwa so wie Sie hat er ausgesehen!«

Elf Tage später fällt er wieder eine Frau an, würgt sie und befriedigt sich an ihrer Wehrlosigkeit. Es ist das letzte Mal, dass er auf diese erbärmliche Weise seinen Trieben freien Lauf lassen kann. Noch ahnt er nicht, dass die Geschichte des Würgers von Plauen bald ein unerwartetes Ende findet. Es beginnt mit dem Besuch des Berliner Experten, der ihm höchstes Unbehagen bereitet. Unvermutet stehen nämlich sexuelle Beweggründe im Mittelpunkt der Ermittlungen und nicht mehr die materiellen Motive eines profanen Räubers. Plötzlich ist ein psychisches Täterbild entstanden, in dem er sich unschwer selbst erkennt. Lothar Griesbauer fühlt sich in der Falle, aus der er nicht mehr entrinnen kann. Allerdings: Entscheidend für seine schnelle Entlarvung ist der Besuch seiner Exgattin Jutta beim Chef des VPKA und Major Bollmann.

Nach Griesbauers Festnahme wird er der Mordkommission überstellt. Dort wird sein Fall weiter bearbeitet und vom 25. bis 29. Februar sowie am 7. März 1988 vor dem 3. Strafsenat des Bezirksgerichts verhandelt. Mehrfach versuchter Mord, lautet die Anklage. Doch das Gericht will der staatsanwaltlichen Tatbestandsbegründung nicht folgen, dass die teilweise an die Grenze der Todesherbeiführung reichenden, massiven Würgeakte bedingt vorsätzliche Tötungsversuche seien. Vielmehr beurteilt es Griesbauers Taten als schwere Körperverletzung. Es verurteilt Griesbauer zunächst mit der für diesen Tatbestand zulässigen Höchststrafe von acht Jahren.

Gegen dieses Strafmaß legt der Staatsanwalt erfolgreich das Rechtsmittel des Protests ein, so dass es zweitinstanzlich zu einer Überprüfung des Urteils kam. Ergebnis: Griesbauers Tathandlungen, so das zweitinstanzliche Gericht, rechtfertigen in Anwendung des § 64 StGB ausnahmsweise eine höhere als die sonst bei schwerer Körperverletzung angedrohte Höchststrafe. Schließlich wird für Recht erkannt, ihn in neun nachgewiesenen Fällen wegen »mehrfachen Verbrechens der schweren Körperverletzung gemäß §§ 116 Abs. 1 und 2, 64 Abs. 3 StGB (DDR) – teils in Tateinheit, teils in Tatmehrheit mit Diebstahl persönlichen Eigentums – zu einer Freiheitsstrafe von zwölf Jahren« zu verurteilen.

Vergeblich sucht man in der Tagespresse eine Notiz über den Prozess. Es ist offensichtlich: Die politische Führung hat kein Interesse daran, die Plauener Öffentlichkeit darüber zu informieren, wie es einem Offizier der Kripo gelingen konnte, über Jahre hinweg unbemerkt schwere Straftaten zu begehen und diese auch noch selbst zu »bearbeiten«.

In Fachkreisen hat das Urteil im Fall Griesbauer eine lebhafte Debatte der Frage »Ist ein derart massives, dosiertes Würgen ohne bedingten Tötungsvorsatz überhaupt möglich?«, entfacht. Folgt man nämlich der Logik des Urteils, wäre Griesbauer selbst dann nur wegen Körperverletzung mit Todesfolge, also fahrlässiger Tötung, und nicht wegen bedingt vorsätzlicher Tötung belangt worden, wenn eines seiner Opfer zu Tode gekommen wäre. Er hätte nur hartnäckig bestreiten müssen, sich mit dem möglichen Tod abgefunden zu haben. Dennoch: Das Strafmaß von zwölf Jahren Freiheitsentzug wäre im Grunde auch dann nicht anders ausgefallen, wenn das Gericht den Intentionen der Staatsanwaltschaft gefolgt wäre, Lothar Griesbauer wegen mehrfachen bedingt vorsätzlichen Tötungsversuchs zu verurteilen.

In der zweiten Hälfte der neunziger Jahre wird Lothar Griesbauer aus der Haft entlassen. Seine Taten sind gesühnt, rechtlich vergessen. Bleibt die bange Frage, ob er während der Haftzeit dauerhaft therapiert werden konnte. Der inzwischen Fünfzigjährige führt ein unauffälliges Leben irgendwo im Brandenburgischen. Etwa zur gleichen Zeit muss Bollmann seinen Hut nehmen: Zunächst noch in der ost-westlich vereinten Polizei tätig, hat er die spätere Personalüberprüfung wegen seiner Kontakte zum MfS nicht überstanden. »Nichteignung für den sächsischen Polizeidienst« ist der Grund für die fristlose Entlassung. Er verdingt sich als technische Reinigungskraft in einem Freizeitpark.

Schlüsselkind

Tagebuchnummer 1363/70
BdVP Cottbus

In einer typischen DDR-Familie sind Vater und Mutter vollbeschäftigt. Sie zahlen pünktlich ihre Beiträge für FDGB und DSF, manchmal auch für die SED, schauen heimlich Westfernsehen, bekleiden im Kindergarten, Betrieb, Wohngebiet oder in der Schule eine mehr oder minder sinnvolle gesellschaftliche Funktion. Sie warten jahrelang auf eine Neubauwohnung, einen Urlaubsplatz an der Ostsee, noch länger aber auf die begehrte Duroplastkarosse »Trabant«. Ihre Kinder besuchen den Kindergarten oder den Schulhort. Und wenn ihnen Beziehungen und Glück hold sind, besitzen sie sogar einen kleinen Schrebergarten mit Laube.

Die Familie Hinke aus Cottbus ähnelt diesem Klischee: Auch sie wartet geduldig auf eine helle, billige Plattenbauwohnung, muss sich derzeit noch mit den drei ofenbeheizten Zimmern in einem ziemlich heruntergekommenen frühen Nachkriegsbau in der Friedrich-Engels-Straße begnügen. Die Hoffnung, ein Gärtchen am Stadtrand zu erwerben, haben sie noch längst nicht aufgegeben. Da das Ehepaar Hinke wohlweislich bereits zurzeit seiner Trauung vor zehn Jahren eine Autoanmeldung auf den bürokratischen Weg brachte, kann es wenigstens in den nächsten drei Jahren mit seiner »Pappe« rechnen, wie der Volksmund das Zweitaktgefährt ironisch bezeichnet. Doch die Klagen halten sich in Grenzen, der chronische Versorgungsmangel im Land wurde längst zur lästigen Gewohnheit. So gesehen lebt die Familie in bescheidenem Luxus: Noble Schrankwand, Fernseher, Kühlschrank und Waschmaschine. Ansonsten kann auch Hoffnung zufrieden machen. Hinkes verdienen verhältnismäßig gut. Tagsüber berechnet die Mutter als Buchhalterin im VEB Baustoffversorgung die Löhne der Mitarbeiter, indes der Vater als Elektriker im Textilkombinat für den notwendigen Stromfluss sorgt, an den Wochenenden aber auch privat Leitungen und Steckdosen verlegt. Die zehnjährige Tochter Gerlinde, ein munteres, aufgewecktes Kind mit hellblondem Haar, besucht die 4. Klasse der 12. Oberschule in der Bahnhofstraße.

Weil Hinkes werktags kurz nach 6.00 Uhr das Haus verlassen müssen, besucht Gerlinde bereits vor Unterrichtsbeginn den Frühhort, der all jenen Kindern offensteht, deren Eltern Frühschichtarbeiter sind. In den ersten Jahren begleiten Vater oder Mutter die kleine Gerlinde frühmorgens zur Schule, um sie persönlich der Obhut der Erzieherinnen im Hort zu übergeben und nach Schichtschluss wieder von dort abzuholen. Inzwischen ist der knapp ein Kilometer lange Schulweg dem Mädchen so vertraut, dass es ihn seit Beginn der 4. Klasse im September 1970 allein gehen darf. Die kleine Gerlinde fühlt sich reif genug zu wissen, wann sie die Wohnung verlassen muss, um pünktlich zum Unterricht zu erscheinen. Deshalb haben die Eltern ihrer Tochter auch einen Wohnungsschlüssel anvertraut. An einer dünnen Kordel befestigt, trägt sie das Symbol der Selbstständigkeit stolz an ihrem Hals, als wäre es eine wertvolle Kette.

Gerlinde ist ein Schlüsselkind, wie viele andere Kinder im Lande auch.

Mutter und Vater Hinke sind mit Recht stolz auf ihr kleines Mädchen, wie es sich in das gleichförmige Ritual der Wochentage fügt: Gerlinde verlässt beizeiten die Wohnung, achtet sorgsam auf den Straßenverkehr, bummelt auf dem Schulweg nicht, ist im Unterricht fleißig und aufmerksam, erledigt im Hort artig ihre Hausaufgaben, ehe sie nach Hause geht. Dann erst gibt sie sich dem Spiel hin. Kurz nach 16.00 Uhr kehren die Eltern heim.

Die anfängliche Aufregung, Eigenverantwortung tragen zu müssen, ist bald verflogen, und Gerlinde hat sich längst an ihren neuen, kleinen Alltag gewöhnt.

So geht es einige Monate. Bis zu jenem 17. November 1970 …

Zunächst beginnt der Tag harmlos und unschuldig: Gerlinde hat wie jeden Dienstag erst um 11.30 Uhr Schulbeginn.

Damit entfällt der unbeliebte Frühhort, und sie kann sich am Morgen etwas mehr Zeit lassen als sonst.

Als die Eltern aber am Nachmittag heimkehren, ist Gerlinde noch nicht aus der Schule zurück. Die Verwunderung darüber geht ziemlich schnell in eine diffuse Sorge über, und sie machen sich alsbald auf den Weg dorthin, denn auch die Schultasche liegt nicht am üblichen Platz im Kinderzimmer.

Im Schulgebäude ist alles ruhig, die Klassenräume sind leer. Auch das Sekretariat ist längst geschlossen. Nur im Hort ist noch Betrieb: Eine ahnungslose Erzieherin und einige Schüler sind anwesend, unter ihnen ein kleiner Junge aus Gerlindes Klasse. Er versichert, dass Gerlinde heute nicht in der Schule war. »Wir dachten, sie ist krank!«

Hinkes erkundigen sich bei der Hausmeisterin. Auch bei deren Ehemann, der Heizer in der Schule ist. Sie wissen, dass Gerlinde ihn schon einige Male im Heizungskeller besucht hat. Doch weder er noch seine Frau haben das Mädchen gesehen. Vorsorglich schauen sich die vier im Labyrinth der Kellerräume um. Nichts. Die Beunruhigung wächst. Wiederholt suchen die Hinkes den üblichen Schulweg ihres Kindes ab, kontrollieren den nahen Spielplatz und die Umgebung der Schule, fragen Nachbarn und Klassenkameraden, ob sie etwas über Gerlindes Verbleib wissen. Umsonst. Nirgends stoßen sie auf einen Hinweis, der ihnen weiterhelfen könnte. Langsam und unaufhaltsam wird aus ihrer Besorgnis die quälende Befürchtung, dem Kind könnte etwas Schlimmes widerfahren sein. Erst als die Dunkelheit hereinbricht, geben die verzweifelten Eltern ihre Suche auf. Jetzt hält sie nichts mehr zurück, und sie erstatten beim Kriminaldienst des VPKA eine Vermisstenanzeige. Die VP verspricht schnelle Hilfe.

Donnerstag, der 19. November 1970, BdVP Cottbus, Mordkommission.

Oberleutnant Horst Jelinek, 30, verheiratet, ein Sohn, nebenberuflich passionierter Waidmann, Nichtraucher, seit vielen Jahren im Polizeidienst, bereitet die Akte des gerade abgeschlossenen Falls einer Kindestötung für die Übergabe an den Staatsanwalt vor: Eine 17-Jährige hatte nach verheimlichter Schwangerschaft ein Kind geboren und ertränkt – die traurige Geschichte einer Fehlentwicklung, an deren Ende eine Tötung stand. Plötzlich betritt der Chef der Kommission, Hauptmann Thomas, ein schlankwüchsiger Typ mittleren Alters, das Büro, in seiner Hand ein Fernschreiben aus dem VPKA. Sein Blick streift über den zusammengebundenen Aktenstapel auf Jelineks Schreibtisch: »Wie ich sehe, hast du ja gleich nichts mehr zu tun«, grinst er kumpelhaft.

Jelinek ahnt, was diese Bemerkung bedeutet, gibt sich aber gelassen: »Das wirst du sicher gleich ändern!«

Tatsächlich: Thomas reicht Jelinek das Schriftstück, der es gleich überfliegt. Es ist eine sogenannte Sofortmeldung aus dem Kommissariat 3. Darin werden die wichtigsten Daten eines Vermisstenfalls an die übergeordnete Dienststelle gemeldet: Ein zehnjähriges Kind ist seit vorgestern morgen verschwunden.

»Wenn du hier fertig bist, kümmere dich doch mal um diese Sache«, fordert Thomas kurz und begibt sich zurück zur Tür. Ehe er Jelineks Büro verlässt, sagt er noch: »Die Genossen warten auf deinen Rückruf!«

Eine Viertelstunde später greift Jelinek zum Telefon und wählt eine Nummer des VPKA. Er will den Vermisstensachbearbeiter sprechen. Das gelingt auch auf Anhieb. Als der Mann am anderen Ende der Leitung merkt, dass er mit der Mordkommission spricht, hebt er sogleich zu einem Klagelied an: Er wisse nicht mehr, wo ihm der Kopf stehe. Fünf Vorgänge über vermisste Kinder an einem Tag! Und: Hinter einem Fall, der am 17. November angezeigt wurde, könnte womöglich sogar ein Verbrechen stecken. Das zehnjährige Mädchen ging früh zur Schule, kam aber dort nicht an. Nun ist es schon drei Tage lang verschwunden. Und das bei diesem Sauwetter! Alle Suchmaßnahmen seien erfolglos geblieben. Heute würden die Fahndungsplakate veröffentlicht, doch jetzt wisse er nicht mehr weiter. Verzweifelt fragt er nun »Könnt ihr die Sache übernehmen?«

Jelinek tröstet den Mann aus dem VPKA und verspricht: »Ich komme, sehe mir den Vorgang mal an!«

Rückschau: Seit den Abendstunden des 17. Novembers bemühen sich die Kriminalisten des VPKA um eine Klärung der Vermisstensache Gerlinde Hinke. Die Eltern haben eine präzise Personenbeschreibung abgegeben: Das Kind war mit einem buntgemusterten Anorak und hellblauen Strumpfhosen bekleidet, trug einen Schulranzen und eine kleine, weiße Handtasche mit bunter Aufsatztasche.

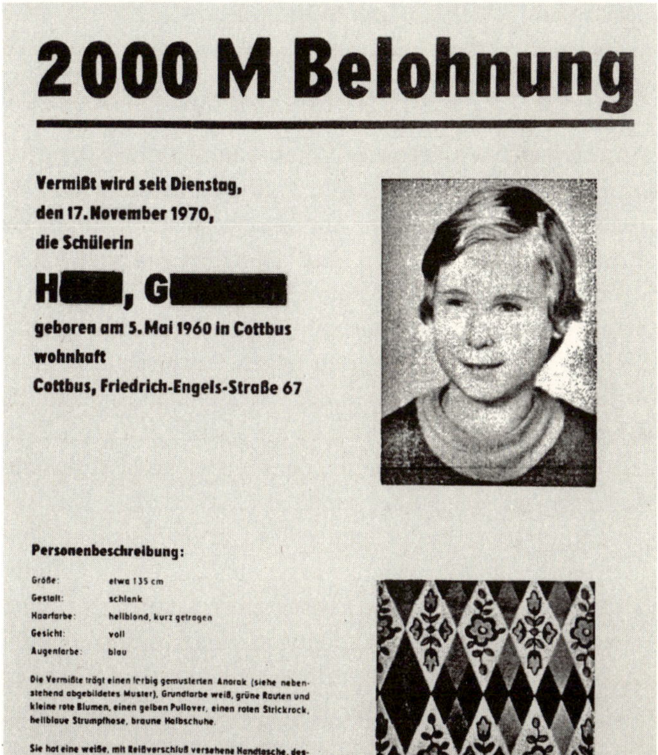

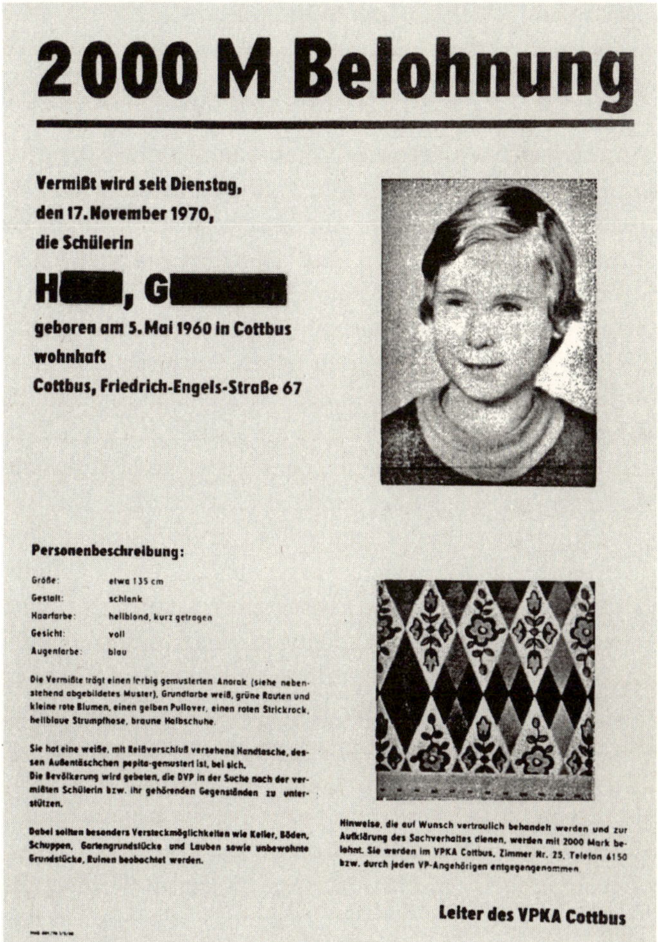

2000 M Belohnung

Vermißt wird seit Dienstag,
den 17. November 1970,
die Schülerin

H[redacted], G[redacted]

geboren am 5. Mai 1960 in Cottbus
wohnhaft
Cottbus, Friedrich-Engels-Straße 67

Personenbeschreibung:

Größe:	etwa 135 cm
Gestalt:	schlank
Haarfarbe:	hellblond, kurz getragen
Gesicht:	voll
Augenfarbe:	blau

Die Vermißte trägt einen farbig gemusterten Anorak (siehe nebenstehend abgebildetes Muster), Grundfarbe weiß, grüne Rauten und kleine rote Blumen, einen gelben Pullover, einen roten Strickrock, hellblaue Strumpfhose, braune Halbschuhe.

Sie hat eine weiße, mit Reißverschluß versehene Handtasche, dessen Außentäschchen pepita-gemustert ist, bei sich.
Die Bevölkerung wird gebeten, die DVP in der Suche nach der vermißten Schülerin bzw. ihr gehörenden Gegenständen zu unterstützen.

Dabei sollten besonders Versteckmöglichkeiten wie Keller, Böden, Schuppen, Gartengrundstücke und Lauben sowie unbewohnte Grundstücke, Ruinen beobachtet werden.

Hinweise, die auf Wunsch vertraulich behandelt werden und zur Aufklärung des Sachverhaltes dienen, werden mit 2000 Mark belohnt. Sie werden im VPKA Cottbus, Zimmer Nr. 25, Telefon 6150 bzw. durch jeden VP-Angehörigen entgegengenommen.

Leiter des VPKA Cottbus

Fahndungsblatt der Volkspolizei

Ansicht der 12. Oberschule in Cottbus im November 1970

Unmittelbar nach der Anzeigenaufnahme erfolgt die Auslösung einer Eilfahndung. Alle im Dienst befindlichen VP-Angehörigen werden in die Suche einbezogen. Bald gilt als sicher, dass das Kind nicht zum Unterricht erschienen war. Uniformierte, zivile Streifen und Freiwillige Helfer suchen in der gleichen Nacht die Gegend zwischen der 12. Oberschule, der Bahnhof- und der Friedrich-Engels-Straße ab.

Am Tag darauf werden in den umliegenden Häusern die Bewohner befragt. Dabei stößt die Polizei auf zwei Zeugen, die unabhängig voneinander eine wichtige Wahrnehmung gemacht haben: Sie sahen am 17. November kurz vor 9.00 Uhr in der Nähe der Schule ein etwa zehnjähriges blondes Mädchen in buntgemustertem Anorak, dessen auffälliges Muster sie ziemlich gut beschreiben können. Niemand bezweifelt, dass es sich bei dem von ihnen wahrgenommenen Kind um die kleine Gerlinde handelt. Ihre Angaben offenbaren aber einen Widerspruch: Da in der Wohnung der Familie Hinke kein Schulranzen gefunden wurde, geht die VP bisher folgerichtig davon aus, dass Gerlinde diesen bei sich führte. Aber gerade das bestreiten die beiden Zeugen energisch: Sie haben das Kind ohne dieses wichtige Schülerutensil gesehen! Wo also ist der Schulranzen? Doch alle Ermittlungen führen ins Leere. Nun muss die Polizeiaktion auf das ganze Stadtgebiet von Cottbus ausgeweitet werden. Fahndungsplakate, ausgehängt in allen öffentlichen

Gebäuden und Verkehrsmitteln, sollen die Bevölkerung zur Mitsuche aufrufen.

Soweit der Stand der durch das VPKA geführten bisherigen Ermittlungen.

Als Oberleutnant Jelinek sich mit der Akte »Vermisstensache Gerlinde Hinke« vertraut gemacht hat, glaubt er fest: Das ist kein üblicher Fall eines ausgerissenen oder verirrten Kindes. Hier drängt sich tatsächlich der Verdacht eines Verbrechens auf. Mit den Worten »Wir übernehmen« befreit er den Vermisstensachbearbeiter aus dem VPKA von dem vertrackten Vorgang.

Eine Stunde später trommelt der Chef der MUK seine Männer zusammen, um, unabhängig von den laufenden Fahndungsmaßnahmen, die weiteren taktischen Schritte festzulegen.

Die Ermittlungen sollen nun in der gebotenen Breite geführt werden. Um die Übersicht zu behalten, werden verschiedene Untersuchungskomplexe bestimmt, danach Einsatzgruppen gebildet und deren Verantwortlichkeiten festgelegt. Zusätzliche Kräfte, die zur Verstärkung der Mordkommission als Einsatzreserve zur Verfügung stehen, befinden sich bereits im Anmarsch.

Fortan beschäftigt sich eine Gruppe mit der Analyse der Personen- und Fahrzeugbewegung, beginnend von dem Zeitpunkt, als Gerlindes Eltern frühmorgens die Wohnung verließen. Dazu gibt es in der Kriminalistik ein mathematisches Verfahren, mit dessen Hilfe alle bedeutsamen Personen und ihre Wahrnehmungen graphisch in örtliche und zeitliche Beziehung gebracht werden können. Es unterstützt die Überprüfung der Glaubwürdigkeit von Aussagen und Zeitabläufen ebenso wie die Präzisierung möglicher Verdachtsmomente.

Ein anderes Team befasst sich mit der Überprüfung der üblichen Verdächtigen: Vorbestrafte Kinderschänder, Gewalttäter, kriminell Gefährdete. Ein weiteres soll nach einem auf den Vermisstenfall zugeschnittenen Frageprogramm alle Bewohner in der Umgebung der 12. Oberschule,

Schüler, das Schulpersonal, Geschäftsinhaber, Taxifahrer, Straßenbahner sowie die Beschäftigten der Straßenreinigung und Müllabfuhr erfassen und befragen. Jelinek ist für diesen Untersuchungskomplex verantwortlich. Und schließlich befasst sich eine Gruppe mit der Aufklärung der Persönlichkeit des vermissten Kindes und ihm nahestehender Menschen.

Da nun damit zu rechnen ist, dass in kurzer Zeit eine wahre Sturmflut von Ermittlungsberichten, Personenbefragungen und Hinweisen hereinbricht, werden eigens für deren Erfassung und Bewertung zwei Männer mit Sinn für buchhalterische Exaktheit ausgewählt. Alles in allem: Die Männer der MUK haben von Anbeginn ein möglichst engmaschiges Netz geknüpft, durch das es kein Entschlüpfen gibt.

Bereits in den nächsten vier Tagen werden mehr als 800 Personen erfasst und überprüft.

Am Freitag, dem 20. November, macht sich Oberleutnant Jelinek auf den Weg zur Schule der verschwundenen Gerlinde Hinke. Er will die ersten Erkundigungen vom Schulpersonal einholen und die Befragung der Kinder vorbereiten. In dem ehrwürdigen, in der Blütezeit des letzten deutschen Kaiserreichs erbauten, wuchtigen Backsteingebäude an der Ecke Bahnhof- und August-Bebel-Straße haben schon viele Generationen die Schulbank gedrückt. Es ist so groß, dass gleichzeitig die 7. und die 12. Oberschule darin untergebracht wurden. Jelinek steigt die steinerne Haupttreppe empor in die erste Etage. An den Wänden Kinderzeichnungen zum Thema »Eroberung des Kosmos«. Ein Transparent aus rotem Stoff mit großen, aufgesteckten Lettern »Thälmann-Pioniere lernen und kämpfen für den Frieden« prangt im Vestibül. Hinter den Türen der Klassenzimmer verhaltene Unruhe, Gemurmel, Stühlerücken, Stimmen der Lehrer. Irgendwo wird gesungen: »Unsere Heimat, das sind nicht nur die Städte und Dörfer ...«

Jelinek betritt das Vorzimmer des Schulleiters: Hinter der Schreibmaschine hockt eine ziemlich dralle Sekretärin, die neugierig aufschaut. Der Kriminalist zeigt die messingfarbene Dienstmarke und wird dienstlich: »Guten Tag, Jelinek, ich wollte zum Genossen Hoffmann, er weiß Bescheid!«

Die Dame lächelt verstehend, erhebt sich, öffnet beflissen die Tür zum Büro des Direktors einen Spaltbreit, dass gerade ihr Kopf hindurchpasst und flüstert in den Raum: »Der Genosse von der K ist da!«

Jelinek wird hereingebeten. Schulleiter Hoffmann, ein glatzköpfiger Typ um die Fünfzig, schmerbäuchig, mit unruhigen Augen, begrüßt den Gast freundlich. Ein kurzer, kriminalistisch unbedeutender Wortwechsel folgt: Ja, es sei furchtbar, dass eine Schülerin seiner Schule spurlos verschwunden sei. Kollegen und Schüler wären schockiert. Dann überreicht er Jelinek mehrere Blatt Papier: »Nach unserem Telefonat habe ich die Liste gleich in Auftrag gegeben!«

Die Blätter enthalten die Namen und Anschriften aller Lehrer, des technischen Schulpersonals und der Schüler aus der 4c. Jelinek bedankt sich und überfliegt die lange Namensliste. Beiläufig, fast entschuldigend, teilt er dem Chefpädagogen mit, dass in den nächsten Tagen jeder der Aufgeführten von der Kriminalpolizei belästigt werden müsse. Dann stutzt er, glaubt, die Liste ist nicht vollständig und beanstandet: »Der Hausmeister fehlt!«

Schuldirektor Hoffmann versteht sofort und grinst: »Hausmeister haben wir nicht, aber eine Hausmeisterin, die Frau Bock! Übrigens, ihr Mann ist unser Heizer. Sie sind für beide Schulen verantwortlich, wohnen hier in der Dienstwohnung, deshalb stehen sie nicht auf der Liste.«

Der Oberleutnant will mehr über das Ehepaar wissen. Und der Genosse Direktor weiß zu berichten, dass Herr und Frau Bock, beide so um die dreißig, bereits seit Anfang 1966 in der Schule tätig wären – sie offiziell als Hausmeisterin, er als Heizer. Die zwei würden eine gute Arbeit leisten, seien umsichtig, geschickt und sauber. Herr Bock, ein kräftiger Mann, sorge für die Beheizung der beiden Schulen, verrichte Maler- und Klempnerarbeiten ebenso wie kleine Elektroinstallationen. Freilich, für die Schüler seien die Bocks gefürchtete Respektspersonen. Aber das kann ja nichts schaden. Kurzum: Zwei unentbehrliche dienstbare Geister. Dass sie nicht in der Partei seien und auch sonst politisch ziemlich uninteressiert wären, störe niemanden. »Wir sind froh, die Stellen besetzt zu haben!« Übrigens seien die Bocks gläubige Leute, besuchen regelmäßig die Kirche und singen im Chor der Gemeinde »Apostelamt Jesu Christi« fromme Lieder.

Als Jelinek den redseligen Schuldirektor verlässt, kündigt das schrille Läuten der Schulklingel eine kleine Pause an. Im Nu werden die Türen der Klassenräume aufgerissen, Dutzende Kinder quellen lärmend heraus und toben durch die Gänge, als wollten sie das pädagogisch verordnete Stillsitzen der letzten Stunde durch besondere Lebhaftigkeit wettmachen. Dazwischen gemächlichen Schritts die »Pauker« auf dem Weg zum Lehrerzimmer. Jelinek fragt sich durch, wo er Frau Bock finden könne. »Versuchen Sie's mal im Essenraum!« Dort nämlich findet in den Mittagsstunden die staatlich subventionierte Verköstigung der hungrigen Schülermäuler statt. Tatsächlich: Frau Bock, eine freundliche kleine Frau in geblümter Kittelschürze stapelt auf einem langen Tisch jede Menge Plastikschüsseln. Hinter dem Tisch steht eine Batterie wärmeisolierter geschlossener grüner Essenkübel, die Jelinek an die Manöverzeit bei der NVA erinnern. Der Besuch der Staatsmacht scheint sie nur wenig zu überraschen: Natürlich könne sie sich denken, warum die Kriminalpolizei im Hause ist, die Sache mit der verschwundenen Schülerin aus der 4 c ist ja seit Tagen in aller Munde. Jelinek zeigt Frau Bock ein Foto von Gerlinde Hinke: »Kennen Sie das Mädchen?«

»Ach, die Kleine ist das«, sagt sie erstaunt, »ich kenne sie aus dem Frühhort.«

»Erinnern Sie sich, sie am 17. November gesehen zu haben«, fragt Jelinek.

Frau Bock denkt angestrengt einen Moment lang laut nach: »Warten Sie, da war ich vormittags beim Frauenarzt, anschließend habe ich ein Türschloss gekauft. Das am Chemieraum musste ausgewechselt werden. Nee, an dem Tag habe ich das Mädchen nicht gesehen!«

»In den nächsten Tagen wird Sie einer meiner Mitarbeiter aufsuchen, um ein Protokoll aufzunehmen. Vielleicht denken Sie nochmals über den Tagesablauf des 17. November nach, wir brauchen möglichst genaue Zeitangaben. Am besten, Sie schreiben's auf. Das war's schon«, sagt Jelinek. Beim Verlassen des Essenraums wirft er einen kurzen Blick auf die grünen Essenkübel und fragt neugierig: »Das verputzen die Kinder alles?«

»Meistens ja. Das andere landet im Schweinetrog. Die Hygiene, verstehen Sie«, meint Frau Bock. Jelinek will gerade die Tür hinter sich schließen, als sie ihm hinterherruft: »Fragen Sie mal meinen Mann, der weiß vielleicht mehr. Er müsste unten in der Werkstatt sein!« Und genau das hat Oberleutnant Jelinek vor.

Unterhalb der Schule befindet sich ein wahres Labyrinth an Gängen, Nischen und Räumen: Werkstätten, Lager für defektes und neues Mobiliar, Abstellkammern, Kohlenbunker, Pumpenanlage, Heizraum, Duschen. Jelinek verschwindet hinter der feuersicheren Eingangstür zu dieser Unterwelt. Es riecht nach Holz, Kohlen und Staub. Aus der Ferne nimmt er Geräusche wahr, als würde jemand mit einer Feile Metall bearbeiten. Er schiebt sich zwischen den abgestellten Schränken in Richtung des Geräusches hindurch. Eine schwarze Katze mit steil aufgerichtetem Schwanz schleicht von irgendwoher auf ihn zu und schmiegt sich schnurrend an seine Beine. Jelinek bleibt nichts anderes übrig, als sich zu bücken und sie zu streicheln. Das Tier weicht ihm nicht von der Seite, bis er den Raum erreicht, aus dem er das Feilen wahrnimmt. Ein Mann im dunkelblauen Overall, mittelgroß, breitschultrig, mit blonden, nach hinten gekämmten Haaren, hantiert an einer Werkbank.

»Herr Bock?«, fragt Jelinek und zeigt die Dienstmarke.

Der Angesprochene nickt mit dem Kopf, legt das Werkzeug aus der Hand und blickt ihn misstrauisch an. Jelinek will etwas sagen, doch die schwarze Katze drängt sich dicht an seine Beine. Die schnurrende Belästigung bringt ihn aus dem Konzept. Bock scheint das zu erkennen, denn er meint entschuldigend: »Die gehört hierher, wegen der Mäuse!«

Jelinek tritt einen Schritt zur Seite und verscheucht mit einer Handbewegung das vierbeinige Kellerinventar, kramt aus der Tasche das Foto von Gerlinde Hinke, übergibt es Bock und fragt: »Ihre Frau sagte, Sie wären hier unten. Ich komme wegen der vermissten Schülerin aus der 4c. Kennen Sie das Kind?«

Der Mann betrachtet mit einem auffällig ernsten Gesicht das Konterfei des Mädchens. Jelinek registriert sehr genau, wie sein nahezu ängstlicher Blick über das Foto streift und seine Hände zittern, obwohl er ansonsten einen ziemlich selbstsicheren Eindruck macht. Warum diese Nervosität? Ist die äußere Regung des Mannes ein Verhaltensindiz, etwas zu verschweigen? Es muss ja nicht gleich ein Mord sein. Wie dem auch sei, Jelinek macht sich seine Gedanken. Gereizt reicht Bock das Foto zurück und murrt: »Kenn ich nicht. Hier gibt's so viele Kinder, kann mir nicht jedes Gesicht merken.«

Jelinek schließt den Gedanken ab und wechselt das Thema: »Hätte ja sein können. Jetzt interessiert mich nur noch, was Sie am Dienstag gemacht haben!«

Bock gibt sich demonstrativ seiner feilenden Tätigkeit hin und brummt unwirsch in seinen nicht vorhandenen Bart: »Früh Kessel angefeuert, Asche rausgekarrt, Kohlen in den Bunker geschaufelt. War die ganze Zeit hier unten. Kurz vor Mittag habe ich Essenkübel rüber zur Schule in die Kahrener Straße gefahren, weil wir für die mitkochen. Nachmittags war Schulhof fegen angesagt. Reicht das?«

»Ist das üblich, Essen in eine andere Schule zu bringen?«

»Jeden Tag«, antwortet Bock kurz ohne aufzublicken.

»Und wie erfolgt das?«, fragt Jelinek.

»Wie, wie«, äfft Bock den Kriminalisten nach und erwidert barsch: »Mit'm Fahrradanhänger!«

»Sind Sie immer so gesprächig?«

Bock antwortet nicht, feilt stattdessen emsig an dem Metallstück.

Jelinek ist genervt, hält in dieser Situation weitere Fragen für sinnlos. Der rauhe Charme dieses maulfaulen Zeitgenossen könnte ihn auf die Palme bringen. Deshalb winkt er ab und wird betont förmlich: »Wir sehen uns auf der Dienststelle. Da sind noch Fragen zu klären. Sie kriegen eine offizielle Vorladung.«

»Tun Sie, was Sie nicht lassen können«, knurrt Bock.

Der Kriminalist kontert: »Mach ich auch!«

Montag, der 23. November 1970. Lagebesprechung beim MUK-Chef. Die Leiter der Einsatzgruppen berichten über die bisherigen Ermittlungen. Nach dem polizeilichen Melderegister wurden alle Bürger befragt, die an Gerlinde Hinkes üblichem Schulweg und im Umkreis der Schule wohnen oder arbeiten. Hunderte von Protokollen füllen inzwischen die Akte. Sie geben Auskunft über die Personalien der Befragten, ihre Wahrnehmungen, das Alibi und den Aufenthalt bzw. Bewegungsablauf am Morgen des 17. Novembers. Zum Zwecke der Vergleichsarbeit werden die wichtigsten Daten nach einem bestimmten Schlüssel auf verschiedenfarbige Karteikarten übertragen. Die so erfassten Daten werden mit denen anderer Karteien verglichen und wie Bausteine eines Puzzles aneinandergefügt. So entsteht Stück für Stück ein ziemlich lückenloses Bild über alle Personen im fraglichen Territorium sowie ihre zeitliche und örtliche Beziehung zueinander.

Zwei Umstände bereiten den Männern von der Mordkommission ziemliche Kopfschmerzen. Zum einen gilt es als gesichert, dass Gerlinde Hinke am 17. November um 8.45 Uhr, den Ranzen über der Schulter, sich auf dem gewohnten Weg zur Schule befand. Zwei voneinander unabhängige Zeugen haben sie etwa 500 Meter von der Schule entfernt wahrgenommen. Zum anderen gibt es die Aussage einer Frau Wagenknecht, die wegen einer Knieverletzung auf dem Weg zu ihrem Doktor war. Sie will gesehen haben, wie kurz nach 9.00 Uhr ein etwa zehnjähriges Mädchen, dessen Personenbeschreibung auf Gerlinde Hinke zutrifft, unweit der Schule mit einer Katze spielte. Allerdings hätte dieses Kind keinen Schulranzen mit sich geführt. Es gibt keinerlei Veranlassung, diese Aussage anzuzweifeln.

Wo also hat Gerlinde ihren Ranzen gelassen? Die Beantwortung dieser Frage lässt nur eine Antwort zu: Sie muss sich an einem bisher unbekannten Ort irgendwo auf der Wegstrecke zwischen ihrem Wohnhaus und der Schule aufgehalten und dort den Schulranzen deponiert haben. Vor Schulbeginn hätte sie dorthin zurückkehren müssen, um das wichtige Utensil abzuholen. Dieser bedeutsame Ort liegt also ganz in der Nähe.

Die vorliegenden Ermittlungsergebnisse werden ausgetauscht. Dann entbrennt zwischen den Kriminalisten eine lebhafte Diskussion über das weitere taktische Vorgehen, um der noch zu erwartenden Informationsflut Herr zu werden. Sie gehen schon längst davon aus, nicht mehr allein das vermisste Mädchen, sondern zugleich auch einen Täter zu suchen.

Jelinek hat plötzlich einen Einfall und fragt den Mitarbeiter der Auswertergruppe: »Kann ich das Befragungsprotokoll der Zeugin Wagenknecht mal sehen?«

Der Angesprochene fischt aus dem vor sich liegenden Aktenstapel ein Protokoll heraus und übergibt es Jelinek. Der liest es aufmerksam durch, gibt es zurück und sagt enttäuscht: »Schade, ich dachte, da steht was über die Katze!«

Die Männer grinsen und frotzeln: »Wir suchen ein Mädchen, einen Täter und keine Katze!«

Doch Jelinek lässt nicht locker: »Mich interessiert die Katze, sozusagen ihre genaue Beschreibung!«

»Die kleinen Dinge erledigen wir doch gleich«, meint der Auswerter ironisch-kumpelhaft, erhebt sich, macht eine pantomimische Handbewegung in Richtung des MUK-Chefs, als betätige er die Wählscheibe eines Telefons und drücke einen Hörer gegen das Ohr. Daraufhin verlässt er den Raum.

Unterdessen setzen die Männer ihre Beratung fort, bewerten die einzelnen Befragungsergebnisse, wägen be- und entlastende Argumente ab und ordnen den einen oder anderen Mitbürger den Kategorien der sogenannten allgemeinen oder aktiven Verdachtsrichtung zu, prüfen, ob noch weitere Ermittlungen über sie notwendig sind, was im Fachjargon »operative Bearbeitung« heißt. Schließlich landet der Rest der Protokolle in einer Akte über jene Personen, bei denen vorerst kein Verdacht besteht.

Plötzlich herrscht gespannte Ruhe in der Männerrunde: Der Auswerter ist in den Beratungsraum zurückgekehrt. Er wendet sich an Jelinek uns sagt: »Das Vieh war schwarz.«

Wieder grinsen die Männer. Doch Jelinek frohlockt verhalten und erläutert den von Amts wegen neugierigen Mitstreitern seine Ambitionen: »Ist so 'ne Idee von mir. Es geht um den Heizer der Schule, Karlheinz Bock. Er ist für heute Nachmittag vorgeladen. Wenn sich mein Verdacht bestätigt, haben wir einen fetten Verdächtigen. In drei Stunden weiß ich mehr!«

Es trifft sich gut, dass im großen Stapel der Ermittlungsprotokolle ein Papier über Bock zu finden ist, denn im Rahmen der Leumundsüberprüfungen des Schulpersonals war auch seine Kaderakte Gegenstand staatlichen Interesses. So kann Jelinek sich noch vor der Vernehmung mit der Kurzbiografie des Heizers befassen.

Karlheinz Bock, Jahrgang 1940, ein namenloses Findelkind, verbrachte die ersten Jahre seines Lebens in einem nationalsozialistischen Kinderheim. Nach dem Krieg folgten weitere sieben Jahre in einem Kinderheim in der sowjetischen Besatzungszone. Auf Anordnung des Innenministers der Landesregierung Sachsen-Anhalt erhielt er mit 14 Jahren per standesamtlicher Urkunde einen Namen und ein Geburtsdatum. Wegen schwerer Verhaltensstörung erfolgte seine weitere Erziehung und Bildung in der Psychiatrischen Landesanstalt Uchtspringe. Er besuchte die Grundschule, erreichte mit Ach und Krach aber nur die 7. Klasse. Der Abschluss reichte für eine Lehre als landwirtschaftlicher Facharbeiter, die er 1957 ordnungsgemäß abschloss. Sein Interesse am Alkohol aber verringerte die agronomischen Ambitionen. Er flüchtete aus der Landwirtschaft in die Uniform der NVA, verpflichtete sich für zwei Jahre zum Dienst an der Waffe. Danach wechselte er in die VP-Bereitschaft und wurde nach Berlin versetzt. Wegen »homosexueller Betätigung« wurde er im gleichen Jahr entlassen. Nun hatte ihn die Landwirtschaft für drei Jahre zurück. Danach übernahm er eine Stelle als Rangierer bei der Werkbahn des Kraftwerkes Lübbenau im Spreewald. Im Jahre 1966 heiratete er und ist seit dieser Zeit Heizer in der 12. Oberschule in Cottbus, während seine Frau den Hausmeisterposten bekleidet. Auch die religiöse Gebundenheit an die Gemeinde »Apostelamt Jesu Christi« und seine Lust am frommen Gesang sind in der Kaderakte bürokratisch exakt vermerkt.

Während der Heizer Karlheinz Bock der polizeilichen »Ladung zur Klärung eines Sachverhalts« folgt, ist ein Mitarbeiter der MUK auf dem Wege zur 12. Oberschule, um dessen Ehefrau zu interviewen. Diesmal will sich Oberleutnant Jelinek nicht nur auf eine unverbindliche Befragung Bocks einlassen. Jetzt will er ihn offiziell als Zeuge vernehmen.

Die übliche Belehrung über die Pflicht, wahrheitsgemäß auszusagen, und die Androhung strafrechtlicher Folgen bei vorsätzlicher Unwahrheit zwingen Bock von vornherein in die Schranken. Brummig und verstockt lässt er das Belehrungsritual über sich ergehen. Dann prasselt eine Frage nach der anderen auf ihn nieder. Doch er druckst herum, will sich an Einzelheiten nicht erinnern, antwortet nur zögerlich. Erst als Jelinek ihn ungehalten anfährt, »Lassen Sie sich die Würmer doch nicht einzeln aus der Nase ziehen«, wird sein Erinnerungsvermögen einigermaßen aktiviert.

Der Oberleutnant spürt, wie die ungewohnte, unterkühlte Gesprächssituation Bock ziemlich verunsichert. Und genau das will er erreichen. Mit großem Eifer strapaziert er die grauen Hirnzellen seines Gegenüber, um ihn auf möglichst viele Einzelheiten festzulegen. Als nach stundenlanger Exploration der inzwischen genervte Bock das fünfseitige Protokoll unterschreibt, ist der Kriminalist durchaus zufrieden. Denn nun besitzt er schwarz auf weiß detaillierte Aussagen über den Tagesablauf des Mannes am 17. November. Dass Bock nochmals bekräftigt, die Schülerin Gerlinde Hinke nicht zu kennen, ist ebenso wichtig wie seine Behauptung, die schwarze Katze im Schulkeller lebe bereits seit Wochen bei ihm und sei das Geschenk eines weitläufigen Bekannten. Nur: Der Name des tierliebenden Wohltäters sei ihm bedauerlicher Weise entfallen.

Tags darauf vergleicht Jelinek die Aussagen Frau Bocks mit denen ihres Ehemanns. Sie bestätigt seinen Tagesablauf

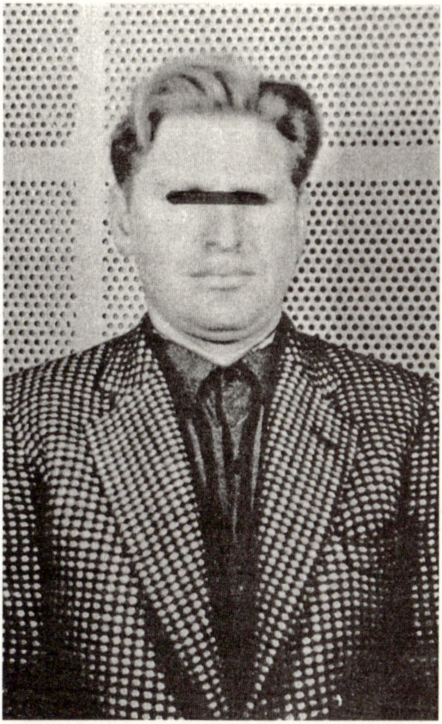

Polizeifoto des Heizers K. B. vom Tage seiner Festnahme

am 17. November, vor allem seine längere Abwesenheit um die Mittagszeit, als er nämlich Essen zur Karehner Straße gefahren hat. Nur in einem einzigen Punkt weichen die Aussagen voneinander ab: Frau Bock hat die schwarze Katze das erste Mal am Abend des 17. November gesehen. Als sie ihren Mann fragte, ob das Tier zugelaufen sei, habe er geantwortet: »Hab ich heute geschenkt gekriegt!«

Und dieser Widerspruch weckt Jelineks Argwohn gegen den frommen, sangesfreudigen Heizer.

Am Donnerstag, dem 26. November, treten die Ermittlungen schließlich in die heiße Phase, denn auch aus anderen Befragungen ergeben sich wichtige Verdachtsgründe gegen Karlheinz Bock. So gab ein Mädchen aus der Klasse 4c gegenüber der Polizei an, Gerlinde Hinke habe ihr vor einiger Zeit anvertraut, sie besuche Bock vor dem Frühhort gelegentlich im Heizungskeller. »Es sieht da unten aus wie in einer Fabrik«, hätte sie gesagt.

Und: Glaubt man der vertraulichen Mitteilung einer Lehrerin, kam es in der Schule vor einem reichlichen Jahr zu einem Vorkommnis mit Bock. Eine Schülerin beklagte sich bei der Schulleitung, der Heizer hätte sich ihr unsittlich genähert. Der Sache wurde schulintern nur sehr lax nachgegangen. Schuldirektor Hoffmann hat mit Rücksicht auf das Renommee der Schule den Verdacht möglicherweise ziemlich heruntergespielt. Schließlich beließ er es bei einer disziplinarischen Aussprache mit Bock. »Ein unbewiesener Verdacht. Außerdem sei es schwierig, ein gutes Hausmeisterehepaar zu finden«, war damals sein Argument.

Das alles reicht, um bei den Männern der MUK Einigkeit darüber zu erzielen, im Katalog der aktiven Verdachtsrichtungen Karlheinz Bock den ersten Platz zuzuweisen. Die Version, er könne das Mädchen nach einem sexuellen Missbrauch getötet und die Tat anschließend verschleiert haben, ist nach dem gegenwärtigen Ermittlungsstand die einzig logische Erklärung für das Verschwinden der Schülerin. Als wahrscheinlicher Tatort komme der Kellerbereich der Schule in Betracht. Jedoch: Der Verdächtige ist Heizer einer großen Kesselanlage. Nichts könne ihm also näher gelegen haben, als seine beruflichen Möglichkeiten für die Beseitigung eines Leichnams zu nutzen. Unter diesen Bedingungen würden andere Verschleierungspraktiken allen kriminologischen Erfahrungen widersprechen.

Fragen werden aufgeworfen: Ermöglicht die Heizungsanlage in der Schule überhaupt die unbemerkte Verbrennung einer Leiche? Wie lange könnte ein solcher Vorgang dauern? Erfolgte die Verbrennung unmittelbar nach der Tat oder wurde das Opfer zunächst woanders zwischengelagert? Lassen sich in den Kellerräumen, im Feuerraum des Heizkessels, in den Aschetonnen noch Spuren sichern?

Die Männer der Mordkommission sind sich bewusst, dass die diffizile Untersuchung eines Mordes bei fehlender Leiche eine besondere Herausforderung darstellt, weil damit der wichtigste Spurenträger nicht verfügbar ist.

Der MUK-Chef Hauptmann Thomas einigt sich mit dem zuständigen Staatsanwalt Hartwig über die weitere Vorgehensweise. Dann formiert er seine kleine Kämpferschar zu einer zielgerichteten Attacke gegen den Heizer Bock. Schützenhilfe erhält er von dem eigens zu diesem Zweck aus Berlin herbeigeeilten Hauptmann Scheumann, ein Mitarbeiter aus der für Morduntersuchungen zuständigen Abteilung 4 der obersten Kriminalbehörde des MdI.

Die neue taktische Konzeption geht nun von drei Angriffsrichtungen aus: Zum einen konzentrieren sich die Ermittlungen auf die Aufklärung der Persönlichkeit des Verdächtigen. Trotz nur geringer Hoffnung auf Erfolg ist zum anderen eine kriminaltechnische Untersuchung der Kellerräume und Heizungsanlagen in der 12. Oberschule notwendig. Und da bei der vermutlich mageren Spurenernte die Beweisführung von einem umfassenden Tatgeständnis abhängt, soll schließlich die Vernehmung Bocks den absoluten Schwerpunkt der Untersuchung bilden. Oberleutnant Jelinek, der Karlheinz Bock unterdessen am besten kennt, übernimmt diesen heiklen Part, unterstützt von der Berliner Autorität.

Am Nachmittag des gleichen Tages beginnt die Aktion: Ermittler schwärmen aus. Bock wird festgenommen, über den dringenden Tatverdacht in Kenntnis gesetzt und für mehrere Stunden dem öden Interieur einer Arrestzelle ausgesetzt. Andere Kriminalisten durchsuchen seine Wohnung. Kriminaltechniker sind in der staubigen Unterwelt der Schule auf der Jagd nach Spuren.

Inzwischen feilen Jelinek und der Mann aus Berlin an der Dramaturgie der bevorstehenden Vernehmung. Gleichzeitig wird die Tonaufzeichnungstechnik im Vernehmungsraum installiert. Die beiden vermuten: Bock ist sich durchaus bewusst, in welcher Schwierigkeit sich die Polizei befindet, ihm ein Tötungsverbrechen nachzuweisen. Das könnte ihn einerseits stabilisieren, andererseits aber auch zu weiteren Unwahrheiten verleiten, vorausgesetzt, er zieht sich nicht hinter eine Mauer des Schweigens zurück. Je mehr er also zu reden bereit ist, um so größer ist die Wahrscheinlichkeit, dass neue Lügengebäude aufgebaut werden. Jelinek und Scheumann wollen anfangs eine lockere Konversation mit Bock führen, seine Aussagen widerspruchslos entgegennehmen und ihn das Protokoll schließlich unterschreiben lassen. Er soll den Eindruck haben, die Vernehmung wäre damit beendet. Dann erst soll es hart zur Sache gehen.

21.00 Uhr. Eine unbehagliche Novembernacht breitet sich über der Bezirksstadt Cottbus aus. Jelinek und Scheumann lassen den Heizer Bock zur Vernehmung vorführen. Anfangs blickt er finster und misstrauisch drein, ist nervös, unsicher und zurückhaltend. Der Anblick Jelineks scheint ihm ebenso wenig zu behagen wie der des Fremden. Doch die verhältnismäßig freundliche Gesprächsatmosphäre schließt ihn bald auf. Bock scheint es nicht erwartet zu haben, dass sich die Polizisten anscheinend nur nebensächlich noch einmal bestätigen lassen, er würde die vermisste Schülerin nicht kennen. Er darf über die Schulordnung sprechen und seine Aufgaben als Heizer und Mann für alle Fälle, aber auch darüber, dass kein Schüler den Heizungskeller betreten darf. Selbst die technischen Details der Heizungsanlage in der Schule, das Hobby als Chorsänger in der Kirchengemeinde, die schwierige Kindheit und überhaupt der berufliche Werdegang sind Gegenstand der hinterlistigen Plauderei. Nur hin und wieder streuen die Kriminalisten vorsichtig ein paar Fragen zum Alibi des 17. Novembers in den spätabendlichen Gedankenaustausch. Gegen 23.00 Uhr liest Bock das Protokoll durch und unterschreibt es. Jede Seite, jeden Durchschlag.

Minuten später: Unerwartet eröffnen Jelinek und Scheumann ein schweres Scharmützel. Ein Dauerfeuer peinlicher Fragen geht auf Bock nieder. Anfangs kann dieser sich noch hinter seine innere Deckung zurückziehen. Doch die Stunden vergehen, ohne dass die Attacken erlahmen. Bock kämpft gegen einen überlegenen Gegner, seine Verteidigungsversuche bleiben schwach. Als der Morgen graut, fühlt er sich im Gestrüpp der Lügen und Widersprüche vollends verfangen. Die zunehmende Müdigkeit tut ihr übriges. Ohnmächtig ergibt er sich seinen Gegnern und gesteht, die Schülerin Gerlinde Hinke getötet und im Heizkessel Nr. 1

verbrannt zu haben. Zugegeben, er habe sie in der Vergangenheit mehrmals zu sexuellen Handlungen verleitet. Doch dann wollte sie nicht mehr mitmachen, habe sogar gedroht, es ihren Eltern zu verraten. Aus bloßer Angst vor den strafrechtlichen Folgen habe er sie erschlagen.

Ein neues, vielseitiges Protokoll entsteht. Nach elf Stunden, morgens gegen 8.00 Uhr, ist endlich die strapaziöse Vernehmungsnacht vorüber.

Eine Viertelstunde später: Karlheinz Bock sinkt ermattet auf die harte Pritsche seiner Zelle, während Jelinek und Scheumann, völlig erschöpft, mit dem MUK-Chef die Ergebnisse ihrer nächtlichen Anstrengungen auswerten. Die Zuversicht, den vertrackten Fall nun endgültig lösen zu können, ist zurückgekehrt. Nur der fehlende Schlaf der letzten Nacht lässt sich nicht mehr nachholen.

Ein Schultag im Januar 1970, und es ist kalt. Der Unterricht beginnt erst in einer reichlichen Stunde. Gerlinde Hinke, das kleine Mädchen mit dem Schlüssel um den Hals, läuft gerade über den Schulhof, als es dem Heizer Karlheinz Bock begegnet. Der fragt es witzelnd: »Du willst wohl immer die erste in der Schule sein?«

»Mama und Papa müssen doch früh auf Arbeit, und ich gehe in den Hort«, erwidert das Mädchen.

»Brauchst du nicht. Wenn du Lust hast, komm zu mir runter in den Keller. Da ist es warm, du wirst staunen, was da alles los ist«, schlägt er vor.

Und schon ist die Neugierde des Kindes geweckt.

Diese Szene leitet jene verhängnisvollen Vorgänge ein, die Bock zehn Monate später zum Mörder werden lassen. Es ist seine Sexualität, die ihm zu schaffen macht. Schon seit der Jugend: Immer war er allein, nie hatte er Freunde, geschweige denn eine Freundin. Kontaktarmut und Gehemmtsein bestimmten ihn. So blieb er auch späterhin mit seinem Sexualempfindungen allein, befriedigte sich selbst. Manchmal mehrmals am Tag. Anfangs ist er immer nur ein Voyeur, er entkleidet Frauen und betrachtet sie. Das genügt ihm. Kein Geschlechtsverkehr, keine Gewalt, keine

Absonderlichkeiten. Die Fixierung auf sich selbst bleibt auch dann noch bestehen, als er mit 25 Jahren seine spätere Frau kennenlernt. Sie ist die erste und einzige Frau in seinem Leben. An üblichem Geschlechtsverkehr findet er aber keinen Gefallen. Daran kann auch seine nunmehr schon vier Jahre dauernde Ehe nichts ändern. »Wenn ich mir einen runterhole, sind meine Lustgefühle stärker«, gesteht er in der späteren Vernehmung.

Vor Monaten hatte er schon einmal ein Kind in den Keller gelockt und es aufgefordert, seinen Penis zu massieren. Doch es kam nicht dazu. Als er das Attribut seiner Männlichkeit aus dem Hosenschlitz herausfingerte, verließ ihn das geschockte Kind und meldete den Vorfall dem Schuldirektor. Glücklicherweise kam Bock damals mit einem blauen Auge davon.

Längst ist Gras über die Sache gewachsen. Deshalb riskiert Bock einen neuerlichen Versuch: Jetzt will er die kleine Gerlinde Hinke zu einem Missbrauch überreden. Er fühlt sich sicher. Nur seine Frau könnte ihn jetzt stören. Doch die ist in der Küche beschäftigt, Beim Kartoffeln schälen wird jede Hand gebraucht.

Gerlinde Hinke folgt Bock in den Schulkeller. Er zeigt ihr die Werkstatt, den Kohlenbunker und die Heizanlage. Gerlinde scheint beeindruckt von dem geheimnisvollen, ein wenig gruseligen Abenteuerspielplatz. Dann fragt Bock vorsichtig: »Willst du drei Mark verdienen?«

Gerlinde ist einverstanden.

»Du musst aber an meinem Puller reiben«, fordert er.

Da sie keinerlei Reaktion einer Weigerung zeigt, präsentiert er sein steifes Glied. Und Gerlinde tut, wie ihr aufgetragen wurde. Bock unterlässt es, sie zu berühren. Sie ist sein Werkzeug, nicht das eigentliche Objekt seiner Lust. Nach erfolgreicher Manipulation verpflichtet er das Kind zum Schweigen, übergibt ihm die versprochenen Geldstücke und stellt in Aussicht, dass es auf diese Weise auch künftig sein Taschengeld aufbessern könne.

In der Folgezeit kommt es mehrmals zu weiteren heimlichen, intimen Begegnungen, die stets auf die gleiche Weise verlaufen. Bocks perfide und zugleich subtile Methode, dem Kind keine Angst einzuflößen, sondern es mit materiellen Gegenleistungen an sich zu binden, hat eine Zeitlang Erfolg. Als im Frühjahr die Heizperiode ausklingt, beginnen Gerlindes Besuche im Schulkeller seltener zu werden. Bock registriert es mit Misstrauen und befürchtet, dass sie irgendwann ihr Schweigen brechen könnte. Von nun an beschäftigt er sich gedanklich damit, sie auf der Stelle zu töten und zu verbrennen, falls er die ersten Hinweise eines Verrats verspürt. Vorsorglich stellt er ein etwa 90 cm langes hölzernes Tischbein bereit. Mit diesem will er sie durch einen Schlag auf den Kopf betäuben. Der Schlag soll so dosiert sein, dass keine Blutspuren entstehen. Dann soll sie im Heizkessel ein für allemal verschwinden.

Doch die Monate vergehen ohne das geringste Indiz eines Verrats. Gerlinde schweigt, offenbart sich niemandem. Bei den zufälligen Begegnungen mit Bock ist sie höflich und unbekümmert. Auch er gibt sich betont freundlich, in Gedanken hingegen ist er wachsam wie ein Raubtier. Gerlinde Hinke befindet sich in tödlicher Gefahr.

Das Drama erreicht am Dienstag, dem 17. November, seinen Höhepunkt: Aufgeregt erscheint das Mädchen weit vor Unterrichtsbeginn bei Bock im Heizungskeller. Sie habe soeben eine niedliche Katze entdeckt, die unweit der Schule herrenlos umherschleiche. Und da er sich ja immer eine gewünscht hätte, wollte sie fragen, ob sie ihm das Tier bringen soll. Bock ist überrascht, und er erinnert sich, einen solchen Wunsch früher einmal geäußert zu haben.

»Klar, hol sie, lass deinen Ranzen solange hier«, sagt er.

Gerlinde legt den Ranzen ab, macht auf dem Absatz kehrt und erscheint eine Viertelstunde später mit einer schwarzen, zutraulichen Katze, die auf der Stelle damit beginnt, die Kellerräume zu erkunden.

»Wann beginnt eigentlich dein Unterricht?«, fragt Bock beiläufig. Gerlinde sagt, sie müsse erst zur fünften Stunde da sein. Bock sieht auf die Uhr: Bis dahin ist ja noch eine reichliche Stunde Zeit. Diese will er für einen weiteren Sexualgenuss nutzen. Die Gelegenheit ist günstig, denn seine

Frau ist beim Arzt und wird erst am späten Vormittag zurückerwartet.

Er führt das Kind in ein heruntergekommenes altes Bad. Kurz entschlossen fingert er sein Glied aus dem Hosenschlitz: »Los, mach mal, kriegst auch zwei Mark!«

Doch diesmal weigert sich Gerlinde ernsthaft: »Ich will das nicht mehr, es ist schweinisch. Das sag ich meinen Eltern!«

Bock ist im Nu abgekühlt. Sein einziger Gedanke: Die wird mich verraten. Jetzt sieht er den Augenblick des Handelns gekommen. Flugs ordnet er seine Kleidung, ergreift unbemerkt das bereitgestellte Tischbein und führt hinterrücks einen heftigen Schlag gegen den Kopf des Mädchens. Es sinkt auf der Stelle zu Boden. Einen Moment lang betrachtet er das Ergebnis seiner Gewalttätigkeit, und es beruhigt ihn, keine Blutspuren verursacht zu haben. Ohne lange zu überlegen, hebt er das bewusstlose Kind auf, trägt es in den Heizungsraum, steigt auf die Ofenbühne, öffnet mit einem Fuß die Feuerungsklappe des ersten Kessels und versenkt das Kind in der Glut. Dann holt er dessen Schulranzen, wirft ihn und das Tatwerkzeug hinterher und schüttet eine volle Schubkarre Briketts nach. Nachdem er die Feuerungsklappe wieder geschlossen hat, verlässt er den Keller. Es ist Zeit, Essen zur Karehner Straße zu fahren.

Beim Abendessen stellt seine Frau beiläufig fest, sie hätte im Schulgebäude eine Katze entdeckt. »Ist unsere, habe sie heute geschenkt gekriegt«, kommentiert er diese Tatsache gedankenlos. Nicht im geringsten vermutet er, dass diese Bemerkung schwerwiegende Folgen haben könnte.

Am nächsten Morgen gegen 5.30 Uhr: Erst jetzt betritt Karlheinz Bock den Heizungskeller wieder, gefasst und ohne Skrupel. Akkurat reinigt er den Kessel Nr. 1, bringt die Asche zu den Tonnen auf dem Schulhof. Er weiß, sie werden zwei Tage später durch die Städtische Müllabfuhr offiziell geleert.

»Ich habe beim Säubern des Ofens die Asche des Mädchens erkannt. Sie war viel körniger und heller und hielt vielmehr zusammen als die Kohlenasche«, beschreibt er in der Vernehmung seine Beobachtung.

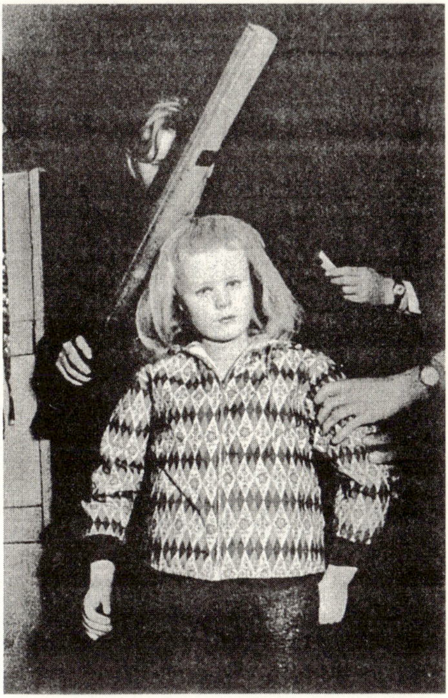

K. B. zeigt bei der Rekonstruktion des Tathergangs mit einer Puppe, wie er die Schülerin mit dem Tischbein betäubte

Der Wirbel um das vermisste Mädchen beunruhigt ihn sehr. Er ist niedergeschlagen, ihm ist hundeelend. Erst als die Aschetonnen geleert werden, fühlt er sich einigermaßen erleichtert. Doch tief in ihm sitzt die Angst. Aber nicht, weil die Polizei Spuren seiner Untat finden könnte, es ist die quälende Vermutung, in einer bohrenden Vernehmung schwach zu werden. Als er am 26. November festgenommen wird, ist es nur noch eine Frage von Stunden, dass sich seine Befürchtung bewahrheitet.

Tatsächlich: Trotz aller Sorgfalt finden die Kriminaltechniker nicht eine einzige beweiserhebliche Spur in den Räumen des Schulkellers. Mit dem vollständigen Verbrennen der Leiche und dem Abtransport ihrer Asche versiegte jede Quelle spurenkundlicher Erkenntnis. Die Mordkommission ist in ihrer Beweisführung neben den Zeugenaussagen hauptsächlich auf Bocks Einlassungen angewiesen. Um die

Blick in den Heizungsraum. Die Öfen wurden von der über die Treppe erreichbaren Ofenbühne beschickt

Rekonstruktion der Opferverbrennung mit einem Tierkadaver und einem artgleichen Schulranzen

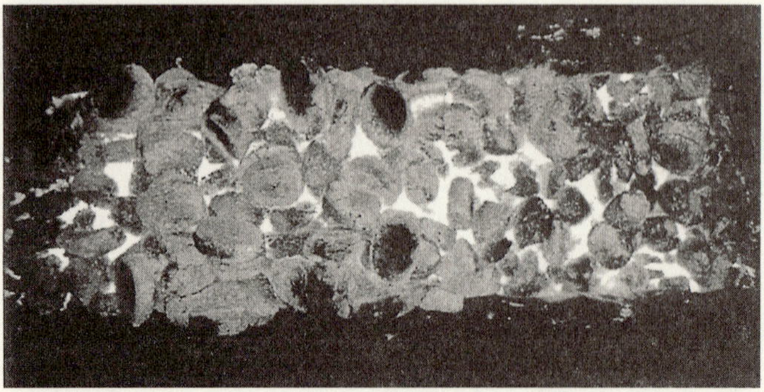

Nach vier Stunden ist die Kohle bis zum Rand des Feuerraums durchgeglüht, das Opfer komplett verbrannt

Beweiskraft des Geständnisses zu erhöhen, müssen ihm möglichst viele Details seines Tatwissens entlockt werden. Lange Vernehmungen sind die Folge. Sie sind Jelineks große Herausforderung.

Schließlich soll eine kriminalistische Rekonstruktion die Aussagen Bocks untermauern, um so einen möglichen Geständniswiderruf abzuwehren. Unter örtlichen, zeitlichen und modalen Bedingungen, die dem Tathergang möglichst genau entsprechen, muss der Beschuldigte bei einem Lokaltermin vorführen, wie er Gerlinde Hinke hinterrücks niederschlug. Im Ergebnis dieser Maßnahme gelangen Staatsanwalt, Gerichtsmediziner und die Männer der MUK zu dem Schluss, dass der Schlag auf den Hinterkopf des Mädchens nur zu einer Bewusstlosigkeit geführt haben kann. Folgerichtig wurde der Tod durch Verbrennen verursacht – eine Tatsache, die die hartgesottenen Männer der Morduntersuchung ziemlich nachdenklich stimmt.

Auch die Frage, ob es tatsächlich möglich ist, in einem Heizkessel der Schule eine komplette Leichenverbrennung zu bewerkstelligen, soll durch eine Rekonstruktion beantwortet werden. Und: Sie soll klären, ob der von Bock geschilderte Geschehensablauf ebenso der Realität entspricht wie seine Angaben zur Farbe und Konsistenz der Asche des verbrannten Organismus.

Für diese unappetitliche Maßnahme stellt eine LPG aus dem Landkreis ein totes Kalb mit dem Körpergewicht des Opfers zur Verfügung. Auch ein Schulranzen, so wie ihn Gerlinde Hinke besaß, wird herangeschafft. Außer Staatsanwalt Hartwig, MUK-Leiter Thomas, Jelinek und Scheumann nehmen hochrangige Vertreter des MdI und des MfS an der Demonstration teil. Eine Filmkamera dokumentiert jede einzelne Phase des Vorgangs. Nach den Angaben Bocks wird der fragliche Heizkessel mit Kohle beschickt und angeheizt. Dann werden das tote Kalb und der Schulranzen auf die Glut gelegt und darauf eine Schubkarre voll Briketts geschichtet. Nach einiger Zeit erreicht der Verbrennungsraum des Heizkessels eine Temperatur von 1500 Grad. Sie liegt um mehrere hundert Grad höher als die bei einer vorschriftsmäßigen

Feuerbestattung. Nach vier Stunden ist der Verbrennungsvorgang beendet, und der Heizkessel wird der Abkühlung überlassen. Dann wird die Asche untersucht. Tatsächlich: Es hat eine komplette Kremation stattgefunden. Trotzdem lässt sich die Asche der Kohle durch Farbe und Festigkeit von der des Tierkadavers deutlich unterscheiden. Die Metallteile des Schulranzen sind vollständig oxidiert.

Alles in allem bestätigt die Aktion, dass die von Karlheinz Bock gemachten Angaben zum Verbrennen des Opfers der Wahrheit entsprechen.

Die Zeugenaussagen, Bocks umfangreiches Geständnis und das Ergebnis der Rekonstruktion des Tathergangs reichen Staatsanwalt Hartwig für die Anklageerhebung. Das Bezirksgericht Cottbus spricht Karlheinz Bock des Mordes an der zehnjährigen Gerlinde Hinke schuldig und verhängt eine lebenslange Freiheitsstrafe.

Nachtrag: Der Direktor der 12. Oberschule, Hoffmann, wird disziplinarisch zur Verantwortung gezogen und strafversetzt, weil er dem dringenden Hinweis einer Schülerin, Bock habe sie zu einem sexuellen Missbrauch verleiten wollen, nicht die gebührende Beachtung geschenkt und stattdessen den Verdacht verantwortungslos bagatellisiert und aus eigennützigen Gründen totgeschwiegen hatte.

Horst Jelineks fachliche Qualitäten sichern seine weitere Karriere. Im Jahre 1972 übernimmt er Hauptmann Thomas' Funktion, der nämlich schneller als erwartet in die Chefetage aufrückt. Damit ist der 32-Jährige der jüngste Leiter einer Mordkommission in der DDR. Er absolviert ein kriminalistisches Universitätsfernstudium und führt bis zum Jahre 1990 in Cottbus eine der erfolgreichsten Mordkommissionen.

Ende der achtziger Jahre öffnen sich für Karlheinz Bock die Gefängnistore. Einige Zeit später schließt er sich mit zwei weiteren aus der Haft entlassenen Cottbuser Mördern zusammen. Sie wollen nach dem Untergang der DDR den monatelang bestehenden nahezu rechtsfreien Raum in Ostdeutschland für sich nutzen und zetern pressewirksam, wie sie während der Untersuchungshaft vom Chef der Mordkommission Jelinek und von Staatsanwalt Hartwig gefoltert und zu Geständnissen erpresst worden seien. Journalisten eines renommierten Wochenmagazins stürzen sich gierig auf ihre Berichte. Ein Ehrenwort der Knastbrüder reicht aus, um ihnen die Horrorgeschichten abzunehmen. Wochenlang werden Jelinek und Hartwig von feder- und kameraflinken Zeitungsleuten belagert, gehetzt und verleumdet. Dann hat die Rechtsstaatlichkeit das Territorium Ostdeutschlands endgültig erreicht. Eine ordentliche juristische Prüfung der Anschuldigungen erfolgt. Die Vorwürfe erweisen sich als unhaltbar, und das journalistische Interesse erlischt prompt.

Horst Jelinek nimmt nach all dem die Möglichkeit des Vorruhestandes wahr, verlässt als Kriminalrat den aktiven Polizeidienst und widmet sich fortan seinen waidmännischen Ambitionen.

Staatsanwalt Hartwig bleibt unbeirrt im Amt und ist auch weiterhin Herr über die polizeilichen Ermittlungen bei der Untersuchung von Gewaltverbrechen.

Der Mörder Karlheinz Bock hingegen erliegt im Jahre 1992 einem Schlaganfall.

Unter den Sexualdelikten in der DDR hatte der Kindesmissbrauch vor der Vergewaltigung den größten Anteil: In den 80er Jahren betrug die Belastung sechs gerichtlich verfolgte Delikte pro 100000 Einwohner (Vergleich: Bundesrepublik 19, Westberlin 28 pro 100000 Einwohner).

Für Vergewaltigungen lag sie hingegen bei 3,7 (Vergleich: Bundesrepublik acht pro 100000 Einwohner). Hinzu gerechnet werden müssen sowohl die geschätzte Dunkelziffer der nicht zur Anzeige gelangten Missbrauchshandlungen (etwa das Achtfache der angezeigten Delikte) als auch der durch Beweisnot entstandene Schwund zwischen Anzeige, Anklageerhebung und Verurteilung (vier Anzeigen stehen einer Verurteilung gegenüber).

Im Vergleich zur kriminologischen Situation in der Bundesrepublik (die geschätzte Dunkelziffer überstieg schon in den achtziger Jahren fast das Dreißigfache der polizeilich bekanntgewordenen Delikte) schienen die Verhältnisse in der DDR nicht ganz so besorgniserregend zu sein. Denn es ist anzunehmen, dass die Maxime vom solidarischen Zusammenleben aller, die sich in vielfältigen, obligatorischen, aber auch freiwilligen Formen der Bildung von sogenannten sozialistischen Gruppenbeziehungen äußerte, die Menschen eng aneinander führte und damit weitgehend gegenseitige Aufmerksamkeit und Kontrolle gewährleistete. Deshalb hielt die sozialistische Obrigkeit eine Aufklärung der Allgemeinheit für überflüssig. Jedoch, beginnend mit den sechziger Jahren forcierten DDR-Kriminologen, Gerichtsmediziner, Psychologen und Psychiater die Untersuchung des sexuellen Kindesmissbrauchs (wie überhaupt der Gewalt gegen das Kind). Eine Reihe von Fachpublikationen entstand.

Dieser Umstand minderte aber keineswegs die große Angst der Öffentlichkeit vor diesem Delikt des Duldens und Schweigens, das die Jüngsten in der Gesellschaft trifft und sie psychisch und körperlich traumatisiert. Die Perfidität des sexuellen Missbrauch liegt in seinen begünstigenden Bedingungen: Auf der Täterseite psychische und physische Überlegenheit, Autorität und Vertrauen, auf der Opferseite Arglosigkeit, Unreife, Angst und erzwungenes oder erkauftes Verheimlichen.

Die Begehungsweisen des sexuellen Missbrauchs erfassen ein breites Spektrum: Es beginnt bei einfachen, spurenkundlich nicht objektivierbaren, sexuell gefärbten Berührungen, führt über alle möglichen Formen sexueller Betätigung bis zu schweren sadistischen Praktiken. Egal, welche Machart der Täter im einzelnen auch bevorzugt, aus Gründen seines Selbstschutzes besteht immer die Gefahr einer Verdeckungstötung.

Da der kriminalistische Erfolg stets von der objektiven Beweislage abhängt, wird deutlich, in welche Schwierigkeiten Polizei und Gericht geraten, wenn bei der Bearbeitung von Anzeigen wegen sexuellen Missbrauchs kein spurenkundlicher Befund erhoben werden kann, sondern nur die Aussage des kindlichen Opfers gegen die des Verdächtigen steht.

Aber auch die Anzeigebereitschaft der Erwachsenen wird bisweilen durch Verharmlosung, Verheimlichung, Verdrängung, sogar Mitleid mit dem Täter gebremst. Die Gründe sind meist sozialer Natur, weil der Verdächtige dem Opfer und seiner Familie nahesteht. In anderen Fällen sind es Bequemlichkeit und Gleichgültigkeit. Alles das ermuntert den Täter zur Fortsetzung und potenziert die Gefahr einer Verdeckungshandlung.

Der vorliegende Bericht über den Heizer Bock belegt die These: Dass der Schuldirektor Hoffmann dem ihm lange vor dem Mord an Gerlinde Hinke bekannt gewordenen Verdachtshinweis nicht die gebührende Beachtung schenkte, spricht nicht nur für sein erhebliches pädagogisches Defizit, sondern erklärt, wie seine Verantwortungslosigkeit unfreiwillig begünstigende Bedingungen für weitere Taten gesetzt hat. Eine rechtzeitige Anzeige bei der Polizei hätte Bocks Folgetaten Einhalt geboten. Und: Der Verdeckungsmord hätte verhindert werden können.

Die Suche

Aktenzeichen B I 9/67 Bezirksstaatsanwalt Karl-Marx-Stadt
Tagebuchnummer 1088/67 VPKA Zwickau

Die Gemeinde Mülsen Sankt Niclas, ein idyllischer Flecken am östlichen Rand der Kreisstadt Zwickau, liegt inmitten des sächsischen Steinkohlereviers, das sich bis Oelsnitz erstreckt. Die meisten Menschen gehen im Bergbau oder in der Kokerei ihrem Tagewerk nach, andere arbeiten in der umliegenden Textilindustrie oder im Fahrzeugwerk VEB Sachsenring, der Geburtsstätte der schlichten Duroplastkarosse »Trabant«.

Im Frühjahr 1967 löste ein Mord bei den Dorfbewohnern blankes Entsetzen aus: Der 37-jährige Heinz Klausdorf, verheiratet und Vater dreier Kinder, tötete die 46-jährige Elisabeth Schäfer. Ihren Leichnam ließ er auf einem Schuttplatz verschwinden. Motiv der Untat: Seit einigen Monaten unterhielt er eine heimliche Beziehung zu Frau Schäfer. Er wollte sich von ihr trennen, doch sie drohte, das außereheliche Verhältnis seiner Angetrauten zu offenbaren. Um seine Ehe nicht zu gefährden, sah er keinen anderen Ausweg, als die lästige Geliebte zu beseitigen.

Die braven Einwohner von Mülsen Sankt Niclas konnten nicht fassen, was in ihrer Nähe geschah, immerhin stammten Frau Schäfer und der Mörder aus ihrer Gemeinde. Der Dorfklatsch kannte tagelang nur dieses Thema. Zwei Wochen lang war die Kriminalpolizei in Mülsen Sankt Niclas aktiv. Dann war der Täter gefasst und überführt. Der Fall konnte schnell und erfolgreich abgeschlossen werden. Danach begannen die Gespräche zu verstummen, und bald geriet das schlimme Ereignis ganz in Vergessenheit. Für die Mordkommission Karl-Marx-Stadt waren die Ermittlungen in dieser Sache reine Routine, unspektakulär und beweisrechtlich problemlos.

Dennoch liegt über dem Fall der Schleier eines Geheimnisses: Die Umstände, die der Polizei den Weg zum Opferversteck wiesen und damit schließlich die Täterüberführung ermöglichten, sind so rätselhaft, dass ihre Zusammenhänge bis heute nicht erklärt werden können und deshalb hinreichenden Anlass für allerlei parawissenschaftliche Spekulationen bieten. Der folgende Bericht soll daher die damaligen Ereignisse Revue passieren lassen. Er beschreibt die kriminologischen Zusammenhänge, bewertet ihre rechtlichen und gutachterlichen Aspekte, schildert das Zusammenspiel der Akteure und sucht nach einer Erklärung für das scheinbare Mysterium dieses Falles:

Heinz Klausdorf, Jahrgang 1930, Ältester von drei Brüdern, ist ein normales Kind und wächst in geordneten Verhältnissen auf. Sein Vater, wegen einer in den letzten Kriegstagen an der Westfront 1918 erlittenen Verletzung gehbehindert, seitdem Invalide, sorgt als Drogist in Zwickau für den Lebensunterhalt seiner Familie. Die Mutter müht sich redlich um die Erziehung der Kinder. 1936 wird der kleine Heinz eingeschult, durchläuft die Volksschule bis zum Abschluss der 8. Klasse problemlos. Die nationalsozialistische Indoktrination zeigt Erfolg: Sein kleines Herz gehört dem Führer. Er hasst Juden und Bolschewiken und betet zur Nacht für den Sieg der Deutschen gegen den Rest der Welt. Kaum aus der Schule entlassen, wird er kraft der unsäglichen »Anordnung über den Kriegseinsatz der deutschen Jugend« als Luftwaffenhelfer eingezogen. Der junge Patriot kann es kaum erwarten. Er bemerkt nicht, dass er Opfer des Wahnsinns ist. In einer Einheit der Flakartillerie erlebt er das Trauma alliierter Bombergeschwader. Fast ein Jahr dauert der Horror. Als Nazideutschland schließlich kapitulieren muss, ist sein Körper unversehrt, die jugendliche Seele jedoch hat Schaden genommen. Menschenfeindliches, kriminelles Verhalten eines untergegangenen Staates hat auch ihn kriminalisiert: Not und Elend auf der einen, die Verlockungen des Schwarzen Marktes auf der anderen Seite, begünstigen das. Hinzu kommt der schnelle Tod seiner Mutter. Der Vater ist mit den drei Söhnen überfordert. Überdies quält ihn ein Lungenleiden, das ihn schließlich zur Aufgabe der Drogerie zwingt. So schließt sich Heinz einer jugendlichen Bande an, begeht Diebstähle in einem Baustofflager der Besatzungsmacht, bis Sicherheitsleute der SMAD seiner habhaft werden. Eine Zeit lang verschwindet er in einem sowjetischen Arbeitslager. 1951 wird er entlassen, nach außen hin diszipliniert und angepasst. Doch er meidet den Anschluss an andere Jugendliche, entwickelt sich zum Einzelgänger. Im Innern schwelt nach wie vor die Unmoral. Er schuftet in einer Schmiede, zeigt dort gute Leistungen, und es wäre auch so geblieben, wenn er nicht erneute Diebstähle begangen hätte. Für lange Monate muss er in Haft. In dieser Zeit stirbt sein Vater. Die Brüder teilen den spärlichen Hausrat unter sich auf. Nach der Haft wird ihm eine Arbeit im Tiefbau zugewiesen. Auch hier arbeitet er gut, kann aber das sprichwörtliche Mausen nicht lassen. Folge: Erneute Haftstrafe. Der inzwischen 23 Jahre alte Gefangene wird einem Arbeitskommando zugeteilt, um sich ein Jahr lang im Zwickauer VEB Steinkohlenwerk »Martin Hoop« zu bewähren. Die schwere Arbeit gefällt ihm. Bei seiner Haftentlassung im Jahre 1954 äußert er den Wunsch, dort weiterarbeiten zu können. Die staatlichen Organe stimmen großzügig zu, weisen ihm eine Wohnung in Mülsen Sankt Niclas zu. Heinz Klausdorf ist zufrieden. Von nun an will er den Pfad der Tugend nicht mehr verlassen. Er arbeitet emsig, qualifiziert sich bald zum Blasversatzmaschinisten und verdient gutes Geld. Gegenüber seinen Kumpeln verhält er sich kollegial und aufgeschlossen. Im Grunde bleibt er aber ein Einzelgänger, immer noch im Bann der Naziideologie. Freilich hält er sich mit allzu direkten Äußerungen zurück, denn die Ohren der Sicherheitsorgane lauschen überall. Doch das, was er sagt, reicht, ihm den Spitznamen »Faschist« zu geben.

Im Jahr 1956 lernt er in einem ländlichen Tanzschuppen die 24-jährige Anita Bär kennen. Sie arbeitet in einer nahen Gärtnerei. Der Liebe auf den ersten Blick folgt sogleich die erste Schwangerschaft. Noch im gleichen Jahr ist Hochzeit. Heinz sorgt für seine kleine Familie, lässt es ihr an nichts fehlen. Zwei Jahre später wird ein zweites Kind geboren.

Doch eheliche Treue fällt ihm schwer. Er nutzt jede Gelegenheiten für lustvolle Seitensprünge. Den jeweiligen Damen gibt er sich als geschieden aus, zerstreut deren Argwohn durch einen Personalausweis, den er früher einem Kumpel gestohlen hatte. Trotz der einst gefassten guten Vorsätze verlässt ihn der Drang, fremdes Eigentum selbst zu besitzen, auch in den nächsten Jahren nicht. Habgier und charakterliche Labilität ebnen den Weg zum Rückfall. Etliche Einbrüche in Lauben, Garagen und kleinen Ladengeschäften gehen nun auf sein Konto. Seine Spezialität: Begehrte Elektrogeräte. Die Beute verscheuert er unter der Hand. Doch die Polizei kann nicht eingreifen, weil nämlich keines der Delikte angezeigt wird.

Auch im Jahr 1965 entgeht er knapp dem Arm des Gesetzes: Bei einer handfesten Rauferei im Dorfkrug mischt Heinz Klausdorf kräftig mit. Einer der Zechbrüder trägt eine Messerstichwunde am Hals davon, erstattet wegen gefährlicher Körperverletzung Anzeige bei der VP. Er beschuldigt Klausdorf. Aber die alkoholgetrübten Sinne der beteiligten Zeugen sind ungeeignet für eine objektive Beweiserhebung. Die Indizien zerbröseln. Klausdorf kann sich schließlich herausreden, und das Verfahren gegen ihn wird eingestellt.

Das alles geschieht hinter dem Rücken seiner Frau Anita. Sie indes kann sich nicht beklagen. Freilich, Heinz arbeitet viel. Seine Schufterei in drei Schichten ist anstrengend, bringt aber gutes Geld, und er sorgt für seine Familie. Auch das eheliche Intimleben erfüllt voll und ganz ihre Erwartungen. Wenn er manchmal in der Kneipe versackt, toleriert sie das großzügig, selbst wenn er angetrunken heimkehrt, verhält er sich rücksichtsvoll und leise. Außerdem gilt ihre Aufmerksamkeit jetzt wichtigeren Dingen: Ende des Jahres erwartet sie ihr drittes Kind.

Heinz Klausdorfs kriminelle und ehebrecherische Heimlichkeiten haben in der nunmehr zehnjährigen Ehe immer noch nicht zu Konflikten geführt. Doch nun bahnt sich ein Desaster an, das sein Leben endgültig aus der Bahn wirft.

In einem Materiallager seines Betriebes arbeitet nämlich die 46-jährige Elisabeth Schäfer, ein üppiges, vollbusiges

Weib mit roten Haaren. Sie ist verheiratet. Ihr Mann, 34 Jahre älter als sie und inzwischen geistig verwirrt, fristet seit mehreren Jahren in einem Pflegeheim ein kümmerliches Dasein. Vor acht Jahren gab sie ihm das Jawort. Ihre beiden unehelichen Kinder waren damals noch klein. Eigentlich schloss sie die Ehe mit dem alten Mann, um sich und die Kinder versorgt zu wissen. Der damals noch rüstige 72-Jährige hingegen fand sich in seiner Eitelkeit bestätigt, eine so viel jüngere Frau an seiner Seite zu wissen.

Doch der Wonnemond schien nur kurze Zeit. Der alte Mann überschätzte seine Manneskraft und geistigen Fähigkeiten. Die Vergreisung schritt schneller voran als erwartet, und bald waren seine Potenzen erschöpft. Frau Schäfer hingegen genoss das Leben in vollen Zügen, freilich in den Armen fremder Männer. So geriet sie binnen Kurzem in schlechten Ruf. Da die sexuellen Ausschweifungen auch wenig Zeit für ihre Kinder ließen, hatte der Rat der Gemeinde bereits ein kritisches Auge auf sie gerichtet.

Ende November 1966. Frau Schäfer bittet ihren Kollegen Heinz Klausdorf nach Schichtschluss zu sich nach Hause. Grund: Ihre beinahe antiquierte Waschmaschine streikt, und da er doch ein Hansdampf infragen elektrischer Geräte sei, bitte sie ihn um Diagnose und Reparatur. Klausdorf fühlt sich geschmeichelt und sagt zu. Länger als eine Stunde bemüht er sich um das begehrte Stück. Mit Erfolg. Unterdessen buhlt die liebeshungrige Frau Schäfer mit Schnaps und Körpereinsatz unverblümt um seine Gunst. Ebenfalls mit Erfolg. Während die Waschmaschine dann wieder auf vollen Touren läuft, darf sich Heinz lustvoll dem Liebesverlangen seiner Kollegin hingeben. Frau Elisabeth ist hingerissen, lobt seine Qualitäten, erwartet begierig das nächste Treffen. Und der eitle Mann sagt zu. So wird der Abend zum Ausgangspunkt für weitere heimliche Verabredungen.

Von nun an nutzt Frau Schäfer jede Gelegenheit, um mit dem neuen Geliebten zusammen zu sein. Fortwährend lädt sie ihn zu sich nach Hause ein. Heinz Klausdorf muss immer neue Ausreden erfinden, um seiner Frau die Abwesenheit zu begründen. Noch gelingt ihm das. Mit schier unerschöpflichem Variantenreichtum fordert Elisabeth Schäfer seine sexuelle Leistungsfähigkeit heraus.

Bei schönem Wetter suchen sich die beiden ein lauschiges Plätzchen im Freien. Manchmal finden die Liebesspiele auch im schmutzigen Ambiente des Steinkohlenwerks statt. Das liebestolle Weib ergreift immer mehr Besitz von ihm. Heinz Klausdorf spürt dies, befürchtet mit der Zeit, sich ihr völlig auszuliefern und seine Ehe aufs Spiel zu setzen, wenn er das Verhältnis fortsetzt. Die ersten inneren Kräfte regen sich gegen die nymphomanische Gier der Geliebten. Doch noch wagt er nicht, seinen geheimen Wunsch zu artikulieren und ihr den Laufpass zu geben.

Als er im März 1967 einmal ziemlich lustlos ihrem Liebesverlangen nachgekommen ist, nutzt er die Gelegenheit ihrer sexuellen Entspannung und macht eine vorsichtige Andeutung, sich von ihr trennen zu wollen. Ihre Reaktion darauf ist heftig: Wüste Beschimpfungen prasseln auf ihn nieder. Diese lassen ihn gleichgültig. Aber sie droht energisch: »So nicht! Wenn du mich sitzenlässt, erfährt deine Frau von uns!«

Dieser Satz erschüttert ihn bis ins Mark: Nur das nicht, Anita darf nichts erfahren, ist sein einziger Gedanke. Kleinlaut wiegelt er ab: »Ist ja gut, es war nicht so gemeint!«

Dann zwingt er sich zu Zärtlichkeiten, die Frau Schäfer wieder versöhnlich stimmen. Weitere intime Treffen finden statt. Klausdorf wagt nicht, das Thema Trennung nochmals anzusprechen. In seinem Innern jedoch sucht er nach einem Weg, sich aus der Zwickmühle zu befreien. Er nimmt ein paar Tage Urlaub, will angeblich die Wohnung renovieren. Also, in dieser Zeit keine Verabredung mit Elisabeth Schäfer. Jedoch verspricht er, sich am letzten Urlaubstag nach Schichtschluss mit ihr zu treffen – wie immer hinter dem Telefonhäuschen vor dem Werktor.

Klausdorf benötigt ein paar Tage der Selbstbesinnung. Außerdem will er sich intensiver seiner Familie widmen. Seine Frau Anita ist zufrieden. Fest steht, er muss sich aus den Fängen der liebestollen Frau Schäfer befreien. Also, wenn er sie von der Schicht abholen wird, will er ihr klipp und klar sagen, dass die Beziehung beendet ist. Doch bis dahin plagen ihn nervöse Leibschmerzen und er wird sich bewusst, welche Furcht ihm die resolute und unersättliche Frau Schäfer einflößt.

Freitag, der 14. April 1967, ein Frühlingstag wie aus dem Bilderbuch. Heute geht Heinz Klausdorfs Urlaub zu Ende. Die Galgenfrist ist verstrichen. Jetzt muss Elisabeth Schäfer die Wahrheit erfahren. Er weiß, um 14.00 Uhr endet ihre Schicht. Da seine Frau Anita bereits bemerkt hat, dass er sich seit einigen Tagen nicht wohlfühlt, fällt es ihm nicht schwer, seine Abwesenheit mit einem Arztbesuch in Zwickau zu begründen. Wenig später wartet er wie vereinbart hinter dem Telefonhäuschen am Haupttor des Steinkohlenwerkes. Seine Nerven sind ziemlich angespannt. Noch herrscht Ruhe vor dem Tor. Die Kumpel der neuen Schicht sind längst in den Umkleideräumen. Nur das ferne Zischen, Prusten und Stampfen der Maschinen, Öfen und Aggregate ist zu hören. Punkt 14.00 Uhr kündigt das Aufheulen der Sirene den Schichtwechsel an. Minuten später verlassen Hunderte von Männern und Frauen der Frühschicht das Steinkohlenwerk, passieren artig die Wache am großen Tor und sind im Nu in alle Winde verstreut. Elisabeth Schäfer hat Klausdorf schnell entdeckt, löst sich aus der Menge und steuert freudestrahlend auf ihn zu. Noch ehe er etwas sagen kann, küsst sie ihn leidenschaftlich, greift mit einer Hand hemmungslos zwischen seine Beine und haucht: »Mensch, bin ich geil auf dich!«

»Lass das, wenn uns jemand sieht«, faucht er zurück und blickt sich ängstlich um.

»Hast wohl Angst, deine Frau kriegt was mit?«, stichelt Elisabeth, »ist doch sowieso egal, wenn du dich scheiden lässt, oder?«

Heinz Klausdorf wird verlegen. Das Unbehagen steht ihm im Gesicht, vorsichtig tastet er sich zum eigentlichen Thema vor. »Na ja«, beginnt er zögerlich, »genau darüber will ich mit dir reden.«

Frau Schäfer blickt ihm tief in die Augen, ahnt, dass ein Problem auf sie zukommt, enttäuscht fragt sie: »Soll das heißen, du willst nicht mehr?«

Lange Sekunden steht die Frage im Raum. Klausdorf druckst herum, will mit der Sprache nicht heraus. Die Angelegenheit ist ihm sehr fatal. Sofort gewinnt Frau Schäfer wieder Oberhand, öffnet ihre Handtasche, präsentiert eine große Flasche Rotwein, streichelt ihrem Liebhaber zärtlich über die Wange und drängt: »Hier, für uns. Komm mit zu unserer Lieblingsstelle. Versau uns nicht den schönen Tag. Nachher können wir reden!«

Sie erfasst seine Hand, geht los und zieht ihn mit sanfter Gewalt hinter sich her. Einige Schritte lang zögert er. Sie merkt es, bleibt stehen, geht auf erotische Tuchfühlung und umgarnt ihn: »Heinzerchen, ich brauch dich doch so sehr. Los, komm!«

Jetzt zeigt ihre Taktik Erfolg. Die Lust auf ein erotisches Vergnügen beginnt auch seinen Körper zu erfassen. Warum eigentlich nicht?, denkt er und entschuldigt seine bisherige Inkonsequenz damit, dass er ja auch später noch mit Elisabeth reden könne. Ein letztes Mal will er sich dem Sinnesrausch hingeben, es soll gewissermaßen wie eine Abschiedsvorstellung sein. Danach will er sich endgültig von ihr trennen, basta!

Zärtlich legt er seinen Arm um sie. Elisabeth lehnt ihren Kopf an die Schulter ihres Geliebten. So spaziert das Paar durch den Zwickauer Osten zur Dresdener Landstraße und biegt schließlich in einen einsamen, verschlungenen Feldweg ein, der nach wenigen Kilometern vor Mülsen Sankt Niclas endet.

Montag, der 17. April 1967. Am Morgen. Der Bürgermeister von Mülsen Sankt Niclas sitzt früher als gewöhnlich an seinem Schreibtisch, schlürft Kaffee, liest Zeitung, das SED-Organ »Neues Deutschland«, und erledigt eilig etwas Verwaltungskram. Dann schaltet er den Dienstfernseher an: Kampflieder dudeln aus dem Lautsprecher. Gleich beginnt aus dem fernen Berlin die Direktübertragung des

VII. Parteitages. Das Hauptreferat wird Walter Ulbricht halten. Es wäre unverzeihlich, würde das Gemeindeoberhaupt sein Interesse an dem sechstägigen Politspektakel nicht auf diese Weise bekunden.

Die Sekretärin erscheint. Ihrem Gesicht ist anzusehen, dass sie etwas Wichtiges sagen will. Der Bürgermeister stellt den Ton am Fernseher aus: »Was gibt's denn?«

»Die Mädchen von der Schäfern sind seit Freitag allein, laufen im Ort rum und betteln in der Nachbarschaft um Essen. Die Mutter treibt sich wieder herum. Aber so lange war sie noch nie weg.«

»Und wo sind sie jetzt?«, will der Gemeindechef wissen.

»Draußen vor deiner Tür«, sagt die Frau aus dem Vorzimmer.

»Schick sie mal rein«, beauftragt er sie.

Zwei Mädchen, ihre Schulranzen auf dem Rücken, betreten schüchtern, mit blassen Gesichtern und verheulten Augen das Büro des Bürgermeisters. Die zwölfjährige Susanne Schäfer und ihre zehnjährige Schwester Silvia. Der Ortsgewaltige hört geduldig zu, was die verstörten Kinder zu berichten haben. Am Ende des Gesprächs sind die Kleinen beruhigt und begeben sich mit den Frühstücksstullen des Bürgermeisters und seiner Sekretärin auf den Weg in die Obhut der Schule.

Fest steht nun: Schon drei Tage lang hat sich die Mutter zu Hause nicht blicken lassen. Seitdem sind sich die Kinder selbst überlassen, ohne Speis und Trank. Dass Elisabeth Schäfer die Mädchen gelegentlich auch mal nachts allein lässt, ist im Ort ebenso bekannt wie ihr anrüchiger Lebenswandel. Aber sich so lange Zeit herumzutreiben und die Kinder derart zu vernachlässigen, will ihr niemand unterstellen. Es muss also etwas Schlimmes passiert sein. Damit fällt dieses Vorkommnis in die Kompetenz der VP. Prompt erstattet der Bürgermeister beim ortszuständigen ABV, VP-Meister Pertus, eine Vermisstenanzeige. Nun muss sich der uniformierte Gesetzeshüter um die Angelegenheit kümmern. Beflissen leitet er die Anzeige an das VPKA Zwickau weiter. Doch dort nimmt man sich Zeit. Abwarten, heißt die übliche Devise, denn die vermisste Frau ist als Herumtreiberin und sogenannte HWG-Person bekannt, also mit »häufig wechselndem Geschlechtsverkehr«. Das ist überhaupt noch kein Grund für übereilte Polizeimaßnahmen. Um aber ganz sicher zu gehen, wird Meister Pertus beauftragt, mit den Freiwilligen VP-Helfern des Ortes nach der Verschwundenen zu suchen.

So geschieht es auch. Zunächst werden die Mädchen der vermissten Mutter in einem staatlichen Kinderheim untergebracht. Tagelang ist Pertus mit seinen Helfern unterwegs, durchkämmt den Ort ebenso wie die nähere Umgebung von Mülsen Sankt Niclas, führt Ermittlungen durch. Vergeblich. Frau Schäfer ist wie vom Erdboden verschwunden. Langsam regt sich nun auch die Zwickauer Kriminalpolizei: Weitere Suchaktionen finden statt, die Teiche in der Gegend werden abgesucht, Spürhunde kommen zum Einsatz, eine offizielle Suchmeldung erscheint in der Ortspresse. Wieder ohne Erfolg.

Am 25. April wird endlich ein Ermittlungsverfahren gegen Unbekannt wegen Verdachts eines Tötungsverbrechens eingeleitet und der Fall der Mordkommission in Karl-Marx-Stadt übergeben. Bereits nach zwei Tagen wissen die Kriminalisten: Frau Schäfer wurde am 14. April kurz nach 14.00 Uhr vor dem Gelände des VEB Steinkohlenwerk in Zwickau in Begleitung eines jungen Mannes gesehen. Eine Arbeitskollegin der Vermissten erfuhr am Tage ihres Verschwindens von ihr, dass sie nach Schichtschluss eine Verabredung mit einem verheirateten Mann hätte, der im gleichen Betrieb beschäftigt sei und zurzeit Urlaub habe. Fünf Zeugen bestätigen, das eng umschlungene Paar an der Dresdener Landstraße gesehen zu haben. Darüber hinaus können sie eine ziemlich genaue Personenbeschreibung des unbekannten Begleiters abgeben. Mit diesen Informationen finden die Ermittler schnell heraus, dass Heinz Klausdorf der fragliche Unbekannte ist.

Seine Vernehmung hat nun Vorrang: Hartnäckig bestreitet er, mit Frau Schäfer am Nachmittag des 14. April zusammen gewesen zu sein. Sie sei nur eine Kollegin, die er kaum näher kenne. Kurzerhand wird er den Zeugen gegenübergestellt, die ihn gesehen haben. Es gibt keinen Zweifel an der Richtigkeit ihrer Wahrnehmung. Sein Lügengebäude bricht zusammen: Er wollte rücksichtsvoll sein, die eigene Frau sollte von der außerehelichen Beziehung zu Elisabeth Schäfer nichts erfahren. Nun gibt er zu, sich doch mit Frau Schäfer getroffen zu haben: beide seien aber nur im Kulturpark spazieren gewesen. Er habe sich nach etwa einer Stunde von ihr an der Dresdener Landstraße verabschiedet, weil er in der Stadt noch Ersatzteile für Frau Schäfers defektes Radio besorgen musste, um es bei sich zu Hause zu reparieren. Aber diese Notlüge ist ein simpler Situationsfehler, den die Kriminalisten gleich erkennen. Die Kinder Susanne und Silvia Schäfer haben nämlich bei ihrer kriminalpolizeilichen Befragung geäußert, sie wären das ganze Wochenende allein gewesen. Nur am Samstagnachmittag sei ein Freund der Mama erschienen, habe auf einem Zettel eine kurze Nachricht hinterlassen und das kaputte Radio zur Reparatur mitgenommen.

Es stimmt: Die Polizei hat bei der ansonsten erfolglosen Durchsuchung in Frau Schäfers Küche einen Zettel mit dem handgeschriebenen Text »Komme am Dienstag halbdrei, Heinz« gefunden. Klausdorf bestreitet nicht, den Zettel geschrieben zu haben. Im Gegenteil. Er will damit sogar beweisen, keinesfalls mit dem Verschwinden von Elisabeth Schäfer etwas zu tun zu haben. Doch auf die heikle Frage »Woher wussten Sie denn, welche Ersatzteile Sie am Freitagnachmittag in Zwickau kaufen wollten, wo Sie das Radio doch erst am Samstag abgeholt haben?«, antwortet er ausweichend und behauptet schließlich, er habe gar nicht beabsichtigt, Ersatzteile zu kaufen, sondern wollte lediglich ausfindig machen, wo man sie erwerben kann.

Für die Ermittler der Mordkommission ist Heinz Klausdorf eine höchst verdächtige Figur in diesem Fall. Inzwischen sind mehr als zehn Tage ohne ein Lebenszeichen von Frau Schäfer vergangen. Ein Verbrechensverdacht ist nun nicht mehr von der Hand zu weisen. Gegen Klausdorf wird ein Ermittlungsverfahren eingeleitet. Immerhin ist er der

Letzte, der mit Frau Schäfer gesehen wurde. Warum lügt er, wenn er ein reines Gewissen hat? Könnte er sich seiner Geliebten nicht deshalb entledigt haben, weil sie ihm mit der Zeit lästig geworden ist?

Aber die stundenlangen Befragungen führen keineswegs weiter: Klausdorf schweigt, trotzig, in sich gekehrt und voller Entrüstung, dass man ihm zutraue, seine heimliche Geliebte umgebracht zu haben. Fazit: Da die bisherigen Begründungen für seine Verhaftung auf rechtlich schwachen Füßen stehen, gilt es weiter zu ermitteln, den Tatort, vor allem aber die Leiche zu finden. Denn ohne Leiche ist der Nachweis eines Verbrechens nur sehr schwer möglich. Und ohne Nachweis eines Verbrechens ist Klausdorfs Täterschaft nicht zu beweisen. Zähneknirschend müssen ihn die Kriminalisten schließlich nach Hause entlassen.

In den letzten Apriltagen sind weitere Polizeikräfte und Hundestaffeln im Einsatz, die Gegend zwischen Zwickau und Mülsen Sankt Niclas abzusuchen. Doch alle Maßnahmen verlaufen im Sande. Deshalb ist beim Beschuldigten Klausdorf eine Wohnungsdurchsuchung vorgesehen. Denn es ist nicht ausgeschlossen, dass sich dort der Tatort oder das Leichenversteck befinden. Zumindest besteht die vage Hoffnung, Spuren, Beweise oder Indizien aufzuspüren, die über den Verbleib der Vermissten Auskunft geben oder helfen, den Verdächtigen zu überführen.

An der Aktion nehmen Ermittler der MUK und Kriminaltechniker teil. Auch die Anwesenheit des ABV, VP-Meister Pertus, ist zweckmäßig, denn er kennt Örtlichkeiten und Leute am besten. Und da das Gesetz bei einer Wohnungsdurchsuchung die Gegenwart von Zeugen vorsieht, wurden zwei Nachbarn überredet, am Morgen des 2. Mai 1967 das ungewöhnliche Spektakel mit stillem Interesse zu verfolgen. Anita Klausdorf hält sich mit Kindern einstweilen bei Verwandten in einem Nachbarort auf. Sie kann die Demütigung des ehelichen Vertrauensbruchs und der polizeilichen Schnüffelaktion um ihren Mann einfach nicht verkraften.

Heinz Klausdorf, dem ein Uniformierter nicht von der Seite weicht, versucht, die Emotionen zu unterdrücken. Er sitzt, äußerlich teilnahmslos, als ginge ihn das Ganze nichts an, in der Küche, raucht und harrt der Dinge, die er sowieso nicht ändern kann. Nur das verkrampfte, überhebliche Lächeln und die ins Leere starrenden Augen verraten seine ungeheure innere Anspannung.

Erst am Ende des Vormittags erlischt die polizeiliche Wissbegierde. Doch die Ausbeute ist ziemlich gering: Nur das Radio, das unter Klausdorfs Bett steht, gibt einen für den Untersuchungszweck allerdings unbedeutenden Hinweis auf die Vermisste. An einem großen Taschenmesser aus der Jacke des Beschuldigten lassen sich mit der sogenannten Benzidinprobe zwar ganz geringe Blutspuren feststellen, ob es sich aber um menschliches Blut handelt, bleibt weiterhin fraglich. Zufällig entdeckt einer der Sucher in einer Kommode eine alte, ziemlich abgegriffene Landkarte der östlichen Umgebung von Zwickau. Zunächst gilt sein Interesse dem Alter der Karte: »Sieht aus wie'n Messtischblatt vom Militär, Zweiter Weltkrieg vielleicht.«

Als er sie ausbreitet und betrachtet, stößt er auf eine Auffälligkeit: Eine kleine, offensichtlich mit Tinte vorgenommene Markierung in Form eines mit einem Kreis umrandeten Kreuzes. Diese unscheinbare Eintragung stößt auf sein Interesse. Er bittet VP-Meister Pertus zu sich, tippt mit dem Finger auf das Kreuz stellt eine Frage, von der niemand ahnen kann, dass sie im Fall der vermissten Elisabeth Schäfer die entscheidende Wende ankündigt: »Kennen Sie diese Stelle?«

Pertus schaut eine Weile auf den Geländeplan und überlegt. Schließlich flüstert er dem Kriminalisten zu: »Das könnte der alte Schuttabladeplatz zwischen Zwickau und Mülsen sein!«

Die Markierung auf der Karte, ein Schuttabladeplatz und eine verschwundene Frau? Na, daraus ergibt sich doch ein brauchbarer Ermittlungsansatz! Während die Männer der MUK sich über das weitere Vorgehen verständigen, sitzt Heinz Klausdorf unter Aufsicht eines Wachtmeisters immer noch in der Küche und raucht eine Zigarette nach der anderen. Dann wird er mit dem Messtischblatt konfrontiert: »Haben Sie das Kreuz dadrauf gemacht?«

Er wirft einen flüchtigen Blick auf die Karte, hebt die Schultern: »Kenn ich nicht. Nicht von mir!« Er wird nochmals gefragt. Doch Klausdorf bleibt dabei: »Keine Ahnung, wer das da reingemalt hat!«

Die Männer der MUK sind sich einig: Die auf der Karte markierte Stelle muss Zentimeter für Zentimeter abgesucht werden. Und noch am Nachmittag des gleichen Tages wird der unweit von Mülsen Sankt Niclas liegende Müllplatz zum Schauplatz einer ehrgeizigen kriminalistischen Spurensuche. Er liegt tiefer als das ihn umgebende Gelände und wird dadurch von einer meterhohen, mit dichtem Buschwerk bewachsenen Böschung eingerahmt. Ein Dutzend Polizisten in dunkelblauen Overalls und Stiefeln, mit Schaufeln, Hacken und Harken bewaffnet, gehen ans Werk. Nur knappe dreißig Minuten dauert die Aktion. Dann kann sie erfolgreich abgeschlossen werden: In einer metertiefen Senke, verscharrt in Asche, bedeckt mit Pappkartons, Teilen eines entsorgten Kinderwagens und anderem Unrat liegt der Leichnam einer Frau. Vorsichtig wird der freigelegt und grob gesäubert. Das rote Haar der Toten ist ein erster wichtiger Hinweis darauf, dass es sich um die vermisste Elisabeth Schäfer handeln kann. In der Tat: als der Gerichtsmediziner einige Zeit später die Leichenschau beendet, bestätigt sich diese Annahme. Alter, Bekleidung, Haarfarbe, geschätzte Liegezeit und das für eine Wiedererkennung noch gut erhaltene Antlitz der Toten führen schon am Fundort zu einer schnellen Identifizierung. Als mögliche Todesursache gibt er Verbluten an, denn der Leichnam ist mit tiefen Messerstichen übersät, und die Platzwunde am Kopf scheint nicht so erheblich zu sein, dass sie den Tod verursacht haben könnte.

Wegen des dringenden Verdachts, Frau Schäfer vorsätzlich getötet zu haben, wird noch am Abend Haftbefehl gegen Heinz Klausdorf erlassen. Zwei Tage später liegt der Autopsiebericht vor. Im Wesentlichen deckt er sich mit dem Leichenschaubefund. Doch in zwei Punkten vermittelt er präzisere Ergebnisse: So kann zum einen davon ausgegangen werden, dass Frau Schäfer kurz vor ihrem Tode Geschlechtsverkehr hatte. Dafür sprechen die geordnete

Artgleiches Messtischblatt von der Ortschaft Mülsen Sankt Niclas mit der auf die Fundstelle des Opfers weisenden Markierung

Kleidung der Toten und die nachgewiesenen relativ gut erhaltenen Spermien. Möglicherweise eignet sich diese Spur sogar für eine Individualisierung des Produzenten. Dieser Befund beweist erneut, dass bei Leichen Spermaspuren in der Scheide auch nach längerer Zeit nachgewiesen werden können. Zum anderen lassen die etwa 35 Messerstiche, die sich wahllos über den ganzen Leib der Toten verteilen, den Schluss zu, dass der Täter in großer Panik oder Wut zugestochen haben kann.

Dem beschuldigten Heinz Klausdorf wird das Ergebnis der Suche auf dem Schuttabladeplatz nicht vorenthalten. Er fühlt sich durch den Beweisdruck wie am Boden zerschmettert. Sein schlechtes Gewissen ist nun so übermächtig, dass er unter Tränen gesteht, Elisabeth Schäfer umgebracht zu haben.

Zwischen den dichten Sträuchern an der Böschung des Müllplatzes befindet sich Elisabeth Schäfers Lieblingsstelle für geheimen Freiluftsex. An diesem Platz vergnügte sie sich mit Heinz Klausdorf schon in der Vergangenheit. Deshalb schlenderte das Paar auch an diesem sonnigen Nachmittag des 14. April 1967 den verschlungenen Pfad durch die Felder entlang, der von der Dresdener Landstraße abzweigt und nach Mülsen Sankt Niclas, aber auch zu ihrem Liebesnest führt. Ab und zu unterbrachen die Liebenden den Spaziergang, um sich leidenschaftlichen Küssen hinzugeben. Elisabeth war überraschend wohlgelaunt, fast albern. Sie scherzte grob und zotig, ließ ihrem Begehren freien Lauf. Heinz Klausdorf war indes zurückhaltend. Obwohl er immer mehr Lust verspürte, sich mit ihr zu vereinigen, dachte er fortwährend daran, dass dieses heimliche Stelldichein bald seinen Abschluss finden müsse. Elisabeth holte die Weinflasche aus ihrer Tasche: »Hier, mach auf!«

Klausdorf kramte sein großes Taschenmesser aus der Hosentasche hervor und klappte einen Korkenzieher auf. Mühelos entkorkte er die Flasche. Sie tranken abwechselnd. Aber er hielt sich unbemerkt zurück. Noch ehe die beiden ihre erotische Vergnügungsstätte erreicht hatten, war die Flasche fast leer. Elisabeth, inzwischen ziemlich beschwipst, konnte es kaum erwarten. Auf der Böschung am Rande des Müllplatzes, an einer Stelle, wo die dichten Sträucher eine kleine Lichtung bilden, vollzogen sie den Beischlaf. Elisabeths Leidenschaft kannte keine Grenze. Auch Klausdorf war emsig bei der Sache, bis die körperliche Schwäche eine Fortsetzung der Orgie unmöglich machte. Erschöpft ruhten sich beide eine Zeitlang aus. In Klausdorfs Kopf spukte von nun an nur ein einziger Gedanke: Jetzt muss es raus! Verlegen verschwand er zunächst hinter einem anderen Gebüsch, um seine Notdurft zu verrichten. Unterdessen kleidete sich Elisabeth an und ordnete ihre Frisur. Als er zurückkam, nutzte er die körperliche Distanz zu ihr, sagte ernst und kühl: »Das war das letzte Mal!«

Sie starrte ihn fassungslos an, nestelte nervös an ihrem Pullover und war einen Atemzug lang still. Das Blut stieg in ihren Kopf, hektische Flecken bildeten sich an ihrem Hals, schließlich zischte sie: »Das könnte dir so passen, mich einfach wegschmeißen!«

Klausdorf war ziemlich ruhig und wiederholte seine Absicht, diesmal schärfer im Ton: »Hau ab, ich will nicht mehr!«

Elisabeth erkannte den Ernst der Situation, ihre Rage steigerte sich. Sie ging auf Klausdorf zu, packte ihn an den Haaren, schüttelte seinen Kopf und herrschte ihn an: »Du Schwein! Verdammter Hund! Ist dir völlig egal, was aus mir wird?«

Er befreite sich mit einem kräftigen Handgriff aus der misslichen Lage und gab Elisabeth einen derben Stoß vor die Brust. Sie stolperte nach hinten, lag plötzlich auf dem Rücken zwischen den Büschen, heulte und schrie ihre Drohung heraus: »Na warte, heute Abend weiß deine Frau alles, aber auch alles! Und, dass ich ein Kind von dir kriege!«

Seelenruhig trank Klausdorf den Rest aus der Weinflasche. In diesem Augenblick schoss es durch sein Gehirn, dass diese Frau sein Leben ruinieren wollte. Natürlich glaubte er nicht, sie geschwängert zu haben, weil sie ja die Pille nahm. Aber dass sie Anita alles offenbaren wollte, empfand er als sehr ernsthafte Bedrohung, und als er Elisabeth anblickte, die – hilflos wie ein auf dem Rücken liegender Käfer, mit Armen und Beinen strampelnd – sich aufzurichten versuchte, stand es für ihn fest: Die muss weg! Die Weinflasche in der Hand, stürzte er auf sie zu und schlug damit mehrmals auf ihren Kopf. Augenblicke später: Er beugte sich über Elisabeth, die nur noch undeutliche, murmelnde Laute von sich geben konnte, klappte sein Taschenmesser auf und stach zu. Sie bäumte sich auf. Das steigerte seine Wut. Immer und immer wieder rammte er wie von Sinnen das Messer in ihren Körper. Diese schreckliche Szene dauerte länger als eine Minute. Dann bewegte sich Elisabeth nicht mehr. Klausdorf wischte das Blut vom Messer, klappte es zusammen und ließ es wieder in der Hosentasche verschwinden. Völlig erschöpft setzte er sich, benötigte einen Augenblick der Erholung und Überlegung. Doch die Zeit der Besinnung war sehr kurz. Wie eine unaufhaltsame Woge stürzte jetzt die Angst über ihn herein. Er wollte fliehen, doch noch hielten ihn die letzten Widerstandskräfte zurück: So darf sie nicht liegenbleiben! Klausdorf packte die tote Frau an den Füßen, zog sie an den Rand der Böschung und rollte sie hinunter in den Unrat. Vorsichtig ließ er sich die Böschung hinuntergleiten, suchte auf dem Schuttplatz eine geeignete Vertiefung und verfrachtete die Leiche darin, um sie mit Asche abzudecken und allerlei Gerümpel darüber zu schichten, bis die Stelle unauffällig war. Dann kletterte er die Böschung hoch, zurück zu der Stelle, die einst auch sein Liebesnest war und holte Elisabeths Handtasche. Ein Schlüsselbund, Personal- und Betriebsausweis und eine Geldbörse mit 90 Mark waren darin. Das Geld nahm er an sich, die Tasche und das Schlüsselbund landeten in hohem Bogen irgendwo im Müll. Die Ausweise jedoch verbrannte er auf dem Rückweg in einem Straßengraben. Zu Hause untersuchte er seine Bekleidung nach Blutspuren, konnte aber nichts Auffälliges entdecken. Er reinigte sich und wischte sein Messer nochmals mit Feuerzeugbenzin ab. Als Anita mit den Kindern heimkehrte, beschäftigte er sich gerade mit der Reparatur eines Rollers. Was folgte, war ein harmonischer Abend wie in jeder intakten Familie.

Klausdorf konnte aber in der Nacht keine Ruhe finden. Am nächsten Tag musste er zur Frühschicht. Früher als sonst schlich er sich aus dem Haus und ließ Anita schlafen. Mit dem Rad fuhr er zum Müllplatz, um zu kontrollieren, ob man die Leiche finden könnte. Aber alles war so unauffällig, wie er es verlassen hatte.

Langsam kehrte wieder Ruhe in seine Seele. Und die weiteren Überlegungen wurden kühler und gewannen an Logik. Natürlich war damit zu rechen, dass Elisabeth Schäfer bald vermisst würde und die VP sich der Sache annahm. Ihm kam der Gedanke, vorsorglich eine ablenkende Spur zu legen. Deshalb tauchte er nach Schichtschluss bei Elisabeths Kindern auf, spielte die große Verwunderung, die Mutter nicht anzutreffen, hinterließ scheinheilig eine handschriftliche Nachricht und nahm das defekte Radio mit nach Hause ...

Heinz Klausdorf verhält sich in den polizeilichen Vernehmungen aussagewillig und einsichtig. Er hat sich schnell damit abgefunden, dass er für viele Jahre hinter Gitter muss. Ihm ist klar, seine Lage nur dadurch verbessern zu können, wenn er bei der Wahrheit bleibt. Als ihm allerdings in der Vernehmung vorgehalten wird, die Tötung der Frau Schäfer längere Zeit geplant zu haben, wehrt er sich hartnäckig gegen diesen Vorwurf. Unbeirrbar bleibt er dabei, dass ihm der Gedanke, Frau Schäfer zu töten, erst in dem Augenblick gekommen sei, als sie rücklings zwischen den Büschen lag. Doch die Ermittler lassen nicht locker und konfrontieren ihn wieder mit der alten Landkarte aus seiner Wohnung: »Das Kreuz zeigt doch, dass Sie die Leiche zum Schuttplatz bringen wollten. Das beweist Planung. Daraus folgt, es geht nicht um Totschlag, sondern Mord!«

Klausdorf befindet sich in einer verzweifelten Lage. Er fühlt sich in diesem Punkt völlig unschuldig und beteuert: »Glauben Sie mir doch, ich kenne das Kreuz nicht, es ist nicht von mir!«

»Woher haben Sie das Messtischblatt eigentlich?«, will man von ihm wissen. Wenigstens diese Frage kann er glaubhaft beantworten: »Als mein Vater gestorben war, haben mir meine Brüder eine Kommode gebracht. Da war die Karte drin. Ich habe sie, so wie sie war, drin liegenlassen und nie auseinandergefaltet. Hat mich einfach nicht interessiert!«

Klausdorfs Beharrlichkeit macht nun auch die Kriminalisten sprachlos. Sie brechen ein weiteres Gespräch über dieses Thema ab. Doch die Berufsskeptiker wollen Genaueres wissen. Objektive Fakten müssen her. Ein Schriftsachverständiger wird konsultiert, um die Frage zu beantworten, ob sich feststellen ließe, wann die Markierung auf der Karte vorgenommen wurde. »Im Prinzip ja, aber bei der geringen Spurenmenge habe ich meine Zweifel«, ist seine salomonische Antwort. Da er keine physikalisch-chemische Analysen vornimmt und sich sein Arbeitsgebiet darauf beschränkt, verdächtige Personen als Urheber von Handschriften festzustellen, verweist er die Männer der MUK an einen Berliner Spezialisten für Dokumentenuntersuchung. Dieser ist auch bereit, gibt aber zu bedenken, dass er für die Bestimmung des Tintenalters ein winziges Stück der Markierung aus der Karte herausschneiden müsse. Kein Problem, die kleine Beschädigung steht in keinem Verhältnis zum erwarteten Resultat.

Vor allem wenn der Verdacht von Fälschungen oder Verfälschungen von Schriftstücken und Unterschriften besteht, hat die Kriminalistik zwei grundlegende Aufgaben zu bewältigen. Zum einen geht es um die Untersuchung von sogenannten Schriftträgern wie z. B. Pässen, Urkunden, Rechnungen, Schecks, Wertpapieren, zum anderen um die direkte und indirekte Altersbestimmung von Schreibmitteln wie z. B. eisenhaltigen Tinten, Blauholztinten, Farbstofftinten, Kugelschreiberpasten, Tuschen, Farben von Stempeln, Faserschreibern, Blei- und Buntstiften.

Im Vordergrund stehen dabei mikroskopische, messtechnische, chemische und physikalische Verfahren wie Tüpfelreaktionen, Dünnschicht- und Papierchromatographie, Untersuchung im sichtbaren, ultraroten und ultravioletten Wellenlängenbereich.

Vereinfacht ausgedrückt: Die im Fall Klausdorf angewandte Methode der Tintenaltersbestimmung bezog sich auf eine chemische Darstellung des Sulfat- bzw. Chloridbildes. Ihr liegt zugrunde, dass die in bestimmten Tinten vorhandenen Sulfat- bzw. Chloridionen über Jahre hinweg unsichtbar in die Umgebung des Schriftzuges diffundieren. Anhand des Auswanderungsgrades lässt sich das Alter der Tinte schätzen. Die erlangten Schätzwerte können dann Einfluss auf die Zielgenauigkeit und Effektivität der nachfolgenden kriminalistischen Ermittlungen ausüben.

In der Praxis der DDR-Sicherheitsorgane spielte die Dokumentenuntersuchung eine nicht unerhebliche Rolle. Abgesehen von Straftaten der allgemeinen Kriminalität und der Klärung zivilrechtlicher Angelegenheiten boten insbesondere die völlig überzogenen, oft beliebig auslegbaren politischen Straftatbestände innerhalb der »Verbrechen gegen die DDR« und der »Straftaten gegen die staatliche Ordnung«, dem Ministerium für Staatssicherheit auch in dieser Hinsicht ein reichhaltiges Betätigungsfeld.

Tage vergehen. Dann liegt das Ergebnis des Gutachtens vor. Doch die Männer der Mordkommission sind völlig perplex: Das Kreuz auf dem Messtischblatt ist mit an Sicherheit grenzender Wahrscheinlichkeit mindestens zehn bis zwölf Jahre alt. Vermutlich ist es sogar noch älter. Es wurde nämlich eine Tinte benutzt, die schon seit langer Zeit nicht mehr im Handel ist. Den Kriminalisten, die eigentlich an Überraschungen gewöhnt sein müssten, verschlägt es die Sprache, denn sie ziehen sofort die richtigen Schlüsse: Wenn dem so ist, steht die Markierung auf der Karte in keiner Beziehung zu dem Mord! Sie kann folglich nur entstanden sein, als Klausdorf Frau Schäfer noch gar nicht kannte. Und darüber hinaus: Zu dieser Zeit war das Gelände nicht durch einen Schuttabladeplatz verunstaltet.

Diese Erkenntnis stachelt ihren Ermittlungsehrgeiz an. Jetzt wollen sie über die geheimnisvolle Karte mit dem kleinen, unscheinbaren Kreuz mehr wissen. Klausdorfs Brüder, Verwandte und Bekannte werden befragt. Auch sie bestätigen, dass der Geländeplan aus dem Besitz des im Jahre 1952 verstorbenen Vaters stammt. Folgerichtig muss das Kreuz vor dem Tod des Vaters in die Karte eingetragen worden sein. Daraus ergibt sich eine weitere zeitliche Präzisierung: Die Eintragung auf dem Messtischblatt muss mindestens 15 Jahre zurückliegen. Weitere Ermittlungen folgen. Dann finden sie heraus, dass die Tintenmarkierung durch Klausdorfs Vater wahrscheinlich im Herbst 1944 vorgenommen wurde, zu einer Zeit also, als der Beschuldigte selbst etwa 14 Jahre alt war. Das erklärt, warum Heinz Klausdorf energisch beteuert, die Eintragung auf dem Messtischblatt nicht gemacht zu haben, ja sogar beschwört, das antiquierte Papier nicht einmal auseinandergefaltet zu haben, das auf geheimnisvolle Weise sein Verhängnis wurde.

Also: Klausdorfs Vater hatte die Kennzeichnung auf dem Plan genau an der Stelle vorgenommen, an der sein Sohn 23 Jahre später die Leiche seiner Geliebten versteckte. Eine solche eigenartige Duplizität zwischen Jahrzehnten auseinander liegenden Ereignissen muss doch eine Ursache haben. Fragen werden aufgeworfen, sinnvolle und törichte: Was bewog den Vater zu der Kennzeichnung des späteren Leichenfundorts? Können die unscheinbaren Zeichen auf dem Messtischblatt für Heinz Klausdorf eine Bedeutung haben, der er sich nur nicht mehr bewusst ist? Ist es nach menschlichem Ermessen vorstellbar, dass die Übereinstimmung der Markierung auf der Karte mit dem Ort der Opferbeseitigung naturgesetzlichen Abläufen folgte? Oder gibt es eine andere logische Erklärung für die örtliche Identität zweier zeitlich sehr weit auseinander liegender und unabhängig voneinander ablaufender Ereignisse? Wirkten, wie mancher gebildete Mitmensch zu erklären versucht, gar paranormale Phänomene, wonach Klausdorfs Vater, freilich unbewusst, voraussah, dass sein Sohn an diesem Ort einmal etwas Schreckliches tun würde? Versteckte der Mörder das Opfer somit an einem von übersinnlichen Kräften vorbestimmten Ort?

Wie dem auch sei: Für den Fortgang des Ermittlungsverfahrens ist nur von Belang, dass Klausdorf mit dem Kreuz auf dem Messtischblatt nichts zu tun hat. Folglich ist die

Version einer langfristigen Planung des Verbrechens hinfällig. Die Kriminalisten sind zufrieden. Es war ein überaus glücklicher Umstand, bei der Wohnungsdurchsuchung auf die Markierung gestoßen zu sein, die sie schließlich auf den Gedanken brachte, das bezeichnete Gelände abzusuchen. Ihre nüchterne Erklärung: Es war ein Zufall, der sich nur mit dem vielmillionenfachen Bruchteil einer Wahrscheinlichkeit noch einmal wiederholen könnte.

Für die Beweisaufnahme in der Hauptverhandlung vor dem Bezirksgericht Karl-Marx-Stadt spielt die Eintragung auf dem Messtischblatt keine Rolle. Sie steht mit der Tötung der Frau Schäfer in keinem Zusammenhang. Allerdings wird auf Klausdorfs Antrag die Frage geprüft, ob er durch den Streit mit seiner Geliebten in eine solch ungestüme Gefühlserregung geraten ist, dass er die Kontrolle bewusster Selbststeuerung verlor und dadurch eine unverschuldete Affekthandlung beging. Doch bald ist klar: Für ihn trifft weder eine Schuldminderung noch eine strafrechtliche Privilegierung im Sinne des Totschlags zu. Grund: Er hatte sich, als er den Rest der Weinflasche austrank, mit kühler Überlegung zur Tötung seiner überdrüssigen Geliebten entschlossen. Das bestätigt auch der psychiatrische Sachverständige, der Klausdorf als einen Menschen mit »vitalprimitiver Persönlichkeitsstruktur und vordergründig egozentrischen Lebenszügen« einschätzt, der strafrechtlich verantwortlich ist.

Heinz Klausdorf wird zu einer lebenslänglichen Freiheitsstrafe verurteilt. Wegen eines schweren chronischen Leidens wird er nach 16-jähriger Haft vorzeitig entlassen. Er verstirbt im Jahre 1985 kurz vor Vollendung seines 55. Lebensjahres.

Der Fall Heinz Klausdorf gerät bald in Vergessenheit, versinkt im großen Sumpf der Verbrechensstatistik als einer unter vielen. Nur die Geschichte um das geheimnisvolle, unscheinbare Kreuz auf einer alten Landkarte, das auf unerklärliche Weise den Weg zum Versteck des Opfers verriet, geht in Kriminalistenkreisen immer wieder von Mund zu Mund. Immerhin verbindet sich damit einer der größten Zufälle in der Geschichte der Kriminalistik.

Im Jahre 1994 wird die Erinnerung an diesen Fall wiedererweckt: Inzwischen hat nämlich die Faszination, die von der kleinen Tintenmarkierung auf dem Messtischblatt ausgeht, auch Fernsehjournalisten und Filmemacher in ihren Bann gezogen. Und so greift die RTL-Sendereihe »Spurlos« den Fall des Mörders Heinz Klausdorf auf und erzählt in dokumentarisch untersetzter Spielfilmform die Geschichte des geheimnisvollen Kreuzes auf dem Messtischblatt.

Der Polizistenmord von Gera

Aktenzeichen BS-Amt SDAG Wismut Tgb.-Nr.103/79
Aktenzeichen 2. Strafsenat Bezirksgericht Gera 2 BS 7/80

Donnerstag, der 14. Juni, gegen 3.30 Uhr. In der Notrufzentrale der Geraer Feuerwehr läutet das Telefon. Ein aufgeregter Hausbewohner meldet einen Wohnungsbrand in der Ernst-Toller-Straße 14, graue, beißende Rauchwolken würden aus einer Wohnung des ersten Obergeschosses dringen. Andere aufgeschreckte Nachbarn versammeln sich vor der Wohnung. Rasch sind die Floriansjünger zur Stelle. Sie wissen, was zu tun ist, dringen in das Einraum-Appartement. Gleich auf dem Korridor die ersten, routinierten Handgriffe: Sicherungen raus und Gaszufuhr sperren! Dann weiter zur Brandquelle im Wohnzimmer. Qualm versperrt die Sicht. Nur undeutlich erkennbar ein Schwelbrand an einer Liege, aber auch an einem Sessel und am Wohnzimmerschrank. Feuerlöscher kommen zum Einsatz. Gleich drei Brandquellen an verschiedenen Orten? Das ist ungewöhnlich und verdächtig. Ein Feuerwehrmann öffnet die Fenster, der Rauch zieht ab. Schnell ist der Blick frei. Da, hinter dem rauchenden, stark verkohlten Sessel liegt ein mit Socken, Hose und Turnhemd bekleideter, regloser Mann. Ein Feuerwehrmann versucht es mit erster Hilfe, doch der Mann zeigt kein Lebenszeichen. Über Funk wird ein Notarzt angefordert, der kurz darauf erscheint. Die Diagnose erfolgt schnell, der Mann zeigt zwar noch Körperwärme, aber er ist tot. »Nicht länger als ein, zwei Stunden«, ist die sachliche Feststellung des Mediziners. Spuren von Gewalt am Körper des Toten sind augenscheinlich nicht zu entdecken. Woran der Mann gestorben ist, bleibt unklar. Also verdächtiger Todesfall mit schwer feststellbarem Sachverhalt. Ist der Tote der Wohnungsinhaber? Sogleich wird jener Nachbar, der die Feuerwehr alarmiert hat, hereingebeten, um ihn zu identifizieren:

»Ja«, antwortet der Nachbar sicher, nachdem er ins Gesicht des Toten geblickt und sich neugierig im Zimmer umgesehen hat, »das ist Herr Langloff. Junggeselle, ein komischer Heiliger. Er wohnt allein hier, arbeitet wohl beim Betriebsschutz der Wismut, glaube ich. Wenn Sie mehr wissen wollen, ich wohne nebenan in der 116. Reinhold mein Name ...«

Mit einem »Danke, Sie können gehen«, komplimentiert einer der Feuerwehrmänner den redseligen Nachbarn wieder aus der Wohnung, ehe er sich an seinen Kollegen wendet: »Wir warten jetzt auf die K!« Und das bedeutet: Einsatz der Kriminalpolizei, genauer gesagt, der MUK.

Unterdessen sehen sich die Feuerwehrleute in der Wohnung um. Fest steht, vor Kurzem müssen sich hier mehrere Personen aufgehalten haben. Denn: Auf dem Tisch stehen leere Wein- und Bierflaschen, verschiedene Gläser, Aschenbecher, gefüllt mit Zigarettenresten. Es sind untrügliche Relikte eines Trinkgelages. Auch sonst herrscht eine ziemliche Unordnung im Raum. Schränke und Behältnisse sind geöffnet, scheinen durchwühlt worden zu sein. Papiere, Kleidung und allerlei Utensilien liegen auf dem Fußboden herum. Im Flur steht ein kleines Regal mit leeren Bierflaschen. Am Garderobenständer, fein säuberlich über einem Kleiderbügel, hängt neben einem grauen Jackett die Uniformjacke eines Polizisten, Dienstgrad VP-Hauptwachtmeister. Auf der Hutablage zwei Polizeidienstmützen, jeweils darin ein Etikett mit dem Namen »L. Langloff«. Der Name stimmt mit dem auf dem Klingelschild der Wohnungstür überein. Als die Brandbekämpfer schließlich die Kochnische inspizieren, stellen sie mit ziemlichem Schrecken fest, dass beide Gerätehähne des Gaskochers geöffnet sind. Wie gut, dass die Männer beim Betreten der Wohnung die Gaszufuhr routinemäßig gesperrt haben, denn bis zu diesem Zeitpunkt ist ungehindert Gas ausgeströmt und hätte leicht zu einer Katastrophe führen können. Glückliche Umstände haben verhindert, dass die Kraft des Schwelbrandes nicht ausreichte, das Gas zur Explosion zu bringen.

Es dauert nicht lange und Oberleutnant Kleinsteuber (35), Bereitschaftsdienst der MUK, erscheint vor Ort, um die Lage einzuschätzen und für die folgenden Ermittlungen entsprechende Kräfte und Mittel planen zu können. Ein kurzer Bericht der Feuerwehrleute, ein ebenso langer Dialog mit dem Arzt und ein geschulter Rundblick durch die Wohnung genügen, um in der Einsatzzentrale der BdVP das Ergebnis seiner Prüfung zu melden: Zwei Gründe sprechen für einen Großeinsatz der MUK. Zum einen geht es um den nicht natürlichen Todesfall eines Polizisten. Ihn zu untersuchen würde nach den entsprechenden Weisungen die Kompetenz eines regionalen Leichensachbearbeiters überschreiten, weshalb die Sache der zuständigen MUK übergeben werden muss, selbst wenn kein Tötungsdelikt begangen wurde. Im vorliegenden Fall liegt aber zusätzlich ein solcher Verdacht vor, denn die offenstehende Wohnungstür, überzeugende Spuren eines Gelages, durchwühlte Schränke und Behältnisse sowie drei Brandstellen sprechen für sich. Es gibt also ausreichende Gründe für einen Einsatz der MUK …

Reichlich zwölf Stunden zuvor: Etwa 230 Kilometer nordöstlich von Gera, auf dem Fernbahnsteig des Bahnhofs Luckenwalde, der Kreis- und Industriestadt am Flüsschen Nuthe, lümmeln zwei junge Männer in ziemlich schmuddeligem Outfit, so um die zwanzig, gelangweilt und stumm auf einer Bank. Der eine, schlank, mit schulterlangem, dunklem Haar, der andere stämmiger als sein Kumpan, einen halben Kopf kleiner, aber mit ebensolcher Haarpracht. Sie warten auf den Personenzug nach Leipzig, planmäßige Abfahrtszeit 6.25 Uhr. Außer ihnen halten sich zu dieser frühen Stunde nur einige Pendler auf dem Bahnsteig auf.

Nach einer Weile fragt der Kleinere: »Haste noch 'ne Lulle?« Der Angesprochene fingert aus der Tasche seiner verschlissenen Windbluse eine leicht zerdrückte Schachtel »Juwel«, entnimmt eine Zigarette, reicht die noch halb volle Schachtel dem anderen und fragt: »Wie viel Knete hast'n noch?«

»Vier Mark. Gut, dass wir die Fahrkarten haben«, antwortet dieser, »wir müssen uns wieder was klemmen«. Damit deutet er an, dass sich die beiden auf unlautere Weise finanziellen Nachschub verschaffen wollen.

»Nachher im Zug!«, meint der Erste zuversichtlich.

Nach diesem kurzen Wortwechsel stellen sie ihre Konversation ein und paffen genüsslich an ihren Glimmstängeln. Einige Zeit später. Ein älterer Mann torkelt schwerfällig heran und lässt sich auf einer Nachbarbank nieder. Die beiden jungen Männer blicken sich kurz an, einer raunt: »Der ist ja hackevoll!«

Der andere erhebt sich und gibt seinem Kumpel mit einer Kopfbewegung zu verstehen, ihm unauffällig zu folgen. Sekunden später sitzen sie dicht bei dem alkoholisierten Alten, der offensichtlich schlafen will. Ärgerlich brabbelt er: »Was is'n? Lasst mich in Ruhe«, als der Größere ungehemmt dessen Taschen durchsucht, während der andere wachsam in Bereitschaft bleibt, um eine mögliche Gegenwehr sofort schlagkräftig zu unterbinden. Als wenn nichts geschehen wäre, schlendern die Übeltäter Augenblicke später gemächlich zu ihrem alten Platz zurück. Der Alte, der in ziemlicher Schieflage auf seiner Bank ruht, ist unterdessen eingeschlafen.

Wenig später fährt zischend und quietschend der Personenzug nach Leipzig ein. Einige Menschen verlassen den Zug. Andere steigen ein, unter ihnen die beiden jungen Männer. Zwei Minuten später ist der Bahnsteig wieder wie leergefegt. Nur der einsame, schlafende Alte auf der Bank bleibt zurück, verharrt weiterhin in seiner alkoholbedingten Schieflage.

Bald zuckelt der Zug durch die brandenburgische Landschaft gen Süden. Die beiden jungen Männer haben inzwischen Platz in einem leeren Abteil gefunden. Der Kleinere fragt neugierig: »Und, wie viel?« Grinsend fischt der andere aus seiner Jeans eine Geldbörse, entnimmt das Papiergeld und die Münzen, präsentiert seinem Kumpan die Beute und verkündet stolz: »Alter, das reicht für die nächsten Tage!«

Später öffnet er das Abteilfenster und schleudert das leere Behältnis in die vorbeihuschende Landschaft. Dann strecken sich die beiden auf ihren Sitzen aus und dösen in den Morgen hinein.

Dies alles geschieht in den Frühstunden des 13. Junis 1979.

Protagonisten sind der 20-jährige Uwe Jakobus und sein gleichaltriger Kumpan Horst Schröder. Beide stammen aus Luckenwalde, wohnen nur wenige Minuten voneinander entfernt in der Nähe des Bahnhofs. Seit Jahren sind sie in sonderbarer Freundschaft verbunden, wobei Schröder in seiner überheblich-distanzlosen Art die bestimmende Position innehat, während der zwar körperlich überlegene, jedoch intellektuell tiefer stehende Jakobus sich ihm bereitwillig unterordnet. Auf diese Weise bieten sich die beiden gegenseitigen Schutz. Ihr bisheriger Lebensweg verläuft erschreckend trostlos. Aufgewachsen in sozial schwer gestörten Familien unter den Bedingungen mehrfacher Scheidung der Eltern und Alkoholismus, prägten körperliche Züchtigung, fehlende emotionale Nestwärme, Ablehnung und Vernachlässigung die Erziehungssituation. Mehr noch: Langjähriger Aufenthalt in Kinderheimen, Sonderschulausbildung mit vorzeitigem Abbruch und schließlich ihre Unterbringung im Jugendwerkhof förderten die soziale Verwilderung. Die Folge ist die massive Milieuschädigung der beiden. Damit sind die Bedingungen erfasst, die in lehrbuchhafter Weise klassische Brutstätten für delinquente Karrieren kennzeichnen. So ist es nur zu natürlich, dass die fast identischen Biografien der beiden jungen Männer sie als Brüder gleichen Geistes fest zusammenschweißen. Ihr fades Freizeitverhalten beschränkt sich im Wesentlichen auf ausgiebige Kneipen- und Kinogänge. Am Wunsch, viel Geld zu besitzen, mangelt es ihnen wahrlich nicht. Lust, für seinen Erwerb redliche Leistung zu zeigen, ist ihnen fremd. Zaghafte Versuche, eine Berufsausbildung zu absolvieren, scheitern sehr bald, denn nach wenigen Monaten schmeißen sie die Lehre, arbeiten lieber gar nicht. Da im marxistisch-leninistischen Selbstverständnis das höchste Bedürfnis des sozialistischen Menschen darin besteht, durch Arbeit an der »steten Mehrung des gesellschaftlichen Reichtums im Interesse der Arbeiterklasse und der ganzen Gesellschaft sowie jedes Einzelnen« aktiv mitzuwirken, ist Arbeitsbummelei

Ausdruck einer dekadenten, feindlichen Einstellung, auf die die staatlichen Organe schnell mit der Härte der Strafgesetze reagieren. Das wissen die beiden Drückeberger nur zu gut. Damit man ihnen nicht auf die Schliche kommt, verdingen sie sich kurzzeitig als Hilfsarbeiter, wechseln aber bald wieder in einen anderen Betrieb, um sich zwischen zwei Arbeitsverhältnissen eine Zeit lang unbeschadet dem Müßiggang hingeben zu können.

Bis vorgestern jobbte Uwe Jakobus als Beifahrer im VEB Molkerei Luckenwalde und Horst Schröder als Transportarbeiter im VEB Pappen und Papier. Zur heutigen Frühschicht sind sie allerdings nicht mehr erschienen. Denn wieder drängt es die ruhelosen Jünglinge, dem lästigen Arbeitsalltag zu entfliehen, um dann irgendwann irgendwo für kurze Dauer eine neue Arbeit aufzunehmen.

Jetzt aber reisen sie in die Messemetropole Leipzig. Von dort aus wollen sie nach Dresden weiterfahren, um sich dann aus simplem Grund zeitweise zu trennen: Jakobus will nämlich im sächsischen Colditz einen alten Kumpel aufsuchen, mit dem er einst den drakonischen Erziehungsmaßnahmen im Jugendwerkhof ausgesetzt war. Schröder wiederum zieht es in einen Dresdener Vorort. Dort soll angeblich eine verflossene Freundin leben. Dieser Dame will er seine Aufwartung machen, um die erotische Beziehung zu ihr für kurze Zeit zu reanimieren.

In Leipzig angekommen, heißt es Weiterfahrt nach Dresden in zwei Stunden. Schon fühlen sich die beiden von einer Mitropa-Gaststätte angelockt. Da sie im Besitz einer gültigen Fahrkarte nach Dresden sind, ist ihr Aufenthalt in dem alkohol- und rauchgeschwängerten Etablissement legitim. Sie überstehen unbeschadet eine Personalausweiskontrolle durch die wachsame Trapo. Danach fühlen sich die unsteten Tippelbrüder in ihrem kläglichen Dasein sichtlich wohl. Geld für üppiges Essen und Trinken haben sie ja. So fließt die Zeit dahin wie das Bier in ihren Kehlen.

Plötzlich kündigt der Bahnhofslautsprecher mit blecherner, undeutlicher Stimme die Zugabfahrt nach Dresden an. Es bleibt kaum Zeit, die Zeche zu bezahlen. Die beiden hasten zum Bahnsteig und erreichen den Zug in letzter Sekunde. Als die Eisenbahn die Stadt verlässt, lümmeln Jakobus und Schröder längst auf ihren Sitzen und geben sich dem Stumpfsinn hin. Irgendwann kontrolliert der Schaffner ihre Fahrkarten, runzelt die Stirn und mosert, dass sie im Zug nach Gera sitzen. Schröder und Jakobus, zutiefst erstaunt, versuchen zu verhandeln, doch der Mann mit der roten Mütze drückt kein Auge zu. Ihre Unachtsamkeit wird mit dem Lösen einer Umwegkarte und Nachgebühr geahndet. Ärgerlich, denn mit einem Mal bleibt ihnen nur noch ein kärglicher Rest von dem Geld, das sie des Morgens auf dem Bahnsteig in Luckenwalde auf so schändliche Weise erbeutet haben.

Am frühen Nachmittag Ankunft in Gera. Dass Jakobus und Schröder irrtümlich einen falschen Zug erwischt haben, ist längst vergessen. Spätabends gibt es auch noch einen Anschluss nach Dresden. Sodann tauchen die beiden im Großstadttrubel unter. Stundenlang streifen sie wie herrenlose Hunde durch das belebte Zentrum der Bezirksstadt, immer auf der Suche nach einer günstigen Gelegenheit, auf unlautere Weise weitere Barmittel zu beschaffen. Mehrfach unterliegen sie der Verlockung, älteren Damen die Handtaschen zu entreißen. Doch wegen des Risikos unkalkulierbarer Gegenwehr nehmen sie kurz vor Tatvollendung wieder Abstand davon. Auch erörtern sie die Möglichkeit, die Verkäuferin in einem Kiosk des Postzeitungsvertriebs zu bedrohen und die Herausgabe ihrer Tageseinnahmen zu fordern, doch sie kennen sich in der Stadt nicht aus – ein Umstand, der eine sichere Flucht danach infrage stellen könnte. Schließlich enden ihre Überlegungen in dem törichten Plan, den Abend abzuwarten und darauf zu bauen, im Schutz der Dunkelheit wiederum einen Betrunkenen ausrauben zu können. Immerhin fühlen sie sich durch den Erfolg bei der morgendlichen Gaunerei in Luckenwalde bestätigt. Sollte es also klappen, wollen sie mit dem nächsten Zug Gera in Richtung Dresden verlassen.

Bei einem Kassensturz stellen Schröder und Jakobus fest, noch über knapp 20 Mark zu verfügen, Geld genug, um die Zeit bis zum Abend auszufüllen. An einem Imbissstand leisten sie sich Thüringer Bratwurst, und in einer Kaschemme warten sie bei etlichen Gläsern Bier auf die Dunkelheit. Kurz nach 22 Uhr verlassen sie die Destille. Aber es sind nur wenige Passanten auf der Straße, und niemand von denen ist betrunken. Ernste Zweifel an der Zuverlässigkeit ihres Planes kommen auf. Vielleicht bietet sich bei den chronischen Trinkern in der Bahnhofs-Mitropa eine günstige Gelegenheit. Und schon treiben sie die unredlichen Beweggründe in Richtung Bahnhof. Jedoch ist ihr topografischer Instinkt höchst unzuverlässig, sodass sie ziemlich orientierungslos durch Geras nächtliche Innenstadt irren. Dann: In der Nähe der Otto-Grotewohl-Straße begegnen sie einem dunkelhaarigen, kräftigen Mann in grauem Jackett, der sich mit einem bierflaschengefüllten, großen Einkaufsbeutel abplagt.

»'tschuldigung, können Sie uns sagen, wie wir zum Bahnhof kommen?«, fragt Jakobus höflich. Der Mann, etwa doppelt so alt wie die beiden Jünglinge, in offensichtlicher Bierlaune, stellt für einen Augenblick den schweren Beutel ab, atmet kurz durch und meint hilfsbereit: »Eh, ihr lauft ja in die falsche Richtung. Ihr müsst die Straße wieder zurück, dann die zweite nach links, die nächste wieder links, dann geradeaus, über den Platz nach rechts!«

Schröder und Jakobus blicken entgeistert in die Gegend. Sie verstehen absolut nichts. Der Mann im grauem Jackett erkennt offenbar ihre Hilflosigkeit und schlägt kurzerhand vor: »Na, am besten, ihr kommt ein Stück mit, ich wohne ja da in der Nähe!«

So geschieht es auch. Jakobus erklärt sich sofort bereit, den schweren Beutel zu tragen, was der Mann im grauen Jackett wohlgefällig registriert. Dann traben die drei los ...

Beim gegenwärtigen Wissensstand hat die Polizei natürlich keine Kenntnis von diesen Szenen, die sich Stunden zuvor abgespielt haben. Folglich kann auch kein Zusammenhang mit dem jetzt zu untersuchenden Ereignis in der Ernst-Toller-Straße hergestellt werden. Die Ermittlungen stehen noch ganz am Anfang, und die beginnen gewöhnlich mit dem Einsatz der MUK.

Bevor der Trubel der Spurensuche in der Wohnung des Polizisten Langloff beginnt, erscheint zunächst der Chef der MUK, Hauptmann Festerling, ein hellwacher, drahtiger Mittvierziger, um sich einen Eindruck von der Situation am Tatort zu verschaffen. Auch der Dezernatsleiter, Major Wagemann, lässt sich die nächtliche Besichtigung nicht entgehen. Er will gleich wissen, ob die Dienstpistole des Hauptwachtmeisters gestohlen wurde. Wäre dies nämlich so, könnte der Fall womöglich politische Dimensionen annehmen und die Kameraden des Mielke-Imperiums auf den Plan rufen. Doch Festerling kann ihn beruhigen: »Langloff war kein ständiger Waffenträger!« Das heißt, dem Hauptwachtmeister war es nur gestattet, die Pistole während des Dienstes zu tragen, ansonsten blieb sie auf der Dienststelle unter Verschluss.

Festerlings und Wagemanns Auftritt dauert nur wenige Minuten. Sehr bald gelangen sie zu der Überzeugung, dass der Verdacht eines Tötungsverbrechens näherliegt als der eines Unfalls oder Suizids.

Dann läuft das filigran verzahnte Räderwerk der Spurensuche an. Unter dem Kommando des Kriminaltechnikers der MUK, Oberleutnant Rohn, sind daktyloskopische, trassologische und biologische Spezialisten zwei Tage lang in der Wohnung des getöteten Polizisten im Einsatz. An den Möbeln, Gläsern und Flaschen werden Langloffs Fingerabdruckspuren, aber auch ihm nicht zuzuordnende, fremde Spuren gesichert. Auch die Relikte im Aschenbecher sind von kriminalistischem Interesse. Immerhin: Nur einige Zigarettenreste stimmen mit Langloffs Blutgruppe überein, die anderen stammen folglich von Personen, die sich an dem Trinkgelage beteiligt haben müssen. Zeitgleich untersucht ein Brandursachenermittler der Feuerwehr die genaue Ursache für den dreifachen Schwelbrand und schlussfolgert, dass mit sehr hoher Wahrscheinlichkeit eine klassische Brandstiftung vorliegt. Auch ein Gasexperte des Energiekombinats kommt zum Einsatz und soll klären, ob unter den gegebenen Bedingungen eine Explosionsgefährdung bestand. Er hält dies für wenig wahrscheinlich, weil der

Glimmbrand als unvollständige Verbrennung bei niedriger Verbrennungstemperatur und hohem Sauerstoffmangel alsbald von selbst erloschen und somit als Zündquelle nicht mehr wirksam geworden wäre.

Wenig später liegt auch das Ergebnis der Obduktion vor. Der beeindruckend hohe Blutalkoholwert in Hauptwachtmeister Langloffs Körper spricht für ein hemmungsloses Besäufnis. Doch am Rausch wäre er keinesfalls gestorben, allenfalls hätte tags darauf ein gigantischer Kater für seine kurzfristige Dienstuntauglichkeit gesorgt. Die Todesursache liegt einzig und allein in einer heimtückischen Kohlenmonoxidvergiftung. Offenbar haben sowohl die Rauchgase als auch das aus beiden geöffneten Gerätehähnen ausströmende Gas schnell zu einer letalen CO-Konzentration geführt.

Parallel zu den gerichtsmedizinischen Erhebungen laufen Recherchen im sozialen Umfeld und zum möglichen Bewegungsablauf des Polizisten am fraglichen Abend des 13. Juni. Schon drei Tage danach haben die bienenfleißigen Ermittler so viel Material zusammengetragen, dass auf der Lokalseite der Tageszeitungen eine Presseinformation mit einem Passfoto des Getöteten veröffentlicht werden kann:

»Die Volkspolizei bittet um Mithilfe bei der Aufklärung eines Wohnungsbrandes in der Nacht vom 13. zum 14. Juni in Gera, Appartementhaus Ernst-Toller-Straße 14, Wohnung 113.

Der Mieter (siehe Bild) dieses Appartements hat bei diesem Brand tödliche Verletzungen erlitten. Er hielt sich am 13. Juni in der Gaststätte ›Rudelsburg‹ in Gera, Otto-Grotewohl-Straße, auf und verließ diese gegen 22.00 bis 22.30 Uhr. Wer hat diese Person nach dieser Zeit in der Stadt Gera gesehen bzw. wer war mit ihr noch zusammen? Auf dem Nachhauseweg trug er einen Einkaufsbeutel, in welchem sich Getränke befanden. Zweckdienliche Angaben sind an das Volkspolizei-Kreisamt Gera, Kriminalpolizei, App. 613293 oder an jede VP-Dienststelle zu richten. Hinweise werden auf Wunsch vertraulich behandelt.«

Ziel der polizeilichen Rundumermittlungen ist aber auch das Aufspüren von Personen, die mit dem Inventar und den Accessoires in der Tatwohnung vertraut sind. Ihre Wahrnehmungen sind für die Sachfahndung nach den entwendeten Gegenständen von großer Bedeutung. Nach wenigen Tagen liegen die erforderlichen Informationen für eine polizeiinterne Fahndungsmitteilung vor. Zusätzlich erscheint auch auf den Lokalseiten der »Thüringer Landeszeitung« und des »Thüringer Tageblatts« vom 22. Juni 1979 eine kleine Liste mit dem vermuteten Diebesgut.

Verwunderlich ist, dass die gestohlenen Gegenstände von verhältnismäßig geringem Wert sind. Allerdings war Hauptwachtmeister Langloff ohnehin nicht im Besitz von Kostbarkeiten. So fehlen aus seinem Besitz eine kunstlederne Reisetasche, ein Ruhla-Doppelglockenwecker und ein weiterer Wecker, ein Kofferradio Typ »Wega 402« aus sowjetischer Produktion, eine Schreibgarnitur »Bosch«, ein Windlicht mit eloxiertem Unterteil, ein Windlicht ohne Unterteil, aber auch ein Schlüsselbund des Toten, an dem sich Wohnungs- und Hausschlüssel befanden. Das bescheidene Diebesgut ermöglicht aber wichtige kriminalpsychologische Rückschlüsse auf die Persönlichkeitsstruktur der Täter, wonach am ehesten Jugendliche infrage kommen. Kriminalistischen Erfahrungen zufolge könnte die Reisetasche zum Abtransport der Beute benutzt worden sein. Die Wohnungsschlüssel benötigten die Übeltäter zum Verlassen des Gebäudes, weil sie gewusst haben müssen, dass nachts die Haustür verschlossen ist. Unbeantwortet bleibt allerdings die Frage, wie viel Bargeld die mörderischen Diebe mitgehen ließen. Dass sie jedoch aus Gera oder zumindest aus dem Kreisgebiet stammen, daran zweifelt zu diesem Zeitpunkt niemand.

MUK-Chef Festerling und der Dezernatsleiter Wagemann sind sich wegen des Mangels an konkreten Hinweisen über die unbekannten Täter sehr bald darüber einig, die Mordkommission nach bewährtem Rezept personell zeitweilig aufzustocken. So geschieht es auch. Auf diese Weise wird die erforderliche Breite und Zielgerichtetheit der Ermittlungen gesichert und die zu erwartende Informationsflut mit der gebotenen Akkuratesse bewältigt. Schon bald arbeiten nahezu dreißig Kriminalisten in verschiedenen, komplexbezogenen Arbeitsgruppen und widmen sich mit Hingabe der Persönlichkeitsaufklärung des getöteten Hauptwachtmeisters, der Überprüfung von Personen aus seinem sozialen Umfeld, der Analyse der Fahrzeug- und Personenbewegung am Tatabend zwischen der Gaststätte »Rudelsburg« und der Wohnung des Hauptwachtmeisters sowie der diskreten Überprüfung der polizeibekannten Vorbestraften und kriminell Gefährdeten.

Mit beträchtlichem technischen und personellen Aufwand werden so die eingehenden Daten ausgewertet, sortiert und für weitere Ermittlungen aufbereitet. Mit der Zeit wachsen die Aktenberge. Nur die Hoffnung auf eine baldige Tätergreifung schrumpft. Nach acht Wochen intensiver Ermittlungstätigkeit bleibt das Ergebnis wenig befriedigend: Keine heiße Spur, keine Aussicht auf einen baldigen Ermittlungserfolg.

Die Zweifel an der bisherigen Version, die Täter wären Einheimische und würden sich bald im Netz der lokalen Ermittlungen verfangen, mehren sich. Hauptmann Festerling entschließt sich deshalb, die Version »reisende Täter« künftig in den untersuchungsmethodischen Mittelpunkt zu stellen.

Doch zurück zu den Ereignissen am späten Abend des 13. Junis. Uwe Jakobus schleppt den Beutel mit den Bierflaschen. Der bierlaunige Mann im grauen Jackett und Horst Schröder laufen neben ihm her. Zwischen den Männern entspinnt sich ein belangloses Unterwegsgespräch. Schröder und Jakobus präsentieren sich dabei mit hinterlistiger Freundlichkeit. Als der Mann im grauen Jackett wissen will, woher seine Begleiter kommen und wohin sie wollen, lügen sie, was das Zeug hält. Keineswegs wollen sie ihre wahre Identität preisgeben. Angeblich seien sie Berliner und auf dem Weg ins erzgebirgische Olbernhau, weil sie dort als Monteure arbeiten. Den Zwischenaufenthalt in Gera hätten sie genutzt, um die Stadt näher kennenzulernen. Jetzt aber wollen sie zum Hauptbahnhof zurück, ihre Koffer aus dem Schließfach holen und mit dem nächsten Zug weiterfahren. Jakobus und Schröder ergänzen sich bei ihren Spintisierereien wie ein eingespieltes Schauspielerduo. Als die drei die John-Schehr-Straße erreicht haben, wechselt Jakobus plötzlich das Thema und fragt den Mann mit dem grauem Jackett, indem er auf den prall gefüllten Beutel deutet: »He, Kumpel, willst du das etwa alleine trinken?« Und Schröder fügt hinzu: »Kannst ruhig 'ne Lage springen lassen!«

Zunächst reagiert der Angesprochene nicht darauf und läuft wortlos und unbeirrt weiter. Schröder wiederholt Augenblicke später seine Aufforderung. Gerade sind sie in die kurze Handwerkstraße eingebogen, da will der Mann im grauen Jackett plötzlich wissen: »Könnt ihr wenigstens Skat spielen?«

Wie aus einem Mund bejahen Schröder und Jakobus diese Frage. Jetzt wittern sie eine baldige Chance zum Ansteuern ihres arglistigen Ziels.

»Spielen wir 'ne Runde, und ihr kriegt euer Bier«, schlägt der Mann vor. Jakobus und Schröder besprechen zum Schein die angeblichen Konsequenzen für ihren Zeitplan, wenn sie einen späteren Zug nehmen, erklären schließlich ihre Bereitschaft zu einem nächtlichen Kartenspiel.

»Na, dann kommt mal mit rein«, meint der Mann, als sie das elfgeschossige Appartementhaus in der Ernst-Toller-Straße 14 erreicht haben. Er kramt einen Schlüsselbund aus seiner Hosentasche hervor und schließt die Haustür auf. Schröder und Jakobus folgen ihm. Als der Mann die Haustür von innen sorgfältig verschließt, fragt Schröder ironisch: »Hast du Angst, dich klauen'se weg?«

»Strenge Hausordnung!«, ist die sachliche Antwort des Mannes, der mit leicht ataktischen Bewegungen die Treppe hinaufsteigt, die zum ersten Obergeschoss führt. Jakobus und Schröder folgen ihm in gespannter Erwartung, bis sie eine Wohnung mit dem Namensschild »L. Langloff« erreicht haben. Schröder tippt mit dem Finger auf den Namenszug: »Bist du das?« Der Mann nickt ihm zu, öffnet die Tür und sagt: »Geht schon mal rein, ich muss erst pinkeln.«

Jakobus marschiert, ohne sich weiter umzusehen, geradewegs durch den kleinen Korridor ins Wohnzimmer und stellt den Beutel mit den Bierflaschen neben dem Tisch ab, ehe er sich in einem Sessel niederlässt. Schröder hingegen betritt den Korridor mit einem aufmerksamen Rundblick und zuckt zusammen, als er an der Garderobe die Jacke einer Polizeiuniform und zwei Dienstmützen erblickt.

Ziemlich aufgeregt folgt er seinem Kumpel ins Zimmer und raunt ihm leise zu: »Ach du Scheiße, das ist ja ein Bulle!«

Jakobus indes behält die Fassung und flüstert: »Bleib ruhig, den mach'n wir fertig!«

Als sie die Geräusche der Toilettenspülung wahrnehmen, setzen sie sich schnell in die Sessel und verhalten sich still wie Schulkinder, die ihren gestrengen Lehrer erwarten. Langloff hat sich unterdessen eines Teils seiner Oberbekleidung entledigt. Nun erscheint er, nur mit Hose und Unterhemd bekleidet, bei seinen Gästen. Er kramt aus dem Anbauschrank einen Stapel abgegriffener Skatkarten hervor, reicht sie Jakobus mit den Worten »Hier, misch mal!«, verschwindet kurz in der Kochnische, um Gläser und einen Aschenbecher zu holen. Während Jakobus die Bierflaschen aus dem Beutel holt und auf den Tisch stellt, wirft ihm Langloff sein Schlüsselbund zu, an dem sich ein Flaschenöffner befindet. Jakobus versteht die stumme Aufforderung.

Es ist kurz nach 23 Uhr. Inzwischen ist das Trio mit Kartenspiel, Rauchen und Trinken voll beschäftigt. Jakobus und Schröder halten sich, was den Alkohol betrifft, absichtlich zurück, um jederzeit Herr der Lage zu sein. Sie nippen nur an ihren Gläsern, achten fortwährend aber auf flüssigen Nachschub für Langloff, den dieser auch ungehemmt in sich hineinschüttet. Als knapp zwei Stunden später die Bierquelle schließlich versiegt, ist Langloff bereits so betrunken, dass er sich kaum aufrecht halten kann. Dennoch muss seine strapazierte Leber zusätzlich eine Flasche Dessertwein verkraften. Bald darauf ist er völlig außer Gefecht gesetzt. Er verfällt in einen narkoseähnlichen Tiefschlaf und ist vorübergehend gegen jedweden Außenreiz immun.

Schröder überprüft den physischen Zustand des Gastgebers, kramt eine Geldbörse aus dessen Gesäßtasche, die sogleich in seiner eigenen verschwindet und stellt mit Zufriedenheit fest: »Der ist blau wie 'ne Strandhaubitze!«

Dann beginnen die beiden Tunichtgute mit dem Durchstöbern der Wohnung. Jeder Schrank, jede Kommode, jede Schublade der Anbauwand und jedes Behältnis hinter dem Vorhang zur Kochnische ist Ziel ihrer diebischen Neugierde.

»Der Scheißbulle muss doch irgendwo 'ne Knarre haben«, meint Jakobus beim Durchsuchen des Kleiderschranks, in dem sich neben einigen zivilen Kleidungsstücken vor allem die textile Sommer- und Winterausstattung für uniformierte Polizisten befindet. Doch seine unredliche Mühe ist vergebens. Die Dienstpistole ist nicht zu finden, dafür aber fast zweihundert Mark Bargeld. Eine willkommene Beute. Alles andere Brauchbare landet zunächst auf dem Wohnzimmertisch, darunter ein handliches Kofferradio, das Jakobus gleich zu seinem Eigentum erklärt. Schröder entdeckt eine schwarze Reisetasche, in der sich irgendwelche Papiere und Schnellhefter befinden, entleert sie kurzerhand auf dem Fußboden und verstaut darin die Sachen, die bereits auf dem Tisch stehen. Nur das Kofferradio bleibt zurück. Dann wendet er sich an seinen Kumpan und fordert: »Bringen wir den Bullen zum Schweigen!«

Jakobus ist gleich bei der Sache und beginnt mit der Bemerkung »den fackeln wir ab«, an verschiedenen Stellen in der Schrankwand und an den Polstermöbeln Feuer zu legen. Doch das erweist sich als schwieriger als zunächst gedacht. Einige Brandstellen verlöschen nämlich gleich wieder, andere glimmen schwerfällig vor sich hin. Schröder, der bereits in einer Hand die schwarze Tasche, in der anderen Langloffs Schlüsselbund hat, sieht seinem Kumpel zu, mahnt dann aber ungeduldig, sich zu beeilen und die Wohnung zu verlassen. Doch Jakobus sagt nur: »Warte, gleich!«, verschwindet hinter dem Vorhang zur Kochnische und öffnet beide Brennerhähne des Gaskochers. Dann erscheint er wieder, ergreift das Kofferradio und sagt zu Schröder: »Hauen wir ab!«

Ohne einen weiteren Blick an den am Boden liegenden, volltrunkenen Langloff zu verschwenden, machen sich die beiden auf leisen Sohlen aus dem Staub.

Der Weg zum Hauptbahnhof dauert nur wenige Minuten – Zeit und Gelegenheit genug, um übereinzukommen, über ihren Aufenthalt in Gera absolutes Stillschweigen zu wahren. Sie rechnen fest damit, dass das Feuer alle Spuren beseitigen wird und der Tod des Polizisten niemals mit ihnen in Verbindung gebracht werden kann.

Schröder trägt die Tasche mit dem Diebesgut, Jakobus hält voller Stolz das Kofferradio in der Hand und dreht versonnen am Sendersuchrad, um passende Musik zu finden. Ziemlich erschöpft, aber heiter und ohne jeglichen Gewissensdruck erreichen sie den Bahnhof. Kurz darauf wird der Personenzug nach Leipzig bereitgestellt. Als die Bahn pünktlich um 3.50 Uhr abfährt, lümmeln sie auf den Sitzbänken ihres Abteils und schlafen, bis sie die Messestadt erreicht haben.

Und genau zu dieser Zeit stehen vor dem Appartementhaus in der Geraer Ernst-Toller-Straße Einsatzfahrzeuge der Feuerwehr, der Polizei und ein Krankenwagen, weil in der Wohnung 113 ein Brand ausgebrochen ist und die Leiche des Hauptwachtmeisters Langloff aufgefunden wurde.

Horst Schröder und Uwe Jakobus sind auch an den darauffolgenden Tagen auf ruheloser Wanderschaft, vagabundieren ziellos von einem Ort zum anderen, aber stets auf der Hut, den verhassten Bullen nicht aufzufallen. Eherner Grundsatz dabei: Personalausweis, gültige Fahrkarte und eine plausible Antwort auf die Frage nach dem Wohin und Warum müssen immer verfügbar sein. Meist benutzen die beiden den Personenzug – ein Bahnkilometer kostet nur acht Pfennige –, gelegentlich fahren sie aber auch per Anhalter. Im Bahnhofsmilieu der Städte finden sie schnell Kontakt zu lichtscheuen Gestalten aus der dumpfen Welt der Kleinkriminellen und Dauertrinker. Sie leben vom Erlös aus dem verhökerten Diebesgut, frischen ihre Finanzen aber auch durch weitere Taschendiebstähle auf, die ihnen die Unachtsamkeit mancher Mitmenschen ermöglicht. Sie kleiden sich neu ein, übernachten auf Bahnhöfen, in Bummelzügen oder bei ihren zweifelhaften Bekanntschaften.

Später, als Schröder und Jakobus der Kriminalpolizei Rede und Antwort stehen müssen, können sie die einzelnen Stationen ihres Lotterlebens nur unvollständig und schon gar nicht in der richtigen Reihenfolge benennen.

Eine Woche ist inzwischen nach dem gewaltsamen Tod des Hauptwachtmeisters Langloff vergangen. Das durchtriebene, mörderische Freundespaar denkt längst nicht mehr an die Nacht in Gera. Zu gut funktioniert der Mechanismus der inneren Verdrängung. Unverdrossen setzen sie ihr Vagabundenleben fort.

Am Donnerstag, dem 21. Juni, verschlägt es die beiden Nichtsnutze in die Elbmetropole Dresden. Gewiss, nicht die Kunst- und Kulturgüter dieser vom Schicksal gebeutelten Stadt wecken ihr Interesse, derentwegen ganze Heerscharen von Touristen über die Museen und gastronomischen Einrichtungen herfallen, sie wollen einige Tage in der Stadt bleiben, um ein paar Kumpels zu treffen, mit denen Jakobus einst dem erzieherischen Drill im Jugendwerkhof Altgarz ausgesetzt war. Pekuniäre Besorgnis plagt sie momentan nicht, denn die Fahrt nach Dresden nutzten die verschlagenen Langfinger, um einer jungen Frau die Geldbörse zu stehlen, in der sich mehrere hundert Mark befanden.

Am Nachmittag des folgenden Tages. Einen Katzensprung entfernt vom Neustädter Bahnhof steht ein Mietshaus mit verschlissener Stuckfassade, deren beigefarbener Anstrich die Kriegsnarben nur notdürftig überdeckt. Die Bewohner dieses Hauses, zumeist ältere Menschen, halten dem alten Gemäuer bereits eine Jahrzehnte währende Treue. Hier, genauer gesagt, in der dritten Etage, befindet sich der Ort, an dem die folgenden erschütternden Ereignisse stattfinden. In der linken Wohnung lebt Frau Löser (61) mit ihrem Ehemann. Die Nachbarwohnung rechterhand gehört den beiden betagten Schwestern Frau Bader (79) und Frau Ihlow (75), die seit dem frühen Tod ihrer Ehemänner in geschwisterlicher Lebensgemeinschaft vereint sind.

Es ist kurz vor 17.00 Uhr. Frau Löser ist gerade von einem Einkauf zurück, verstaut die Lebensmittel in der Speisekammer, setzt den Wassertopf auf den Gasherd und beginnt in Erwartung der Heimkehr ihres Mannes, den Kaffeetisch zu decken. Im Hause ist es ruhig wie immer, auch nebenan bei den alten Damen. Nichts deutet auf etwas Ungewöhnliches hin. Plötzlich klingelt es an der Wohnungstür. Arglos öffnet sie die Tür. Was sie erblickt, lässt schier ihr Blut in den Adern erstarren: Zu ihren Füßen die alte Frau Ihlow, kniend auf allen vieren. Ihr Zustand ist so erbärmlich, dass sie kaum zu erkennen ist. Nur mit einer zerfetzten, nicht zugeknöpften Kittelschürze bekleidet, die ihren nackten Körper kaum bedeckt, Gesicht und Hände blutig, die Augen blau und schlitzartig verquollen, das graue Haar wirr und blutverklebt, wimmert sie mit letzter Kraft: »Hilfe, Überfall!«

Fassungslos und leichenblass verharrt Frau Löser einige Sekunden in einer Art Lähmung, ehe sie ihre Gedanken ordnen kann. Mit einem Blick erfasst sie die weit geöffnete Wohnungstür der alten Damen, nimmt dort eine lange blutige Spur auf dem Fußboden wahr, die sich bis zu der Stelle erstreckt, an der die alte Frau Ihlow jetzt liegt, und erkennt folgerichtig, dass diese sich kriechend zu der rettenden Klingel geschleppt haben muss. Gerade will sie die Verletzte in ihre Wohnung transportieren, da hört sie im Treppenhaus sich nähernde Schritte. Es sind die ihres heimkehrenden Mannes. Das, was er sieht, macht auch ihn für einen kurzen Moment sprachlos. Dann fasst er sich und fragt: »Und wo ist Frau Bader?« Seine Frau zuckt mit den Schultern, sie weiß es nicht. Dann geht alles ziemlich rasch. Löser betritt vorsichtig die Wohnung der alten Frauen. Dort herrscht das Bild einer wilden Durchsuchung, aber auch eines Gewaltaktes. Auf dem Korridor verstreut Unterwäsche, Hemden, Schlüpfer, teilweise zerrissen. Blutspuren überall. Es riecht nach Gas. Der Gerätehahn in der Küche ist schnell geschlossen. Aber dann: Auf dem Fußboden zwischen Sofa und Tisch im Wohnzimmer liegt Frau Bader, regungslos und nackt. Nur ein nicht verschlossenes orthopädisches

Korsett umschlingt lose ihren Körper. Ihre Strümpfe sind bis an die Knöchel heruntergeschoben. Blut rinnt aus Nase und Mund. Beide Augen bis zur Unkenntlichkeit blau zugeschwollen. Ein bejammernswerter Anblick. Herr Löser beugt sich über die Leblose. Gottlob, sie atmet, das heißt, sie lebt, ist nur bewusstlos. Er stürzt los und ruft seiner Frau zu: »Ich laufe rüber zur Trapo!« Frau Löser weiß, dass im Neustädter Bahnhof eine Polizeiwache ist. Bis zum Eintreffen der Polizei und der Schnellen Medizinischen Hilfe kümmert sie sich so gut es geht um die beiden Verletzten.

Zwei Stunden später. Inzwischen befinden sich die schwer misshandelten Frauen in kompetenter Obhut einer Intensivstation der Medizinischen Akademie »Carl Gustav Carus«. Sie sind außer Lebensgefahr. Frau Bader ist gar nicht, ihre Schwester nur sehr schwer ansprechbar. Was Frau Ihlow unter großer Anstrengung dennoch von sich geben kann, reicht aus, um den Kriminalisten der DHG (Diensthabende Gruppe) eine annähernde Vorstellung vom Ablauf des ungeheuerlichen Vorfalls zu vermitteln. Ihre bruchstückhaften Aussagen erklären aber auch die ersten medizinischen Befunde, nämlich den Nachweis schwerer Verletzungen durch Faustschläge und Fußtritte, eines massiven Würgens und brutalen Vergewaltigungsaktes. So kann davon ausgegangen werden, dass Frau Ihlow etwa Folgendes wahrgenommen hat:

Gegen 14.45 Uhr klingelte es, zweimal lang, einmal kurz – das Zeichen, das eigentlich nur Verwandte kennen. Frau Ihlow öffnete die Wohnungstür. Zu ihrer Überraschung stand draußen ein fremder junger Mann, der fragte, wann ihr Nachbar Löser nach Hause käme, er sei nämlich dessen Arbeitskollege. Das Verhalten des Fremden kam ihr nicht geheuer vor. Ohne eine Antwort zu geben, wollte sie deshalb die Tür wieder schließen, doch der Mann kam ihr zuvor, stieß sie brutal zurück und versetzte ihr einen Faustschlag ins Gesicht, der sie benommen machte. Frau Ihlow taumelte nach hinten. In diesem Augenblick kam ihre Schwester hinzu und fing an zu schreien. Der Fremde wandte sich nun ihr zu und schlug, ohne etwas zu sagen, auch auf sie ein.

Ihre Schwester sank zu Boden. Plötzlich stand ein weiterer junger Mann, etwas größer als der erste, in der Wohnung, die Hände wie ein Boxer zum Schlag erhoben. Er drohte: »Geld her oder wir machen euch alle!« Ihre Schwester wollte sich erheben, als der Kleinere sie an den Haaren packte und ins Wohnzimmer stieß. Was dort geschah, konnte Frau Ihlow nicht wahrnehmen. Sie selbst hatte sich aus Todesangst ganz ruhig verhalten und den Größeren gewähren lassen, der sie rücklings auf den Fußboden des Korridors warf und würgte. Irgendwann verlor sie das Bewusstsein, nahm aber noch wahr, dass sie auf den Bauch gedreht wurde. Was anschließend mit ihr geschah, weiß sie nicht. Wie im Dämmerzustand lag sie hilflos auf dem Fußboden. Ihr Denken, Fühlen und Erinnern an diese Zeit ist derart eingeschränkt, dass sie sich wie abgeschnitten von der Wirklichkeit empfindet. Als die Männer endlich gegangen waren, konnte sie unter Aufwendung aller Kräfte bis an die Wohnungstür der Eheleute Löser kriechen und dort klingeln. Frau Löser sagte ihr später, »das muss kurz nach fünf gewesen sein«. So wusste sie, fast zwei Stunden lang waren sie und ihre Schwester in der Gewalt der beiden fremden Männer.

Unter dem Aktenzeichen 7322/79 übernimmt die Dresdener Mordkommission den Fall, führt im Tathaus und in der Umgebung intensive Ermittlungen zur Personenbewegung und zu verdächtigen Wahrnehmungen durch, übernimmt die spurenkundliche Befunderhebung in der Tatwohnung und fertigt dazu eine umfangreiche Dokumentation.

Die Ergebnisse der kriminalistischen Sofortmaßnahmen in dieser frühen Untersuchungsphase sind im Gegensatz zu den Erkenntnissen über den Tatablauf für eine konkrete Personenfahndung zu vage. Dennoch geben sie die ungefähre Richtung für weitere Ermittlungen an. Hausbewohner bemerkten nämlich gegen 17 Uhr zwei junge Männer, die eilig das Wohnhaus verließen. Eine präzise Zeiteingrenzung ist ihnen aber ebenso unmöglich wie eine genauere Beschreibung der Personen. So erfährt die Kripo lediglich von zwei Männern »so um die zwanzig, der eine etwas größer als der andere, und der Größere mit einem gestreiften

Pullover bekleidet«. Andere Zeugen, die um die fragliche Zeit zwei Jugendliche in der Nähe des Tathauses gesehen haben, machen ähnliche Angaben.

In der ziemlich verwüsteten Wohnung werden fremde Schuhabdruckspuren gesichert und ein Schlüsselbund mit Flaschenöffner gefunden, das nicht dorthin gehört. Auswertbare daktyloskopische Fremdspuren können nirgends aufgespürt werden, die zahlreichen Verwischungen weisen aber darauf hin, dass die Täter sie beseitigt haben. Im Ausgussbecken sichern die Kriminalisten eine leere Flasche, an deren Hals sich deutliche Kotspuren befinden, was erahnen lässt, welchen Grausamkeiten die geschundenen und geschändeten Greisinnen ausgesetzt waren.

Am folgenden Tag. Frau Ihlows Schwester ist inzwischen wieder bei Bewusstsein und einigermaßen stabilisiert. Ihr Zustand erlaubt sogar eine kurze, behutsame Befragung. Die alte Dame kann die beiden Männer ebenfalls nur ungenau beschreiben, glaubt aber, sie im Falle einer Gegenüberstellung wiederzuerkennen.

Auch sie kann sich an die schrecklichen Vorgänge des Vortages nur höchst unvollkommen erinnern. Sie entsinnt sich aber, wie der kleinere der beiden Männer sie an den Haaren packte und brutal ins Zimmer schob, wie sie um ihr Leben flehte und dafür die Herausgabe aller vorhandenen Barmittel versprach, wie sie ihm die knapp 600 Mark übergab, die sich in einem Köfferchen befanden, wie er das Geld in seiner Hosentasche verschwinden ließ, wie er sie dann auf die Couch stieß, würgte und ihren Körper begrapschte. Von da an weiß sie nichts mehr.

Übrigens: Die noch offene Frage, ob eine psychogene Verdrängung, traumatisch bedingte Amnesie oder Bewusstlosigkeit den fast zweistündigen Erinnerungsverlust der alten Damen begründen, wird später vor Gericht die Leistungsfähigkeit der medizinischen Gutachter besonders herausfordern. Zum jetzigen Zeitpunkt spielt sie jedoch keine Rolle.

Die Kriminalisten müssen sich nach dem ersten Angriff mit einem Minimum an relevanten Ausgangsinformationen begnügen. Doch solcherlei Defizite sind zu Beginn eines Untersuchungsprozesses nicht ungewöhnlich und kein Grund zur Resignation. Jetzt ist Erkenntniszuversicht, Geduld und methodisches Vorgehen angesagt, damit die Ermittlungsergebnisse der nächsten Tage Stück für Stück zu einem immer klareren Bild der Tätersignalemente zusammengefügt werden können. Trotz ihrer Unvollständigkeit und Ungenauigkeit bilden die bereits vorliegenden Informationen die Basis für erste, die übrigen Ermittlungen begleitende Fahndungsaktivitäten. So dauert es nur wenige Stunden, und alle im Dienst befindlichen Ordnungshüter der Stadt Dresden und angrenzenden Landkreise sind über das Fahndungsanliegen der MUK informiert, ihre Augen und Ohren besonders auf polizeibekannte Jugendliche oder Jungerwachsene, ihre Gruppierungen und Treffpunkte zu richten, gleichzeitig aber auch die unsichtbare Schar der Informanten unter ihnen zu mobilisieren.

Die Dresdener Fahndungsinformation erreicht auch die Mordkommission in Gera, die logischerweise brennendes Interesse an dem Schlüsselbund zeigt, das bei den überfallenen Frauen sichergestellt wurde. Ist es das fehlende Schlüsselbund aus der Wohnung des getöteten Hauptwachtmeisters Langloff? Wenn ja, wäre dies ein wichtiges Indiz dafür, dass beide Verbrechen von den gleichen Tätern begangen wurden. Zuversicht erfasst die Geraer Ermittler, aber nur für einen Moment. Denn schon die kurze telefonische Rücksprache zwischen Hauptmann Festerling und der Dresdener MUK bringt die Ernüchterung: Es ist zweifellos ein anderes Schlüsselbund. Dass auch an diesem ein Flaschenöffner hängt, ist ein Zufall, der nur für den praktischen Sinn ihrer trinkfreudigen Besitzer spricht, nicht aber für deren Identität. Also, anhand der Schlüssel lässt sich kein Zusammenhang zwischen beiden Fällen herleiten.

Am Abend ihrer Ankunft in Dresden sitzen Horst Schröder und Uwe Jakobus mit ihren alten und neuen Kumpels im »Eiscafé« in der Prager Straße, einem beliebten Jugendtreff, und lassen es sich auf Kosten argloser Mitmenschen gutgehen. Die Zeche muss unfreiwillig eine Studentin vom

Nebentisch zahlen, der sie unbemerkt 70 Mark aus der Handtasche stehlen. Später halten sich die Tippelbrüder bei einem flüchtigen Bekannten auf, der vor Kurzem aus der Haft entlassen wurde und mit seinen Knastgeschichten prahlt. Jakobus kauft ihm eine Armbanduhr ab, die offenbar aus dunklen Quellen stammt. Gegen 22.30 Uhr machen sie sich auf den Sitzbänken des Bummelzuges nach Zwickau lang und schlafen.

Drei Stunden später in Zwickau. Sie lösen Fahrkarten nach Dresden und gesellen sich zu den unbekannten Trunkenbolden in der Mitropa-Gaststätte des Zwickauer Hauptbahnhofes, trinken Bier und warten auf den Personenzug zurück nach Dresden, um auf den unbequemen Sitzbänken die unterbrochene Nachtruhe fortzusetzen.

Plötzlich bemerken sie, dass zwei Uniformierte der Transportpolizei den Gastraum betreten haben und mit ernsten Gesichtern direkt auf sie zusteuern. Das verheißt nichts Gutes! Schröder, ziemlich erschrocken, kann seinem Kumpan gerade noch zuraunen: »Halt bloß die Fresse wegen Gera!« Und schon sind die Gesetzeshüter bei ihnen und fordern: »Personalausweis und Fahrkarte bitte!« Jakobus und Schröder folgen unterwürfig der Aufforderung. Die Polizisten mustern sie von oben bis unten, prüfen mit ernsten Mienen die Ausweise, geben sie schließlich wortlos zurück und begeben sich zum nächsten Tisch, um dort zu kontrollieren. Kaum sind die Ordnungshüter fort, stellt Jakobus erleichtert fest: »Mann, war das knapp!« Und Schröder kann ihm nur beipflichten.

Im Morgengrauen des 22. Junis fahren sie wieder zurück nach Dresden. Schröder mahnt seinen Kumpan erneut, die Sache in Gera für immer zu vergessen. Eindringlich fordert er: »Schwöre, dass du die Schnauze hältst. Wegen Bullenmord fahren wir sonst lebenslänglich ein. Also, du warst nie da, kennst die Stadt nicht. Schwöre jetzt!« Und Jakobus hebt mit dem naiven Ernst eines Schuljungen beim Indianerspiel die Hand und sagt: »Ich schwöre, nix sage ich!«

Am Abend hocken sie wieder im »Eiscafé« Prager Straße, suchen später den mit seinen unendlichen Knaststorys prahlenenden Typen auf und finden bei ihm für die Nacht Unterschlupf, den sie mit Hochprozentigem abgelten. Sie können sich nobel geben, denn in ihren Taschen befinden sich knapp 800 Mark unredlich erworbene Barmittel. Am nächsten Tag kommt Horst Schröder auf die Idee, im sächsischen Langburkersdorf, einer Ortschaft nahe des Städtchens Neustadt dreißig Kilometer östlich von Dresden, ein Mädchen zu besuchen, das er vor geraumer Zeit auf einer Geburtstagsfete in Luckenwalde kennengelernt hatte. Artig fügt sich Jakobus den spontanen Impulsen seines Freundes. Schon am Nachmittag kreuzen sie bei der jungen Dame auf. Natürlich kann sie sich an Schröder erinnern. Aber das aufdringliche Erscheinen der Schmuddelgestalten passt ihr nicht. Sie hält die beiden freundlich auf Distanz und wimmelt sie ab. Ernüchtert trotten sie davon. Doch die Enttäuschung verfliegt im Nu. Bald sitzen sie wieder in einem Langburkersdorfer Wirtshaus inmitten einheimischer Schluckspechte. Einem der bierseligen Stammgäste, dessen reich tätowierte Unterarme davon zeugen, sich in der tristen Welt hinter Gefängnismauern bestens auszukennen, sind sie besonders zugetan. Schon sind schnelle Freundschaftsbande geknüpft. Sie spielen in gemütlicher Runde mit ihm Karten und halten ihn großzügig frei. Dafür verspricht ihnen der bierselige Knasti zeitweiliges Asyl in seinem Hause.

Die rastlosen Mitarbeiter der Dresdener MUK haben schon bald nach der fernschriftlichen Verbreitung ihres internen Fahndungsanliegens mit der Bewertung und Verdichtung der ersten eingehenden Informationen alle Hände voll zu tun. Vielzählige offizielle und inoffizielle Quellen stillen in den nächsten zwei Tagen ihren Erkenntnishunger. Natürlich sind die erlangten Hinweise bezüglich ihrer Sachdienlichkeit häufig nur auf Details beschränkt und von sehr unterschiedlicher Qualität, reichen von irreführenden, falsch gedeuteten Wahrnehmungen bis zu sicheren und zutreffenden Feststellungen. Die besten Informationen kommen dabei von den Zwickauer Transportpolizisten, die in der Mitropa-Gaststätte die nächtliche Kontrolle durchführten. So lassen sich alle relevanten Informationen schließlich zu einem kompletten Signalement der beiden fremden Männer zusammenfügen, die im Dresdener Jugendlichenmilieu aufgefallen sind, und für die die Kripo nun brennendes Interesse zeigt.

Am späten Vormittag des 25. Junis kennen die Fahnder nicht nur Schröders und Jakobus' Aussehen, sondern wissen auch, dass sie sich seit zwei Tagen bei einem vorbestraften Kerl in Langburkersdorf aufhalten. Ein Anruf genügt, und Uniformierte des VP-Gruppenpostens aus Neustadt machen sich auf den kurzen Weg in die Nachbargemeinde. Schröder und Jakobus, die es sich in der Bleibe ihres zwielichtigen Gastgebers bequem gemacht haben, sind einigermaßen schockiert, als plötzlich Wachtmeister vor der Tür stehen, nach ihren Ausweisen fragen und sie zur »Klärung eines Sachverhalts« ziemlich schroff zum Mitkommen auffordern. Sofort ist ihnen klar: Jetzt werden sie für die Sache mit dem Geraer Bullen belangt. Betretenes Schweigen. Bevor sie die kurze, unfreiwillige Fahrt nach Neustadt antreten müssen, kann Jakobus seinem Kumpel aber noch unbemerkt zuflüstern: »Denk an den Schwur!«

Auf der VP-Wache. Ein Uniformierter hinter dem Tresen fordert Schröder und Jakobus auf, ihre Taschen zu leeren und die Armbanduhren abzumachen. Er fertigt ein Protokoll. Dann lässt er die Asservate in einer Plastiktüte verschwinden. Jetzt weist er den beiden eine Holzbank zu. Ehe sie Platz nehmen, fragen sie vorsichtig: »Worum geht es denn eigentlich?« Der Wachtmeister macht eine merkwürdige Andeutung, die sie nicht verstehen: »Ihr wisst doch am besten, was am Bahnhof in Dresden-Neustadt passiert ist!« Die beiden fühlen sich in dieser Hinsicht unschuldig, denn sie wissen tatsächlich nichts. Schröder hakt deshalb mit einer weiteren Frage nach: »Was soll'n da passiert sein?« Doch der Wachtmeister herrscht sie an: »Hinsetzen und Maul halten!« Mucksmäuschenstill verharren nun die beiden Kumpane auf der harten Bank und grübeln darüber nach, was der Polizist wohl gemeint haben könnte.

Zwei Stunden später erscheint ein Kriminalpolizist aus Dresden auf der Wache, bespricht mit dem Uniformierten hinter dem Tresen einige dienstliche Angelegenheiten, übernimmt die Asservate und das Protokoll und verabschiedet sich. Beim Hinausgehen gibt er Jakobus und Schröder mit einer Handbewegung zu verstehen, mitzukommen. Wortlos folgen die beiden. Draußen warten zwei weitere zivile Bewacher. Auf kürzestem Wege geht es nun nach Dresden zur BdVP, wo in der obersten Etage die Mordkommission residiert. Dort werden die beiden, wie es im Polizeijargon heißt, zunächst erkennungsdienstlich behandelt. Dann heißt es warten. Was Schröder und Jakobus nicht wissen: Kriminalisten eilen unterdessen mit den Porträt- und Ganzkörperfotos der beiden Zugeführten ans Krankenbett der überfallenen Schwestern, um herauszufinden, ob sie die Personen wiedererkennen. Beide Frauen sind sich nicht sicher, stellen nur eine gewisse Ähnlichkeit mit den Tätern fest. Dann werden die Fotos jenen Zeugen vorgelegt, die zwei verdächtige junge Männer nach der Tat wahrgenommen haben. Sie wiederum halten es durchaus für wahrscheinlich, dass die auf den Bildern abgebildeten Personen mit denen identisch sind, die sie in der Nähe des Tathauses gesehen haben. Für die Ermittler steht fest, dass sie zu einem späteren Zeitpunkt noch eine direkte Gegenüberstellung der Personen folgen lassen. Jedoch bedenkt in diesem Moment niemand die Gefahr, dass eine Wiedererkennung dann womöglich nach den vorgelegten Fotos und nicht nach dem fraglichen Wahrnehmungserlebnis erfolgen könnte. Diese eilige Maßnahme liefert also keine beweiskräftige Erkenntnis, sondern nur ein Ergebnis mit einem unbestimmten Wahrscheinlichkeitsgrad.

Kurz darauf wird den Zugeführten der Grund ihrer vorläufigen Festnahme mitgeteilt. Sie stehen im Verdacht, am 22. Juni in Dresden-Neustadt zwei betagte Frauen in deren Wohnung brutal überfallen und ausgeraubt zu haben. Schröder und Jakobus schweigen irritiert. Mit dem ihnen unterstellten Fall haben sie ja nicht das Geringste zu tun. Doch sie sind auf absonderliche Weise auch zufrieden, denn von dem Mord an einem Polizisten in Gera weiß in Dresden offenbar niemand.

Sie werden getrennt abgeführt und sehen sich von nun an für unbestimmte Zeit nicht mehr. Als sie nacheinander zur haftrichterlichen Vernehmung vorgeführt werden, erwartet sie eine gestrenge Dame, die ihnen erläutert, dass der Überfall auf die beiden Rentnerinnen eine versuchte vorsätzliche Tötung und ein Verbrechen sei, das den Haftbefehl begründet. Sie stellt jede Menge Fragen zum Tathergang, die Schröder und Jakobus freilich gar nicht beantworten können. Das wird als Verstocktheit ausgelegt. Dann werden sie mit Vorhaltungen überschüttet, die logischerweise auch konsequent unbeantwortet bleiben müssen. Aber nun sind sie mit einer Reihe von Informationen aus dem Täterwissen ausgestattet, dass sie sich unschwer zusammenreimen können, was sich in der Wohnung der alten Damen ereignet hat. Damit ist der Prozess der Wahrheitsfindung durch ein höchst zerstörerisches Virus infiziert worden, das Virus des unbrauchbaren Täterwissens. Denn schon bei den ersten Beschuldigtenvernehmungen stellt sich heraus, dass beide Delinquenten immer wieder Details aus einem Kenntnisfundus preisgeben, über den nur die wahren Täter verfügen dürften. Das wirkt sich mit der Zeit auf die Gesprächskonzeption der Vernehmer aus, die ja davon ausgehen, den wahren Tätern gegenüberzusitzen.

Irgendwann aber geraten die Ermittler in eine Art Pattsituation: Die Preisgabe des vermeintlichen Täterwissens durch die Beschuldigten verdichtet die Verdachtsgründe, die für ihre Täterschaft sprechen; es häufen sich gleichzeitig aber auch die Widersprüche und Zweifel, die ihrer Täterschaft entgegenstehen. Resignation erfasst die Kriminalisten. Unter diesen widrigen Bedingungen erweist sich schließlich auch die beste kriminalistische Untersuchungskonzeption als untauglich. Nun soll ein Vernehmerwechsel Abhilfe schaffen. Weit gefehlt. Die logische Folge: Auch andere Vernehmer benutzen das Mittel der Vorhaltungen, weil auch sie von der wahren Täterschaft der Beschuldigten ausgehen. Der Circulus vitiosus wird also nicht unterbrochen.

Schröder und Jakobus gelingt es, ohne intellektuellen Aufwand das für sie leicht erkennbare Dilemma der Ermittler für ihre Zwecke zu nutzen. Es liegt ihnen nichts näher, als diesen unklaren Zustand zu erhalten. Ihre hohe Beeinflussbarkeit, positiv auf das zu reagieren, was die Vernehmer vermutlich von ihnen erwarten, unterstützt sie dabei. Aus ihrer einfältigen Motivlage gesehen, ist es allemal besser, portionsweise einen Verbrechensversuch zu gestehen, der geringer bestraft wird als die vollendete vorsätzliche Tötung eines Polizisten und womöglich sogar die vorsätzliche Herbeiführung einer Explosion in einem großen Wohnhaus. Dass sie weder über das eine noch das andere etwas in der Zeitung gelesen haben, bestärkt sie in ihrer Position.

Auch in Gera stagnieren inzwischen die Ermittlungen im Fall des getöteten Polizisten. Sie kommen erst wieder in Gang, als etwa zwei Monate nach dem Überfall auf die beiden alten Frauen in Dresden-Neustadt die Berliner Zentrale der Kripo eine polizeiinterne »Kriminalistische Information« an alle Dienststellen verbreitet. Darin wird die Verhaftung der Beschuldigten Schröder und Jakobus, deren präzise Personenbeschreibung und der Sachverhalt mitgeteilt, wobei die Dresdener MUK immer noch von Schröders und Jakobus' Täterschaft ausgeht. Zwei Fakten aus dieser Information wecken das Interesse des Geraer MUK-Chefs Festerling an dem Dresdener Fall: Zum einen enthält die Information den Hinweis, dass die Verdächtigen sich seit dem 13. Juni unentwegt in den südlichen Bezirken der DDR herumgetrieben haben. Könnten Schröder und Jakobus demzufolge nicht auch in Gera gewesen sein? Zum anderen fällt bei der Beschreibung des Modus operandi auf, dass die Täter beim Verlassen des Tatorts die Brennerhähne des Gasherds geöffnet haben. Weist diese Tatsache womöglich auf die gleichen Täter hin?

Festerling und ein Mitstreiter machen sich unverzüglich auf den Weg nach Dresden und analysieren die dortigen Akten. Dabei fallen weitere Merkwürdigkeiten auf: So gibt Horst Schröder gegenüber den Ermittlern mehrmals an, mit seinem Kumpan auch in einem Ort gewesen zu sein, an dessen Namen er sich zwar ebenso wenig erinnere wie daran, ob es sich dabei um ein Dorf oder eine Stadt gehandelt habe. Jedoch könne dieser Ort mit dem Buchstaben »G« beginnen. Könnte damit Gera gemeint sein? Und weiter: In einer Vernehmung, in der Jakobus das Wohnhaus des Überfalls auf die beiden Damen beschreiben soll, meint er anfangs, »das war ein heller Neubau«, korrigiert sich aber nach dem Einwand des Ermittlers, am Bahnhof Dresden-Neustadt befinde sich kein heller Neubau, und behauptet stattdessen, »stimmt, ein Altbau war's«.

Endlich! Ein Silberstreif am dunklen Horizont des Erkenntnishimmels. Kein Grund mehr für Resignation. Festerlings üblicher Tatendrang ist mobilisiert, und langsam setzt sich das Räderwerk der Ermittlungen wieder in Bewegung. Schröder und Jakobus werden, ohne voneinander zu wissen, in die UHA nach Gera und nach Rudolstadt überführt, damit jegliches Zusammentreffen vermieden wird. Die Männer der MUK treffen sich zu einer Lagebesprechung und erörtern die vor ihnen stehenden taktischen und methodischen Probleme der Fallbearbeitung. Da die objektive Beweislage im Fall des Hauptwachtmeisters Langloff auf wackligen Füßen steht, geht es vorrangig um die Erlangung von Täterwissen, das aber nur dann die Qualität eines Beweises erreicht, wenn absolut gesichert ist, dass die Beschuldigten es nur durch das Taterlebnis selbst und nicht auf andere Weise erlangt haben. Alle Aussagen zu den Komplexen »Aufenthalt in Gera, Kontakt mit dem Opfer, Tathaus in der Ernst-Toller-Straße, Wohnung des Polizisten, Gesprächsinhalte, Tathandlung, Diebesgut, Verlassen des Tathauses, Abreise aus Gera« sollen durch Aussagedemonstrationen und Rekonstruktionen objektiviert werden.

Bis Anfang Dezember 1979 dauern die Untersuchungen an, konsequent nach dieser Verfahrensstrategie. Anfangs versuchen beide Beschuldigte, die Ermittler mit widersprüchlichen, sich gegenseitig belastenden Angaben abzulenken und zu irritieren, erkennen aber bald, dass ihr teils raffiniertes, teils dümmliches Verteidigungsverhalten keine nachhaltige Wirkung zeigt. Schließlich gestehen sie den Mord an dem Hauptwachtmeister Langloff.

Festerlings Mannschaft vernimmt zweiundfünfzig Zeugen und objektiviert die wichtigsten Einlassungen der Beschuldigten durch Untersuchungsexperimente und Rekonstruktionen, die durch ihre Beweiskraft überzeugen. So wird die Ausdauer der Ermittler doch noch mit Erfolg belohnt.

Einziger Wermutstropfen: Schröder und Jakobus wollen nicht darüber sprechen, wo das Diebesgut verblieben ist. Sie verweigern hartnäckig eine Antwort. Vermutlich wollen sie andere Personen schützen. Ganovenehre. Im Kleinen wie im Großen.

Nach Abschluss des Ermittlungsverfahrens erfolgt die bei Gewaltdelikten übliche psychiatrische Begutachtung der Beschuldigten. Für Schröder stellt der Gutachter fest: »Im Sozialbereich entwickelt Schröder ein hohes Anspruchsniveau, tritt fordernd überheblich-distanzlos auf und strebt offensichtlich gegenüber Jakobus eine Führungsrolle an. Es handelt sich jedoch um ein Streben nach sozialer Dominanz, wobei bei ihm fehlende soziale Gefühle dominieren. Er ist bemüht, seinen eigenen Tatbeitrag möglichst gering erscheinen zu lassen … Schröder wirkt in seinem Habitus ungepflegt. Er versucht, Jakobus in den Tatvordergrund zu stellen, er habe nur ausgeführt, sei nicht aktiv beteiligt gewesen. Bei ihm handelt es sich um eine unreife Persönlichkeit, verbunden mit Milieuschädigung und starker Verwahrlosung. Zu den Straftaten hat er sich bewusst entschlossen. Seine Zurechnungsfähigkeit ist nicht eingeschränkt …«

Bei Jakobus hingegen stellt der Gutachter einen Schwachsinn leichten Grades fest (Intelligenzquotient von 72). Auch bei ihm liegt eine massive Milieuschädigung vor. »Die soziale Fehlentwicklung ist schwerwiegend und abnorm, jedoch ist ihr tatbezogen kein Krankheitswert beizumessen. Die Intelligenzmängel sind nicht so ausgeprägt, dass Jakobus nicht in der Lage gewesen wäre, das Unerlaubte seiner Handlung einzuschätzen und sich entsprechend gesellschaftsgemäß verhalten zu können. Die Milieuschädigung ist zwar schwerwiegend und abnorm, hat jedoch tatbezogen nach dem juristischen Sprachgebrauch keinen Krankheitswert. Jakobus ist voll zurechnungsfähig ...«

Damit sind alle Voraussetzungen für die Anklageerhebung erfüllt.

Anfang Juni 1980 findet vor dem 2. Strafsenat des Geraer Bezirksgerichts unter dem Vorsitz der Oberrichterin Beuthel die Verhandlung gegen Uwe Jakobus und Horst Schröder statt. Ein viertägiges zähes Ringen um die Wahrheit folgt. Schröder versucht vergeblich, die Hauptschuld an der Tötung des Polizisten seinem Kumpel Jakobus anzulasten und bestreitet vehement, gesagt zu haben »bringen wir den Bullen zum Schweigen«. Und dies, obwohl er sowohl vor der Kripo als auch vor dem Staatsanwalt längst eingeräumt hatte, diesen teuflischen Vorschlag gemacht zu haben. Doch das Gericht bleibt unbeeindruckt.

Nach viertägiger Verhandlung verliest die Oberrichterin das Urteil. Es heißt für beide: lebenslange Freiheitsstrafe.

Auszug aus dem Urteil:

»Beide Angeklagten haben gemeinsam einen Mord begangen. Sie haben vorsätzlich einen Menschen getötet. Der Angeklagte Schröder hat die Anregung dazu gegeben. Der Angeklagte Jakobus hat zur Durchführung dieses Vorhabens Einrichtungsgegenstände der Wohnung in Brand gesetzt und durch Aufdrehen der Gashähne Gas ausströmen lassen. Danach haben beide Angeklagte die Wohnung verlassen. Sie wussten, dass der Geschädigte infolge des übermäßig genossenen Alkohols hilflos und handlungsunfähig in der Wohnung lag. Sie wussten, dass er verbrennen oder ersticken würde und wollten das auch, um ihre Diebstahlshandlungen zu verdecken. Der Tatbeitrag des Angeklagten Schröder besteht darin, dass er den Vorschlag zur Tötung machte und in Kenntnis dessen, dass in der Wohnung drei Brandstellen gelegt waren und Gas ausströmte, als letzter die Wohnung verließ und die Tür hinter sich zuzog. Damit hat er alle Voraussetzungen geschaffen, dass Gas und Feuer ungestört auf den Geschädigten einwirken konnten und in der Folge – wie beabsichtigt – auch dessen Tod hervorriefen.

Da es sich hierbei um ein Erfolgsdelikt handelt, bei dem die Tathandlung nicht mit dem Eintritt der beabsichtigten Folgen zusammenfällt, waren mit dem Liegenlassen des Geschädigten, dem Verlassen der Wohnung und dem Zuziehen der Wohnungstür die Tathandlungen beendet. Deshalb liegt auch hinsichtlich Schröder Mittäterschaft und nicht Beihilfe, wie von der Verteidigung vorgetragen wird, vor.

Diese Handlung stellt ein Verbrechen nach § 112 Abs. 1 StGB dar. Der Angeklagte Jakobus hat in Tateinheit dazu eine versuchte vorsätzliche Brandstiftung – Verbrechen nach §§ 185 Abs. 1 und 3, 186 Ziff. 3 StGB – begangen, indem er durch Anbrennen verschiedener Einrichtungsgegenstände die Wohnung des Geschädigten in Brand setzen wollte, damit durch einen Wohnungsbrand der Tod des Geschädigten eintritt. Da der Wohnraum selbst zum Zeitpunkt der Erkennung des Brandes noch nicht vom Feuer erfasst war, handelt es sich um einen Versuch.

Die schwere Brandstiftung ist deshalb gegeben, da damit die Aufdeckung einer anderen Straftat verhindert werden sollte …«

Epilog:

Nachdem Horst Schröder und Uwe Jakobus nach Gera überstellt wurden und von nun an als Beschuldigte im Mordfall des Hauptwachtmeisters Langloff im Mittelpunkt des kriminalistischen Untersuchungsinteresses stehen, atmen die Dresdener Mordermittler auf. Damit haben die Irrungen und Wirrungen, die ihnen die beiden aufzwangen, ein Ende. Mit der Einstellung des Ermittlungsverfahrens gegen Schröder und Jakobus kann nun im Fall der geschundenen und geschändeten alten Damen ein ungetrübter kriminalistischer Blick auf die Ermittlung der wahren Täter gerichtet werden. Das umfangreiche Ausgangsmaterial wird neu gesichtet und ausgewertet, die bisherige Untersuchungsplanung wird korrigiert, Zeugenaussagen werden unter den veränderten Bedingungen analysiert und bewertet, einstmals Beiseitegelegtes wird neu beurteilt. Das Verfahren erhält wieder das Prädikat »unbekannter Täter«.

Derlei Änderungen der Untersuchungsrichtung kommen in der Praxis der Morduntersuchung immer wieder vor und sind auch schnell vollzogen. Mit Feuereifer stürzen sich die Männer der MUK erneut auf den Fall. Es dauert nur wenige Wochen, und sie können einen überraschenden Aufklärungserfolg verbuchen. Wie kam es dazu? Bereits zu Beginn der siebziger Jahre schlossen sich die in der Dresdener Luisenstraße wohnhaften asozialen Jugendlichen Mathias Wimmer (19), sein Stiefbruder Michael Krüger (16) und Bärbel Mandel (17) zu einer kriminellen Gruppe zusammen und begannen, nicht nur Diebstähle, sondern auch Raubüberfälle zu begehen. Dabei gingen sie arbeitsteilig vor. Bärbel Mandel übernahm die Rolle einer Anstifterin, baldowerte aus, wo betagte, alleinstehende Bürger wohnten, klärte deren Wohnumgebung auf, stand dann Schmiere und führte Regie, wenn Wimmer und Krüger bei ihren arglosen Opfern auftauchten, mit fadenscheinigen Begründungen Einlass in deren Wohnung erreichten und unter Gewaltandrohung die Herausgabe von Barmitteln erzwangen. Bei späteren Raubzügen drohten sie ihren Opfern nicht nur Gewalt an, sondern übten sie ohne jede Ankündigung auch aus. Im Verlaufe der Zeit gingen die drei immer rücksichtsloser vor. Am Nachmittag des 22. Junis 1979 überfielen sie die hochbetagten Schwestern Ihlow und Bader in deren Wohnung unweit des Neustädter Bahnhofs, vergingen sich mit unvorstellbarer Brutalität fast zwei Stunden lang an ihnen, öffneten die Brennerhähne des Gasherdes in Tötungsabsicht, um danach mit dem Raubgut zu verschwinden.

Das Ermittlungsverfahren gegen das räuberische Trio führte nicht nur zur Aufklärung dieses Verbrechens, sondern auch weiterer schwerer Straftaten, darunter zwei vollendete Morde.

Noch vor Ende des Jahres 1980 wurden Bärbel Mandel, Mathias Wimmer und Michael Krüger wegen gemeinschaftlich begangenen, vollendeten Mordes in zwei Fällen und versuchten Mordes in zwei Fällen, in Tateinheit mit mehrfachem schweren Raub zu lebenslangen Freiheitsstrafen verurteilt.

Bleibt für Schröder und Jakobus im Falle der alten Damen nur noch festzustellen: Ihr fast gleiches Alter mit Wimmer und Krüger, ihr ähnlicher Habitus, die zeitlichen Bedingungen der Tat, das Öffnen der Brennerhähne des Gasherdes, die Art des Diebesgutes, die widersprüchlichen Zeugenaussagen hinsichtlich der Personenbeschreibung der Verdächtigen und die Offenbarung von Bestandteilen des Täterwissens durch Schröder und Jakobus führten die Dresdener Kriminalisten eine Zeit lang auf eine falsche Fährte.

Und schließlich: Einige Jahre nach Einlieferung in die Strafvollzugsanstalt Untermaßfeld unternimmt Horst Schröder erfolglos einen gewaltsamen Ausbruchsversuch, bei dem er einen Polizeiposten niederschlägt und erheblich verletzt. Mordversuch heißt es. Erklärlich, dass sich das Gericht bei einem Strafenzuschlag nicht zimperlich zeigt.

Bruderliebe – Bruderhass

Aktenzeichen 131-60/79 Bezirksstaatsanwalt Erfurt
Tagebuchnummer 1942/79 VPKA Erfurt

Erfurt, Mittwoch, 23. Mai 1979, vormittags. Obwohl der Sommer dem Kalender nach erst einen Monat später beginnt, liegt bereits eine ungewöhnliche Wärme über der Bezirksstadt. Ein gelbgrüner Funkstreifenwagen der VP fährt in Richtung Bahnhof Nord, biegt von der Karl-Marx-Allee in die Spittelgartenstraße ab und stoppt vor dem Haus Nr. 11. Zwei Uniformierte steigen aus dem Fahrzeug. Eine ältere Frau, die bereits vor der Haustür wartet, geht schnurstracks auf sie zu. Sie will etwas sagen, doch einer der Männer fragt gleich: »Sind Sie die Anruferin?«

Die Frau nickt bejahend, weist auf die Fenster des Dachgeschosses und sagt: »Da oben, wo der Huck wohnt, da muss es sein!« Dann geht sie zurück zum Haus, die Ordnungshüter folgen ihr.

Bereits im Erdgeschoss riecht es streng und übel. Die Polizisten verziehen angewidert ihre Gesichter, steigen aber zielstrebig die Stufen empor, während die Frau in respektvollem Abstand hinter ihnen bleibt. Im Dachgeschoss herrscht ein nahezu unerträglicher käsig-süßlicher Gestank. Er scheint durch die Türritzen der Wohnung mit dem Namensschild »H.-W. Huck« ins Treppenhaus zu dringen. Die Polizisten blicken sich vielsagend an. Einer pocht kräftig an die Wohnungstür.

»Hat keinen Zweck«, bremst ihn die Hausbewohnerin, »den Huck habe ich schon seit Wochen nicht mehr gesehen.«

»Wohnt er allein?«, fragt einer der Polizisten.

Die Frau sichert sich durch einen Kontrollblick ab, dass niemand anders zuhört und grient: »Ja, woher soll er denn 'ne Frau haben, wo er doch vor Kurzem erst aus dem Knast ist.«

Wieder verständigen sich die Polizisten durch einen Blick. Einer verlässt die Szene, die Frau aus dem Haus im Schlepptau, der andere bleibt auf dem Treppenpodest zurück.

Unter den aufmerksamen Augen der Staatsmacht öffnet bald darauf ein Schlosser mit wenigen Handgriffen die mehrfach verschlossene Wohnungstür. Der sich nun um so mehr ausbreitende Gestank verschlägt ihm derart den Atem, dass er schnell wieder verschwindet. Die Uniformierten betreten behutsam die Wohnung: Spärliches Inventar, das den Charme der sechziger Jahre ausstrahlt. Junggesellenhafte Tristesse. In einer Ecke des Korridors viele leere Bier- und Schnapsflaschen, die stummen Zeugen einer leberschädigenden Leidenschaft.

Die Polizisten betreten das Wohnzimmer: Mitten im Raum ein antiquierter stromfressender Heizkörper, ein Paar ausgelatschte Sportschuhe. Auf dem Couchtisch Relikte eines kargen Mahls. Ein übervoller Aschenbecher, Zigaretten, Streichhölzer. Auf der Sitzfläche eines der beiden Sessel Hose, Hemd und Jacke, wie achtlos hingeworfen. In der Jackentasche Personalausweis, Betriebsausweis des VEB Kombinat für Umformtechnik »Herbert Warnke«, Fahrerlaubnis auf den Namen »Hans-Werner Huck, geboren 17.4.1951«, eine Geldbörse mit 60 Mark Bargeld. Insgesamt nichts Auffälliges.

Die Männer werfen einen Blick in die Küche: Speisereste, verschmutztes Geschirr, auf dem Tisch Zeitungen und Wohnungsschlüssel. Alles erscheint normal.

Im Schlafzimmer jedoch stoßen sie auf die Ursache des widerwärtigen Geruchs: An der rechten Wand steht ein Bett, daneben ein Nachttisch. Links neben dem Nachttisch, mit dem Rücken zur Fensterfront, sitzt auf dem Dielenfußboden der Leichnam eines offenkundig großen, massigen und kraftstrotzenden Mannes. Ein etwa ein Meter langer und fünf Millimeter dicker Strick umschnürt fest seinen Hals. Das Ende des straffen Strangs ist am oberen Fensterwirbel fixiert. Der Leichnam befindet sich im Zustand beginnender Schwarzfäule …

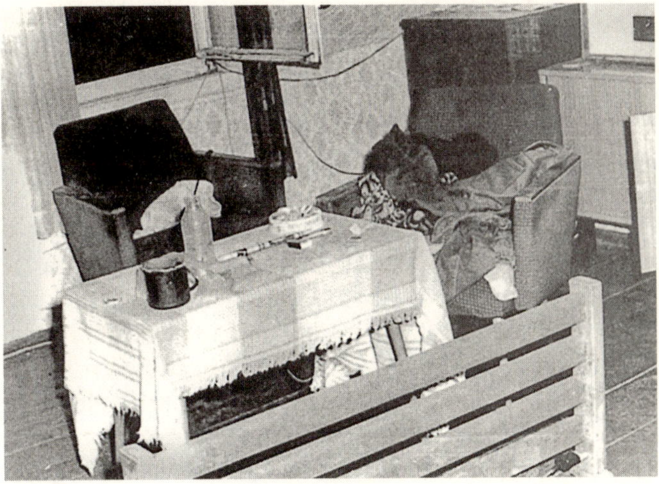

Teilansicht der Wohnstube des H.-W. H.

Mit dieser Inaugenscheinnahme endet die Zuständigkeit der beiden Uniformierten. Sie erstatten der Einsatzzentrale des VPKA, also des Volkspolizeikreisamtes, Meldung und beschränken sich bis zum Eintreffen eines Arztes und des zuständigen Leichensachbearbeiters der Kriminalpolizei auf die Sicherung der Wohnung.

Der Arzt untersucht den Leichnam, während der Kriminalist Wohn- und Schlafzimmer durchstöbert. Einzige Auffälligkeit ist ein unter dem Kopfkissen im Bett liegendes braunes, leeres 50-ml-Fläschchen mit aufgeklebtem Etikett »Erfurter Apotheke, 6.4.1979, Äther DAB 7, kühl aufzubewahren. Feuergefährlich«. Der merkwürdige Fund veranlasst den Polizisten nur zu einem Gedanken: Mit 50 ml Äther lässt sich nichts anfangen! Viel wichtiger für ihn ist die Tatsache, dass außer der Strangulation keine weitere Gewalteinwirkung am Körper des Toten festzustellen ist.

»Sieht aus wie Selbstmord. Atypisches Erhängen. Kein Wunder, bei dem Körpergewicht. Die Sterbezeit muss mehrere Wochen zurückliegen«, teilt der Arzt dem Kriminalisten mit und ergänzt, »erstaunlich, dass sich noch keine Fliegen eingenistet haben!«

»Die Wohnung war ordnungsgemäß verschlossen, kein Hinweis auf fremde Gewalt. Da können wir ja auf eine Sektion verzichten«, resümiert der Kriminalist.

Eine Stunde später findet der Tote im Kühlraum des Hauptfriedhofs seine vorletzte Ruhe, denn eine Bestattung ist erst nach der Freigabe möglich. Doch der zuständige Kreisstaatsanwalt zögert. Er fordert weitere Ermittlungen, will wissen, warum keine Vermisstenanzeige erstattet wurde, welches Motiv den Suizid tatsächlich ausgelöst hat und wie die Sterbezeit weiter eingegrenzt werden kann. Eine Gerichtssektion hält er allerdings für nicht erforderlich.

Die Mutter des Verstorbenen, Elisabeth Huck (48), eine einfache, rechtschaffene, spindeldürre und verhärmte Frau, die sich als Pförtnerin verdingt und im Stadtteil Ilversgehoven wohnt, nimmt die Mitteilung über den Tod ihres Ältesten gefasst, nahezu ohne sichtbare Regung zur Kenntnis. Da seine Saufexzesse, Schlägereien und Diebstähle die Beziehung zu ihm ziemlich unterkühlt hätten, sei es ihr ziemlich gleichgültig gewesen, den Sohn mehrere Wochen lang nicht gesehen zu haben. Außerdem habe ihr jüngster Sohn Peter angedeutet, Hans-Werner könne sich auf einem heimlichen Weg in den Westen befinden.

Der Bruder des Toten wird befragt. Es ist Peter Huck (26), ebenso von bulliger Statur, aber mit Bierbauch, der mit Frau und Kind einen Steinwurf weiter in der Karl-Marx-Allee wohnt. Er habe Hans-Werner seit dem 6. April zwar nicht mehr gesehen, eine Vermisstenmeldung aber deshalb nicht aufgegeben, um bei der Polizei keine unnötige Aufmerksamkeit zu erwecken. Er wäre bisher der Annahme gewesen, Hans-Werner sei illegal in den Westen gegangen. Sein Bruder, mit dem ihn im Übrigen ein inniges Verhältnis verbände, habe ihm nämlich vor einiger Zeit anvertraut, mit Leuten zusammengekommen zu sein, die ihn für einige tausend Mark in den Westen schleusen würden. Die einengenden Verhältnisse in der DDR stünden ihm schon lange bis zum Halse, er wolle lieber ein freier Mensch sein, und das gelänge ihm nur in der BRD. Dort werde er sich mit einem Gewerbe als Messer- und Scherenschleifer eine neue Existenz aufbauen. Möglicherweise, so mutmaßt Peter Huck, hängt der Selbstmord seines Bruders damit zusammen. Vielleicht haben ihn die Leute geneppt oder die ganze Sache ist geplatzt …

Tage verstreichen. Auch Nachbarn des toten Hans-Werner Huck sollen aussagen, wann sie ihn letztmalig sahen. »Das muss der 6. oder 7. April gewesen sein«, versichern sie übereinstimmend. Nur über das Privatleben des Kraftpakets ist ihnen nichts bekannt.

Die politisch brisante Mitteilung des Bruders erweckt indes bei der Kriminalpolizei des VPKA erstaunlicherweise nur halbe Aufmerksamkeit, denn so recht will man ihm die Geschichte mit der vermeintlichen Schleusung nicht abnehmen. Womöglich ist sie nur ein plumpes Ablenkungsmanöver. Ahnt Peter Huck, dass sich die örtliche Kripo aus anderem Grund für ihn interessiert? Denn er ist beileibe kein unbeschriebenes Blatt, musste wegen Eigentumsdelikten bereits mehrmals für einige Monate hinter Gitter und befindet sich lediglich auf Bewährung in Freiheit. Hinter seinem Rücken sammeln die bienenfleißigen Ermittler erneut Informationen über ihn. Sie vermuten längst, er könne weitere Diebstähle begangen haben. Doch diese Männer sind für das Eigentumsressort zuständig. Denn: Die Untersuchung verdächtiger Todesfälle obliegt dem Leichensachbearbeiter aus dem Kommissariat 3. Der aber geht nur sehr halbherzig der Frage nach, warum keine Vermisstenanzeige erstattet wurde, stellt die Recherchen in dieser Richtung sogar ein. Nur der Umstand, dass im Bett des Toten ein leeres Ätherfläschchen gefunden wurde, macht ihn argwöhnisch. Ließe sich nämlich im Körper des Toten Äther nachweisen, widerspräche dies einer Selbstmordversion und könnte den Verdacht einer vorsätzlichen Tötung begründen. Deshalb beantragt er beim Kreisstaatsanwalt eine Gerichtssektion, die nun auch angeordnet wird.

Endlich, am 31. Mai 1979, also acht Tage nach dem Auffinden des Toten, findet im Jenaer Institut für gerichtliche Medizin und Kriminalistik die Autopsie statt.

Auszug aus dem Sektionsprotokoll:

»Zum Zeitpunkt der Sektion wies die Leiche neben starker Hautfäulnis erhebliche Hautvertrocknungen im Sinne beginnender Mumifizierung auf. Hingegen waren Muskulatur und innere Organe, mit Ausnahme des Gehirns, nur gering faulig verändert. Es befand sich eine tiefe Strangfurche am Hals mit liegendem Strangwerkzeug (Hanfstrick mit einfacher Zugschlinge).

Die Blutungen in beiden Kopfnickermuskeln am Ansatz der Schlüsselbeine und im Gewebe am rechten oberen Schilddrüsenpol sowie die Punktblutungen in den bindegewebigen Hüllen der Schläfenmuskeln sind Ausdruck des Erhängens zu Lebzeiten. Andere Zeichen von Gewaltanwendung waren an der Leiche nicht vorhanden.

Grobsichtig fand sich kein Anhalt für krankhafte Organveränderungen, das Gehirn war frei von Blutungen.

Die im Blut festgestellte Alkoholkonzentration von 1,0 Promille erlaubt keine konkrete Aussage über den Grad der Alkoholisierung, da ein Teil dieses Wertes durch Fäulnisalkohole bedingt ist.

Äther konnte im Blut nicht nachgewiesen werden. Selbst bei Einnahme von Äther wäre dies aufgrund der Fäulnisvorgänge und der Zeit zwischen Todeseintritt und Sektion nicht zu erwarten, da dieser sich verflüchtigt haben würde.

Aus dem Grad der Leichenveränderungen kann abgeleitet werden, dass der Tod des Huck bereits vor mehreren Wochen eingetreten ist, wobei der 6.4.1979 durchaus Todestag sein kann ...«

Der Staatsanwalt hat nunmehr keine weiteren Einwände gegen eine Leichenfreigabe. Da die gerichtsmedizinischen Befunde der bisherigen Selbstmordversion nicht widersprechen, unterbleibt eine weitere kritische Prüfung, ob Hans-Werner Hucks Tod womöglich auf andere Art verursacht wurde. Lediglich die vermeintlich von innen verschlossene Wohnung wird zur Bestätigung eines Selbstmordes herangezogen. Aber weder ein überzeugendes Motiv, noch ein Abschiedsbrief wurden gefunden. Der Zweck des leeren

Ätherfläschchens im Bett des Toten blieb ebenso ungeklärt wie die Frage, ob andere Personen im Besitz eines Zweitschlüssels für Hans-Werner Hucks Wohnung gewesen sein könnten.

Leichtfertig schließt der Sachbearbeiter für Todesermittlungen den Fall als Suizid ab. »Ein den Tod Hans-Werner Hucks verursachendes, schuldhaftes Handeln eines anderen kann nicht nachgewiesen werden.« Wie sich Monate später herausstellt, ein verhängnisvoller Irrtum mit empfindlichen disziplinarischen Konsequenzen.

Während Peter Huck die Auflösung der Wohnung des Bruders übernimmt, erledigt seine Mutter die lästigen Bestattungsformalitäten. Der Leichnam Hans-Werners soll nun am 11. Juni 1979 auf dem Hauptfriedhof endgültig seine letzte Ruhe finden.

Am 4. Juni 1979, eine Woche vor dem Begräbnis. Mit sich zufrieden sitzt Peter Huck in einer billigen Kneipe und gießt etliche Biere in sich hinein. Ziemlich alkoholisiert torkelt er sitten- und verkehrswidrig heimwärts. Ein Schutzmann ermahnt ihn. Peter Huck empfindet dies als Affront, drückt unsanft eine Faust in dessen Gesicht und droht, ihm das Nasenbein vollends zu zertrümmern. Doch der Arm des Gesetzes ist stärker: Peter Huck wird festgenommen. Die bislang zurückgehaltenen strafrechtlichen Vorwürfe fortlaufender Diebstähle werden nun laut und durch »Widerstand gegen staatliche Maßnahmen« ergänzt. Damit ist der Nachweis erbracht, gegen die Bewährungsauflagen verstoßen zu haben.

Zudem liegen dringende Verdachtsgründe und Wiederholungsgefahr vor, die Voraussetzungen für einen sofortigen Haftantritt. Peter Huck muss hinter Gitter. Die Strafvollzugseinrichtung Regis bietet ihm für die nächsten Monate Arbeit, Kost und Logis.

Er ist sich bewusst, durch staatliches Gebot unabkömmlich, nunmehr dem Begräbnis seines Bruders fernbleiben zu müssen. Trotzdem: In einem herzzerreißenden Brief bittet er die Gefängnisleitung, ihm zu gestatten, am 11. Juni 1979 dabei sein zu dürfen, wenn die sterblichen Überreste seines innig geliebten Bruders zu Grabe getragen werden. Sein Antrag wird an den Staatsanwalt weitergeleitet. Doch der hat kein Verständnis für die posthume Bruderliebe und lehnt das Ansinnen ab.

Peter Huck gibt sich fortan seinem kärglichen Leben hinter Gefängnismauern hin. Doch er ist stinksauer, weil nämlich – während er aus dem sprichwörtlichen Blechnapf fressen muss – sein bester Kumpel nun ein Auto fahren kann, das eigentlich ihm gehört, und dessen Beschaffung dereinst ein hoch kompliziertes, riskantes Unternehmen war. Der Ärger darüber ist so gewaltig, dass er seinen Rededrang schließlich nicht zurückhalten kann. Unter dem Siegel absoluter Verschwiegenheit vertraut er am 11. Oktober 1979 einem Zellengenossen an, wie er eigentlich in den Besitz des Autos kam, das ursprünglich seinem toten Bruder gehörte: Gemeinsam mit dem besten Kumpel, der Hansjörg Krüger heiße und gleich bei ihm um die Ecke am Nettelbeckufer wohne, habe er seinen Bruder umgebracht und erfolgreich einen Selbstmord vorgetäuscht. Absicht sei es gewesen, an das Auto zu gelangen, für das sein Bruder kurz zuvor einen Kaufvertrag abschloss und 14 000 Mark berappte. Dieses Auto stand zur Abholung bereit. Deshalb sei ein zweiter Vertrag fingiert worden, der belegen sollte, sein Bruder habe ihm das Auto weiterverkauft. Daraufhin hätte es der Verkäufer herausgegeben. Auf diese wundersame, wenn auch unredliche Weise habe er nicht nur ein großes Auto abgezweigt, sondern auch ein perfektes Verbrechen begangen. Respektvoll und staunend nimmt der Zellenkumpan die hochbrisante Mitteilung entgegen, stellt viele Fragen zu den Einzelheiten und gelobt ewiges Stillschweigen. Bereitwillig und gutgläubig plaudert Peter Huck drauflos. Seine Prahlsucht ist größer als die Vorsicht.

Da Verschwiegenheit unter Knastbrüdern aber eine äußerst rare und flüchtige Tugend ist, wird das Gelöbnis bald durch Eigennutz verdrängt. Denn: Der geduldige, aufmerksame Zuhörer in Peter Hucks Zelle nimmt die nächste Gelegenheit wahr, sein Wissen beim Wachpersonal gegen ein paar Privilegien einzutauschen.

Die Maschinerie polizeilicher Ermittlungen im Todesermittlungsfall Hans-Werner Huck setzt sich schnell wieder in Bewegung, nunmehr gesteuert von der Erfurter Mordkommission. Deren Chef ist Hauptmann Schmelling, ein besonnener, aufgeweckter Enddreißiger. Er ist sich gewiss, dass die Beweisführung einer Täterschaft nur auf der taktischen Verwendung von internem Täterwissen beruhen kann. Die Vernehmungen erhalten damit eine zentrale Bedeutung, denn Spuren und andere sachliche Beweise erwartet bei der verkorksten Sachlage niemand mehr. Bei jeder der bevorstehenden Befragungen oder Vernehmungen werden nun die Detailkenntnisse über Planung, Vorbereitung und Durchführung der Tat gesammelt, verglichen und bewertet. Die Synthese aller Informationen aus dem Täterwissen muss schließlich eine schlagkräftige Folgerichtigkeit besitzen. Sie muss das Gericht auch ohne Sachbeweise überzeugen. Überdies muss dadurch dem möglichen Widerruf einer Aussage die beweishemmende Wirkung genommen werden.

Zunächst analysiert Schmelling die Zeugenaussage des redseligen Knastbruders. Sie ist präzise und enthält bereits jede Menge Detailwissen über die mögliche Tat. Ihren Wahrheitsgehalt zweifelt er nicht an. Diese Aussage ist der Wegbereiter weiterer Vernehmungen.

Nur: Die beim VPKA geführte Akte über die Todesursachenermittlung ist dürftig, unvollständig und voller Fragezeichen. Auch das darin enthaltene Sektionsgutachten kann den Nachweis einer Täterschaft nicht erbringen, es belegt lediglich den Strangulationstod, aber nicht dessen Ursache. Allerdings fügt es sich in den Tathergang ein, den Peter Huck seinem Zellengenossen ausplauderte.

Hauptmann Schmelling und seine Mannschaft wenden in den nächsten Tagen viel Zeit für die Erarbeitung der Vernehmungspläne auf. Zunächst müssen alle Personen aus dem sozialen Milieu Peter Hucks gehört und die im Rahmen der Todesermittlungssache bereits erfolgten Vernehmungen wiederholt werden, ehe man sich den strafrechtlich bedeutsamen Fragen des Falls zuwendet. Am Ende des Verfahrens aber können die Untersucher zufrieden sein: Sie werden dem Staatsanwalt vier Täter servieren, auf die eine Mordanklage wartet. Jetzt aber stehen sie noch am Anfang der Wahrheitsfindung.

Peter ist nur zwei Jahre jünger als sein Bruder Hans-Werner. Ein harmonisches Familienleben lernen die beiden nie kennen. Der Vater macht sich schon frühzeitig aus dem Staube. So muss die Mutter allein die Kinder versorgen und aufziehen. Doch sie ist damit völlig überfordert, arbeitet als Pförtnerin im Schichtdienst. Folgerichtig verläuft die Erziehung chaotisch und hilflos, wechselt zwischen Despotie und Laxheit. Der Alkohol tut sein übriges. Zwistigkeiten, Unausgeglichenheit und Gleichgültigkeit beherrschen das Familienklima. Die beiden Jungen sind sich viel selbst überlassen, hecken einen Blödsinn nach dem andern aus, prügeln sich und sind diebisch wie man das von Elstern behauptet. All das bildet den Nährboden für ihre soziale Gefährdung. Hans-Werner schafft wenigstens die Schule bis zum Abschluss der 8. Klasse und findet als Schleifer in einem Metallbetrieb Arbeit. Er stiehlt geschickter als sein Bruder Peter, der wiederholt auf frischer Tat ertappt wird. Erst sind Süßigkeiten, dann Zigaretten und Alkoholika, später allerlei technisches Gerät Objekte ihrer Begierden.

Überhaupt ist Peter, der intellektuell auf ziemlich niedrigem Niveau steht, besonders anfällig für Fehlanpassung und soziale Störung: Bereits mit sechs Jahren ist er so schwierig, dass er eine Sonderschule besuchen muss. Er lernt nicht, schwänzt, stiehlt, kommt ins Kinderheim. Seine kriminelle Energie nimmt mit dem Älterwerden zu. Größere Diebstähle folgen. Die Behörden weisen ihn in einen Jugendwerkhof ein. Dort verbleibt er bis zur Volljährigkeit. Danach zieht er in die verwaiste Wohnung seines Bruders Hans-Werner, der hinter Gefängnismauern gerade über seine letzte Schandtat nachdenken soll. Diebstahl und Körperverletzung sind der Grund seines unfreiwilligen Aufenthaltes.

Brüderliche Übereinstimmung herrscht in ihrer Affinität zu fremdem Eigentum, der Neigung zu Schlägereien und im Hang zu exzessiven Trinkgelagen. Jedoch ist Peter auf seinen größeren Bruder neidisch, weil der stärker, intelligenter und raffinierter ist. Manchmal schlägt er sich mit ihm, doch er zieht immer den kürzeren. Den Groll über die Niederlagen frisst er in sich hinein.

1975 heiratet Peter die 22-jährige Putzfrau Edith Wagner. Ihre Mitgift: ein Kind und übermäßiger Alkoholkonsum. Sie beziehen in der Nähe von Hans-Walter eine Wohnung in der Karl-Marx-Allee. Bei einer Sauftour lernen die beiden ein gleichaltriges Pärchen kennen, das ganz in der Nähe am Nettelbeckufer wohnt. Er, Hansjörg Krüger, ein schlanker, blasser Typ mit schulterlangem Haar, Schnauzbart und beeindruckendem Vorstrafenregister. Sie, seine Lebensgefährtin Vera Hafenberg, eine Blondine, ebenso blassgesichtig, mit ungepflegten Zähnen. Auf Anhieb verstehen sich die vier.

Asozialität, kriminelle Biografie und Alkohol schweißen zusammen. Von nun an finden die feuchtfröhlichen Partys abwechselnd in den Wohnungen der Paare statt. Mit der Zeit gewinnen die bislang stupiden Trinkgelage durch lüsterne Spielchen und Partnerwechsel eine »qualitativ höhere Stufe«, und gelegentlich darf auch Hans-Werner an den unsittlichen Vergnügungen teilhaben.

Dann muss Peter für zwei lange Jahre in den Knast. Betrug, Diebstahl und andere Unredlichkeiten werden ihm zur Last gelegt. Edelmütig tröstet Hans-Werner unterdessen seine Schwägerin Edith über den zeitweiligen Verlust des Gatten hinweg. Dankbar nimmt sie seine Dienste entgegen.

Ein Jahr später: Peter wird vorzeitig auf Bewährung aus dem ungastlichen Etablissement entlassen, erhält eine Beschäftigung als Hilfsarbeiter im VEB Kühlmöbelwerk. Ihm entgeht nicht, dass Edith inzwischen mit dem Schwager angebändelt hat. Das verschnupft ihn. Er stellt sie zur Rede. Die Angetraute windet sich damit heraus, Hans-Werner habe mit Gewalt den Platz in ihrem Bett erobert. Dabei lässt er es bewenden, doch er hat eine Stinkwut auf seinen Bruder. Aber auch diese frisst er wie bisher in sich hinein.

Als bald darauf nunmehr Hans-Werner für mehrere Monate hinter schwedische Gardinen muss, triumphiert er insgeheim. Ein betrügerisches Geschäft war dumm gelaufen.

Peter übernimmt die Zweitschlüssel der Wohnung seines großen Bruders, um dort gelegentlich nach dem Rechten zu sehen, und er verwahrt sie auch weiterhin, als Hans-Werner längst wieder in Freiheit ist.

Das Jahr 1978 und die ersten Monate des darauffolgenden Jahres verlaufen ohne nennenswerte Zwischenfälle. Die Brüder Huck scheinen mit sich und den Strafgesetzen Frieden geschlossen zu haben.

Doch der Schein trügt. Als Anfang des Jahres der Großvater stirbt und Hans-Werner einen Bargeldbetrag von 20 000 Mark erbt, flammen plötzlich Groll und Missgunst in Peters Seele wieder auf. Er wurde nämlich im Testament nicht bedacht. Vor einigen Jahren stahl er dem Großvater mehrere hundert Mark. Die Sache kam heraus und nun, so schließt er folgerichtig, hatte der Alte es ihm auf diese Weise heimgezahlt.

Hans-Werner will sich indes mit dem unerwarteten Geldfluss einen Traum erfüllen: ein Auto soll es sein, ein möglichst großes. Er hat Glück. In Elxleben, ein Ort im Erfurter Landkreis, macht er einen Verkäufer ausfindig, der seinen alten »Wolga GAS 24«, eine Limousine sowjetischer Bauart, für 14 000 Mark veräußern würde. Hans-Werner frohlockt und kündigt seinen raschen Besuch an.

Umgehend teilt er die freudige Kunde seinem Bruder Peter und dessen Freund Hansjörg Krüger mit. Die beiden bieten sich an, mit technischem Interesse und kritischem Blick dem Kaufprocedere beizuwohnen. Und Hans-Werner ist zufrieden, denn sechs Augen sehen mehr als zwei.

Am Wochenende darauf fährt das Trio mit dem Bus nach Elxleben und sucht den Verkäufer auf. Hans-Werner stellt ihm seinen Bruder und den Freund vor. Die Männer gehen hinters Haus. Dort steht das Objekt der Träume. Hans-Werner ist begeistert.

»Mensch, ist das eine Karre!«, pflichten ihm seine Begleiter bei und beäugen das Gefährt mit kritischen Augen.

»Was macht'n der?«, fragt Peter.

»140 Sachen«, meint der Verkäufer stolz.

»Und der Verbrauch?«, ist die nächste Frage.

»12 bis 13 Liter«, antwortet der Eigentümer der Karosse. Und als die drei ziemlich verdutzt dreinblicken, ergänzt er: »Is ja auch 'ne Zweieinhalb-Liter-Maschine, knapp hundert PS!«

Achtungsvoll nicken die Männer mit den Köpfen.

Doch dem Fahrzeug fehlt die Starterbatterie. Also: Probefahrt nicht möglich. Aber Ehrenwort, der Wagen ist in Ordnung! Hans-Werner zögert nicht, denn bei der Situation auf dem Automarkt ist schnelles Handeln angesagt. Er unterschreibt den Kaufvertrag: »Spätestens Anfang März hole ich ihn ab!«

»Kein Problem«, meint der Verkäufer, erhält 14 000 Mark, und das Geschäft ist paletti.

In den folgenden Tagen überlegt Hans-Werner, wie er in den Besitz einer Autobatterie kommen könnte.

Peter, sein Kumpel Hansjörg und dessen Lebensgefährtin Vera führen hingegen ihre gewohnten abendlichen Biergespräche. Dabei lässt Peter mit einem für die Zukunft höchst bedeutungsvollen Satz die ganze Wut über seinen Bruder heraus: »Der Schweinehund hat immer Glück, und ich glotze in die Röhre!«

Dieser Satz lenkt das folgende Gespräch plötzlich auf ein gefährliches Thema.

»Liegt doch an dir«, meint nämlich Hansjörg.

Peter versteht nicht.

Doch sein Kumpel erklärt: »Ganz einfach: Machst'n platt, ist die Karre deine!«

Einen Moment lang muss Peter seine grauen Zellen strapazieren, um zu begreifen, was Hansjörg damit meint. Dann kapiert er: Das heißt, Hans-Werner muss verschwinden, und zwar für immer. Erst dann wäre der Seelenfrieden wieder hergestellt. Das ist logisch! Kriegsrat wird abgehalten. Das Trio kommt überein, kollektiv vorzugehen, schließlich verpflichtet Freundschaft. Tötungsvarianten, Alibi, Termin, technische Fragen und Einzelheiten des Vorgehens werden erörtert. Auf keinen Fall sollen nach vollbrachtem Werk verräterische Spuren zurückbleiben. Also: Jedes Risiko ist zu vermeiden. Nur so gelingt ein perfekter Mord.

Noch am gleichen Abend steht fest: Der verhasste Bruder soll durch Gas vergiftet werden. Weil aber in seiner Wohnung kein Gasanschluss besteht, soll an die in der unbewohnten Nachbarwohnung vorhandene Gasleitung heimlich ein Gartenschlauch angeschlossen und nachts, wenn er schläft, Gas in sein Schlafzimmer hineingeleitet werden. Nach dem tödlichen Erfolg muss nämlich der Schlauch vor Ort verbleiben, um die selbstmörderische Handlung zu beweisen.

Zuvor aber will Peter sich in der Wohnung umsehen und prüfen, wie der Anschluss des Schlauches an die installierte Gasleitung erfolgen kann. Im Ergebnis seiner Inspektion am nächsten Tag allerdings kommen ihm ernste Bedenken: Man könne den Gartenschlauch nicht so ohne weiteres an die Gasleitung anschließen. Das Anschlussrohr sei nämlich mit dem vorhandenen Gasherd fest installiert und nur durch aufwendige Demontage freizulegen. Das wiederum verursache zu viele Spuren. Im Übrigen verwerfe er den Plan einer Gasvergiftung. Diese Tötungsart sei zu unberechenbar und gefährlich, eine Explosion könnte Hausbewohner in Mitleidenschaft ziehen.

Die Argumente überzeugen. Eine Bedenkpause wird eingelegt.

Montag, der 2. April 1979. Es findet eine weitere Zusammenkunft statt. Diesmal nimmt auch Edith Huck teil. Das mörderische Quartett berät Details eines anderen Vorgehens: Hans-Werner soll in der Nacht vom 6. zum 7. April 1979 zunächst mit Äther betäubt und dann aufgehängt werden. Alles muss aussehen wie ein Selbstmord. Da Peter die Wohnungsschlüssel seines Bruders besitzt, ist es einfach, sich nachts in dessen Wohnung zu schleichen. Während Hans-Werner schläft, lässt sich das Vorhaben am besten verwirklichen, ohne Spuren zu hinterlassen. Aber das sei allein Männersache. Die notwendigen Requisiten für das tödliche Szenario will Peter auftreiben: Ein stabiler Hanfstrick, Handschuhe und Taschenlampe. Außerdem muss ausreichend Äther besorgt werden. Dafür sind die Frauen verantwortlich. Nun ist der Plan perfekt. Die vier sind zufrieden. Grund genug, die nächste Schnapsflasche zu öffnen.

Aber es gibt noch ein weiteres Problem. Der Verkäufer in Elxleben rechnet nämlich am Wochenende mit der Abholung des Fahrzeugs. Zu dieser Zeit soll Hans-Werner aber schon nicht mehr unter den Lebenden weilen. Also, den Mordtermin verschieben? Nein, das wäre keine gute Idee, befinden sie. Angenommen, Hans-Werner holt das Auto ab und meldet es gleich bei der Zulassungsstelle an. Von diesem Augenblick an wäre es offiziell sein Eigentum. Und bei seinem Tod würde alles die Mutter erben. Was ist zu tun, um in den Besitz des Wagens zu gelangen?

Peter ist ratlos. Vor allem grämt ihn jetzt, dass er nicht einmal einen Führerschein besitzt. Hansjörg hingegen, der längst über das begehrte Dokument verfügt, hat eine glänzende Idee: »Wir machen einen neuen Vertrag. Da muss drin stehen, dass ich der Käufer bin. Der Verkäufer hat ja sein Geld schon, muss also nur unterschreiben, und ich kann die Karre anmelden.«

Ja, das wäre die Lösung. Peter Huck gefällt der Vorschlag seines Kumpels, er wendet lediglich ein: »Wenn wir Freitagnacht die Sache mit meinem Bruder durchziehen, müssen wir gleich danach das Auto holen. Es darf noch nicht bekannt sein, dass er sich gekillt hat!«

Richtig, so soll es geschehen. Im Handumdrehen liegen Papier und Kugelschreiber bereit, um einen neuen Kaufvertrag zu formulieren.

Bis auf die Beschaffung des Äthers sind die Vorbereitungen abgeschlossen. Jetzt gilt es, Hans-Werner in Sicherheit zu wiegen und zu überprüfen, ob er am Freitagnacht auch tatsächlich zu Hause ist. Diese Aufgabe übernimmt Peter.

Alles läuft besser als der Plan vorsieht: Es trifft sich nämlich, dass Hans-Werner am Donnerstagabend bei seinem Bruder erscheint. Peters Frau Edith, Hansjörg und Vera sind auch anwesend. Man spielt Karten, trinkt, sieht fern. Mit schmieriger Freundlichkeit und künstlichem Frohsinn führen sie mit dem arglosen Kraftprotz eine seichte Konversation und erfahren, dass er am Freitag nach der Spätschicht erst gegen Mitternacht heimkehrt. Das trifft sich gut. Peter ergreift die Initiative, gaukelt Hans-Werner vor, aus seinem

Betrieb eine passende Batterie abgezweigt und versteckt zu haben. Das war zwar unredlich, aber geschah aus reiner Bruderliebe, versteht sich. Eigentlich könnte das Fahrzeug nun abgeholt werden. Hans-Werner ist baff. Prompt will er nach dem Ausschlafen den nächsten Bus nach Elxleben nehmen. Und da die Batterie ziemlich schwer ist, nimmt er das scheinheilige Angebot seines Bruders, ihn dorthin zu begleiten, gern an.

Freitag, der 6. April 1979. Am Vormittag. Vera fordert von Edith zwanzig Mark, um Äther zu kaufen. Kurz darauf sucht sie die Apotheke in der Bebelstraße auf.

Der freundliche Pillendreher fragt nach dem Verwendungszweck der betäubenden, leicht entflammbaren Flüssigkeit. Doch die Frau ist auf eine Erklärung vorbereitet: »Wissen Sie, mein Mann ist aktiver Flugzeugmodellbauer und braucht Äther als Treibstoff für die kleinen Motoren!« Das klingt glaubhaft. Der Apotheker übergibt ihr zwei Fläschchen mit insgesamt 100 ml Äther – eine Menge, die er ohne Bedenken verkaufen kann.

Am späten Abend kommt das mörderische Quartett wieder zusammen. In dieser Nacht soll es geschehen. Die Luft knistert vor gespannter Erwartung und Nervosität. Strick, Äther, eine Windel, Handschuhe, Wohnungsschlüssel und Taschenlampe liegen bereit. Nun gilt es, bis nach Mitternacht auszuharren. Peter und sein Freund Hansjörg beruhigen sich mit Bier, die Frauen leisten ihnen Gesellschaft. Kurz nach 2.30 Uhr verstauen die Männer die mörderischen Requisiten in ihren Taschen und machen sich auf den Weg, sorgsam darauf achtend, nicht gesehen zu werden. Edith und Vera warten indes auf ihre unbeschadete Rückkehr.

Das Wohnhaus in der Spittelgartenstraße 11 liegt in nächtlichem Dunkel. Im Schein der Taschenlampe schleichen die Mörder die Treppe empor bis zum Dachgeschoss. Vorsichtig öffnet Peter die Wohnungstür. Auf leisen Sohlen dringen sie bis zum Schlafraum vor. Hans-Werner liegt, eingerollt in seiner Bettdecke, in tiefem Schlaf. Hansjörg schüttet den Inhalt der Ätherflaschen auf die Windel. Dann geht alles blitzschnell: Peter stürzt sich auf seinen Bruder und fixiert ihn mit seinem Körper derart, dass er unter der Decke völlig bewegungsunfähig ist. Gleichzeitig presst sein Kumpel mit beiden Händen die äthergetränkte Windel kraftvoll auf Hans-Werners Gesicht, während er mit dem Gewicht seines Körpers Arme und Brustkorb des Wehrlosen niederdrückt. In dieser Position verbleiben die Mörder, bis nach fünf Minuten der Äther seine volle narkotisierende Wirkung zeigt.

In der späteren Vernehmung durch die Kriminalpolizei wird Peter Huck dazu aussagen:

»... Ich lag mit meinem Oberkörper auf seinen Beinen. Meine Beine hingen so am Bett runter. Hans-Werner war dabei zugedeckt. Also ich habe die Beine durch die Decke festgehalten. Er war munter geworden. Er konnte aber nichts machen, weil wir auf meinem Bruder drauflagen. Mit den Beinen hat er gezappelt, aber ich hatte ihn fest. Danach, als er schon hing, sagte Hansjörg, dass er ihn auch fest hatte, so mit dem Arm im Schwitzkasten. Es hatte ja nicht lange gedauert, dann ist er eingeschlafen. Bevor er aber eingeschlafen ist, hat er Hansjörg noch erkannt, denn er sagte: ›Du Halsabschneider!‹ ...

Hansjörg hat die Ätherflasche noch in der Hand gehabt, und er hat auch nachgegossen. Wann er die zweite Flasche genommen hat, weiß ich nicht. Hans-Werner schlief nach fünf Minuten ein. Solange hatten wir festgehalten ...«

Sodann wird die Schlinge um den Hals des Bewusstlosen gelegt. Dabei bemerken die Mörder, dass aus dessen Mund Blut und Speichel läuft und die Bettdecke verschmutzt. Sie rollen den schweren Körper aus dem Bett, schleifen ihn bis ans Fenster und lehnen ihn mit dem Rücken an die Wand. Es bedarf gehöriger Kraftanstrengung, Hans-Werner nun ein Stück anzuheben, eine Fußbank unter sein Gesäß zu schieben, die Schlinge am oberen Fenstergriff zu befestigen und die Fußbank wegzustoßen, damit der Strang sich spannen und den Hals fest umschnüren kann. Einige Augen-

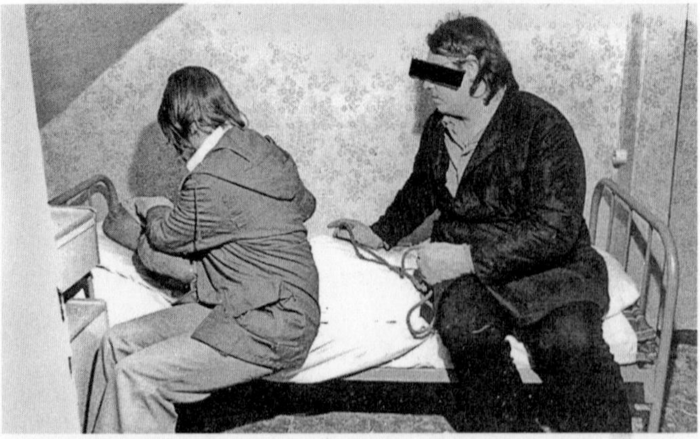

Die Täter demonstrieren im Rahmen der Rekonstruktion, wie sie das schlafende Opfer mit Äther betäubten

blicke verweilen die beiden mucksmäuschenstill. Hansjörg legt sein Ohr auf die Brust des Erhängten und erfasst dessen Handgelenk, um zu prüfen, ob noch Lebenszeichen festzustellen sind. Zufrieden teilt er seinem Kumpan mit: »Es ist erledigt, der tut keinem mehr was!«

Peter zieht unterdessen das Deckbett ab und sucht die Tatutensilien zusammen. Trotz eifrigen Bemühens: Eines der Ätherfläschchen kann er nicht mehr finden.

»Los, weg hier!«, mahnt ihn sein Kumpan schließlich. Auf leisen Sohlen verlassen sie unbemerkt die Stätte ihrer Schandtat. Den Bettbezug, die Ätherflasche und die Handschuhe lassen sie im Müllcontainer eines Nachbarhauses verschwinden.

Edith und Vera haben eine große Kanne Kaffee gekocht und warten schon ungeduldig auf die Rückkehr ihrer Männer. Als sie gegen 4.00 Uhr heimkehren, steht der Sieg in ihren Gesichtern. Mit satanischem Vergnügen schildern sie die grausamen Vorgänge der letzten Stunde.

Staunend lauschen die Frauen ihrem Bericht, der nur einen kleinen, aber bedeutungsvollen Schönheitsfehler hat, nämlich, dass sich die zweite Ätherflasche immer noch in der Wohnung des Toten befindet. Doch Peter meint gelassen:

»Jetzt hau'n wir uns aufs Ohr. Wenn ich ausgepennt habe, gucke ich noch mal nach!«

Nach Kurzem Schlaf ist er wieder auf den Beinen. Wichtiger als zu frühstücken ist es jetzt, erneut nach dem vermaledeiten Fläschchen zu suchen. Es gelingt ihm auch, unbemerkt in die Wohnung seines Bruders zu gelangen. Zunächst prüft er den Zustand seines Bruders, der unverändert still und stumm am Fenster hängt und offenbar tot ist.

Nun sucht Peter nach dem Ätherfläschchen. Vergeblich. Es lässt sich nicht aufspüren. Nach einigen Minuten ist seine Geduld erschöpft. Kurzerhand gibt er die Suche auf und schnüffelt lieber in den Schränken herum. Dabei stößt er auf eine kleine Stahlkassette. Mit einiger Mühe kann er sie aufhebeln, doch die Erwartungen, darin Bargeld zu finden, erfüllen sich nicht. Dafür entdeckt er eine nagelneue Armbanduhr mit digitaler Anzeige, die prompt in seiner Tasche verschwindet. Auch das Tonbandgerät und die Kugelboxen im Wohnzimmer lässt er gleich mitgehen. Heimgekehrt fragt die besorgte Gattin: »Und, hast du sie?«

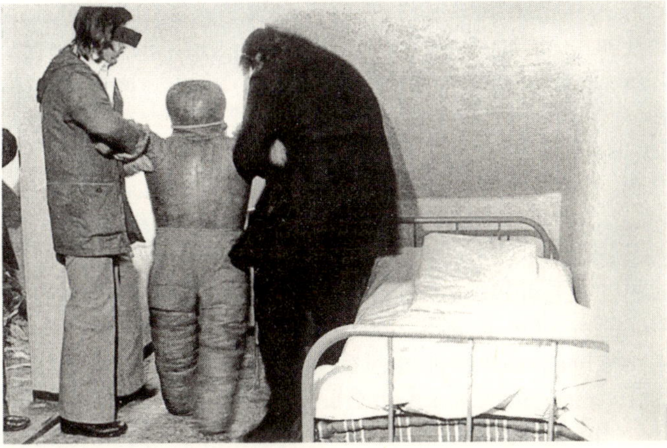

P. H. und H. K. demonstrieren mittels einer Ringerpuppe, wie sie den bewusstlosen H.-W. H. am Fenstergriff erhängten (Rekonstruktionsfoto)

Peter weiß, dass sie nur das Fläschchen meinen kann, macht eine abwehrende Handbewegung und beendet die missliche Angelegenheit mit einem knappen Satz: »Nichts gefunden. Scheiß drauf!«

Von diesem Moment an interessiert ihn das Ätherfläschchen nicht mehr. Viel lieber führt er seine Trophäen vor. Mit einer Geste der Großzügigkeit überreicht er das Tonbandgerät seinem Kumpel Hansjörg, während er die Uhr noch am gleichen Abend in einer Kneipe für 400 Mark an den Mann bringt.

Am nächsten Tag, es ist Sonntag, erscheint Peter beim Pförtner seines Betriebes, dem VEB Kühlmöbelwerk, und gibt vor, aus seinem Garderobenschrank etwas Wichtiges holen zu müssen, was er vergessen habe. Er darf passieren. Wenig später verlässt er das Gelände wieder, diesmal mit einem unauffälligen, schwarzen Kunstlederbeutel, darin eine Autobatterie. Volkseigentum, versteht sich. Schnurstracks schleppt er die schwere Kostbarkeit zu seinem Kumpel Hansjörg.

Am Montag, dem 9. April 1979, erhält Elisabeth Huck unvermuteten Vormittagsbesuch von ihrem Sohn Peter. Er habe gerade in der Nähe zu tun und wolle die Gelegenheit nutzen, sich nach ihrem Wohl zu erkundigen. Welche Überraschung! Die Mutter ist leicht irritiert, denn derlei Interesse an ihrem Leben kennt sie von ihrem Jüngsten sonst nicht. In Wirklichkeit will er nur in Erfahrung bringen, ob sie Hans-Werner bereits vermisst, ihn womöglich schon besuchen wollte. Doch die Mutter ist arglos. Als sie für kurze Zeit die Stube verlässt, nutzt er die Gunst des Augenblicks und durchwühlt in Windeseile den Wohnzimmerschrank. Dabei erspäht er eine unverschlossene Stahlkassette mit einem beachtlichen Bündel Geldscheinen. Seine Vermutung ist richtig, dass es aus dem Erbe des Großvaters stammt und dem Bruder gehört, der es der Mutter zur Aufbewahrung anvertraut hatte. Kurzerhand lässt der missratene Sohn das Geld mitgehen. Tagelang wird der Diebstahl unbemerkt bleiben.

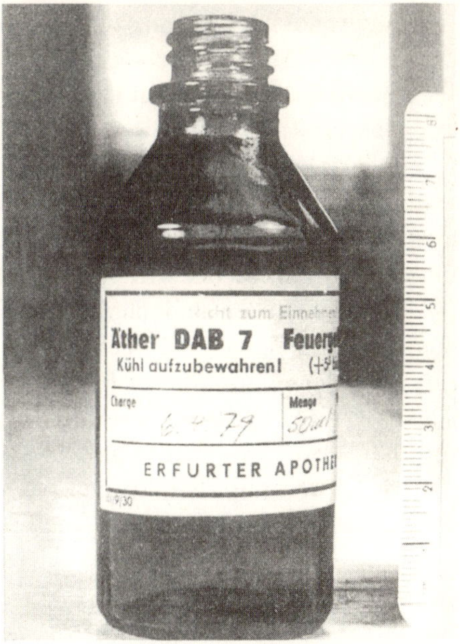

Das unter dem Kopfkissen des Opfers von der Polizei aufgefundene Ätherfläschchen

Der erfolgreiche Diebeszug versetzt Peter Huck in euphorische Stimmung, er entschädigt ihn für die nervenaufreibenden Mühen der vergangenen Tage. Stolz präsentiert er das Bündel seiner Frau Edith. Gierig zählt sie nach. Es sind 4000 Mark. Die Hälfte der Beute geht noch am Nachmittag an Hansjörg Krüger und Vera Hafenberg. Die beiden können Peter Huck überreden, gemeinsam den nächsten Bus nach Elxleben zu nehmen, um endlich das Auto abzuholen. So geschieht es.

Der Verkäufer stutzt zwar, weil er eigentlich Hans-Werner Huck erwartet hat. Doch Peter hat überzeugende Argumente parat: Sein Bruder habe bedauerlicherweise die Fahrprüfung nicht bestanden und aus Frust das Auto seinem Kumpel Hansjörg Krüger verkauft. Prompt überreicht dieser den neuen Kaufvertrag. Dem Verkäufer ist es egal, er hat ja sein Geld. Er liest, prüft, unterschreibt. Huck und Krüger bauen die Batterie in den Wagen ein, starten und fahren zurück nach Erfurt.

Als Hauptmann Schmelling mit seinen Männern das ihm übergebene Material der »Todesermittlungssache Hans-Werner Huck« analysiert hat und die Strategie des weiteren Vorgehens festlegt, sind ihm freilich die geschilderten Tatvorgänge unbekannt. Jedoch stößt er in diesem Verfahrensstadium bereits auf Situationsfehler, die als ernst zu nehmende Indizien den vermeintlichen Selbstmord widerlegen und stattdessen einen Mordverdacht allemal rechtfertigen:

Die Kriminalisten sind nämlich schnell dahinter gekommen, dass am 9. April 1979 Peter Huck und Hansjörg Krüger, nicht aber Hans-Werner Huck, den PKW aus Elxleben abholten. Folgerichtig müssen sich die beiden sicher gewesen sein, dieses Geschäft ungestört abwickeln zu können. Grund: Sie wussten, Hans-Werner lebt nicht mehr. Die Angaben des Autoverkäufers, der Kaufvertrag wäre deshalb geändert worden, weil der ursprüngliche Käufer angeblich die Fahrprüfung nicht bestanden habe, offenbart Peter Hucks vorsätzliche Falschaussage. Tatsächlich besaß sein Bruder seit mehreren Jahren einen Führerschein. Die Täuschung des Autoverkäufers gelang nur, weil Peter Huck und Hansjörg Krüger die Gewissheit hatten, dass Hans Werner das Vorhaben nicht mehr durchkreuzen kann.

Bei den Recherchen zur Persönlichkeit des toten Hans-Werner Huck finden die Ermittler keinen erklärenden Hinweis auf den möglichen Verwendungzweck des Äthers. Abgesehen davon: Der Leichensachbearbeiter des VPKA, der damals den Todesfall untersuchte, ist niemals der Frage nachgegangen, warum sich auf dem leeren Fläschchen unter dem Kopfkissen des Toten keine Fingerspuren befanden, obwohl dieser Umstand beweist, dass sie vermieden werden sollten. Weiter: Der ungewöhnliche Fundort des Fläschchens weist auf eine bestimmte, wenn bisher auch noch unbekannte Rolle des Äthers in der Dynamik des tödlichen Geschehens hin. Und schließlich: Da sich der Apotheker recht zuverlässig erinnern kann, am 6. April 1979 einer blassgesichtigen Blondine zwei Ätherfläschchen verkauft zu haben, liegt der Verdacht eines Zusammenhangs mit dem Todesfall nahe, zumal die von ihm abgegebene Personenbeschreibung der Kundin durchaus auf Vera Hafenberg passt. Und diese wiederum zählt zum sozialen Umfeld Hans-Werner Hucks.

Schmellings Mitarbeiter finden aber auch heraus, dass Peter Huck im Zusammenhang mit der durch das VPKA geführten Todesursachenermittlung angegeben hatte, seinem Bruder die Zweitschlüssel der Wohnung lange vor dem 6. April 1979 zurückgegeben zu haben. Unerklärlicherweise glaubte man ihm damals. Aber niemals wurde nach diesen Schlüsseln gefahndet, denn in Hans-Werners Wohnung befanden sie sich nicht.

Und schließlich stoßen Schmellings Ermittler auf ein bisher unbeachtetes Protokoll. Es ist der Bericht des Leichensachbearbeiters über die Fundortuntersuchung vom 23. Mai 1979, der Tag der Entdeckung des Toten. Darin wird nebensächlich beschrieben, dass auf Hans-Werner Hucks Küchentisch unter anderem ein geöffneter, an ihn gerichteter Brief mit Poststempel vom 17. April 1979 gelegen habe. Aber: Hätte er diesen Brief selbst geöffnet, dann würde zwangsläufig eine mindestens um zehn Tage differierende, spätere Todeszeit zutreffen. Eine derartige Annahme stünde jedoch im Widerspruch zu den reichlich vorhandenen Aussagen der Zeugen, die Hans-Werner Huck letztmalig am 6. oder 7. April gesehen haben. Fazit: Nach dem 17. April 1979 muss ein Unbefugter sich in der fraglichen Wohnung aufgehalten haben, wohl wissend, dass dort der verwesende Leichnam des Hans-Werner Huck am Fenster hängt. Wer zu derlei fähig ist, muss grenzenlos kaltschnäuzig und abgestumpft sein. Merkmale, die durchaus auf Peter Huck zutreffen.

Die Situationsfehler werden zum Kernstück der folgenden Vernehmungen. Da sich Huck in Haft befindet, steht er bereits zur Verfügung. Doch als er mit dem strafrechtlichen Vorwurf bekannt gemacht wird, nunmehr auch unter Mordverdacht zu stehen, ist er ziemlich außer sich, will wissen, »welches Schwein ihn in die Pfanne hauen will« und gerät von einer Affektaufwallung in die nächste. Doch der Sturm legt sich schnell. Mit der Aussage seines Zellenkumpans konfrontiert, erkennt er die Zwickmühle, in der er sich befindet, aus der es kein Entrinnen gibt. Bereits am nächsten Vernehmungstag gesteht er, gemeinsam mit Hansjörg Krüger den Mord an seinem Bruder begangen zu haben.

Wenn der Vernehmer auf die Tatbeiträge seines Kumpels zu sprechen kommt, gerät Peter Huck mehrmals in ungebremste Wut, ein untrügliches Anzeichen dafür, dass die Kumpanei zu ihm längst zerbrochen ist. Und das aus triftigem Grund. Krüger hatte nämlich einen perfiden Plan ausgeheckt. Peter Huck sollte gehörig geneppt werden. Deshalb schickte er Vera Hafenberg zu ihrem alten Onkel. Sie legte ihm ein auf den 17. März 1979 zurückdatiertes Schriftstück zur Unterschrift vor, mit der er bestätigte, seiner Nichte 10 000 Mark geliehen zu haben. Der arglose Onkel, ein Analphabet, ließ sich erfolgreich beschwatzen, wusste aber nicht, was er unterschrieb. Nun konnte Hansjörg Krüger die Aufnahme eines Darlehens für den Kauf des alten »Wolga« belegen. Auf diese listige Weise wollte er den Besitz des Fahrzeugs sichern und gegen eine mögliche Herausgabeforderung seines Freundes gewappnet sein.

Peter Huck hatte davon erfahren und folgerichtig den Schluss gezogen: »Die Hunde wollen mich übers Ohr hauen!« Heftige, auch handgreifliche Auseinandersetzungen folgten. Dann griff das Schicksal ein: Wegen Widerstands gegen die Staatsgewalt und Verstoßes gegen Bewährungsauflagen musste er hinter Gitter. Die Knastsituation verhinderte zwar weitere direkte Zusammenstöße, begünstigte aber die Entwicklung feindlicher Gefühle gegen seine bisherigen Komplizen.

Das aufgewühlte Gemüt des Beschuldigten wird taktisch genutzt, denn nach dem Motto »Ich muss jetzt lange brummen, aber die sollen auch bluten«, fördert es seine Aussagebereitschaft. Der Vernehmer achtet darauf, dass Hucks Aussagen über die eigenen Beiträge am Mordgeschehen wahrheitsgetreu bleiben und nicht zusätzlich dem Mittäter angelastet werden. Später kommt die Rolle der beiden Frauen zur Sprache. Sich des Verrats bewusst, gibt Peter Huck nach einigem Zögern auch über deren Beteiligung Auskunft.

Als Hauptmann Schmelling das Vernehmungsprotokoll in den Händen hat, folgt der nächste Unersuchungsschritt: Seine Häscher werden in die Spur geschickt, um Hansjörg Krüger und seine Lebensgefährtin Vera Hafenberg zu verhaften. Edith Huck ereilt das gleiche Schicksal. Doch sie ist unverkennbar schwanger, rechnet deshalb mit Haftverschonung. Vergeblich, denn: Nach § 123 StPO ist auch »bei einer schwangeren Frau die U-Haft unumgänglich, wenn sie eines besonders schweren Verbrechens dringend verdächtigt wird«.

In den ersten Gesprächen bestreitet Hansjörg Krüger inbrünstig, an dem Mord beteiligt gewesen zu sein, wohl wissend, dass die Kripo keine objektiven Spuren gegen ihn in der Hand hat. Er erbost sich über seinen Kumpel, hält dessen Anschuldigungen für bloße Infamie, sich wegen des Autos an ihm zu rächen. »Was Peter da quatscht, sind alles nur Lügenmärchen.« Auch die beiden Frauen weisen erst einmal vehement jeden Vorwurf zurück, von einer Tötungsabsicht, geschweige denn von einem Mordplan, jemals etwas gewusst zu haben.

Doch Schmellings Männer bleiben unbeeindruckt von derlei Sicherungsverhalten. Gleich nach der Verhaftung der drei werden deren Wohnungen durchsucht. Ohne Mühe entdecken die Kriminalisten das Tonbandgerät und die Kugelboxen des Opfers, über deren Herkunft die Beschuldigten höchst widersprüchliche Angaben machen. Auch die kompletten Fahrzeugpapiere für den »Wolga GAS 24« und der fingierte Kaufvertrag, der Hansjörg Krüger zum rechtmäßigen Eigentümer macht, entgehen ihnen nicht. Schriftproben von einer alten Schreibmaschine aus der Wohnung der Eheleute Huck werden mit der Schrift auf dem Kaufvertrag verglichen. Ergebnis: Identität der Schriften.

Ein Sturmangriff an Vernehmungen bricht los. Aussagen des einen Beschuldigten werden zur Waffe gegen den anderen, Vorhalte zu wirksamen Geschossen. Da Absprachen untereinander nun nicht mehr möglich sind, verwickeln sich die Mörder und ihre Komplizinnen zwar in weitere Widersprüche, doch Stück für Stück offenbaren sie auch die Wahrheit.

Gegenüberstellungen, Aussagedemonstrationen, Rekonstruktionen und die weitere Ermittlung von Zeugen ergänzen die Strategie der Untersucher. Wenn diese, sich über Monate hinziehenden, Prozeduren für beide Seiten auch nervenaufreibend sind, bleibt die Wirkung nicht aus: Im Frühsommer des Jahres 1980 ist der Fall endgültig aufgeklärt. Hauptmann Schmelling kann die Akte über den Mord an Hans-Werner Huck schließen und zur Anklageerhebung an die Bezirksstaatsanwaltschaft übergeben.

Für DDR-Verhältnisse höchst ungewöhnlich, wird einige Tage später in der Erfurter Tageszeitung »Thüringer Neueste Nachrichten« in einem mehrspaltigen Artikel unter der Überschrift »Mord aus Hass und Habgier« ausführlich über die Untat berichtet.

Peter Huck und Hansjörg Krüger haben sich wegen gemeinschaftlich begangenen heimtückischen Mordes zu verantworten. Sie erwartet eine lebenslängliche Freiheitsstrafe. Edith Huck und Vera Hafenberg müssen wegen Beihilfe zum Mord für fünf Jahre in das berüchtigte Frauengefängnis Hoheneck, wenige Kilometer südlich von Karl-Marx-Stadt.

Das Corpus delicti, der von H. K. unrechtmäßig erworbene »Wolga GAS 24«

Gegen ihr Urteil legen sie zwar Berufung ein, jedoch wird diese vom Obersten Gericht der DDR als »offensichtlich unbegründet« verworfen.

Hauptmann Schmelling aber weiß sehr genau, dass Aufdeckung und Aufklärung des Falls letzten Endes nur dem Zusammenspiel günstiger Umstände zu verdanken waren. Denn: Hätte Peter Huck sich seinem Zellengenossen nicht anvertraut, wäre das Verbrechen niemals aufgedeckt worden und bliebe ungesühnt.

Der literarische Kriminalinspektor Columbo ist auf die Untersuchung verschleierter Verbrechen spezialisiert. Zwar tappt auch er anfangs von Indiz zu Indiz, ergeht sich in tiefgründigen Grübeleien über die eine oder andere Spur, doch sein Weg ist gradlinig, ohne Rückschlag, ohne Stolpern. Das Rezept seines Erfolges: Er beherrscht wie kein zweiter die hohe Kunst, Situationsfehler aufzudecken und die Täter damit zu überführen.

In der Realität der kriminalistischen Untersuchung, insbesondere bei Gewaltdelikten, spielen Situationsfehler tatsächlich eine bedeutende Rolle. Sie entstehen zumeist im Resultat der Tatverschleierung, einen äußerlich kausal-logischen Geschehnisablauf zu konstruieren, der die tatrelevanten Umstände und Spuren kaschieren soll. Mit dem Begriff Situationsfehler werden meist Handlungen umschrieben, die dem Täter bei der Vortäuschung einer für ihn bedeutsamen Situation als Fehler unterlaufen. Insofern ist der Situationsfehler von anderen Veränderungen (z.B. am Tatort durch ärztliche Maßnahmen an der Leiche, naturgesetzliche Einwirkungen) abzugrenzen. Unter dem Aspekt der dem Kriminalisten zur Verfügung stehenden immensen spurenkundlichen Möglichkeiten (z.B. DNA-Analyse, Mikrospuren) ist die Vortäuschung eines das tatsächliche Geschehen überlagernden Handlungsverlaufs in allen notwendigen Details praktisch nicht möglich. Situationsfehler entstehen damit zwangsläufig und erklären sich häufig daraus, dass der weitaus größte Teil der Tötungsdelikte aus tataktuellem, situationsbedingtem Anlass begangen wird. Will der Täter die Tat verschleiern, setzt dies eine völlig neue Willensbildung und Entschlussfassung voraus. Alle der Verdeckung dienenden Handlungen müssen aber der bisher geschaffenen Tatsituation angepasst werden. Dadurch wird die Fehlerentstehung zusätzlich begünstigt.

Allerdings: Situationsfehler werden nicht erkannt, wenn subjektive Voraussetzungen beim Kriminalisten fehlen (z.B. verursacht durch Kompetenzmangel, Gleichgültigkeit, Unkenntnis, Voreingenommenheit) oder objektive Umstände seinen Erkenntnisvorgang beeinträchtigen (z.B. zusätzliche Veränderungen am Ereignisort, Zeitdruck, Unmöglichkeit des Einsatzes von Experten).

Dennoch ist die Aufdeckung von Situationsfehlern eine wesentliche Erkenntnisbrücke bei der Untersuchung von unnatürlichen Todesfällen. Sie ist der Schlüssel, um in das Dunkelfeld von Mord und Totschlag vorzudringen.

Im Namen des Volkes

Aktenzeichen 1a BS 1/72 Bezirksgericht Karl-Marx-Stadt, 131-23/71 Bezirksstaatsanwalt Karl-Marx-Stadt

Sommer 1970. Wenn die »Gloria-Combo« samstags im »Ratskeller« zum Tanz aufspielt, wird der 4600-Seelen-Ort Fraureuth im Landkreis Werdau zum Wallfahrtsort der Jugend aus der Umgebung. Kennern allerdings ist der idyllische Flecken im vogtländischen Hügelland dank der dort ansässigen, sportfördernden Wälzlagerindustrie als Hochburg des Spitzenhandballs längst bekannt.

Es ist der 5. September, ein Samstag. Der bedrückende Dauerregen der letzten Tage, der die brütende Augusthitze ablöste, ist ostwärts abgezogen und mit ihm der allgemeine Trübsinn. Jetzt zeigt sich der Spätsommer von seiner besten Seite, und das Wohlbehagen kehrt zurück. Das Waldbad füllt sich wieder mit Gästen, die passionierten Wanderer, Kleingärtner und Landleute hält es nicht mehr in ihren Stuben. Unbeschirmt kann nun die Fraureuther Jugend, aber auch die der Nachbarorte, dem Lockruf folgen, der von den Plakaten am »Ratskeller« ausgeht: »Heute von 19.00 bis 24.00 Jugendtanz«. Die Anziehungskraft ist so groß, dass bereits eine Stunde vor dem ersten Takt der Tanzschuppen rappelvoll ist. Unter den tanzlustigen jungen Leuten befindet sich die siebzehnjährige Mechthild Lohse aus der Nachbargemeinde Gottesgrün, wohlproportioniert, sportlich, blond – eine Freude für Herz und Sinne. Sie ist Schülerin der Klasse 12a in der »Theodor-Neubauer-Oberschule« im nahen Greiz, eifrig, zuverlässig, ausdauernd und begabt. Beste Noten und ein positives »politisch-moralisches« Image zeichnen sie aus, weil sie, wie es in einer Beurteilung durch die Schule heißt, »als Leitungsmitglied der FDJ-Grundorganisation es vorbildlich versteht, gesellschaftliche und persönliche Interessen in Übereinstimmung zu bringen«.

Ehrgeizig setzt Mechthild alles daran, nach dem Abitur ab September nächsten Jahres an der »Karl-Marx-Universtität« in Leipzig Chemie studieren zu können. Trotzdem ist sie keine Lernfanatikerin, die sich nur in ihre Bücher versenkt. Sie ist gleichermaßen dem fröhlichen Leben zugewandt und ganz nebenbei eine begeisterte und allseits respektierte Sportlerin, deren Liebe besonders dem Handball gilt. Jetzt aber sitzt sie mit ihren Freundinnen im »Ratskeller«, um der Musik zu lauschen und zu tanzen.

An diesem Abend lernt sie den fünfundzwanzigjährigen Eberhard Damrau kennen. Er wohnt in Reuth, wenige Kilometer von Fraureuth entfernt, und arbeitet im Werdauer Zweigbetrieb des VEB Leipziger Kugellagerfabrik als Spitzendreher. Auf Anhieb hat der kräftige Bursche mit dem lichtbraunen Haar Mechthild betört. Er sieht gut aus und plaudert amüsant. Seine taktvolle, zurückhaltende, fast schüchterne Art, mit der er sich wohltuend von den üblichen ungehobelten Anbaggereien der anderen Jungen unterscheidet, gefällt ihr. Irgendwann schließlich nimmt er für den Rest des Abends an ihrem Tisch Platz und spendiert eine Flasche sowjetischen Sekt. Bei seinem Lohn kein Problem. Diese Großzügigkeit beeindruckt die Schülerin, die mit kargem Tachengeld gewissenhaft haushalten muss. Jetzt bietet sich viel Gelegenheit zum Tanzen, Plaudern und Schmusen. Allerdings: Gegen 23.00 Uhr muss Mechthild aufbrechen. Sie hat den Eltern versprochen, nicht zu spät heimzukehren. Eberhard bedrängt sie nicht, länger zu bleiben, bietet ihr aber auf der Stelle seine Begleitung an. »Ohne Hintergedanken«, betont er. Freudig stimmt Mechthild zu. So endet der erste Abend in übereinstimmender Zärtlichkeit und mit dem Wunsch nach einem baldigen Wiedersehen am nächsten Wochenende.

Mechthild Lohse kann in den folgenden Nächten keinen ruhigen Schlaf finden. Grund: Sie hat sich in Eberhard Damrau verknallt. Er, reifer und männlicher als ihr Exfreund Holger aus der Parallelklasse, mit dem sie seit der 10. Klasse bis vor einem halben Jahr zusammen war, lässt jetzt tausend Schmetterlinge in ihrem Bauch schwirren. Aber auch

Eberhard hat Feuer gefangen und gesteht wenige Tage später einem Freund, dass er »sich schwer verliebt« habe. Auch er kann das nächste Rendezvous kaum erwarten.

Fortan verbringen die beiden viele Stunden ihrer Freizeit in trauter Gemeinsamkeit. Nach dem leistungsfordernden Schulalltag und den disziplinierten Trainingsstunden im Handballverein genießt Mechthild an den Wochenenden das abwechslungsreiche Zusammensein mit Eberhard. Sie bewundert ihren neuen Freund, weil er stolzer Besitzer einer schnittigen »Sport-AWO« ist, ein Motorrad des VEB Fahrzeug- und Gerätewerk Simson-Suhl. Motorisiert vergrößert sich der Aktionsradius für ihre Unternehmungen beträchtlich. Die Verliebten besuchen Tanzveranstaltungen in Plauen, Zwickau oder anderen nahen Städten, gehen ins Kino, vergnügen sich im Greizer Hallenbad oder geben sich ausgedehnten Spaziergängen hin. Zeit und Gelegenheit für Liebkosungen bleiben allemal.

Die Wochen vergehen und das Pflänzchen der Liebe gedeiht.

An den Werktagen heißt es für Eberhard, die Arbeitsnormen an der Drehbank zu erfüllen und abends in der Volkshochschule für den Abschluss der 10. Klasse zu pauken. Und wenn alles gut geht, will er vielleicht später das Abitur erwerben und an der Technischen Hochschule in Dresden studieren. Damals, als er 1959 die Grundschule mit befriedigendem Ergebnis abschloss, war er froh, endlich von der Schulbank wegzukommen, den gutbezahlten Dreherberuf zu erlernen und alsbald auf eigenen Füßen zu stehen. Er wollte seinen älteren Brüdern nacheifern, die auch schon lange nicht mehr an Mutters Rockzipfel hängen. Freilich, die alleinstehende, gesittete, fleißige und treusorgende Mutter hatte es nicht einfach mit ihren vier Jungs. Immerhin war der Vater 1946 nach seiner Entlassung aus englischer Kriegsgefangenschaft nicht wieder an den heimischen Herd zurückgekehrt, sondern klammheimlich irgendwo im Westen untergetaucht und hatte die junge Frau mit vier Kindern sitzen lassen. Trotz dieser schwierigen Bedingungen entfaltete sich ein harmonisches Familienleben ohne nennenswerte Erziehungsprobleme. Die beiden ältesten Brüder übernahmen in pädagogischer Hinsicht ersatzweise die Vaterrolle für das Nesthäkchen Eberhard. Das entsprach ihren Neigungen, und so lag es nahe, dass sie später Lehrer wurden. Der dritte Bruder hatte kurz vor dem Mauerbau bei Nacht und Nebel den Arbeiter-und-Bauern-Staat verlassen und lebt jetzt irgendwo im Rheinland, wo er im Auftrag einer großen Spedition als Trucker durch ganz Westeuropa kutschiert.

Vor einem Jahr hatte Eberhard Damrau seine erste Freundin, ein mehr platonisches Verhältnis, und das auch nur für kurze Zeit. Denn die freundschaftliche Eintracht wurde immer wieder gestört, die Eltern des Mädchens waren sehr streng, ließen ihrer Tochter nur wenig Raum für eigene Entscheidungen und steuerten vor allem ihre Freizeit in einer Weise, dass er sich ständig von ihnen kontrolliert fühlte. Klar, das reichlich verklemmte Mädchen war erst sechzehn Jahre alt und Schülerin der 10. Klasse. Es musste, selbst wenn es mal zum Tanzen gehen durfte, bereits um 22.00 Uhr wieder zu Hause sein. Das übertriebene, misstrauische Getue der Eltern belastete ihn sehr. Kein Wunder, dass diese Beziehung in einer herben Enttäuschung endete. So jedenfalls beurteilt er aus heutiger Sicht diese kurze Romanze. Wie wohltuend anders ist es jetzt: Mechthilds unverkrampftes, geradliniges Wesen imponiert ihm. Ihre Eltern sind überhaupt nicht autoritär, sie haben Vertrauen zu ihrer Tochter, wachen nicht eifersüchtig über jeden ihrer Schritte, so dass sie ihre Freizeit nach eigenem Ermessen gestalten kann. Ja, diese Bedingungen sind ein guter Nährboden für die junge Liebe.

Unweit der nach Zwickau führenden Fernverkehrsstraße 173, gleich hinter der Ortschaft Neumark, hat das Liebespaar im dichten Unterholz eines Birkenwäldchens, das den dortigen Steinbruch umsäumt, eine kleine, dicht umwachsene Lichtung entdeckt, die fortan zum Refugium für ungestörte Zweisamkeit wird. In den letzten warmen Tagen des Altweibersommers wird dieser Ort stummer Zeuge eines intensiven erotischen Spiels. Als Mechthild ihrem Freund ins Ohr haucht, »keine Sorge, ich nehme die Pille«, lassen die beiden ihren Lustgefühlen erstmals freien Lauf.

Mechthild Lohse, die seit ihrem siebzehnten Geburtstag im letzten Mai auf elterliches Anraten von der offiziellen, kostenlosen Abgabe von Ovulationshemmern profitiert, ist von dem prickelnden Ereignis am Steinbruch so überwältigt, dass sie es nicht für sich behalten kann und wenige Tage später ihrer Mutter anvertraut. Die Eltern wissen längst, dass ihre Tochter seit einigen Wochen einen Freund hat, da er sie schon etliche Male mit dem Motorrad abgeholt hat. Deshalb erlauben sie Mechthild, ihn irgendwann einmal zum Essen einzuladen. Kurzum, sie wollen ihn näher kennenlernen.

Auch Eberhard ist von dem Liebeserlebnis tief beeindruckt, fühlt sich dadurch noch stärker an Mechthild Lohse gebunden und trägt sich heimlich bereits mit Ehegedanken. Als er bei einem Spaziergang wie zufällig auf eine eheliche Gemeinsamkeit zu sprechen kommt, würgt sie das Thema mit der Bemerkung freundlich ab: »Ich heirate, wenn ich irgendwann einmal mit meinem Studium fertig bin.« Eberhard schlussfolgert, dass er geduldig weiter »um sie kämpfen« muss. In der Folgezeit überhäuft er sie deshalb mit kleinen Geschenken und unendlichen Liebeserklärungen. Er begleitet sie regelmäßig zur Sporthalle, wo sie ihre Trainingsstunden absolviert, holt sie von dort wieder ab, wünscht aber auch, dass sie ihn so oft wie möglich vom Betrieb oder von der Volkshochschule abholt. Auf diese Weise weicht er keinen Schritt von ihr.

Anfangs schmeichelt ihr seine Aufmerksamkeit, Ritterlichkeit und Nähe, obwohl sie ihm immer wieder behutsam klarzumachen versucht, dass ihre jetzige Freundschaft zu ihm nicht der Garantieschein für eine künftige eheliche Bindung sein kann. Später fühlt sie sich durch seine übermäßigen Avancen und unablässige Nähe regelrecht bedrängt und in ihrer Freiheit so eingeengt, dass sie einige Male höchst schnippisch auf sein Verhalten reagiert. »Ständig will er mich bei sich haben, zehnmal am Tag muss ich ihm sagen, dass ich ihn liebe, ich bin doch nicht sein Eigentum«, beklagt sie sich einmal bei einer Freundin.

Ihr mitunter distanziertes Verhalten stachelt ihn erst recht an. Mehrmals versucht er, Mechthild zu bewegen, auf ihre Trainingsabende ihm zuliebe zu verzichten und stattdessen die Zeit mit ihm zu verbringen. »Wenn du ab nächsten Sommer studierst, hast du sowieso keine Zeit mehr für den Sport«, ist sein schwaches Argument. Doch sein absurder Wunsch bleibt unerfüllt. Beharrlich nimmt sie ihre Termine wahr. Verärgert hält er sich schließlich zurück.

Mechthilds Eltern haben Eberhard zum Feiertagsessen am ersten Weihnachtstag eingeladen. Traditionell gibt es Gänsebraten, Rotkohl und Thüringer Klöße. Eberhard zeigt sich von seiner besten Seite, versteht sich vor allem mit Mechthilds Vater recht gut, bemerkt allerdings nicht, dass dieser ihn geschickt über seine Familie und berufliche Perspektive, aber auch über seine Beziehung zu Mechthild ausfragt. Als Lohses mit Mechthild wieder allein sind, zeigen sie sich verwundert, dass »sich der junge Mann wie ein Bräutigam verhalten habe, der bereits zur Familie gehöre«.

»Der hat schon ein paar Mal vom Heiraten geredet, so'n Quatsch. Dabei kennen wir uns erst seit drei Monaten. Ich bin doch nicht blöd, mich mit siebzehn schon zu binden!«, dämpft Mechthild die Besorgnis ihrer Eltern.

»Nichts gegen deinen Freund, aber halte ein wenig Abstand, so dicke Tinte schadet nur«, lautet der elterliche Rat.

Von nun an reduziert Mechthild ihre Zusammenkünfte mit Eberhard. Nur die Wochenenden hält sie für ihn frei. Ihr Argument: »Ich muss fürs Abitur lernen!« Eberhard Damrau fügt sich wider Willen. Mechthild konzentriert sich auf die Prüfungen, ohne dabei ihre sportlichen Ambitionen zu vernachlässigen, und Eberhard steht tagsüber an der Drehbank, um abends für die Mittlere Reife zu büffeln oder gelegentlich fernzusehen, am liebsten Westen.

Das getrennte Leben an den Werktagen macht nun wieder Appetit auf die gemeinsamen Wochenenden. Und die Beziehung der beiden erfährt eine erfrischende Renaissance, so dass die kommenden Monate in Harmonie und Liebesglück verlaufen. Doch Anfang Mai 1971, wenige Tage vor Mechthilds achtzehntem Geburtstag, kommt es zu einer ernsthaften Auseinandersetzung. Eberhard drängt darauf, den Geburtstag zum Anlass zu nehmen, sich endlich mit ihr zu verloben. Als unerschütterliches Zeichen seiner Zuneigung und lauteren Absichten habe er bereits Ringe gekauft. Mechthild fühlt sich überrumpelt und genötigt.

»Du musst doch spinnen«, erhitzt sie sich, »immer entscheidest du über meinen Kopf hinweg. Vergiss nicht, dass ich Schülerin bin und gerade das Abitur mache. Ich werde mich doch jetzt nicht binden. Außerdem werde ich ab September studieren, da wird sowieso alles anders zwischen uns!«

»Das sind doch nur Ausreden. Ich denke, du liebst mich. Haben wir uns nicht versprochen, zusammenzubleiben? Oder willst du mich nur ausnutzen?«, entgegnet er.

»Können wir nicht Freunde sein und uns lieben, ohne gleich an Verlobung zu denken?«, kontert sie.

Enttäuscht schweigt er und ist die nächste Stunde trotzig wie ein kleines Kind. Offenbar bedauert Mechthild, dass er sich ihretwegen so enttäuscht fühlt und bemüht sich redlich und erfolgreich, seine Gunst zurückzugewinnen. Denn dem kurzen, verbalen Scharmützel folgt eine innige Versöhnung auf der Lichtung am Neumarker Steinbruch. Und sie beschließen, als krönenden Abschluss ihrer Schulzeit im August auf dem Zeltplatz in Seehof am Schweriner See Urlaub zu machen, ehe sie ab September die Hörsaalbank in der Leipziger Universität drücken wird.

Trotzdem: Das bestimmende, drängende Gebaren ihres Freundes kühlt Mechthilds Liebesgefühle allmählich immer weiter ab. Zunehmend erkennt sie, dass Eberhards Beziehung zu ihr weitgehend durch seinen Egoismus bestimmt wird, der sie immer weiter einengt. Offenbar bedrücken sie ihre und seine widersprüchlichen seelischen Befindlichkeiten und Lebenseinstellungen so sehr, dass sie sich eines Tages ihren Eltern anvertraut. Diese geben ihr kurzerhand den Rat, die Verbindung zu Eberhard nicht zu ernst zu nehmen, sie sei noch zu jung und unerfahren, um jetzt schon ein Eheversprechen abzugeben.

»Verbau dir dein Leben in Leipzig nicht, dort steht dir die Welt offen, nicht hier. Jetzt konzentriere dich auf deine letzten Abi-Prüfungen. Es reicht doch, wenn du dich gelegentlich mit Eberhard triffst. Ihr müsst doch nicht ständig zusammenglucken wie ein altes Ehepaar. Also halte dich etwas fern von ihm!«, rät der Vater, und die Mutter fügt hinzu: »Lass uns drei im August in den Urlaub fahren, dann kannst du in Ruhe eure Beziehung überdenken.« Mechthild ist einverstanden.

Bei nächster Gelegenheit führt sie mit Eberhard ein langes Gespräch. Sie teilt ihm mit, das Vorhaben eines gemeinsamen Zelturlaubs aufzugeben, weil sie mit ihren Eltern verreise. Auch sonst bitte sie um seine Nachsicht, dass sie sich in nächster Zeit nicht mehr so häufig mit ihm treffen kann, weil sie für die Prüfungen büffeln müsse. Zu ihrer Überraschung zeigt sich Eberhard tolerant und verständnisvoll. Jedoch erweckt er nur den Anschein. Tatsächlich empfindet er ihre Entscheidung als Affront gegen seine Liebe. So brodelt in seinem Innern die schwere Enttäuschung, zumal er längst ahnt, dass die Beziehung zu Mechthild seit einiger Zeit gefährliche Wunden aufweist. Am liebsten würde er auf diese Kränkung heftig reagieren, ihr laut sagen, dass er sich vor den Kopf gestoßen fühlt. Nein, Verständnis für ihre Situation kann er nicht aufbringen. Dennoch: Er frisst die Verärgerung still in sich hinein, weil er trotzdem auch weiterhin alles dafür tun will, den totalen Bruch zu verhindern. Die Hoffnung, die Wunden werden mit der Zeit verheilen, will er nicht aufgeben. Der Sommer ist noch lang.

Kurz darauf bietet er einem befreundeten Arbeitskollegen den nun frei gewordenen Platz auf der Sitzbank seines Motorrads für eine Urlaubsfahrt zum Zeltplatz am Schweriner See an. Beiläufig bemerkt er mit kühler Gelassenheit, seine Freundin hätte ihm plötzlich den Laufpass gegeben, doch wolle er sich deshalb den Urlaub nicht vermiesen lassen. Sein Kumpel nimmt das Angebot freudestrahlend an. Hat Eberhard sich mittlerweile damit abgefunden, dass mit Mechthild nichts mehr so sein wird, wie es einmal war?

Landauf, landab beginnen Anfang Juli die Schulferien. Auch für Mechthild Lohse. Doch es werden ihre letzten sein. Sie beenden eine zwölfjährige Schulzeit und bilden den Anfang eines neuen Lebens. Vorher gibt es noch einen Höhepunkt. Aufregend und spannend ist es, als der Direktor in der vollbesetzten Aula ihr das Abiturzeugnis überreicht und verkündet: »Mit Auszeichnung bestanden«. Als leistungsbeste Schülerin des Jahrgangs erhält Mechthild die »Ehrenurkunde für vorbildliches Lernen«. Auch die »Lessing-Medaille in Gold« – eine vom Ministerium für Volksbildung verliehene hohe Auszeichnung für Schulabsolventen mit hervorragenden Leistungen – soll sie erhalten. Mit dem Abiturzeugnis in der Tasche warten in Leipzig ab jetzt viele neue Herausforderungen. Welche Freude, welcher Stolz, welche Neugierde!

Das alles nimmt Mechthild innerlich sehr in Anspruch. Gedanken an Eberhard haben kaum noch Platz. Vor dem Urlaub mit den Eltern trifft sie sich aber noch einige Male mit ihm zu gemeinsamen Unternehmungen. Äußerlich scheint die Atmosphäre zwischen den beiden entspannt zu sein. Lustvoll erwidert sie seine Schmuseeinheiten, denn im Grunde mag sie ihn ja immer noch. Wenn aber Eberhards erotische Annäherungen ein bestimmtes Maß überschreiten, reagiert sie unterkühlt, rettet sich in Ausflüchte und hält ihn freundlich auf Distanz. Eberhard indes lässt nicht locker, überhäuft sie weiterhin mit Nettigkeiten und Liebeserklärungen. »Ich kann ohne dich nicht leben!«, lässt er sie wiederholt wissen.

»Gib mir Zeit, ich will mich jetzt nicht binden, aber lass uns Freunde sein«, bittet sie ihn. Und da er befürchtet, sie womöglich zu sehr zu bedrängen und die Freundschaft vollends aufs Spiel zu setzen, hält er sich zurück. In seiner Seele jedoch tobt das Verlangen.

Der gemeinsame Urlaub mit den Eltern ist für Mechthilds zerrissenen Gemütszustand erholsam wie eine Badekur, bietet ausreichend Gelegenheit, über ihre Beziehung zu Eberhard nachzudenken. Freilich, sie mag ihren Freund. Er trinkt und raucht nicht, ist freundlich, zärtlich und bietet keinen Anlass, an seiner Treue zu zweifeln. Kurzum, er verhält sich wohltuend anders als die meisten Burschen seines Alters. Jedoch ist er sehr egoistisch, zeigt wenig Verständnis für ihre Situation, lässt ihr zu wenig Raum für eigene Entscheidungen und eigenes Handeln, vereinnahmt sie letzten Endes in einer Weise, als wäre sie sein Eigentum. Keineswegs zweifelt sie an seiner Liebe, doch manchmal drückt sie wie eine schwere Last auf ihrer Seele, die sie zu ersticken droht. Kurzum, Mechthilds Überlegungen konzentrieren sich schließlich auf einen Punkt: Sie braucht weiteren Abstand zu ihm, um prüfen zu können, was von den einstmals stürmischen Gefühlen des Verliebtseins in den ersten Monaten ihrer Beziehung noch übrig geblieben ist für die Zukunft. Und mit jedem weiteren Urlaubstag stärkt sich ihre Gewissheit, den richtigen Weg zu beschreiten, so dass sie am Ende ihren Eltern gesteht: »Das war eine gute Entscheidung, mit euch zu verreisen. Jetzt weiß ich, wie es weitergeht!«

Auf dem Zeltplatz in Seehof am Schweriner See. Eberhards Innenleben zeigt ein sehr verworrenes Bild. Er grämt sich über Mechthilds Verhaltensänderung und den offenkundigen Liebesverlust, befürchtet, sie könne ihn in Leipzig schnell vergessen. Unendliche Grübeleien bereiten ihm schlaflose Nächte. Einerseits quält ihn echter Liebeskummer, macht ihn immun für die Sinnesfreuden mit anderen Mädchen. Andererseits ist er blind für eine objektive Beurteilung der Situation, weil er nicht erkennt, wie latenter Egoismus, unterdrückte Eifersucht und verletzte Eitelkeit alle seine Überlegungen darauf lenken, stets nur die eigene Befindlichkeit zu sehen. Was Mechthild denkt und fühlt, ist für ihn nebensächlich. Unbeirrt bleibt er dabei, die angeknackste Beziehung zu Mechthild zu kitten, und die ganze Zeit auf dem Zeltplatz denkt er über einen Weg nach, wie er dies erreichen könnte. Dann fällt ihm ein, eben auch nach Leipzig zu ziehen. Dann könnte er immer in ihrer Nähe sein. Er malt sich aus, im Stammwerk der Leipziger Kugellagerfabrik zu arbeiten und in einer billigen Untermieterbude zu wohnen. Als er Mitte August nach Hause zurückgekehrt ist, macht er sich gleich auf, den Plan zu verwirklichen.

Aber in Leipzig erwartet ihn die Enttäuschung. »Hier haben wir keine Arbeit für Sie, Kollege Damrau. Ihr Platz ist im Zweigbetrieb Werdau, dort brauchen wir Sie!«, wimmelt ihn der Kaderleiter der Kugellagerfabrik ab. Auch die schnelle Suche nach einem Zimmer erweist sich als ein nahezu hoffnungsloses Unterfangen. Doch Eberhard gibt nicht auf. Zurück in Reuth, bittet er seinen älteren Bruder um Unterstützung in dieser Angelegenheit. Immerhin ist er Lehrer und in der Partei. Vergeblich. Anders als erwartet rät der Bruder ihm ab: »Häng dich nicht wie eine Klette an deine Freundin, das vergiftet eure Beziehung erst recht. Lass ihr den Freiraum für freie Entscheidungen. In Leipzig erwartet sie ein vierjähriges, anstrengendes Studium, das hat Vorrang. Es ist wahr, die Trennung wird eure Beziehung auf eine harte Probe stellen. Auch du musst dich ihr stellen!«

Die moralische Belehrung durch den älteren Bruder hilft ihm nicht weiter, verändert seine Einstellung nicht. Im Gegenteil. Noch verbissener als zuvor verfolgt er das Ziel, sobald als möglich in die Nähe der Angebeteten zu ziehen. Im Ergebnis neuer Überlegungen entschließt er sich aber, sobald Mechthild aus dem Urlaub zurückgekehrt ist, offen und ehrlich mit ihr über seine Absichten zu reden.

Mechthild ist am Samstag, dem 21. August 1971, wieder daheim. Eberhard ist prompt zur Stelle und kann sie zu einem Treffen am Montagabend überreden. Gleich nach der Arbeit würde er sie abholen. So geschieht es auch. Mit dem Motorrad fahren sie nach Zwickau. In der Kuschelecke eines Eiscafés analysieren sie ihre gegenwärtigen Befindlichkeiten. Da Eberhard schnell bemerkt, dass Mechthild nicht einen Schritt von ihrer Auffassung zurückweicht, Distanz zu ihm zu wollen, hält er sich mit anbiedernden Sentimentalitäten zurück. Innerlich aber ist ihm zum Heulen zumute, weil er folgerichtig erkennt, wie seine große Liebe bei ihr abprallt. Deshalb schweigt er auch über seine ursprüngliche Absicht, eigentlich in ihre Nähe zu ziehen. Absurd, jetzt darüber sprechen zu wollen. Mechthild hat ein Gespür für seine gedrückte Stimmung und muntert ihn auf: »Guck nicht so traurig. Lass uns am Sonntag noch einmal tanzen gehen, da feiern wir Abschied. Denk an heute und nicht an morgen, aber auch dann bin ich ja nicht aus der Welt!«

Eberhard ist sofort einverstanden und verabredet sich für Sonntag, 13.00 Uhr vor dem Gasthof in Reuth. Dort will er sie abholen.

So geschieht es auch. Mit seinem Motorrad fahren sie nach Zwickau und suchen zunächst eine Konditorei auf. Bei Kaffee und Kuchen plaudern sie gelöst und voller Heiterkeit über Gott und die Welt. Auch Mechthilds morgige Immatrikulation kommt zur Sprache, ebenso ihr künftiges Leben im Studentenheim und ihre Absicht, die meisten Wochenenden sowieso zu Hause zu verbringen. Eberhard hingegen berichtet von seiner Arbeit und davon, weiterhin in der Tagschicht zu bleiben, solange er die Volkshochschule besucht, träumt laut vom Abitur, das er irgendwann ablegen will und vom fernen Studium. Alles in allem scheint es, als wäre das Verhältnis der beiden ungetrübt wie am ersten Tag. Mechthild erwidert sogar seine Zärtlichkeiten, und es ist gut, dass keiner von beiden das heikle Thema ihrer Beziehung anspricht. Nach zwei Stunden verlassen sie das Lokal und fahren zum Tanzschuppen »Neue Welt«. Eberhard bestellt eine Flasche sowjetischen Sekt und eine Knabberei. Sie tanzen unbeschwert und schmusen miteinander. »Das ist ein schöner Abend«, resümiert er später. Gegen 23.15 Uhr brechen sie auf. Mechthild ist leicht beschwipst und müde. Fast vier Glas Sekt hat sie getrunken. Eberhard fühlt sich stocknüchtern, er hat nur einige Male an seinem Glas genippt. Immerhin ist er motorisiert.

Der Heimweg führt über die Fernverkehrsstraße 173 am Steinbruch von Neumark vorbei. Die Nacht ist sehr mild und sternenklar. Keine Menschenseele weit und breit. In der Nähe jenes lauschigen Plätzchens am Birkenwald, das einst ihr beider Liebesnest war, hält Eberhard an. Ihm ist längst der Gedanke gekommen, sich von Mechthild mit einem letzten Liebesakt an diesem vertrauten Ort zu verabschieden.

»Warum hältst du?«, fragt sie verwundert.

»Willst du mich auf den Arm nehmen. Wir halten doch hier nicht zum ersten Mal. Lass uns noch einmal zu unserem Platz gehen«, fordert er von ihr, erfasst ihre Hand und zieht sie mit sanfter Gewalt hinter sich her. Ziemlich zögerlich, doch ohne Widerstand folgt sie ihm. An der Lichtung angekommen, küssen sie sich. Dabei wird Eberhard immer intensiver und zudringlicher. Mechthild erkennt seine Absicht und schiebt ihn energisch von sich: »Ich will nicht, mach doch nicht alles kaputt!«

»Willst du mich zum Abschied nur mit ein paar Küssen abspeisen, ich liebe dich doch?« Er umfasst ihren Körper und will sie zu Boden drücken. Wieder befreit sie sich von ihm: »Ich kann deine große Liebe nicht erwidern, begreifst du das endlich«, entgegnet sie verärgert, »lass uns nach Hause fahren, ich muss früh raus!«

Eberhard ist sehr erregt, sexuell und überhaupt. Wieder umfasst er sie, diesmal heftig und wild. Er lacht bissig: »Ich denke nicht daran! Lauf doch, wenn du kannst!«

Mechthild versucht, sich aus seiner Umklammerung zu befreien. Vergeblich. Erneut will er sie küssen, doch sie dreht ihren Kopf zur Seite und fordert böse: »Lass mich los, du tust mir weh!«

Eberhard denkt nicht daran. Mit einem Mal ist jegliches Liebesgefühl, jegliche Lust nach Zärtlichkeit verschwunden. Jetzt strebt er egoistisch nur seine eigene Befriedigung an. Eigenliebe, Eifersucht und angestaute Verlustangst brauen sich in seiner Seele zu einem explosiven Gemisch zusammen. Vergeblich versucht er, Mechthild in eine liegende Position zu bringen. Er grapscht zwischen ihre Beine. Jetzt will er sie haben, jetzt, ein letztes Mal! Unmissverständlich zeigt sie ihren Unwillen, setzt sich zur Wehr. Weil sie offenbar vermutet, dass Eberhard nicht einhält und sich womöglich mit Gewalt durchsetzen will, schlägt sie um sich, trommelt mit beiden Fäusten auf seinen Brustkorb und zischt böse: »Ich will nicht, hör endlich auf, du Schwein!«

Doch ihre Forderung verhallt. Eberhard gerät vollends aus der Fassung. Blitzartig ist seine bisherige, nahezu triebhafte Zuneigung in Feindseligkeit umgeschlagen. Sein Kopf scheint blutleer zu sein. Nur ein einziger Gedanke treibt ihn: Lass den Hass heraus, befreie dich von ihr! Er lässt kurz von ihr, tritt einen Schritt zurück und versetzt ihr einen kräftigen Handkantenschlag gegen den Hals. Mechthild stürzt, erhebt sich wieder, tritt mit voller Wucht gegen sein Schienbein, spuckt ihm ins Gesicht und schreit ihn an: »Verbrecher!«

Ein zweiter, weitaus kräftigerer Schlag trifft ihren Hals. Sofort geht sie zu Boden. Eberhard stürzt sich in irrsinniger Wut auf sie. Wie von fremden Mächten gesteuert, die jede vernünftige Überlegung lahmgelegt haben, jagt ihn nur noch der Gedanke, Mechthild zu vernichten. Blitzschnell kniet er sich über sie, fixiert ihren Körper auf dem Boden, würgt ihren Hals, erfasst dann mit beiden Händen den Kragen ihres Sommermantels und verdrillt ihn vor ihrem Kehlkopf derart, dass ihr Hals gedrosselt wird. Mechthild ist zu keiner Gegenwehr mehr fähig. Er verharrt solange in dieser Stellung, bis sie sich nicht mehr bewegt.

Es ist inzwischen weit nach Mitternacht. Als er seine Hände von ihr löst, wird sein Kopf wieder klar. Jetzt wird ihm erst bewusst, dass er etwas Entsetzliches getan hat. Das Grauen schüttelt ihn. Angst, jetzt kopflos zu werden, gesellt sich hinzu. »Was soll nun werden, was mach ich jetzt?«, denkt er laut. Er weiß es nicht, doch lenkt erst einmal der Selbsterhaltungstrieb sein weiteres Tun. Er schleift die Freundin mehrere Meter weit bis zum Steilhang des Steinbruchs, der zwanzig Meter fast senkrecht in die Tiefe führt. Dort stürzt er sie hinunter. Nur schemenhaft erkennt er, wie der Körper mehrmals mit den Felsvorsprüngen kollidiert, ehe er auf der Sohle des Steinbruchs aufschlägt. Eilig verlässt er den Ort des schrecklichen Geschehens, freilich erst, nachdem er sich vergewissert hat, keine Spuren zu hinterlassen. Er schwingt sich auf sein Motorrad und knattert los. Zunächst sucht er den Eingang des Steinbruchs. Von dort fährt er bis zu der Stelle, wo Mechthilds Leiche liegt. Noch zwei Stunden bleibt er gedankenversunken bei ihr, ohne den schwer lädierten Körper nochmals zu berühren, und plant sein weiteres Verhalten.

Nachdem er seine Fassung zurückgewonnen hat, fährt er zunächst nach Hause und weckt seine Mutter.

»Mechthild war auf dem Nachhauseweg mal austreten und ist plötzlich verschwunden. Zwei Stunden lang habe ich schon nach ihr gesucht«, lügt er und macht sich mit den Worten »jetzt fahre ich nach Gottesgrün und sage ihren Eltern Bescheid« wieder davon.

Kurze Zeit später klingelt er Mechthilds Vater aus dem Bett. Sichtlich aufgeregt lügt er erneut, auf dem Heimweg vor Neumark in der Nähe des Steinbruchs wegen einer Motorradpanne eine Zwangspause gemacht zu haben. Während er den Schaden behob, hätte Mechthild mit ihm gestritten. Dann sei sie weggelaufen und nicht mehr zurückgekehrt. Zwei Stunden habe er vergeblich nach ihr gesucht.

Etwa gegen 4.30 Uhr. Die beiden Männer fahren in Richtung Neumark. Am Steinbruch stoppt Eberhard sein Motorrad: »Hier war's!«

»Das ist ja die gefährlichste Stelle in der Gegend!«, stößt Vater Lohse von dunkler Ahnung erfasst hervor, »hoffentlich ist das Mädchen nicht abgestürzt!« Er zwängt sich durch das Buschwerk, überquert die kleine Lichtung und läuft bis zur Steilwand des Steinbruchs, legt sich auf den Bauch und starrt fassungslos in die Tiefe: »Mein Gott, da liegt sie!«

Auch Eberhard riskiert einen scheuen Blick nach unten, spielt den vor Entsetzen Sprachlosen und schlägt vor: »Fahren wir zu ihr, vielleicht ist sie nicht tot!«

Wenig später sind die Männer bei ihr. Lohse kann vor Entsetzen keinen klaren Gedanken fassen. Erschüttert und hilflos berührt er den leblosen Körper seiner Tochter. Die untrüglichen Zeichen des Todes entgehen ihm nicht. Eberhard findet irgendwo im Sand Mechthilds Schuhe, und stellt sie an der Leiche ab.

»Ich bleibe hier«, stammelt Vater Lohse verzweifelt, »schnell, fahr los und hol Hilfe!«

Und Eberhard fährt davon ...

Zwei Stunden später. Die Ereignisse überschlagen sich: Krankenwagen, uniformierte Polizei aus Zwickau, erste Befragungen. Man geht zunächst von einem Unfall aus. Doch Widersprüche in Eberhards Aussagen erwecken den Argwohn der Gesetzeshüter. Die Mordkommission aus Karl-Marx-Stadt übernimmt den Fall. Gerichtsmediziner kommen zum Einsatz. Während der üblichen spurenkundlichen Tatbefundaufnahme wird Eberhard Damrau vernommen. Bereits in den Abendstunden gesteht er, aus Wut über die bevorstehende Trennung seiner Freundin zwei Handkantenschläge gegen den Kopf versetzt, sie mit dem Mantelkragen erdrosselt und in den Neumarker Steinbruch gestürzt zu haben. Im Morgengrauen des 31. August 1971 wird Haftbefehl gegen ihn erlassen.

In der Abgeschiedenheit seiner Haftzelle schreibt er ein mehrseitiges Geständnis, das er mit ziemlich emotionaler Gelassenheit zu verfassen scheint. Die mitunter etwas rüden Formulierungen wird das Gericht später als Indizien für seine gemütskalte psychische Grundstruktur werten.

Auszug aus Eberhard Damraus Niederschrift bei der Polizei:

»Sie stieß mich weg und spuckte mir ins Gesicht. Das war für mich die größte Erniedrigung … Es erregte mich so und knallte ihr eine mit der Rückhand gegen den Kopf. Sie fiel nach hinten weg. Mechthild kam mit Zorn hoch und wollte auf mich einschlagen, ich verpasste ihr einen gleichen zweiten Schlag. Sie fiel mit größerer Wucht ebenfalls nach hinten weg. Mechthild blieb liegen. Ich nahm an, sie verstellt sich oder will mir Angst machen. Nach dem zweiten Schlag war Ruhe und finster … In meiner Aufregung stürzte ich mich auf sie und schüttelte sie am Oberkörper und am Hals …. In meiner Angst, dass jemand hinzukommen könnte und um die Tat von der Oberfläche verschwinden zu lassen, schmiss ich sie in den danebenliegenden Steinbruch …«

Die Untersuchungen der Mordkommission im Ermittlungsverfahren gegen Eberhard Damrau dauern nur wenige Monate. Der Beschuldigte ist durchweg aussagebereit, wenngleich seine Einlassungen immer wieder zwischen zwei Polen schwanken: Zum einen beschreibt er die Tötung Mechthilds als Folge einer durch plötzliche Wut zwar rasant abgelaufenen, dennoch klaren, rationalen Überlegung, die in keiner Weise seine Sinne eingeschränkt hätte. Zum anderen beteuert er wiederholt, Mechthilds Tod nicht beabsichtigt zu haben. Er könne nicht begreifen, wie es plötzlich über ihn gekommen sei und wie die Wut »sein Gehirn total ausgeschaltet« habe. Welche der beiden Varianten zutrifft und ob womöglich bei der Tat Umstände mitgewirkt haben, die seine strafrechtliche Verantwortlichkeit mindern, soll später durch ein psychiatrisches Gutachten geklärt werden.

Einen überraschenden Befund erbringt die gerichtsmedizinische Leichenöffnung: Die Handkantenschläge und die Würge- und Drosselattacke haben nämlich lediglich Mechthilds Bewusstlosigkeit herbeigeführt. Ihr Tod wurde letztlich durch den mit mehreren Zwischenkollisionen verbundenen Sturz vom Steilhang des Steinbruchs verursacht. »Für einen Absturz zu Lebzeiten und für ein Überleben um eine gewisse Zeit sprechen die massiven, frischen, entlang der gesamten Brustwirbelsäule sich ausdehnenden Fettgewebs- und Muskelunterblutungen, die übrigens in den Rückenweichteilen vorgefundenen Unterblutungen mit teilweisen Taschenbildungen sowie die infolge des beim Aufschlagen des Gesichts entstandenen Schädelbasisbruchs erfolgte massive Bluteinatmung bis in die Lungenbläschen«, heißt es im Gutachten der Obduzenten, in dem weiter steht, dass »diese Bluteinatmung im Zusammenhang mit dem sich entwickelnden Hirndruck für den Todeseintritt verantwortlich war. Dieser Vorgang kann bis zu Minuten gedauert haben. Beschleunigend für denselben kommen einmal die großflächigen Weichteilunterblutungen am Rücken und zum anderen Blutungen aus den Kopfschwartenplatzwunden infrage …«

Als Damrau den wahren Grund für Mechthilds Tod erfährt, ist er tief erschüttert. Mehrmals beschwört er die Vernehmer, seine bewusstlose Freundin nur aus Angst in den

Abgrund gestürzt zu haben, weil er glaubte, sie sei durch seine Attacke unabsichtlich getötet worden, anderenfalls hätte er sich nicht zu dieser Verzweiflungstat hinreißen lassen. Nein, niemals wollte er Mechthild töten!

Die bei Eberhard Damraus Verwandten, Bekannten und Arbeitskollegen erfolgten kriminalpolizeilichen Recherchen zur Persönlichkeitsaufklärung fasst eine Passage in der späteren Urteilsbegründung des Gerichts zusammen, die zugleich auch eine tendenziöse politisch-kriminologische Wertung erkennen lässt:

»Die Arbeitsleistungen des Angeklagten lagen über der festgelegten Norm und auch seine Arbeitsdisziplin war gut. Es bestand auch ein ordentliches Verhältnis zu seinen Arbeitskollegen. Er hat allerdings nicht das Kollektiv gesucht. In dieser Beziehung war er etwas zurückhaltend. Charakterlich wird er vom Kollektiv als offen, ehrlich und hilfsbereit eingeschätzt, allerdings auch als kritikempfindlich. Gesellschaftliche Arbeit leistete der Angeklagte weder im Betrieb noch im Wohnbereich. Obwohl er dem FDGB, der FDJ und der DSF angehörte, empfing er zu Hause Sendungen des Westfernsehens, ein Umstand, der sicher sein Gemüt negativ beeinflusste, wie das aus seiner kaltblütigen und rohen Ausdrucksweise in seiner eigenhändigen Niederschrift zum Tatgeschehen ersichtlich ist …«

Kurz vor Ermittlungsabschluss wird Eberhard Damrau von dem renommierten Dresdener Psychiater Prof. Dr. Lange hinsichtlich seiner strafrechtlichen Verantwortlichkeit begutachtet. Der Experte kommt zusammenfassend zu dem Ergebnis, dass »der Angeklagte nicht krankhaft geistesgestört, nicht schwachsinnig ist. Er weist weder Zeichen gestörter Hirntätigkeit auf, noch Zeichen einer Erkrankung, die mit episodischen Störungen des Bewusstseins einhergehen. In seiner charakterlichen Struktur weist er akzentuierte Züge von Eigenwilligkeit, mangelndes Anpassungsvermögen und erschwerter Kontaktbereitschaft auf, sowie eine egozentrische Grundhaltung und eine gewisse Schwerfälligkeit in seinen Denkabläufen bei normalem intellektuellen Vermögen. Diese besonderen Wesenszüge gewinnen für die Aufschlüsselung seines Verhaltens im Tatvorfeld und für die Dynamik seines Tathandelns Bedeutung. Sie sind aber weder krankhaft begründet noch, von Qualität und Intensität her, krankheitswertig. Zur Annahme einer schwerwiegend abnormen Entwicklung der Persönlichkeit mit Krankheitswert ergibt sich kein überzeugender Anhalt. Das zur Tötung führende Handeln ist gekennzeichnet durch mangelnde Beherrschung von Verstimmung, subjektivem und möglicherweise auch objektivem Beleidigtsein und davon abhängiger Erregung. Diese negativ geladene Affekterregung ist als normal-psychologischer Affekt zu beurteilen. Für pathologische Affektentgleisung findet sich kein Anhalt, zumal weder Störungen des Bewusstseins noch situationsverfälschende Wahrnehmungen, noch Störungen im Ablauf der kriminellen Handlungseinheit aufzuweisen sind. Damit ist abschließend festzustellen, dass sich bei dem vom habituellen Gesundheitsgefüge her nicht relevant beeinträchtigten D. auch tatbezogen keine Anhaltspunkte ergeben, von denen her eine ausreichende Begründung zur Annahme einer der Bedingungen zur Anwendung der §§ 15, 16 StGB abzuleiten wäre …«

Mit anderen Worten: Eberhard Damrau ist strafrechtlich voll verantwortlich.

Damit ist für die Untersuchungsbehörde der Weg frei zur Anklageerhebung.

Am 11. Februar 1972 beginnt vor dem 1. Strafsenat des Bezirksgerichts Karl-Marx-Stadt der dreitätige Prozess gegen den 28-jährigen Spitzendreher Eberhard Damrau, angeklagt des Mordes. Er findet in einem verhältnismäßig kleinen Sitzungssaal statt, dessen Besucherbänke bis auf den letzten Platz besetzt sind: Mechthilds Angehörige, Freunde, Sport- und Schulkameraden, aber auch Einwohner aus den Ortschaften zwischen Reuth und Gottesgrün.

Oberrichter Winter und zwei Schöffen bilden das Gericht. Er leitet die Hauptverhandlung mit der Abwicklung der erforderlichen Formalitäten ein. Der Angeklagte wird aufgerufen, das Gericht und die anderen Verfahrensbeteiligten wie der Staatsanwalt Heider, die gesellschaftliche Anklägerin und Damraus Verteidiger werden vorgestellt, Ladungsfristen geprüft, die Personalien des Angeklagten festgestellt. Die geladenen Zeugen werden belehrt und aufgefordert, den Verhandlungssaal bis zu ihrem Aufruf zu verlassen. Danach trägt als Vertreter des Bezirksstaatsanwalts Staatsanwalt Heider die wichtigsten Passagen der Anklageschrift vor. Mit dem Verlesen des Eröffnungsbeschlusses durch Oberrichter Winter endet dieser formale Akt.

Die Beweisaufnahme beginnt. Damrau wird über sein Recht auf Verteidigung, jedoch nicht über das Recht zu schweigen, belehrt, hingegen aufgefordert, aktiv am Verfahren mitzuwirken. Da das Gericht den Karl-Marx-Städter Rechtsanwalt Trautmann als Offizialverteidiger bestellt hat, der seit Abschluss der polizeilichen Ermittlungen in Kontakt mit ihm steht, hofft Eberhard Damrau auf einen kompetenten rechtlichen Beistand.

Sodann erfolgt die Vernehmung des Angeklagten zu seinem im Grunde makellosen Lebenslauf, den das Gericht zunächst emotionslos zur Kenntnis nimmt. Als Damrau aber gefragt wird, wie er seine Freizeit verbringt und arglos bekennt, gern Filme westlicher Fernsehprogramme zu sehen, blicken sich Richter und Staatsanwalt verdrossen an und bekunden ihren Missmut mit einem belehrenden Kurzreferat über die Rolle des Westfernsehens als Werkzeug der politisch-ideologischen Diversion gegen die DDR. Das bedeutet: Damrau ist zwar ein bisher unbescholtener Bürger, aber politisch unzuverlässig ist er allemal.

Nun folgt eine mehrere Stunden andauernde Vernehmung zur Sache. Tatvorgeschichte, Tatentwicklung, Handlungsablauf und Nachtatverhalten stehen im Mittelpunkt einer zähen Auseinandersetzung. Eberhard Damrau hatte nämlich bei den verschiedenen Vernehmungen durch den Staatsanwalt und die Kripo bestimmte Ereignisse, Handlungsdetails und -motive unterschiedlich nuanciert dargestellt und das Geständnis, Mechthild Lohse mit kühler Überlegung getötet zu haben, widerrufen. So soll er zum Beispiel exakt angeben, wie häufig und an welchen Orten er mit Mechthild intim verkehrte, weil er in den Vernehmungen auch dazu unterschiedliche Angaben machte. Auch ähnliche, verhältnismäßig banale Widersprüche stehen zur Diskussion. Ob bei ihrem Zustandekommen Erinnerungslücken eine Rolle spielten, ob Damrau durch den Vernehmer bestimmte Formulierungen in den Mund gelegt worden waren, ob er untergeschobene Formulierungen leichtfertig unterschriftlich als sachlich richtig bestätigt hat, lässt sich letztlich vor Gericht auch nicht klären. Fest steht aber, dass derlei Widersprüche flugs als Nachweis für die Unglaubwürdigkeit oder das Sicherungsverhalten des Angeklagten gelten, was Richter und Staatsanwalt auch mehrmals anmerken.

Doch es geht vor allem um die für die rechtliche Beurteilung wichtige Frage, ob die Tötung kühl überlegt erfolgte oder durch eine in sekundenschnellem Aufeinandertreffen von Entschlussfassung und Tötung entstandene Affektsituation ausgelöst wurde. Letzteres behauptet jedenfalls der Angeklagte, und sein Verteidiger vertritt vehement dieselbe Position.

Nach der zeitlich rasant hintereinander erfolgten Handkanten-, Würge- und Drosselattacke war Eberhard Damrau davon überzeugt, dass Mechthild tot ist. Sie anschließend in die Tiefe zu stürzen, so meint er, geschah aus blinder Verzweiflung und Angst, die Tat irgendwie ungeschehen zu machen. Das war auch der Erkenntnisstand der Kriminalisten zu Beginn der Ermittlungen, wie er sich in den ersten Vernehmungen widerspiegelt. Später aber, als das Obduktionsergebnis bekannt war, und auch Damrau erfuhr, dass Mechthild erst durch den Sturz zu Tode kam, musste objektiv ein längerer Zeitraum zwischen Tötungsentschluss, Angriff und Tötung zugrunde gelegt werden. Die Aussageninhalte in den folgenden Vernehmungen mussten diesem Umstand Rechnung tragen, so dass sie möglicherweise darauf hingelenkt wurden, den in der Erregung mehr oder weniger irrational gefassten schnellen Tatentschluss zu Gunsten einer wohlüberlegten Tötungsabsicht zu qualifizieren.

Mehrmals betont Damrau, er sei kein Mörder, nichts war geplant, alles sei plötzlich geschehen.

»Eigentlich wollte ich sie nicht töten!«, beklagt er. Doch nach dem Angriff auf Mechthild habe er geglaubt, sie sei tot.

»Aus Angst habe ich sie in den Steinbruch gestürzt. Das ist doch höchstens Totschlag, aber kein Mord!« Und der Verteidiger pflichtet ihm bei.

Am zweiten Verhandlungstag werden nacheinander die Zeugen gehört: Damraus Bruder, Leute aus dem Wohnort, der Zeltkumpel, Mechthilds Vater und eine Klassenkameradin treten auf und stellen sich den Fragen der Prozessbeteiligten.

Ein sogenannter Kollektivvertreter aus Eberhard Damraus Betrieb kommt zu Wort, gibt einen arbeitsbezogenen, im Grunde positiven Leumundsbericht über seinen angeklagten Kollegen ab. Anschließend tragen der gerichtsmedizinische und der psychiatrische Sachverständige ihre Gutachten vor und erläutern auf Anfragen bestimmte Details.

Den Abschluss dieser Verfahrensetappe bildet die Frage des Gerichts an Damrau, ob er sich zu den Beweiserhebungen äußern oder entsprechende Erklärungen abgeben möchte. Blass und schüchtern erhebt er sich und sagt: »Nein, ich habe nichts zu sagen, nur, dass mir alles sehr leid tut, was ich gemacht habe. Aber ich bin doch kein Mörder!«

Der dritte Verhandlungstag ist den Plädoyers vorbehalten, die nach vorgeschriebener Reihenfolge gehalten werden. Zunächst spricht die »gesellschaftliche Anklägerin«. Ihr folgt der Staatsanwalt. Beide Schlussvorträge lassen erkennen, dass sich Staatsanwalt und gesellschaftliche Anklägerin inhaltlich abgestimmt haben, um nicht nur eine einheitliche juristische, sondern auch politische Linie zu vertreten. Ganze Passagen, wie die folgenden, werden später in den Text der Urteilsbegründung übernommen:

»Vorsätzliche Tötungsdelikte gehören mit zu den schwersten Verbrechen in unserem Arbeiter-und-Bauern-

Staat. Sie richten sich gegen den Menschen, der im Mittelpunkt unserer gesamten Arbeit steht. Derartige Straftaten wirken sich störend auf die menschlichen Beziehungen und Verhaltensweisen aus, die die Grundlagen unseres sozialistischen Zusammenlebens bilden ... Mit Empörung und Abscheu haben die Frauen und Mütter in den Ortschaften Fraureuth, Reuth und Gottesgrün die Tat des Angeklagten zur Kenntnis genommen, ein Verbrechen, welches einen jungen, hoffnungsvollen Menschen rücksichtslos aus dem Leben gerissen und den Eltern großes Leid zugefügt hat. Durch die außerordentlich guten Leistungen der Mechthild L. in der Schule haben dieser alle Wege in unserem sozialistischen Staat offengestanden ... Verletzte Eitelkeit und unbegründete Eifersucht waren die Beweggründe des Angeklagten für sein Handeln. Und auch nach der Tat hat er auf heuchlerische Art und Weise den Versuch unternommen, den Verdacht von sich abzulenken. Der Angeklagte hat sich durch sein gewissensloses Verhalten außerhalb der sozialistischen Gesellschaft gestellt ... Tatsächlich erfolgte das Verbrechen aus egoistischen Beweggründen, wobei die primitive Form und kaltblütige Ausdrucksweise des Angeklagten in seinen schriftlichen Aufzeichnungen auffällt. Das lässt die Vermutung zu, dass der schädliche Einfluss westlicher Fernsehsendungen, die durchaus den geistig-kulturellen Verfall des imperialistischen Systems widerspiegeln, auch auf das Denken des Angeklagten gewirkt haben ...«

Die Anklagevertretung beantragt, Damrau wegen Mordes gem.

§112 StGB mit lebenslangem Freiheitsentzug zu bestrafen und ihm die staatsbürgerlichen Rechte auf Lebenszeit abzuerkennen.

Zur Erläuterung: Die sogenannte »unmittelbare Mitwirkung der Bürger im Strafverfahren« bildete einen Bestandteil der Strafrechtspraxis in der DDR, deren verschiedene Formen durch eine Reihe von spezifizierenden Gesetzen geregelt wurde.

Die Grundsätze ergaben sich aus § 4 StPO:

1. Die Bürger nehmen in Verwirklichung ihres grundlegenden Rechts auf Mitgestaltung aller staatlichen und gesellschaftlichen Angelegenheiten aktiv und unmittelbar an der Durchführung des Strafverfahrens teil. Die Mitwirkung der Bürger dient der allseitigen und unvoreingenommenen Aufklärung der Straftaten, ihrer Ursachen und Bedingungen und zur Feststellung der Persönlichkeit des Beschuldigten und des Angeklagten zur Feststellung der strafrechtlichen Verantwortlichkeit und seiner weiteren Erziehung, der Mobilisierung der Bevölkerung zur Verhütung weiterer Straftaten und trägt dazu bei, das sozialistische Staats- und Rechtsbewusstsein zu entwickeln.

2. Die Bürger wirken insbesondere als Schöffen, Vertreter der Kollektive, gesellschaftliche Ankläger und gesellschaftliche Verteidiger und durch Übernahme von Bürgschaften unmittelbar am Strafverfahren mit.

3. Das Gericht, der Staatsanwalt und die Untersuchungsorgane haben die unmittelbare Mitwirkung der Bürger am Strafverfahren zu gewährleisten.

Es versteht sich von selbst, dass an die Schöffen, Kollektivvertreter, gesellschaftlichen Ankläger und Verteidiger hohe Anforderungen an ihre politische Zuverlässigkeit gestellt wurden.

Die sogenannten differenzierte Mitwirkung der gesellschaftlichen Kräfte (§ 102 StPO) erfolgte bereits im Ermittlungsverfahren und reichte über die gerichtliche Hauptverhandlung bis hin zur »Verwirklichung der Maßnahmen der strafrechtlichen Verantwortlichkeit« und späteren Wiedereingliederung. Polizei und Staatsanwalt hatten für eine »Beratung in einem Kollektiv« aus dem Lebensbereich des Beschuldigten und für die Beauftragung eines Vertreters des Kollektivs zur Mitwirkung an der gerichtlichen Hauptverhandlung zu sorgen, sowie die Möglichkeiten der Übernahme einer Bürgschaft bzw. der Beauftragung eines gesellschaftlichen Anklägers oder Verteidigers zu erläutern (Ausgeschlossen waren diese Maßnahmen z.B. »aus Gründen der Sicherheit des Staates« oder wenn »ein Bekannt-

werden der Straftat nicht im gesellschaftlichen Interesse« lag. Die Entscheidung darüber oblag dem Untersuchungsorgan.).

Der Angeklagte Damrau hat die Ausführungen der Anklagevertreter mit blutleerem Gesicht verfolgt. Seine Augen fixieren die ganze Zeit einen imaginären Punkt irgendwo im Raum. Offenbar will er jeden Blickkontakt mit anderen Personen vermeiden. So erweckt er den Eindruck, an dem ihn umgebenden Geschehen völlig unbeteiligt zu sein. Nur ab und zu richtet er einen hilfesuchenden Blick zu dem hinter ihm sitzenden Verteidiger, der die ganze Zeit an seinem Redekonzept bastelt. Der Rechtsanwalt hatte dem Prozessverlauf entsprechend bereits vorausgesehen, dass die Anklage eine Bestrafung wegen Mordes fordert, was üblicherweise »lebenslänglich« bedeutet. Er dagegen will eine Affekthandlung begründen und auf Totschlag plädieren, der immerhin nur mit einer Freiheitsstrafe bis zu zehn Jahren bestraft werden kann.

Jetzt knüpft Damrau seine ganze Hoffnung daran, dass dessen Plädoyer das Gericht überzeugen wird.

Leidenschaftlich legt sich der Rechtsanwalt ins Zeug. Er hebt Damraus bisheriges unbescholtenes Leben und seine guten Arbeitsleistungen im Betrieb hervor. Dann beschreibt er den aus zwischenmenschlichen Problemen mit seiner Freundin resultierenden, sich über längere Zeit hinweg entwickelnden psychischen Konfliktstau seines Mandanten. Er hat schließlich dazu geführt, dass er in der tataktuellen Situation – als Mechthild ihn nämlich durch Anspucken und die Bezeichnung »Schwein« bzw. »Verbrecher« schwer gekränkt habe – in eine hochgradige Erregung versetzt und dadurch zur Tötung hingerissen wurde.

Diese besonderen Tatumstände, so die Auffassung des Verteidigers, mindern die strafrechtliche Verantwortlichkeit seines Mandaten, weshalb eine Freiheitsstrafe von zehn Jahren wegen Totschlags gerechtfertigt wäre.

Nach dem Plädoyer des Verteidigers wendet sich der Richter an Damrau: »Angeklagter, Sie können jetzt zu allen

Fragen Ihrer Strafsache Stellung nehmen. Gemäß § 239 StPO gebührt Ihnen das letzte Wort!«

Damrau erhebt sich unsicher und spricht mit monotoner Stimme: »Ich schließe mich den Worten meines Verteidigers an. Es stimmt, ich habe Mechthild getötet. Das tut mir sehr leid. Totschlag war es. Ich bin kein Mörder, ich habe nichts durchdacht, nichts geplant und keine Werkzeuge benutzt!«

Drei Tage später wird das Urteil verkündet. Es lautet:

»Urteil im Namen des Volkes! In der Strafsache gegen den am 4. Januar 1945 in Glatz geborenen Dreher Eberhard Damrau, wohnhaft in Reuth, Krs. Reichenbach, seit dem 31. 8. 1971 in Untersuchunghaft in der UHA Karl-Marx-Stadt wegen Mordes, hat der 1. Strafsenat des Bezirksgerichts Karl-Marx-Stadt in seinen Sitzungen vom 11.,14. und 17. 2. 1972 für Recht erkannt:

Der Angeklagte wird wegen Mordes (Verbrechen nach § 112 Abs. 1 StGB) zu lebenslanger Freiheitsstrafe verurteilt. Ihm werden die staatsbürgerlichen Rechte für dauernd aberkannt. Er hat auch die durch das Verfahren entstandenen Auslagen zu tragen.«

In der zweiundzwanzigseitigen Urteilsbegründung zeigt sich, dass der Verteidiger mit seiner Strategie keine Aussicht auf Erfolg haben konnte. Seinem Plädoyer mangelt es offenbar an erforderlicher Sachkenntnis über die rechtlich schwierige Materie der Entstehung und Beurteilung von Affekthandlungen beim Totschlag bzw. über die hohen Anforderungen an die besonderen Tatumstände, die eine Tötung von geringerer Tatschwere kennzeichnen. So bot er schließlich dem Gericht die volle Breitseite für ein Abschmettern des Antrags, seinen Mandanten wegen Totschlags gem. § 113 Abs. 1 oder 3 StGB mit zehn Jahren Freiheitsentzug zu bestrafen. In der Urteilsbegründung heißt es:

»Der Auffassung des Herrn Verteidigers, dass es sich in diesem Falle um eine Affekthandlung handle und deshalb nach § 113 Abs. 1 Ziffer 1 oder 3 bestraft werden müsse, konnte sich der Senat nicht anschließen. Für eine Affekthandlung ist charakteristisch, dass zwischen der Vorsatzbildung und der Tatdurchführung meist nur ein kurzer Zeitraum liegt. Im konkreten Fall trifft das zweifellos für den Angeklagten zu. Er war erregt und aus dieser Erregung heraus hat er gemordet. Jeder Mensch ist aber auch in einem solchen Zustand in der Lage und fähig, sein Verhalten zu steuern, soweit eben seine Zurechnungsfähigkeit nicht aufgehoben oder gemindert ist.

Die Anwendung des §113 Abs. 1 StGB, der alle Fälle der vorsätzlichen Tötung von geringerer Tatschwere umfasst, ist aber auch deshalb nicht möglich, weil der Angeklagte von der Mechthild L. weder misshandelt, bedroht oder schwer gekränkt worden ist. Die Mechthild L. hat den Angeklagten angespuckt, das ist richtig, wenn man dem Angeklagten Glauben schenkt. Das geschah aber im Laufe der vom Angeklagten angestrebten und von dem Mädchen abgelehnten Liebkosungen. Der Angeklagte war also selbst schuld an diesem Verhalten und den Ausdruck ›Verbrecher‹ oder ›Schwein‹ gebrauchte die Mechthild L., nachdem sie vom Angeklagten mit einem Handkantenschlag zu Boden geworfen worden war. Der Verteidiger verlegt zwar diesen oben angeführten Ausdruck vor das Schlagen, aber er ist hier einem offensichtlichen Irrtum zum Opfer gefallen.

Der Angeklagte hat also unter allen Umständen seinen Erregungszustand selbst verschuldet. Es liegt kein falsches Verhalten der Mechthild L. vor. Sie war nicht wankelmütig in ihrer Einstellung zum Angeklagten. Er musste von Anbeginn ihre Auffassung respektieren, nach der eine Verlobung von der Mechthild L. als zu verfrüht angesehen wurde, und zwar auch im Hinblick auf ihr bevorstehendes Studium in Leipzig. Das trifft auch für den Fall zu, dass sie das Verhältnis zu ihm völlig lösen wollte …

Die Anwendung des §113 Abs. 3 StGB ist ebenfalls nicht möglich. Besondere Tatumstände, die die strafrechtliche Verantwortlichkeit des Angeklagten mindern, liegen nicht vor. Es ist bekannt, dass in dieser Hinsicht sehr hohe Anforderungen gestellt werden. Weder auf der objektiven noch auf der subjektiven Seite der Tat liegen solche Umstände vor, die die Gesellschaftsgefährlichkeit des Tötungsverbrechens erheblich mindern …«

In der Urteilsbegründung setzt sich das Gericht auch mit Damraus Erklärung auseinander, er sei kein Mörder und könne deshalb nur wegen Totschlags bestraft werden. Dazu meint das Gericht:

»Möglicherweise ist die Behauptung des Angeklagten, er sei kein Mörder, psychologisch zu verstehen bzw. auf seine eigenartige im Schlusswort zum Ausdruck gebrachte Auffassung, dass er unter dem Begriff ›Mord‹ versteht, dass ein Täter solchen Verbrechen vorher planen, durchdenken und bestimmte Mordwerkzeuge zur Tötung eines Menschen benutzen muss.

Der Tötungsvorsatz des Angeklagten ergibt sich aber in der Hauptsache aus dem objektiven Tatgeschehen. Der Senat hat es als erwiesen angesehen, dass die vom Angeklagten gegebene Darstellung des Geschehnisablaufs richtig ist. Der gesamte Ablauf bis zum Tod der Mechthild L. kann nur im Zusammenhang gesehen werden. Das Schlagen, Würgen und Drosseln und schließlich das Hinschleifen seines Opfers zum Steilhang und das Hinabstürzenlassen sind ein Tatvorgang. Der Angeklagte wollte die Mechthild L. töten. Er wollte sie ›vernichten‹ …

Bei der Prüfung der strafrechtlichen Verantwortlichkeit und somit für die Findung einer gerechten Strafe mussten alle diese Fakten mit berücksichtigt werden. Dazu kommt die Art und Weise der Tatbegehung und die verantwortungslose Gleichgültigkeit des Angeklagten gegenüber dem menschlichen Leben.

Unter diesen Umständen sah der Senat keine Möglichkeit, dem Antrag des Verteidigers nachzukommen, eine zeitliche Freiheitsstrafe etwa in Höhe von zehn Jahren auszuwerfen. Der Angeklagte hat das Recht verwirkt, in unserer sozialistischen Gesellschaft zu leben. Es gab für den Senat keine andere Möglichkeit als ihn für dauernd zu isolieren …«

Eberhard Damrau fügt sich in sein hartes Urteil. Als sich der Verteidiger von ihm verabschiedet und fragt: »Kann ich noch etwas für Sie tun, soll ich Berufung einlegen?«, winkt er ab. Er sieht keinen Sinn mehr, den aussichtslosen Kampf weiterzuführen. Ob Mord oder Totschlag, das hat jetzt keine Bedeutung mehr für ihn. Gelassen wendet er sich dem Wachtmeister zu, der mit den Handschellen bereits auf ihn wartet. Jetzt leitet ihn nur noch der Selbsterhaltungstrieb. Von nun an wird der Strafgefangene Eberhard Damrau alles nebensächlich Erscheinende verdrängen, was mit dem »Draußen« zu tun haben könnte. Er muss seine inneren Kräfte sammeln, um sich mit dem unabwendbaren, langen Leben hinter Gefängnismauern arrangieren zu können.

Eine kommentierende Nachbemerkung:

Zum besseren Verständnis der in der Begründung des Urteils im Fall Damrau aufgeworfenen rechtlichen Problematik sei zunächst auf das geltende Strafrecht der Bundesrepublik hingewiesen: In Fortsetzung langer Rechtstradition wird darin bekanntlich zwischen Mord (§ 211 StGB) und Totschlag (§ 212 StGB) unterschieden.

Danach ist ein Mörder, wer aus besonders verwerflichem Beweggrund (aus Mordlust, zur Befriedigung des Geschlechtstriebes, Habgier, sonstigen niederen Beweggründen), auf besonders verwerfliche Art und Weise (heimtückisch, grausam, mit gemeingefährlichen Mitteln) oder zu einem besonders verwerflichen Zweck (um eine andere Straftat zu ermöglichen oder zu verdecken) vorsätzlich einen Menschen tötet. Wer einen Mord begeht, wird mit lebenslangem Freiheitsentzug bestraft.

Ein Totschläger hingegen ist, wer ohne die genannten Merkmale des besonders verwerflichen Beweggrunds, der besonders verwerflichen Art und Weise oder eines besonders verwerflichen Zwecks vorsätzlich einen Menschen tötet. Der Totschläger wird mit Freiheitsentzug nicht unter fünf Jahren, in besonders schweren Fällen mit lebenslangem Freiheitentzug bestraft.

Minder schwere Fälle des Totschlags regelt § 213 StGB. Sie liegen dann vor, wenn der Täter »ohne eigene Schuld durch eine ihm oder einem Angehörigen zugefügte Misshandlung oder schwere Beleidigung von dem getöteten Menschen zum Zorn gereizt und hierdurch auf der Stelle zur Tat hingerissen« worden ist (Affekttat) oder wenn »sonst ein minder schwerer Fall« vorliegt (z. B. die bisher von § 217 StGB erfasste Kindestötung).

Im DDR-Strafrecht wurde ebenfalls zwischen Mord (§ 112 StGB) und Totschlag (§ 113 StGB) unterschieden, allerdings mit einigen wesentlichen Unterschieden: So erfüllte grundsätzlich jede vorsätzliche Tötung bereits den Tatbestand des Mordes. Der Strafrahmen reichte von mindestens zehn Jahren bis zu lebenslangem Freiheitsentzug. Beim Tatbestand des Mordes war unter bestimmten Bedingungen auch schärfster Strafzwang durch Ausspruch der Todesstrafe möglich (bis 1987 Bestandteil des StGB). Die Bedingungen dafür waren erfüllt, »wenn die vorsätzliche Tötung

1. ein Verbrechen gegen die Souveränität der Deutschen Demokratischen Republik, den Frieden, die Menschlichkeit und die Menschenrechte oder ein Kriegsverbrechen ist oder aus Feindschaft gegen die Deutsche Demokratische Republik begangen wird;

2. mit gemeingefährlichen Mitteln oder Methoden begangen wird oder Furcht und Schrecken unter der Bevölkerung auslösen soll;

3. heimtückisch oder in besonders brutaler Weise begangen wird;

4. mehrfach begangen wird oder der Täter bereits wegen vorsätzlicher Tötung bestraft ist;

5. nach mehrfacher Bestrafung wegen Gewaltverbrechen ... begangen wird.«

Der Totschlag gem. § 113 StGB hingegen umfasste alle Fälle der vorsätzlichen Tötung von geringerer Tatschwere und konnte mit Freiheitsstrafe bis zu zehn Jahren bestraft werden. Folgende Tatbestandsmerkmale wurden vom Totschlag erfasst:

1. Der Täter musste ohne eigene Schuld durch eine ihm oder seinen Angehörigen von dem Getöteten zugefügte

Misshandlung, schwere Bedrohung oder schwere Kränkung in einen Zustand hochgradiger Erregung (Affekt) versetzt und dadurch zur Tötung hingerissen oder bestimmt worden sein;

2. Wenn eine Frau ihr Kind in oder gleich nach der Geburt tötet (Kindestötung);

3. wenn besondere Tatumstände vorliegen (z. B. Tötung auf Verlangen – in der Bundesrepublik gem. § 216 StGB ein eigenständiger Tatbestand –, Tötung aus Mitleid, misslungener erweiterter Suizid), die die strafrechtliche Verantwortlichkeit mindern.

Die genannten Gesetzesinhalte lassen deutlich erkennen, dass Damraus Verteidiger mit dem Antrag, seinen Mandanten wegen Totschlags zu bestrafen, keinen Erfolg haben konnte. Weder die geforderten Kriterien für eine Affekttat noch die für besondere Tatumstände lagen bei der Tötung der Mechthild Lohse vor. Insofern muss der Urteilsbegründung des Bezirksgerichts gefolgt werden. Nach der Rechtslage konnte es also nur wegen Mordes bestrafen.

Allerdings hat das Bezirksgericht sowohl im Verfahren als auch bei der Strafzumessung und Urteilsbegründung völlig außer acht gelassen, dass Damrau bislang nicht mit dem Gesetz in Konflikt kam, keine der für Mörder sonst üblichen kriminogenen Merkmale (belastete soziale, vielfach auch kriminelle Vorgeschichte, Alkoholmissbrauch, Affektlabilität, Aggressivität, Asozialität usw.) aufwies und insofern hinsichtlich seiner späteren Resozialisierung von Anfang an eine positive Sozialprognose bot. Dies hätte der Verteidiger erkennen und vorbringen müssen. Ein auf dieser Grundlage formulierter Antrag, Damrau wegen Mordes zu einer zeitlichen Freiheitsstrafe unterhalb des Regelstrafmaßes »lebenslänglich« zu verurteilen, hätte das untaugliche Heranziehen des Totschlagstatbestandes von vornherein vermieden. Ob das Bezirksgericht dem gefolgt wäre, bleibt allerdings offen. Überhaupt fällt bei der DDR-Rechtsprechung in Strafprozessen wegen vollendeter vorsätzlicher Tötung auf, dass im Regelfall lebenslängliche Freiheitsstrafen ausgeworfen wurden, obwohl das Gesetz auch bei Mord eine Strafendifferenzierung vorsah (Freiheitsstrafe nicht unter zehn Jahren oder lebenslängliche Freiheitsstrafe).

Nach bundesdeutschem Recht wäre Eberhard Damrau wegen des Fehlens der Mordmerkmale vermutlich wegen Totschlags verurteilt und mit einer Strafe belegt worden, die weit unter der Strafobergrenze gelegen hätte.

Eiskalte Aphrodite

Aktenzeichen II 17/62
Bezirksstaatsanwalt Halle

Bitterfeld, ein Vormittag im Juni 1958. Langsam bedecken die schmutzig-grauen Ausdünstungen der nahen Chemiebetriebe den frühsommerlichen Himmel. Die Menschen, die hier leben und arbeiten, haben sich schon längst mit der verpesteten Luft abgefunden. Jetzt bewegt sie etwas anderes: Vor wenigen Tagen wurden die Lebensmittelkarten endgültig abgeschafft. Von nun an gelten nur noch die HO-Preise. In den Geschäftsstraßen des Stadtzentrums herrscht deshalb ein ungewohnter Andrang. Unsicher und misstrauisch beäugen die Einheimischen die Auslagen mit den ungewohnt hohen Preisen.

In einiger Entfernung vom Zentrum, abseits des städtischen Treibens, holpert ein Pkw des ärztlichen Notdienstes behutsam über das Pflaster der Jessnitzer Straße. Er nähert sich einem mehrstöckigen gelben Backsteinhaus, dessen beschädigte Fassade immer noch an den letzten großen Krieg erinnert. Vor der Tür steht eine junge Frau und hält gespannt Ausschau. Es ist Annegret Schröder. Ihr Gesicht ist zwar blass, schmal, ein wenig eingefallen, wirkt fast kränklich, doch eine schlanke Figur, lebhafte, dunkle Augen und dichte, blonde, zu einem Pferdeschwanz zusammengebundene Haare verleihen der 28-jährigen Frau einen eigentümlichen Reiz. Obwohl Annegret dem altgriechischen Schönheitsideal kaum gleicht, hat sie doch etwas mit ihm gemein: Ihre fleischlichen Begierden sind keineswegs geringer als die der berühmten antiken Aphrodite. Der erwiesen zwar die altgriechischen Huren in orgiastischen Liebesfeiern neidvoll ihre Referenz, doch für Annegret tun das bestimmte Kreise aus der Bitterfelder Männerwelt. Dort ist sie längst eine gute Adresse. Ihre andere sündige Leidenschaft jedoch, sich allzu gern fremde Dinge anzueignen, kennen nur die staatlichen Ordnungshüter. Die verdonnerten sie dafür bereits zu insgesamt sechs Jahren tristem Leben hinter Gefängnismauern. Annegret Schröder hat zwei Kinder, über deren Erziehung die Kinder- und Jugendfürsorge peinlich genau wacht.

Seit vorigem Sommer schreitet sie nun scheinbar auf dem Pfad der Tugend, lebt mit dem acht Jahre älteren Schlosser Helmut Schröder so recht und schlecht in ehelichem Verbund. Der ist wahrlich kein Adonis, um beim Vergleich mit den alten Griechen zu bleiben, von einfacher, naiver Gemütsbeschaffenheit, den Annegret intellektuell vollends beherrscht. Indes: Der Ehering ist für sie noch lange kein Grund zur Einhaltung des Treuegelübdes. Da der Gatte sich nämlich regelmäßig auf Außenmontage befindet und folglich an den Arbeitstagen der gemeinsamen Matratze fernbleiben muss, fördert er auf diese Weise ihre Untugenden, freilich ohne dies zu wissen.

Auf Drängen des Angetrauten hatte Annegret vor zwei Wochen ihre gehbehinderte, ständig bettlägerige, 72-jährige Schwiegermutter Emilie Schröder zu sich ins Haus geholt. Sie bedurfte intensiver Pflege, konnte ihr Grundstück in Jessnitz – ein kleiner Ort acht Kilometer nördlich von Bitterfeld – nicht mehr bewirtschaften. Doch die alte Frau war in der Nacht sanft entschlafen. So jedenfalls meldete es Annegret vor einer halben Stunde dem ärztlichen Notdienst, den sie nun vor der Haustür erwartet.

Ein gut gekleideter, älterer Herr mit Brille steigt aus dem Auto, das unterdessen vor dem gelben Backsteinhaus gehalten hat. Den Arztkoffer in der Hand, steuert er auf Annegret zu: »Dr. Frommolt«, stellt er sich kurz vor. »Warten Sie auf mich?«

Annegret bejaht die Frage und führt den Doktor in ihre Wohnung im Parterre. Die Wohnstube mit dem blanken Linoleumfußboden ist spärlich eingerichtet: Mitten im Raum ein Tisch mit mehreren Stühlen, an der rechten Wand ein mahagoniefarbenes Büfett aus der Gründerzeit, an der linken Wand ein verschlissenes Sofa aus der gleichen Epoche, davor eine Stehlampe mit festmontiertem Tischchen, vergilbte Gardinen an den Fenstern. Es riecht nach kaltem Zigarettenrauch, Rheumaeinreibung und Urin. Auf dem Sofa eine tote, alte Frau mit schlohweißem, schulterlangem Haar. Zwei dicke Kissen stützen ihren Rumpf, verschaffen ihr so eine halb sitzende, halb liegende Position. Ihr Kopf ist so weit nach vorn geneigt, dass das Kinn den Brustkorb zu berühren scheint. Das Federbett bedeckt den Körper der Toten bis zu den Schultern. Mit Annegrets Hilfe entkleidet der Doktor den starren Leichnam, um ihn systematisch abzutasten und zu inspizieren. Nichts soll seinen geschulten Sinnen entgehen. Aufmerksam verfolgt Annegret jeden seiner Handgriffe. Als er die Kissen unter dem Kopf der Verstorbenen hervorzieht, bemerkt er nicht nur einige kleine, oberflächliche Hautdefekte an der linken Halsseite der Toten, sondern auch ein leeres Tablettenröhrchen mit der Aufschrift »Kalypnon«, das offensichtlich unter einem der Kissen lag. Die Spuren am Hals und die Tatsache, dass sich in dem Glasröhrchen ursprünglich ein kräftiges Schlafmittel befunden haben muss, wecken seinen Argwohn.

Ohne auf die kleinen Halsverletzungen einzugehen, präsentiert der Doktor Annegret das Tablettenröhrchen: »Wie kommt das denn hierher?«

»Ich weiß nicht«, ist die etwas hilflose Antwort, »vielleicht hat sie Tabletten genommen.«

Der Doktor wirft einen kritisch-suchenden Blick über die Utensilien auf dem Tischchen mit der Stehlampe: Zeitungen, Brille, Zahnprothese, Teller mit angebissener Stulle, antirheumatische Salbe. Sonst nichts. Annegret vermutet richtig, dass er nach einem Trinkgefäß sucht und meint: »Ach, ihre Tasse habe ich gestern Abend abgewaschen, nachdem sie eingeschlafen war!«

Dann verlangt der Doktor den Sozialversicherungsausweis der Verstorbenen. Eine Zeit lang vertieft er sich darin und stellt fest: »Ihre Schwiegermutter litt an chronischem Gelenkrheumatismus, hatte ein schwaches Herz. Trotzdem ist mir einiges unklar!«

Annegret blickt ihn erstaunt an: »Wieso?«

»Das ist nur so ein Gefühl, aber ich kann einen unnatürlichen Tod nicht ausschließen«, gibt der Arzt zu bedenken.

Annegret reißt die Augen weit auf. In ihrem Gesicht liegt höchste Betroffenheit.

»Könnte es sein, dass sie sich umgebracht hat«, fragt der Doktor und deutet auf das leere Tablettenröhrchen.

»Schon möglich. Seit Schwiegermutter ständig im Bett liegen musste, hatte das Leben für sie keinen Sinn mehr«, mutmaßt Annegret.

Am liebsten würde der Arzt jetzt die Frage nach dem Zustandekommen der Schürfungen am Hals der Toten stellen, doch er vermeidet sie, will seinen Zweifel nicht offenbaren. Er ist sich gewiss, dass die Polizei dies klären wird. Bei einem Suizidverdacht muss er ohnehin Anzeige erstatten.

Gegen Mittag erscheint auch ein Kriminalist des VPKA, jung und unerfahren. Die Verstorbene besichtigt er mit gekünstelter Routine, stellt viele Fragen, auch über die eigenartigen Schürfspuren am Hals der Toten. Annegret zeigt ihm einen Schal. Diesen habe die Schwiegermutter ständig um ihren Hals getragen. Und nun hätte er durch das lange Liegen die Spuren verursacht. Annegrets unschuldiger Blick, ihre freundlichen Antworten und die in sie eingestreuten, wohldosierten Argumente für einen möglichen Selbstmord der alten Frau überzeugen den Polizisten. Für ihn ist die Sache bald klar: Eine alte, kranke, ans Bett gefesselte Frau wollte sterben. Die Erklärung, dafür ein stark wirkendes Schlafmittel verwendet zu haben, scheint ihm plausibel. So gelangt der Polizist zu dem Schluss, auf weitere Ermittlungen zu verzichten. Folglich hält er eine gerichtliche Sektion für nicht erforderlich.

Als Annegrets Gatte am Wochenende heimkehrt, ist die Wohnstube aufgeräumt, und das Sofa schmücken nur noch zwei selbstgestrickte Kissen. Nichts erinnert mehr daran, dass dort seine alte, kranke, bettlägerige Mutter die letzten Wochen ihres erbärmlichen Daseins fristete. Ohne Regung nimmt er die Tatsachen zur Kenntnis. Immerhin ist auch er nun eine ungeheure Belastung los. So bleiben Bestürzung und Trauer auf wenige schwache Emotionen beschränkt.

Schließlich kommt Freude auf, das mütterliche Anwesen in Jessnitz bald sein eigen nennen zu können.

Emilie Schröders Leichnam liegt unterdessen längst in der Leichenhalle des Bitterfelder Friedhofs. Das feierliche Begräbnis soll am nächsten Dienstag stattfinden.

Jahre vergehen. Große Ereignisse führen zu großen Veränderungen: Wilhelm Pieck, der erste DDR-Präsident, als gutmütig wirkender Landesvater von vielen hoffenden Menschen geachtet, stirbt. Der fistelstimmige Walter Ulbricht übernimmt den obersten Posten in der Partei- und Staatsführung. Die Überbetonung seiner Führungsrolle führt alsbald zum Personenkult stalinscher Prägung, und der sächsische Dialekt mutiert zur allgemeinen Funktionärssprache. Den DDR-Künstlern wird energisch der sogenannte Bitterfelder Weg gewiesen, sich den Stilnormen des sozialistischen Realismus nicht zu verweigern. Die Landwirtschaft wird unter Druck restlos kollektiviert, das gewerbliche Eigentum systematisch in staatliches, zumindest genossenschaftliches, zwangsüberführt. Sozialismusverdrossenheit erfasst viele Menschen, fördert den Exodus, der inzwischen beängstigende Ausmaße annimmt, und endet erst, als über Nacht eine schier unüberwindbare Mauer das Arbeiter- und Bauernland umgibt. Nun ist das historisch scheinbar Unumkehrbare symbolisiert. Bald wird die allgemeine Wehrpflicht eingeführt und der Sieg des Sozialismus gepriesen.

Ja, viel hat sich verändert. Auch für Annegret und Helmut Schröder. Längst ist das Paar mit den Kindern in eine geräumige Wohnung nach Mühlbeck, drei Kilometer östlich von Bitterfeld, gezogen. Das Erbhaus in Jessnitz hatte Helmuts Mutter bereits zu Lebzeiten vermietet, sodass ein Umzug dorthin nicht möglich war. Wenigstens verschafft es so einige Mieteinkünfte. Annegret hat ihre Hausfrauenrolle aufgegeben und arbeitet im HO-Kaufhaus Bitterfeld als Verkäuferin. Helmut fährt immer noch auf Montage zu einem fernen Tagebau, ist folglich nur an den Wochenenden daheim. Und: Nach wie vor nutzt die Gattin die Zeit seiner Abwesenheit mit großem Eifer für die außereheliche Minne,

Im Parterre dieses Hauses in Mühlbeck bei Bitterfeld wohnte das Ehepaar Sch. Anfang der sechziger Jahre (Aufnahme von 1999)

sehr zum Missfallen der staatlichen Fürsorge, die eine sittliche Gefährdung der minderjährigen Kinder befürchtet.

Samstag, der 17. März 1962, ist ein besonderer Tag, obwohl Annegret bis in die Mittagsstunden arbeiten muss. Heute ist Betriebsvergnügen in der großen Kantine. Die Gewerkschaftsleitung will sich nicht lumpen lassen und tut etwas für die gute Laune der Warenhausbelegschaft: Lange Nacht mit Tanzmusik, gutes Essen und unterhaltsame Auftritte namhafter Künstler des Stadttheaters Dessau.

»Sehen wir uns heute Abend?«, fragt eine Kollegin.

Annegret bejaht. Ob sie allein oder mit Mann käme, will die andere nun wissen.

»Mein Oller ist auf Montage, baut in Polen Bagger für die Kohle zusammen«, meint Annegret und lässt damit erkennen, solo erscheinen zu wollen.

Am Abend, nachdem sie eilig ihre Kinder versorgt hat, stürzt sich Annegret unbekümmert in das bunte Getümmel des Betriebsfestes. Sie kokettiert mit einem Kollegen aus der Abteilung Haushaltswaren. Er heißt Klaus Mager, ein muskulöser Typ mit schütterem Haar, um die zwanzig.

Er kennt Annegrets zweifelhaften Ruf und weiß, dass ihr Angetrauter auswärts ist. Das motiviert ihn zur Aktivität, und die erotischen Anspielungen zeigen Erfolg: Bald tanzen sie, die Körper dicht aneinander gedrängt. Die gegenseitigen Gunstbezeigungen wecken ihre Triebe. Der Alkohol tut das übrige.

Weit nach Mitternacht verlassen die frisch Verliebten das ausgelassene Treiben. Draußen auf der Straße haucht sie ihm weinselig und liebeshungrig ins Ohr: »Ich will dich!«

Magers Blut gerät derart in Wallung, dass er am liebsten im Schatten einer Hausnische seiner Lust freien Lauf lassen würde. Doch noch wehrt Annegret mit gekünstelter Schamhaftigkeit sein Drängen ab. Stattdessen lädt sie ihn nach Mühlbeck zu sich nach Hause ein. Auf dem knapp einstündigen Weg dorthin bleiben die beiden immer öfter stehen, um sich dem Rausch weiterer Liebkosungen hinzugeben. Die Küsse und Berührungen werden immer heftiger. Kurz darauf wälzen sie sich voller Begierde auf dem alten, immer noch vorhandenen Sofa in der Wohnstube und geben sich der Wollust hin. Immer und immer wieder genießt Annegret die schier unerschöpfliche Manneskraft des Liebhabers. Die Orgie findet erst ein Ende, als die Sonntagsglocken läuten, um die Kirchgänger zum Gottesdienst zu locken. Während Annegrets Kinder längst aufgestanden sind und irgendwo im Gelände spielen, schlafen die beiden in wohliger Erschöpfung bis in die Mittagsstunden. Erst jetzt verlässt der Galan seine Gespielin, die ihm das Versprechen abringt, die Nacht zum Dienstag wieder mit ihr zu verbringen. Zufrieden zieht er von dannen.

Er ahnt nicht, dass Annegret bereits am späten Nachmittag abermals einen Mann empfängt, um mit neuer Lust dessen Liebesgaben auszukosten.

Montag, den 19. März 1962, gegen 20.00 Uhr. Wie verabredet erscheint Klaus Mager zum großen »da capo«, gutgelaunt und leicht beschwipst. Er fühlt sich prächtig. Annegret hingegen sieht reichlich mitgenommen aus, die Augen grau umschleiert, das Gesicht blass, voller Müdigkeit. Dennoch zeigt sie sich erneut beischlafbereit, bittet Mager aber um eine Gefälligkeit: Sie weist auf einen prallvollen Sack und mehrere unförmige, festverschnürte Pakete, die auf dem Flur bereitstehen. Darin, so erklärt sie, befänden sich Sachen ihres vermeintlichen Bruders, die verschwinden müssen, weil er dem Sozialismus heimlich den Rücken gekehrt habe: Textilien, ein ausgeschlachtetes Radio, Reste eines Elektrokochers und anderer nutzloser Kleinkram. Dieser Unrat solle im Schutze der Nacht zur Muldebrücke transportiert werden, um ihn auf ewig dem Fluss zu übereignen. Arglos, die kritischen Sinne durch Alkohol und lüsterne Erregung vernebelt, gibt Mager sein Einverständnis. Zuvor darf er erneut Annegrets Körper erkunden und seine Lust befriedigen. Nachdem sie einen flüchtigen Kontrollblick auf die im Hinterzimmer schlafenden Kinder geworfen hat, karren beide den Abfall mittels ihrer Fahrräder zur nächsten Brücke und versenken ihn in der Mulde, einem Nebenfluss der Elbe. Nach Hause zurückgekehrt, setzen sie die Liebesspiele unbekümmert fort.

Samstagmittag, der 24. März 1962, nahe der Kartonfabrik östlich von Bitterfeld: Arbeiter eines Instandhaltungstrupps der Oberflussmeisterei bergen zufällig aus dem ufernahen Wasser der Mulde ein schmutziges, schwarzbraunes, textiles Bündel. Es entpuppt sich als ein vollgestopfter Kartoffelsack. Neugierig öffnen die Männer den seltsamen Fund. Doch der Schreck fährt ihnen in die Glieder, als sie inmitten alter Textilien den Unterteil eines menschlichen Rumpfes entdecken. Dass es sich um den eines Mannes handelt, können sie unschwer erkennen. Offenbar ist der Körper in Bauchnabelhöhe durchtrennt worden. Auch die unteren Extremitäten fehlen. Die Männer alarmieren die Polizei.

Dann geht alles ziemlich schnell: Kriminalisten aus dem Sachgebiet Leben und Gesundheit des VP-Kreisamtes sichern den grausigen Fund. Der Mordverdacht ist offenkundig. Da die Leichenerscheinungen an der Luft schnell voranschreiten und nur durch Kühlung gebremst werden können, wird das makabre Beweisstück zur Pathologischen

Abteilung des Kreiskrankenhauses gebracht, um es bis zur gerichtsmedizinischen Untersuchung sachgerecht aufzubewahren. Unterdessen begibt sich der Oberarzt des Hallenser Instituts für gerichtliche Medizin und Kriminalistik, Dr. Simoneit, auf den Weg nach Bitterfeld.

Auch Oberleutnant Baberowski und Leutnant Brecher von der Mordkommission sind aus der Bezirkshauptstadt bald zur Stelle. Zunächst werden die Männer der Oberflussmeisterei über ihre Entdeckung befragt. Nachdem sich die Kriminalisten einen Überblick über die Fundstelle verschafft haben, fertigen sie Fotos für die Akte. Nun interessieren sie sich für den Fluss selbst, seine Tiefe, die Beschaffenheit des Grundes, Strömungsverhältnisse, stromaufwärts liegende Brücken und Wehre. Es ist ein glücklicher Zufall, der genutzt werden muss, denn die Auffindungszeugen sind Fachleute der Wasserwirtschaft und kennen den Fluss genau. Immerhin geht es um die Frage, an welcher Stelle der unbekannte Täter sich der Relikte seiner Untat entledigt haben könnte. Vor allem deshalb, weil der Sack mit dem Leichenteil vermutlich mehr als zehn Kilogramm schwer war. Dass der Mörder ein solches Gewicht vom Ufer aus in die Strömung geschleudert haben könnte, scheint den Kriminalisten wenig wahrscheinlich. Vielmehr vermuten sie, der Sack ist in den Fluss fallengelassen worden, vielleicht von einer Brücke. Außerdem: Den Umständen nach muss der Täter sein Opfer in etwa gleich große Teile zerlegt haben. Überdies ist es kaum vorstellbar, dass er nur diesen Sack ins Wasser warf. Ob sich aber auf dem Grund des Flusses weitere Leichenteile befinden, ist nur durch den Einsatz von Spezialgerät, vielleicht sogar von Tauchern zu klären.

Mit diesen Überlegungen begeben sich die Kriminalisten zur Pathologie des Kreiskrankenhauses, wo Dr. Simoneit bereits emsig bei der Sache ist und mit wichtigen Informationen aufwarten kann. Auf einem der Seziertische sind der Sack, die Verschnürung und diverse feucht-muffige Textilien ausgebreitet. Auf einem anderen Tisch liegt das Fragment des Unterkörpers, die inneren Organe bereits freipräpariert.

»Der Sack ist ein herkömmlicher Kartoffelsack und wog mit komplettem Inhalt vierzehn Kilo«, beginnt der Doktor die Erläuterung seiner Befunde und weist auf die ausgebreiteten Textilien. Baberowski und Brecher sind zufrieden: Die vorherige Schätzung kommt der Realität sehr nahe. Auf dem Tisch liegen ein mehrfach verknoteter Hanfstrick, Reste von verschmutzten, ursprünglich weißen Bettlaken, die offensichtlich als Putzlappen verwendet wurden, Teile eines ölig verschmierten Arbeitsanzuges, dessen Größe nicht mehr auszumachen ist, zerschlissene Baumwollunterbekleidung der Konfektionsgröße 6, ein blutverschmiertes Oberhemd mit der Kragengröße 40, eine blutverschmierte Freizeithose, Größe 48. Alles vom Flusswasser ziemlich ausgewaschen.

Interessiert beäugen die Kriminalisten die Asservate, stellen Fragen, diskutieren Einwände, geben Antworten und festigen ihre Version: Das Ganze muss sofort untergetaucht und auf dem Grund des Flusses getrieben sein. Allerdings nicht allzu weit und nicht allzu lange. Sonst wären Leichenerscheinungen und Abschleifspuren viel ausgeprägter. Und um noch eine Erkenntnis sind sie reicher: Die Bekleidungsstücke sind eine willkommene Identifizierungshilfe, vorausgesetzt, sie gehörten dem Opfer.

Die Männer treten an den nächsten Seziertisch.

»Wie Sie unschwer erkennen können«, setzt der Doktor mit leicht ironischem Unterton die Erläuterung fort und zeigt demonstrativ auf die gut erhaltenen Geschlechtsteile am Torso, »handelt es sich um einen männlichen Leichnam!«

Obwohl insbesondere die feingeweblichen Untersuchungen des Leichenteils noch nicht abgeschlossen sind, erhalten die Kriminalisten jetzt schon wichtige Informationen für die Ermittlungen: Der Mann muss erwachsen gewesen sein. Nach Beurteilung seiner Prostata und bestimmter Knochen des Beckens wird sein Alter auf 35 bis 45 Jahre geschätzt. Zwar sind die Weichteile stark ausgeblutet, doch lässt sich aus dem Gewebsextrakt die Blutgruppe bestimmen. Der verhältnismäßig geringe Fäulnisgrad des Torsos deutet auf eine kurze Liegezeit im Wasser, damit zugleich auf eine Todeszeit, die ein bis zwei Wochen nicht überschreiten dürfte. Und was die Zergliederung des Leichnams betrifft, wird es im späteren Gutachten heißen: »Die Hautränder sind fransig ausgezogen, glattrandige Schnitte fehlen. Die Knochenstümpfe unterhalb der Schenkelhälse zeigen deutliche Spuren einer feinzahnigen Säge (etwa Fuchsschwanz) und die Zersplitterungen an der Wirbelsäule weisen darauf hin, dass zu ihrer Durchtrennung zusätzlich ein Beil verwendet wurde ...«

Dr. Simoneit bedauert, zur Körpergröße des Mannes keine konkreten Aussagen machen zu können: Die Untersuchungen des knöchernen Beckens und der freipräparierten Oberschenkelfragmente lassen nur ungenaue Schätzungen zu. So enden seine Erläuterungen mit der freundlichen Aufforderung: »Schaffen Sie weitere Teile des Mannes heran. Dann sehen wir weiter!«

Baberowski und Brecher nicken zustimmend. Sie wissen längst, was jetzt zu tun ist.

Schon die Identifikation des nicht zerstückelten abgestorbenen menschlichen Organismus zählt zu den komplizierten Aufgaben der Gerichtsmedizin und Kriminalistik. Insbesondere dann, wenn wegen fortgeschrittener Leichenerscheinungen oder bestimmter Milieubedingungen, aber auch zusätzlicher Einflüsse wie zum Beispiel Tierfraß, die Veränderungen an der Leiche so gravierend sind, dass die klassischen Verfahren der Personenerkennung etwa durch den Vergleich von Fingerabdrücken oder von Fotos mit vermissten Personen versagen.

Noch schwieriger zu lösen sind Identifikationsaufgaben beim Auffinden von Leichenteilen. Dennoch stehen dem Gerichtsarzt vielfältige Methoden zur Verfügung, die eine Geschlechts-, Blutgruppen- und Altersbestimmung am Gewebe gestatten, falls die Zellkerne noch nicht durch autolytische Prozesse (Selbstauflösung des Körpergewebes durch fermentative Vorgänge) zerstört wurden. Da demgegenüber Knochen sehr lange Zeit (mitunter Jahrtausende) erhalten bleiben können, führt ihre Untersuchung durchaus zu verlässlicher Schätzung der Liegezeit, des Geschlechts, des Alters und der Körpergröße. Auch die Zähne (gleichfalls der Unterkiefer) sind aufgrund ihrer hohen Widerstandsfähigkeit gegenüber zerstörerischen Einflüssen geeignete Untersuchungsobjekte für die Identifikation. Selbst Haare sind als Objekt für Vergleichsuntersuchungen gut geeignet, da sie eine Reihe individueller Merkmale aufweisen (z.B. Blutgruppe).

Die Lösung heutiger Identifikationsaufgaben wird durch die höchst zuverlässigen genetischen Untersuchungen unterstützt. Doch 1962 waren diese Verfahren noch unbekannt.

Das 1984 durch den englischen Genetiker Alec Jeffreys entdeckte sogenannte genetische Fingerprinting (ein von der polizeilichen Fingerabdruckkunde abgeleiteter Begriff) brachte die kriminalistische Spurenkunde einen enormen Schritt nach vorn, so auch die Identifikation von Leichen und Leichenteilen. Geringste Spurenmengen, ja, sogar nur eine einzige Körperzelle reichen für eine sichere Individualisierung aus. Dem liegt zugrunde, dass sich im Kern jeder Zelle eine chemische Substanz (DNA) befindet, die alle individuellen Eigenschaften festlegt. Sie besitzt die Form einer Doppelspirale, auf der vielfältige genetische Informationen gespeichert sind. Ihre Auftretenshäufigkeit und Position sind einzigartig: Genetische Unterschiede zwischen verschiedenen Organismen werden genau angezeigt. Mittels spezieller Laborverfahren lassen sich die Informationsmuster sichtbar machen und können – vergleichbar mit dem Strichcode auf Einzelhandelsprodukten in Supermärkten – »gelesen« werden. Die DNA-Analyse ist somit die bislang präziseste Methode der biologischen Differenzierung einzelner Individuen.

Sie beziehen Quartier im VPKA Bitterfeld, richten sich so auf eine längere Untersuchungszeit ein. Ein Ermittlungsverfahren wegen Verdachts eines Tötungsverbrechens wird gegen Unbekannt eingeleitet, der Staatsanwalt informiert. Das Räderwerk der kriminalistischen Untersuchung setzt sich in Bewegung.

Zwei wichtige Aufgaben haben Baberowski und Brecher in dieser frühen Untersuchungsetappe zu lösen. Zum einen müssen die polizeilichen Maßnahmen für die nächsten Tage bilanziert werden. Doch das geht nicht ohne den lästigen, aber angeordneten Papierkram, alles bürokratisch akkurat mit entsprechend vielen Durchschlägen: Fernschriftliche Spitzenmeldung an die Zentrale in Berlin absetzen, Planungsunterlagen für die in den nächsten Tagen durchzuführende Suche nach weiteren Leichenteilen erarbeiten, zusätzliche Kräfte und Technik anfordern.

Zum anderen sind alle Meldungen der letzten beiden Wochen aus Bitterfeld und den benachbarten Kreisgebieten stromaufwärts entlang der Mulde zu überprüfen, in denen Männer im Alter von 35 bis 45 Jahre bei der Volkspolizei als vermisst angezeigt wurden. Zusätzlich erhalten alle Abschnittsbevollmächtigten Ermittlungsaufträge. Sie sollen in ihrem jeweiligen Verantwortungsbereich – wie es im Polizeijargon heißt – operativ prüfen, wo Männer abgängig sind, über die keine Vermisstenanzeigen vorliegen.

Bis in die frühen Abendstunden knüpfen Baberowski und Brecher an einem möglichst weiten und engmaschigen Netz der Ermittlungen. Dann läutet der Chef in Halle ihr wohlverdientes Wochenende ein.

Doch bereits am Sonntag sind sie wieder zur Stelle, denn die erste geballte Polizeiaktion hat begonnen: Uniformierte Suchtrupps durchkämmen weiträumig das buschige Ufergelände der Mulde von der Fundstelle an der Kartonfabrik flussaufwärts. Feuerwehrmänner in Schlauchbooten ziehen an langen Seilen seltsame Metallgestelle mit daran befestigten Haken – die derzeit üblichen sogenannten Leichensuchgeräte – über den Grund des Flusses, bemüht, keine Stelle auszulassen. Polizisten des Schnellkommandos sichern das emsige Treiben.

Mehrere Stunden vergehen. Nicht die geringste Spur. Die Suchkräfte am Ufer resignieren bereits. Plötzlich kommt bei den Männern in den Booten eine zweifelhafte Freude auf: Mehrere verdächtige textile Bündel werden aus der Tiefe des Flusses herausgefischt. Tatsächlich: In ihnen verbergen sich weitere Leichenteile – ausreichende Sonntagsarbeit für Dr. Simoneit. Und gegen Abend haben die Kriminalisten die wichtigsten Teile des Puzzles beisammen: Sorgsam in Textilien verpackt zwei abgetrennte Arme, Ober- und Unterschenkel und die zweite Rumpfhälfte des toten Mannes; mit dem bereits untersuchten Rumpfteil insgesamt acht Teile eines neunfach zerstückelten Leichnams. Nur der Kopf des toten Mannes fehlt. Dennoch: Oberleutnant Baberowski und sein Mitstreiter sind zufrieden. Wenn der Kopf bislang auch nicht gefunden wurde, die in den nächsten Tagen zu erwartenden Daten über die Identifikation können den Ermittlungsprozess jetzt beschleunigen.

Und noch eine weitere sonntägliche Überraschung wartet auf die beiden: Seit Stunden versucht nämlich der für Mühlbeck zuständige ABV, VP-Meister Düring, die Männer der Mordkommission telefonisch zu erreichen, um ihnen eine wichtige Mitteilung zu machen – eine Mitteilung, die dem Verfahren angeblich eine ungeahnte Wendung geben könnte. Den Inhalt erfahren Baberowski und Brecher aber erst am Nachmittag nach ihrer Rückkehr ins VP-Kreisamt.

Düring hatte aufgrund des Ermittlungsersuchens der Mordkommission den Sonntagvormittag für Recherchen im Ort genutzt. Er wollte herausfinden, ob irgendwo ein Mann vermisst wird. Der Leichenteilfund in der Mulde war bereits allgemeines Dorfgespräch. Bei den Nachforschungen stieß er auf Nachbarn des Ehepaars Schröder. Unter dem Siegel höchster Verschwiegenheit vertrauten sie ihm an, dass Schröder nicht wie üblich zum Wochenende heimgekehrt sei. Folglich hätten sie ihn seit über einer Woche nicht gesehen. Außerdem hätten die ehelichen Zwistigkeiten in letzter Zeit an Heftigkeit zugenommen. Und: Eine liebende Mutter ist Frau Schröder für ihre Kinder auch nicht. Aber das Merkwürdigste: Sie verbreite im Dorf, ihr Mann hätte sie verlassen und befände sich in Polen auf Montage.

Baberowski bedankt sich für die Information, die ihn keineswegs in euphorische Aufklärungsstimmung versetzt. Zu viele sachdienliche Hinweise haben sich inzwischen angesammelt. Auch sie müssen abgearbeitet werden. Routiniert und emotionslos notiert er die sogenannten kleinen Personalien des Ehepaars Schröder: Name, Geburtsdatum, Anschrift, Arbeitsstelle. Das reicht für unauffällige Ermittlungen.

Zwei Tage später erhält Baberowski die Antwort auf eine Nachfrage bei der Betriebsleitung eines Niederlausitzer Braunkohlentagebaus, in dem Helmut Schröder einer Instandhaltungsbrigade für den riesigen Schaufelradbagger angehört: Kollege Schröder ist seit dem 19. März 1962 der Arbeit ferngeblieben. Die Betriebsleitung erreichte an diesem Tage ein Telegramm mit folgendem Wortlaut: »Ab 20.03. Urlaub. Meine Frau krank. Geld nach Heimatadresse. Helmut Schröder«. Da eine Lohnzahlung auf diesem Wege unüblich ist, »wurde von einer Überweisung an die Adresse des Koll. Schröder Abstand genommen ...«

Die Männer der Mordkommission scheinen den richtigen Faden in der Hand zu halten. Und als Brecher nach einem Telefonat mit dem ABV Düring seinem Chef mitteilen kann, Frau Schröder aus Mühlbeck erfreue sich bester Gesundheit, sei putzmunter und keineswegs krank, ist dies ein ernster Anlass für konzentrierte Ermittlungen gegen Annegret.

Schnell zieht sich die unsichtbare Schlinge zu, die Baberowski sicher in der Hand hält: Die Überprüfung bei der Telegrammaufnahme der Post fördert zutage, dass das handschriftliche Telegrammformular Frau Schröder höchstpersönlich ausgestellt hat. Einige der den Leichenteilen beigegebenen Textilien werden heimlich den Nachbarn vorgelegt, die sie als Bekleidungsstücke Helmut Schröders wiedererkennen. Auf diese Weise verdichtet sich innerhalb weniger Tage der Verdacht gegen Annegret. Doch noch ist sie ahnungslos, bemerkt nicht den kriminalistischen Eifer hinter ihrem Rücken. So trifft sie das Schicksal wie ein Blitz aus heiterem Himmel, als sie sich in den frühen Morgenstunden des 27. März 1962 auf den Weg zum HO-Warenhaus begeben will und fremde Männer mit ernsten Gesichtern und messingfarbenen Kriminalmarken an sie herantreten, um sie wegen dringenden Verdachts der Tötung ihres Ehemanns festzunehmen. Eine Dame der Fürsorge ist auch dabei. Sie nimmt Annegrets Kinder in staatliche Obhut.

Eine Stunde später, im stillen, kargen Vernehmungszimmer des VP-Kreisamtes sitzt Annegret Schröder Oberleutnant Baberowski gegenüber. Für ihn ist die schlanke, zierliche Frau mit der eigenartig sinnlichen Ausstrahlung ein harter Brocken. Denn sie streitet energisch ab, mit dem Tod ihres Mannes irgendetwas zu tun zu haben. Affektive Wutanfälle über die Willkür ihrer Festnahme, Flüche über die Verderbtheit ihres Angetrauten, Vorwürfe gegen die Polizei, sich nicht um den wahren Täter zu bemühen und immer wiederkehrende, vehement vorgebrachte Beteuerungen ihrer Unschuld lösen sich ab mit phantasievollen, aber hilflosen Versuchen, das Wegbleiben ihres Mann zum Wochenende zu begründen und die Schuld anderen zuzuweisen. Eine Zeitlang lässt Baberowski sie gewähren, denn er will die ersten Ergebnisse der Hausdurchsuchung und Spurensuche abwarten, die Brecher und zwei Kriminaltechniker zeitgleich mit dem Verhör vornehmen. Nun aber deckt er den ersten Skat auf und konfrontiert Annegret Schröder mit dem Telegrammformular. Immer noch zeigt sie standhaftes Verteidigungsverhalten: Prompt reagiert sie mit dem Argument, sie hätte den Lohn ihres abtrünnigen Gatten deshalb kassieren wollen, um sich auf diese Weise an ihm zu rächen.

Als in den späten Abendstunden die Spurensucher aus Mühlbeck mit reicher Beute zurückkehren und Baberowski Annegret davon in Kenntnis setzt, dass ein Haftbefehl beantragt und sie noch im Verlaufe der Nacht einem Haftrichter vorgeführt werde, entschärft sich die angespannte Vernehmungssituation. Sich der Unabwendbarkeit ihres weiteren Schicksals bewusst, sackt Annegret psychisch kraftlos in sich zusammen. Ihr bisheriges selbstbewusstes Aufbegehren weicht einer sichtbaren Niedergeschlagenheit. Nervös knabbert sie an ihren Fingernägeln und starrt mit kaltem Lächeln vor sich auf den Fußboden. So bleibt sie eine Weile wortlos sitzen. Baberowski erkennt ihre innere Labilisierung. Obwohl er weiß, dass die Gutachten über die Spurenfunde erst in nächster Zeit zur Verfügung stehen, legt er ihr ein Foto vor. Es zeigt die Kellertreppe ihres Hauses. Mit der Zuversicht des Überlegenen konfrontiert er sie mit einem wichtigen Befund: »Sehen Sie die Flecken auf den Stufen? Blutstropfen sind es. Ich wette, die sind von Ihrem Mann!«

Da bricht es unüberlegt aus ihr heraus: »Aber ich habe doch die Treppe aufgewischt!« Sogleich erkennt Annegret, dass sie dies nicht hätte sagen dürfen.

Baberowski ist zufrieden, lehnt sich zurück und meint: »Wir haben die ganze Nacht Zeit, und in meinen Ohren ist viel Platz für Ihre Geschichte. Also, ich höre. Aber bleiben Sie bei der Wahrheit!«

Annegret Schröder wehrt sich einen Augenblick lang gegen den unerklärlichen Drang, über das reden zu müssen, was sie bisher tunlichst unterdrückt hat. Vergeblich. Nach mehr als zwölfstündiger Vernehmung unterliegt sie schließlich ihrem Gewissen und bekennt, ihren verhassten Mann getötet, seine Leiche zerstückelt und mit Hilfe eines ahnungslosen »Bekannten« in der Mulde versenkt zu haben.

Doch am Ende dieser langen Vernehmungsnacht ist noch vieles unklar, bruchstückhaft und widerspruchsvoll.

Blick auf die ehemalige Landstraße, die über die Muldebrücke nach Bitterfeld führte. Durch die Ausweitung des Tagebaus in den siebziger Jahren wurde die Brücke abgerissen und die Straße unterbrochen

Es bedarf weiterer Überprüfung, aber Baberowski ist zuversichtlich. Noch liegen die Gutachten über die Spuren nicht vor, noch stehen weitere lange Vernehmungen bevor. Immerhin, der erste Schritt zur Wahrheit ist gemacht.

Mehrere Monate dauern die weiteren Untersuchungen. Die Gutachten über die Leichenteile, die als Verpackung dienenden Textilien, die Blutspuren auf dem Stubenfußboden, der Kellertreppe und in einem der Kellerräume liegen längst vor. Doch weitere Suchaktionen, den Kopf des getöteten Helmut Schröders zu bergen, verlaufen ergebnislos. Auch das Beil und der Fuchsschwanz, mit denen Annegret die Zerlegung des Leichnams bewerkstelligte, werden nicht gefunden. Eine aufwendige Rekonstruktion des Tötungsvorgangs und der anschließenden Zerstückelung wird durchgeführt. Baberowski will ausschließen, dass Klaus Mager, der beteuert, ahnungslos bei der Beseitigung mitgewirkt zu haben, nichts mit der Zerstückelung zu tun hatte. Annegret Schröder verhält sich dabei kooperativ und gibt bereitwillig Auskunft. Immer wieder muss sie lange, zermürbende Vernehmungen erdulden.

Als Baberowski kurz vor Abschluss der Ermittlungen steht, überrascht die Mörderin ihn mit einem weiteren Geständnis: Sie hätte vor mehr als vier Jahren ihre Schwiegermutter Emilie Schröder zunächst mit einem Schlafmittel, dann mit Rattengift töten wollen. Weil der Tötungsvorgang aber zu lange dauerte, habe sie die alte Frau kurzerhand erdrosselt. Später klärte sie ihren Ehemann über die wahre Todesursache seiner Mutter auf. Der hätte aber wegen des Erbes ihren Tod nicht bedauert und jahrelang geschwiegen. Dann aber, als sie eine Trennung von ihm forderte, wollte er sie bei der VP anzeigen. Deshalb habe auch er sterben müssen.

Der Oberleutnant ist keineswegs glücklich über dieses späte Bekenntnis. Wie lässt sich beweisen, dass Annegret die Wahrheit sagt? Immerhin ist die Sache damals polizeilich untersucht und als Suizid abgeschlossen worden. Wieder folgen lange Vernehmungen und Ermittlungen. Wieder vergehen Wochen. Dann jedoch liegen unerschütterliche

Beweise vor: Die Todesermittlungssache Emilie Schröder wurde damals sehr schluderhaft untersucht. Bei der Rezeptrücklaufstelle der Sozialversicherung wird das Rezept aufgestöbert, mit dem Annegret sich die Verschreibung des Schlafmittels »Kalypnon« vom Hausarzt erschwindelte. Mit vagen kriminalistischen Hoffnungen geht man nun daran, die Leiche Emilie Schröders zu exhumieren. Der Erfolg ist verblüffend: Ein zerbrochenes Zungenbein und der Nachweis von Thalliumsulfat, der Wirkstoff des Rattengifts »Celiopaste«, sprechen für Mord und damit für den Wahrheitsgehalt des späten Eingeständnisses. Jetzt wird auch klar, dass die Tötung des Ehemanns nicht allein Ergebnis plumper Hassgefühle, sondern klarer Verdeckungsabsichten war.

Oberleutnant Baberowski fällt es danach nicht leicht, den Schlussbericht für den Staatsanwalt zu formulieren: Unzählige Fakten müssen geordnet, in zeitliche Zusammenhänge und mit den Beweismitteln in Übereinstimmung gebracht werden. Er brütet lange über den fünf dicken Aktenbänden, muss darüber nachdenken, wie der umfangreiche Sachverhalt in der gebotenen Kürze eines Schlussberichts zu Papier zu bringen ist.

Annegret hatte alles andere als eine traumhafte Kindheit. Unehelich, ungeliebt und von den schrecklichen Bombennächten traumatisiert, erlebte sie beizeiten, wie die Mutter nach kurzer Ehe ihre Liebhaber schneller wechselte als ihre Unterwäsche. Mütterliche Wärme erfuhr Annegret nicht. Ihre schulischen Leistungen blieben weit unter dem Durchschnitt, deshalb erreichte sie nur das Klassenziel der 7. Klasse. Dann hieß es Geld verdienen. Eine Zeitlang schlug sie sich mit Gelegenheitsarbeiten durchs Leben, bis sie mit 16 Jahren sich endgültig von der Mutter löste.

Den nächsten Geburtstag musste sie hinter Gittern verbringen: Diebstahl ist ein Vergehen gegen § 242 StGB und wird mit Gefängnis bestraft. Der Knast deformierte ihre labile Persönlichkeit zusätzlich. Nach ihrer Entlassung arbeitete sie als Reinigungskraft und Küchenhilfe, ansonsten wandelte sie auf den unmoralischen Pfaden ihrer Mutter. Mit 22 Jahren bekam sie ihr erstes Kind, unehelich. Der

Vater machte sich aus dem Staub. Annegret stahl abermals, musste wieder in den Knast. Ihr Kind kam derweil ins Heim. Einige Jahre pendelte sie zwischen Freiheit und Haft. Als sie 25 Jahre alt war, wies ihr Strafregister fünf Vorstrafen wegen Rückfalldiebstahls auf.

Annegret wollte ihr Leben ändern. Jedoch, es fehlte ihr jeglicher moralischer Halt, aber auch die Fähigkeit, die gewöhnlichen Lebensanforderungen zu meistern. Die Vorsätze waren schnell vergessen. Kritiklos schloss sie Bekanntschaften mit Männern, suchte Geborgenheit und Zuwendung. Aber sie konnte keine soziale Bindungsfähigkeit entwickeln. Ihr Leben wurde lediglich von sexuellen Impulsen geleitet. Wieder war sie in anderen Umständen. Sie heiratete den Schwängerer. Der zeigte sich nobel und gestattete, ihr erstes Kind mit in die Ehe zu bringen. Doch die familiären Belastungen durch die Kinder überforderten sie. Chaos, Zwist und chronischer Geldmangel prägten das Eheleben. Annegret flüchtete in das Bett eines anderen Mannes. Das verzieh der Gatte nicht und ließ sich kurzerhand scheiden.

Der neue Liebhaber war acht Jahre älter als sie, arbeitete als Montageschlosser in einem Tagebau – Helmut Schröder. Erneut wurde sie schwanger, Helmut Schröder war der Vater, den sie bald darauf heiratete. Doch das Kind verstarb bei der Geburt. Zurück blieben die Eheleute Schröder, in gegenseitiger Hassliebe miteinander verkettet. Der eine Pol ihres ambivalenten Verhältnisses wurde durch die, zumindest anfängliche, sexuelle Übereinstimmung gebildet. Der andere Pol bestand aus immer heftiger werdenden Zerwürfnissen, die meist von Annegret ausgingen. Mitunter wurde sie vom Jähzorn derart übermannt, dass sie ihren Gatten trotz seiner körperlichen Überlegenheit schlug. Der starke Mann mit der schwachen Psyche kuschte vor ihren Attacken. Und wenn Annegret in blinder Wut die Untertassen fliegen ließ, versteckte er sich in der Speisekammer, bis sie sich beruhigt hatte.

Wochentags, wenn Helmut auf Montage war, widmete sie sich am liebsten ihren Liebschaften. Die Kinder rückten dann in den Hintergrund. Überhaupt: Deren über Essen,

Trinken und Schlafen hinausgehende Bedürfnisse waren für Annegret kein Thema, über das sie ernsthaft nachgedacht hätte.

So verging die Zeit. Bis zum 2. Juni 1958. Es war jener denkwürdige Tag, an dem Annegret auf Drängen des Gatten die pflegebedürftige, gehunfähige Schwiegermutter im Haus aufnahm, und der eine unheilvolle Entwicklung einleitete. Von nun an war nicht nur das alte Sofa in der Wohnstube ständig okkupiert, sondern die Pflege der alten Frau war eine neue, ungeheure Belastung für Annegret. Betten, waschen, Wäsche wechseln, kämmen – das war nichts für sie. Ihr Widerwille erreichte jedesmal einen Höhepunkt, wenn sie die Bettpfanne der Schwiegermutter leeren musste. Die ganze Situation fand sie schließlich so ekelerregend und unerträglich, dass sie sich zu einer schnellen und grausamen Lösung entschloss: Sie erschwindelte vom Hausarzt ein Rezept für ein starkes Schlafmittel. In der Apotheke erhielt sie dafür zwanzig Tabletten »Kalypnon«. In einer anderen Apotheke erwarb sie eine Flasche »Mixtura sedativa«, ein flüssiges, rezeptfreies Medikament gegen Einschlafstörungen. Und schließlich besorgte sie sich in einem Geschäft für Gartenbedarf das Rattengift »Celiopaste«.

Am Mittag des 15. Juni 1958 kochte Annegret für die Schwiegermutter eine süße Mehlsuppe, der sie ein Teil dieser höchst unbekömmlichen Zutaten beimischte. Die alte Frau löffelte mit Appetit einen randvollen Teller davon leer. »Schmeckt gut, nur ein bisschen zu süß«, ist ihr Kommentar.

Dann schlief sie ein. Annegret rechnete damit, dass die Schwiegermutter die nächsten Stunden nicht überleben würde, und entgegen ihrem sonstigen Verhalten, brachte sie ihre Kinder zum Schulturnen und wartete auf sie bis zu dessen Beendigung. Erst um 18.00 Uhr betrat sie die Wohnstube wieder. Die alte Frau lag ruhig in den Kissen, bemerkte aber, dass Annegret an ihr Bett getreten war und flüsterte müde: »Ich habe Durst!«

Annegret war wütend, dass der tödliche Cocktail nicht die erwartete Wirkung zeigte. Nun reichte sie der Schwiegermutter ein Glas Himbeersaft, in das sie heimlich weiteres

Rattengift eingerührt hatte. Vor den Augen der Bettlegrigen gab sie den Rest der Schlaftabletten dazu: »Damit du besser schlafen kannst!« Gierig schluckte die alte Frau den bittersüßen Trunk. Dann wollte sie schlafen, und Annegret verließ den Raum.

Knapp zwei Stunden später. Jetzt müsste die Alte eigentlich hin sein, war Annegrets eiskalte Überlegung. Sie sah nach ihrer Schwiegermutter, jedoch ein stöhnender, tiefer Atem zeigt an, dass noch Leben in ihr war. Von der Giftwirkung enttäuscht entschloss sich Annegret zu einem rabiateren Mittel. Aus mehreren Kordelenden knotete sie eine geeignete Schlinge, legte sie um den Hals der Gepeinigten und zog zu. Erst als sie kein Lebenszeichen mehr vernahm, löste sie den Strang und ging hinaus.

Eine Stunde lang überlegte sie, wie sie ihre Untat am besten verschleiern könnte. Unbehagen bereitete ihr nur die Vorstellung, möglicherweise am Hals der Schwiegermutter sichtbar Drosselspuren verursacht zu haben. Sie überprüfte das, konnte aber nichts Auffälliges feststellen. Um ganz sicher zu gehen, spülte Annegret die Mundhöhle der Getöteten aus, wischte mit einem Lappen nach, um mögliche Giftreste zu beseitigen, verbrannte Drosselwerkzeug und Lappen im Küchenherd, wusch sogfältig das Gesicht der Toten und bettete deren Oberkörper mittels eines zusätzlichen Kissens so hoch, dass der Kopf sich auf die Halsvorderseite neigte. Nach dieser makabren Prozedur ging sie ins Bett und schlief erschöpft, aber ohne jeden Skrupel ein.

Am nächsten Morgen verständigte Annegret mit gespielter Betroffenheit den ärztlichen Notdienst. Eine gewisse innere Spannung ergriff sie, als der Doktor nach der Leichenschau Bedenken an der Natürlichkeit des Todesfalls äußerte und eine Anzeige bei der VP ankündigte. Und mit mulmigen Gefühlen erwartete sie die Kriminalpolizei. Doch alles ging glatt: Der junge Kriminalist ließ sich täuschen, hegte keinen Zweifel am angeblichen Suizid der kranken, alten Frau.

Annegrets stumpfe, eigennützige Selbstsicherheit kehrte endgültig zurück, als die Verstorbene wenige Tage später höchst offiziell bestattet wurde.

Der englische Chemiker Crookes entdeckte im Jahre 1861 bei spektralanalytischen Untersuchungen von Bleikammerschlamm ein Metall, das eine grüne Spektrallinie bildete und nannte es Thallium (griech. Blattgrün). Seine giftige Wirkung ist seit der Jahrhundertwende bekannt. Bis in die siebziger Jahre wurden Thalliumverbindungen vor allem für Mäuse- und Rattenvertilgungsmittel gewerblich genutzt, ehe sie durch die heute noch gebräuchlichen Cumarinpräparate abgelöst wurden, die für Mensch und Haustiere weitaus weniger gefährlich sind. Bis dahin sind Thalliumpräparate relativ häufig auch als Mordgifte eingesetzt worden, zumal ihr verhältnismäßig unauffälliger Geschmack durch stark gesüßte oder aromatisierte Getränke leicht zu kaschieren ist. Sie führen bei einer Gabe von etwa einem Gramm Thallium zu einem schweren, undifferenzierten Krankheitsbild, das innerhalb von wenigen Wochen in Form eines unaufhaltsamen Siechtums zum Tode führt. Der spurenkundliche Nachweis des Thalliums an der Leiche ist – wie der anderer giftiger Metallverbindungen auch – ziemlich unkompliziert und auch noch nach langer Liegezeit möglich, vorausgesetzt, kriminalistischer Spürsinn verfolgt einen derartigen Verdacht.

Annegret Schröder ging von der irrigen Annahme aus, dass die Beibringung des Rattengiftes »Celiopaste« den sofortigen Tod der Schwiegermutter herbeiführen würde. Sie kannte zwar allgemein die tödliche Wirkung dieses Präparats, nicht aber den genauen vergiftungsbedingten klinischen Verlauf.

Nach dem Tod der Schwiegermutter zog Annegret mit ihrer Familie in die größere Mietwohnung nach Mühlbeck. Diese Veränderung lenkte ab. Sie dämpfte den Drang nach außerehelicher Abwechslung. Auch die Attacken gegen den Gatten wurden seltener und erübrigten in gleichem Maße dessen Aufenthalte in der Speisekammer. So beruhigte sich das Klima zwischen den Eheleuten. Wenigstens zeitweise. Annegret genoss den neuen Besitz, auch Helmut war zufrieden.

Monate vergingen. Eine weitere Katastrophe nahm ihren Lauf: Als sich die Eheleute eines Abends in wohligem

Empfinden darüber austauschten, wie schön der Besitz des Hauses in Jessnitz ist, dessen Mieteinnahmen die Haushaltskasse so entlaste, dass sie sich sogar einen gebrauchten »Wartburg« leisten konnten, verfing sich Annegret in der Schlinge ihres Geltungsdranges. Unbesonnen verriet sie die näheren Umstände des schnellen Todes der Schwiegermutter, ohne den sie ihren Lebensstandard nicht so schnell erreicht hätten. Kaum ausgesprochen, bereute sie einen Augenblick lang ihr Geständnis. Doch Helmuts Reaktion stimmte sie auf der Stelle zufrieden, als er lediglich bemerkte: »Lassen wir das Thema, es ist nicht schade um sie!«

So verging die Zeit bis zum Frühjahr 1962. Längst hatte sich Annegret an die Wohnung in Mühlbeck und die freundlichen Vermieter gewöhnt. Und längst war das eheliche Kriegsbeil wieder ausgegraben. Die Zwistigkeiten bestimmten in alter, gewohnter handgreiflicher Form das eheliche Wochenendleben. Für Helmut wurde die Speisekammer wieder zum Ort der Zuflucht vor den Attacken der tobenden Ehefrau. Während seiner Abwesenheit frönte diese ungehemmt ihren außerehelichen Leidenschaften. Natürlich war er längst misstrauisch, doch er war zu schwach, sich ernsthaft zu wehren. Als Annegret anlässlich einer erneuten Auseinandersetzung plötzlich äußerte, sich scheiden zu lassen, drohte er überraschend mit der Offenbarung ihrer Schandtat, falls sie die Absicht verwirkliche. Sein kurzes Aufbegehren kam einem Todesurteil gleich. Denn von nun an ging Annegret die Liquidierung des zu viel wissenden Gatten nicht mehr aus dem Kopf. Ihre anfangs diffusen Überlegungen, wie sie ihn am besten töten und am schnellsten seinen Leichnam beseitigen könne, nahmen mit der Zeit immer schärfere Konturen an. Dann stand es fest: Am Freitag, dem 16. März, wenn Helmut heimgekehrt sein würde, musste er sterben. Auf keinen Fall wollte sich Annegret das am darauffolgenden Abend stattfindende Betriebsfest vermiesen lassen. Deshalb musste bis dahin alles erledigt sein.

Bereits Tage vor der geplanten Hinrichtung verbreitete Annegret in der Nachbarschaft und im HO-Warenhaus, sich scheiden zu lassen. Angeblich habe man sich nach friedlicher

Übereinkunft zu diesem Schritt entschlossen. Helmut verzichte sogar zu Gunsten der Kinder auf sein Haus, weil er für die nächsten Jahre auf Auslandsmontage gehe. Die meisten Leute verstanden das; sie verwunderte nur, dass diese seltsame Ehe, in der eine Auseinandersetzung die andere ablöste, nicht schon längst gescheitert war.

Wieder erschwindelte Annegret von einem Arzt das Rezept für ein Schlafmittel. Diesmal war es »Dormalon«, ein flüssiges Sedativum und Hypnotikum, das leichter als schwerlösliche Tabletten einem Getränk beigemischt werden kann. Und wieder verschaffte sie sich die berüchtigte »Celiopaste«, natürlich gegen die Ratten im Haus, wie sie dem Drogisten vorgaukelte.

Als Annegret am Freitag, dem 16. März 1962, gegen Abend von der Arbeit kam, war Helmut bereits da. Jetzt hieß es, ihn in Arglosigkeit zu wiegen. Ruhig, kalt und überlegt verfolgte sie ihr mörderisches Ziel. Sie gab sich betont wohlgelaunt. Helmut deutete ihr Verhalten als baldige Gelegenheit für Intimitäten. Sie ließ ihn in dem Glauben. Nach 20.00 Uhr, die Kinder lagen längst in ihren Betten, füllte Annegret die alte Zinkbadewanne in der Küche mit warmem Wasser, entkleidete sich vor den Augen des Gatten, stieg ins Bad und bat ihn zu sich. Helmut nutzte diese Chance für eine bekleidungsfreie Annäherung und folgte ihr. Doch Annegret hielt ihn mit falscher Freundlichkeit auf Distanz, versprach das Vergnügen zu späterer Zeit. Kurz darauf saß das fast unbekleidete Ehepaar am Tisch in der warmen Wohnstube und trank Wein. Annegret hatte sich dabei so auffällig plaziert, dass Helmuts Blick unentwegt zwischen ihren Schenkeln klebte. Auf diese Weise war er abgelenkt, wie Annegret es beabsichtigte. Den mit dem Schlafmittel vergällten Wein goss er hastig in sich hinein. Und als er den Raum für kurze Zeit verließ, um die Toilette aufzusuchen, mischte Annegret den Rest des Schlafmittels in die Weinflasche, die er nach seiner Rückkehr in einem Zug leerte.

Schon bald zeigten die K. o.-Tropfen ihre Wirkung: Schläfrig und nackt legte sich Helmut auf das alte Sofa und forderte Annegret auf: »Komm zu mir!«

Sie tat es und duldete seine tätschelnden Hände an ihrem Körper. Doch zusehends wurden seine Bewegungen langsamer. Sie konnte sehen, wie die Erregung nachließ. Noch eine Weile blieb sie bei ihm liegen, bis gleichmäßige Atemzüge verrieten, dass er tief schlief.

Auf leisen Sohlen verließ Annegret die Stube. Draußen bereitete sie einen Cocktail aus Rattengift und Fruchtsaft, füllte ihn in ein Kaffeekännchen und trat an den Schlafenden heran. Vorsichtig goss sie den Trank in dessen halbgeöffneten Mund. Reflektorisch nahm er einige kleine Schlucke, den Rest spuckte er aus. Aber er schlief. Annegret überfiel eine maßlose Wut, ihre Aktion könnte scheitern. Sie eilte in den Keller, riss das Beil aus dem Hackklotz und kam zurück. Sie trat an den schlafenden Gatten heran. Ohne zu zögern versetzte sie ihm mit der stumpfen Seite des Beiles einen heftigen Schlag gegen den Schädel.

Helmut Schröder richtete sich kurz auf, fiel vom Sofa und blieb bäuchlings auf dem Fußboden liegen. Noch ehe er zu sich kam, schlug die Mörderin abermals zu. Sie hörte erst damit auf, als er sein Leben ausgehaucht hatte.

Eine lange Stunde überlegte sie, was nun zu tun sei. Dann wusste sie es: Mit kaum vorstellbarer Kaltherzigkeit stürzte Annegret den nackten Leichnam kopfüber die Treppe hinunter in den Keller. Sie verschloss die Tür. Bis zur Morgendämmerung war sie damit beschäftigt, die Blutspuren zu beseitigen. Immer und immer wieder schrubbte sie den Fußboden der Wohnstube, des Flures und die Stufen der Kellertreppe. Viele Eimer Wasser musste sie tragen, bis sie mit dem Ergebnis der Reinigung zufrieden war. Dann blieben ihr nur noch wenige Stunden Ruhe.

Am nächsten Tag verwunderte sie die Kollegen im HO-Warenhaus durch ihre ungewöhnliche Heiterkeit und Aufgeschlossenheit. Jedermann glaubte, sie freue sich auf das abendliche Betriebsvergnügen. Und den Rest der Nacht gab sie sich auf dem alten Sofa in der Wohnstube unbekümmert dem Liebesvergnügen mit dem Kollegen Klaus Mager hin, den sie kurz zuvor erobert hatte. Derweil lag der Leichnam ihres Mannes mit zerschmettertem Schädel im Keller.

 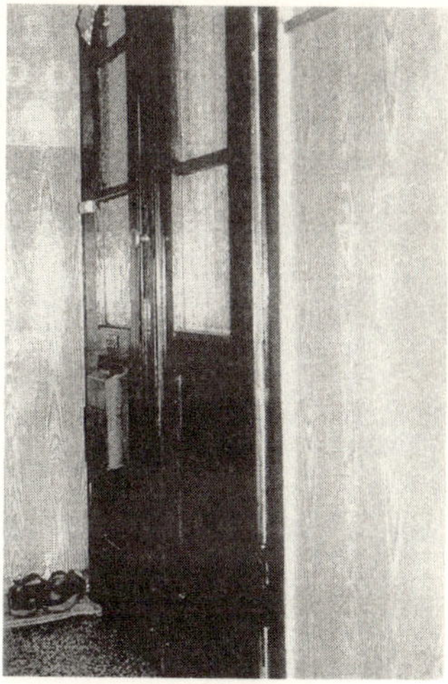

Von dieser Kellertreppe (links) stürzte A. S. den getöteten Ehemann in die Tiefe. Trotz intensiver Reinigung wurden dort Blutspuren gefunden. S. schleifte die Leiche aus der Wohnung zu dem von der Korridortür (rechts) nur wenige Meter entfernten Kellereingang

Am Montag, dem 19. März 1962, hatte sie Haushaltstag. Alles war wohl organisiert. Die Kinder schickte sie beizeiten in der Schule, niemand störte mehr. Mit Beil und Fuchsschwanz zerlegte Annegret im Keller den toten Ehemann in neun Teile, verpackte diese in unauffällige Bündel, die sie bereitstellte. Dann reinigte sie den Keller, bis sie glaubte, alle Spuren beseitigt zu haben. Die Werkzeuge ließ sie in einer fremden Mülltonne in Bitterfeld verschwinden. Nun hatte sie nur noch vor, den am Abend erwarteten Geliebten zu bitten, ihr bei der Entsorgung des vermeintlichen Unrats behilflich zu sein. Und so geschah es.

Oberleutnant Baberowski bastelt lange an dem umfangreichen Schlussbericht. Doch noch ehe er in den wohlverdienten Sommerurlaub geht, kann er die Akte dem Staatsanwalt zur Anklage übergeben. Inzwischen ist Annegret Schröder psychiatrisch-neurologisch begutachtet worden. Sie wird als lügnerisch, gefühlsroh, haltlos, geltungsbedürftig,

Lebenslänglich Zuchthaus

Halle. Der 2. Strafsenat des Bezirksgerichtes Halle verurteilte am 4. 12. die 31jährige A[redacted] Sch[redacted] aus Mühlbeck, schuldig des Mordes an der Schwiegermutter und dem Ehemann, gemäß dem Antrag des Staatsanwaltes zu lebenslänglichem Zuchthaus.

Kurze Information über das Urteil des Bezirksgerichts Halle gegen Frau S., veröffentlicht in der SED-Bezirkszeitung »Freiheit« vom 6. Dezember 1962

Die Sch. wurde als Mörderin zu lebenslangem Zuchthaus verurteilt. Das ist ein hartes und gerechtes Urteil. Während wir mit Stolz feststellen können, daß in unserer Republik, auch in unserem Kreis, die sozialistische Gesellschaftsordnung den Verbrechen mehr und mehr den Nährboden entzieht, muß man auch sehen, daß das ein langer Prozeß ist. Die Wurzeln für das Verbrechen der Sch. liegen noch im Kapitalismus. Bei uns in der Republik gehen die Verstöße gegen die Gesetze immer mehr zurück. In Westdeutschland aber sind solche Verbrechen wie die der Sch. an der Tagesordnung.

Ausriss aus einem in mehreren Folgen veröffentlichten Bericht in der »Bitterfelder Kreiszeitung« vom 22. Februar 1963 über die Verhandlung gegen Frau Sch.

verschlagen, zänkisch und sexuell triebhaft charakterisiert, unfähig, echte soziale Bindungen einzugehen. Insgesamt sei sie eine psychopathische Persönlichkeit. Jedoch: Das Tatgeschehen, ihr Verhalten vor und nach den Morden, ihre Aussagen vor der Kriminalpolizei seien weder abnorm noch krankheitswertig. Deshalb bescheinigen ihr die Experten eine volle strafrechtliche Verantwortlichkeit.

Anfang Dezember 1962 findet vor dem 2. Strafsenat des Bezirksgerichts Halle die mehrtägige Verhandlung gegen Annegret Schröder wegen zweifachen Mordes gemäß § 211 StGB statt.

»Der Mörder wird mit dem Tode bestraft«, heißt es in diesem Paragraphen. Und in § 13 StGB ist definiert, wie dies zu geschehen hat: »Die Todesstrafe ist durch Enthauptung zu vollstrecken.« Annegret Schröder weiß, was auf sie zukommt.

Kurze Information über das Urteil des Bezirksgerichts Halle gegen Frau S., veröffentlicht in der SED-Bezirkszeitung »Freiheit« vom 6. Dezember 1962.

Doch die junge Mutter, die einen zusätzlichen Mord eingestand, von dem niemand wusste, findet milde Richter. Vielleicht wollen sie nicht verantworten, die Aphrodite mit dem Pferdeschwanz und dem eiskalten Herzen dem Henker auszuliefern. Deshalb lautet ihr Urteil »Lebenslänglich«.

Das SED-Bezirksorgan »Freiheit« beschränkt sich auf eine knappe Mitteilung über den Prozess gegen Annegret Schröder. Nur das Wochenblättchen »Bitterfelder Kreiszeitung« veröffentlicht einen mehrteiligen, für DDR-Verhältnisse ungewöhnlich ausführlichen Bericht – dies freilich nicht ohne die üblichen politisch-ideologischen Floskeln.

Blutrausch

Aktenzeichen 102 a BS 8.69 – BI 7.69
des Stadtgerichts von Groß-Berlin

Leipzig, an einem frühen Morgen im Sommer 1970. Der Staatsanwalt steht in einem hell erleuchteten Kellerraum des grauen Seitengebäude der Strafvollzugseinrichtung Alfred-Kästner-Straße und spricht mit strenger Stimme zwei kurze Sätze zu einem Mann in trister Gefangenenkleidung: »Das Gnadengesuch ist abgelehnt. Die Hinrichtung steht unmittelbar bevor!«

Und während er sich schnell zurückzieht, tritt unbemerkt ein Uniformierter von hinten an den Delinquenten heran, in der Hand eine großkalibrige Pistole. Sekunden später fällt ein Schuss. Das Projektil zerschmettert den Hinterkopf des Angesprochenen, der auf der Stelle tot zusammenbricht. »Unerwarteter Nahschuss« heißt dieser Vorgang in der Amtssprache der Vollstreckungsordnung. Das im Namen des Volkes wegen dreifachen Mordes ausgesprochene Todesurteil gegen den 32-jährigen Henry Stutzbach aus Berlin ist soeben vollstreckt worden.

Weitere Männer betreten den Raum, das Gefolge des Staatsanwalts. Ein Arzt untersucht den Toten. Protokolle werden ausgefüllt, die von den Anwesenden unterschrieben werden. Der Leichnam wird eingesargt und davongetragen. Nur wenige, bürokratisch exakt vorgeschriebene Minuten dauert das unheimliche Prozedere einer Justifikation. Die Männer gehen, und das Licht verlöscht. Dann herrscht wieder Ruhe im Kellerraum.

Nun kann ein für allemal die Akte über einen sensationellen Mord geschlossen werden, der wie eine höchst geheime politische Angelegenheit behandelt wird. Der Verdacht liegt nahe, dass der in der Tat kriminologisch herausragende Fall aus Gründen der Partei- und Staatsdisziplin eine besondere

Verschwiegenheit verlangt, weil er die Idylle der sozialistischen Menschengemeinschaft gefährden und dem »westdeutschen Klassenfeind« unnötig weitere Munition im Kalten Krieg gegen die DDR liefern könnte. Und das, obwohl es ein ganz und gar unpolitischer Mordfall ist. Der herrschende Zeitgeist produziert eben eine solche absurde Sensibilität, und zwar auf beiden Seiten der Front.

In vier prall gefüllten Aktenordnern »Strafsache Henry Stutzbach« ist die ganze mörderische Geschichte konserviert. Doch erst jetzt, nach dreißig Jahren des großen Schweigens kann über den Fall berichtet werden.

Es ist ein nasskalter Freitag, der 14. Februar 1969. In den Mittagsstunden geht in der Einsatzzentrale des Berliner VP-Präsidiums ein Notruf ein. Eine Mieterin aus der Ehrenfelsstraße im Stadtgebiet von Karlshorst erbittet dringend polizeiliche Hilfe: Im gleichen Haus wohne nämlich eine Frau Karin Stutzbach, die wegen der bevorstehenden Scheidung von ihrem Ehemann getrennt lebt. Vor wenigen Minuten seien deren minderjährige Kinder völlig verstört bei ihr aufgetaucht. Grund: Der Vater, der unerwartet erschien, tobe in der Wohnung herum, zertrümmere Möbel und schlage wild um sich. Er habe die Mutter gewaltsam ins Wohnzimmer gezerrt, von innen abgeschlossen und auf sie brutal eingeschlagen. Sie schreie laut um Hilfe.

Der Mann in der Einsatzzentrale beordert eine uniformierte Funkstreife in die Ehrenfelsstraße, gibt den Polizisten allerdings mit auf den Weg, den vermutlichen Schläger nur zu beruhigen und sich ansonsten aus dem Ehestreit herauszuhalten. Die Gesetzeshüter kennen derlei unangenehme Einsätze zur Genüge. Sie können dabei schnell zwischen die Fronten der wütenden Eheleute geraten. Oft wirkt bereits das bloße Erscheinen der Staatsmacht so beruhigend auf die erhitzten Gemüter, dass der eheliche Frieden schnell zurückkehrt. Und so rechnen die Polizisten insgeheim damit, dass sich bei ihrem Eintreffen die Situation längst beruhigt hat. Doch zu allem Übel ist dem nicht so: Vor der offenen Wohnungstür der Frau Stutzbach warten nämlich die verängstigten Kinder und die Nachbarin, die um polizeiliche Hilfe bat. »Hören Sie den Krach da drin?«, meint diese zu den Uniformierten.

»Nun mal sachte. Wir werden das gleich haben«, sind sich die Männer sicher und betreten die Wohnung. Tatsächlich: Aus dem Wohnzimmer dringt das wütende Schnauben eines Mannes, der undeutliche Worte von sich gibt. Einer der Polizisten drückt die Klinke der Zimmertür nieder. Vergeblich: von innen verschlossen. Er klopft an die Tür und fordert mit energischer Stimme: »Herr Stutzbach, hier ist die Volkspolizei. Öffnen Sie die Tür!«

Normalerweise wäre es für die Polizisten eine Leichtigkeit, die Tür gewaltsam zu öffnen. Doch sie wollen sich weder einen Hausfriedensbruch noch eine Sachbeschädigung vorwerfen lassen. Dann hätten sie womöglich nicht nur beide Streithähne, sondern auch das Gesetz gegen sich. Deshalb beschränken sie sich auf weitere Klopfversuche. Ständig wiederholen sie ihre Aufforderung: »Herr Stutzbach, öffnen Sie die Tür!«

Mehrere Minuten dauert diese sinnlose Aktion. Immer noch dringt das undeutliche Brabbeln des Mannes durch die Tür. Die Uniformierten kommen sich bereits ziemlich hereingelegt und ratlos vor. Dann ist es plötzlich still im Wohnzimmer.

»Vielleicht hat er Ruhe gegeben«, meint der eine. Der andere lauscht noch einmal an der Tür, will sich vergewissern und ruft: »Alles in Ordnung da drin?«

Und zu ihrer Überraschung wird plötzlich die Tür aufgeschlossen. Doch was sie jetzt erblicken, macht sie total fassungslos: In der Türöffnung steht ein etwa 30-jähriger, mittelgroßer, muskulöser Mann mit dunkler Brille. Sein Mund ist blutverschmiert. Auch am Körper überall Blut. Seelenruhig pafft er eine Zigarette und grinst wie irrsinnig die Polizisten an. Noch ehe sie sich gefangen haben, zeigt der Mann mit dem ausgestreckten Zeigefinger in das Innere des Wohnzimmers und meint gelassen: »Da liegt sie, mausetot. Ich habe sie gerade seziert, aber schlechte Arbeit geleistet, kein richtiges Werkzeug gehabt.«

Er macht eine kurze Pause, um einen tiefen Zug aus der Zigarette zu machen und ergänzt: »Ich bin Sektionsgehilfe.«

Die Polizisten erbleichen, wagen nur einen flüchtigen Blick in das Zimmer. Tatsächlich: Auf dem Fußboden liegt eine nackte Frau mit einer weit klaffenden Wunde am Hals: Die Kehle ist durchgeschnitten. Auch ihr Leib ist fürchterlich zugerichtet. Überall Blut. Tisch und Stühle sind umgestoßen, Scherben des Kaffeegeschirrs auf dem Fußboden. Das alles sind die stummen Zeugen eines heftigen Kampfes. Es dauert einige Augenblicke, bis die Beamten ihre Fassung zurückgewonnen haben. Auch die Nachbarin ist von dem Anblick schockiert. Sie hält ihre Hände schützend vor die Kinder und verlässt mit ihnen den grässlichen Ort: »Ich bringe sie zu ihrer Oma, die wohnt gleich um die Ecke.«

Der grinsende Mann wird aufgefordert, sich auf einen Stuhl zu setzen. Gehorsam wie ein Rekrut führt er den Befehl aus. Während einer der Polizisten inzwischen zum Funkwagen eilt, um die Kriminalpolizei anzufordern, bewacht der andere, die Pistole im Anschlag, den wie geistesabwesend dreinblickenden Mann. Der aber sagt plötzlich zu seinem Aufpasser, als ginge es um ganz nebensächliche Dinge: »Ich habe noch zwei seziert. Die sind auch mausetot, sehen aber besser aus. Das hier ist Pfuscharbeit. Ich hatte keinen richtigen Tisch, kein Blutablauf, kein richtiges Gerät ...«

»Wen haben Sie denn noch seziert?«, fragt der Polizist zaghaft.

»Erstens: Hannelore Schneider, wohnt Linienstraße, Ecke Auguststraße in Mitte. Zweitens: Brigitte Köhler, Kiefholzstraße 304, Treptow«, antwortet der Mann auf dem Stuhl sachlich wie ein Buchhalter.

Der Polizist lächelt ungläubig, fast mitleidig, vermutet, diese Selbstbezichtigung sei dem verwirrten Geist des Mannes geschuldet. Vorsorglich notiert er aber die Daten. Gewiss wird die Kriminalpolizei die Angelegenheit überprüfen, vielleicht ist doch etwas dran.

Eine Viertelstunde später: Kriminalisten der VP-Inspektion Treptow sind erschienen, um erste Befragungen durchzuführen und den Tatort zu sichern. Sie bilden aber nur die Vorhut der Mordkommission. Henry Stutzbach, der grinsende Mann mit der dunklen Brille wiederholt seine makabre Aussage haargenau. Widerstandslos lässt er sich festnehmen und ins VP-Präsidium am Alexanderplatz bringen.

Entsetzliche Gewissheit – Stutzbach hat die Wahrheit gesagt: Jeweils unter den angegebenen Anschriften findet die Kriminalpolizei zwei weitere tote, nackte Frauen. Auch sie sind entsetzlich verstümmelt: Würgemale, Herzstiche, ihre Leiber mit langen, tiefen Schnitten aufgeschlitzt. Die Mordkommission muss gleichzeitig drei artgleiche Tatorte untersuchen. Das ganze Wochenende ist damit ausgefüllt. Schnell stellt sich heraus, dass die Tatzeiten aller drei Morde nur um Stunden auseinanderliegen und die beiden Opfer in der Linien- und Kiefholzstraße Henry Stutzbachs Exgeliebte waren.

Am Abend seiner Festnahme wird er ärztlich untersucht. Ergebnis: Der Mörder wirkt innerlich gefasst, teilnahmslos, erschöpft. Ansonsten aber hat er alle Sinne gut beieinander. Sein Körper ist mit Kratz- und Blutspuren seiner Opfer übersät. Alle Befunde werden fotografisch dokumentiert. Als Stutzbach gefragt wird, ob er die anderen beiden Frauen auch »seziert« habe, grinst er wieder diabolisch und sagt: »Ja ja, aber nur so zum Spaß. Sollte nur Probe sein. Das Material war Ausschuss, ich wollte mich auf die Prüfung vorbereiten ..., wollte sogar dekapitieren, ist aber nicht gelungen, hatte nur unzulängliches Werkzeug ...«

»Haben Sie alle drei Frauen erst erwürgt und dann seziert?«, will man von ihm wissen.

»Was denken Sie von mir«, erhitzt er sich, »ich mache doch keine Vivisektion!«

Die Autopsie der drei toten Frauen wird im Institut für gerichtliche Medizin in der Hannoverschen Straße vorgenommen. Stutzbachs Behauptung stimmt. Alle drei Frauen starben tatsächlich durch Erwürgen in Kombination mit Herzstichen. Das Aufschneiden ihrer Körper erfolgte postmortal und lässt gewisse Rückschlüsse auf Kenntnisse in der pathologischen Sektionstechnik zu.

Für die Mordkommission gibt es in den nächsten Wochen alle Hände voll zu tun: Stutzbachs Mutter, seine Nachbarn und Arbeitskollegen müssen zeugenschaftlich aussagen, um die Aufklärung der Täterpersönlichkeit zu erleichtern. Auch die Bewertung des Tatgeschehens darf sich nicht nur auf die spurenkundliche Seite beschränken, sondern muss auch andere beweisrechtlich und kriminalpsychologisch bedeutsame Aspekte einschließen. Deshalb werden weitere Expertisen, Gesundheitszeugnisse, mögliche Krankengeschichten benötigt. Denn die drei Morde sind so ungewöhnlich, dass zunächst die Annahme besteht, sie könnten durch einen Geistesgestörten verübt worden sein. Dieser Verdacht wird auch durch Stutzbachs absonderliches Verhalten in der Untersuchungshaft gestützt. Er ist völlig unberechenbar, und das Wachpersonal hat große Mühe, ihn zur Räson zu bringen. Auch aus seinem Hass gegen die Polizisten des Strafvollzugs macht er lauthals und kraftvoll keinen Hehl. Stutzbachs Stimmung kippt aber innerhalb von Minuten und scheinbar ohne jeden äußeren Anlass von wortgewaltigen, polternd-aggressiven, mitunter sogar gefährlich explosiven Erregungszuständen in sture, innere Verschlossenheit, bei der er verbissen vor sich hin starrt und kein Wort über die Lippen bringt.

Ein ähnliches, nicht ganz so extremes Verhalten zeigt er auch in den kriminalpolizeilichen Vernehmungen, sodass seine Aussagebereitschaft immer wieder geduldig geweckt werden muss.

Am Ende der Ermittlungen aber ergibt sich das klare Porträt eines Mannes, der selbst für Mörder ungewöhnliche Bluttaten beging. Die Frage, ob seine verschrobene Gedankenwelt das Produkt krankhafter Geistesvorgänge war, ist zu diesem Zeitpunkt allerdings noch nicht zu beantworten.

Henry Stutzbach, Jahrgang 1938, wächst im Berlin des Zweiten Weltkrieges auf. Sein Vater, ein streitsüchtiger, jähzorniger Mann, verlässt nach seiner Entlassung aus der Kriegsgefangenschaft die Familie, um im Westen Deutschlands ein neues Glück zu suchen. Die Mutter, eine einfache, etwas labile Frau, die sich nicht wieder an einen Mann binden will, verhätschelt den kleinen Henry. Er ist ein außergewöhnlich stilles Kind, das meist für sich allein spielt. In der Schule zeigt er durchweg durchschnittliche Leistungen. Jedoch wird er in den letzen Schuljahren durch erhebliche Erziehungsschwierigkeiten auffällig: Tobsuchtsanfälle beherrschen ihn, er opponiert gegen die Lehrer, seine Unlust auf die Schule zieht schlechte Leistungen nach sich, Misserfolge führen dazu, dass er viele Unterrichtsstunden schwänzt. Er ist schüchtern, verträgt sich mit den Schulkameraden nicht, kann keine Freundschaft entwickeln, bleibt ein kontaktarmer Einzelgänger, wird sogar zum willfährigen Objekt mancher Klassenkeile. Er ist ängstlich und durchsetzungsschwach. Nach der Grundschule beginnt er eine Lehre als Bauschlosser. Da seine Ausdauer aber nur ein halbes Jahr anhält, wird die Lehre kurzerhand abgebrochen. Henry ist zu dieser Zeit zwar erst 15 Jahre alt, aber dem erzieherischen Einfluss seiner Mutter hat er sich längst entzogen. Wegen einer Netzhautablösung muss er sich einer Augenoperation unterziehen und von nun an eine Brille mit dunkel getönten Gläsern tragen. Die Gleichaltrigen hänseln ihn deshalb, manchmal verprügeln sie ihn auch grundlos. Eine Zeit lang verdient er seinen Lebensunterhalt mit verschiedenen Gelegenheitsarbeiten. Dann fasst er den Entschluss, sich in einem Boxverein körperlich zu ertüchtigen, um sich gegen die Attacken seiner Kameraden zur Wehr setzen zu können. Es dauert auch gar nicht lange, und er kann die erworbenen Sparringfähigkeiten außerhalb des Rings an körperlich unterlegenen Jugendlichen erfolgreich erproben und demonstrieren. Bereits mit 17 Jahren ist er ein gefürchteter Schläger, den Rücksichtslosigkeit und immense Schlagkraft kennzeichnen. Wenn ihn die Wut packt, zittert er am ganzen Körper, sein Gesicht wird weiß wie eine Kalkwand und die Lippen verfärben sich bläulich. Dann dauert es nur noch einige Sekunden und die Aggression bricht durch. Insbesondere wenn er Alkohol getrunken hat, neigt er zu solchen Wutausbrüchen. Körperverletzungen und Sachbeschädigungen sind die Folge.

Eine besondere Faszination üben Messer und Dolche auf ihn aus. Er legt eine Sammlung von Schneidwerkzeugen unterschiedlicher Klingenlänge an, die in wenigen Jahren zu einem stattlichen Arsenal anwächst. Das Interesse an Messern und Dolchen wird er zeitlebens nicht mehr verlieren.

Einige Male zieht es ihn aus der vermeintlichen Eintönigkeit und Enge des Arbeiter- und Bauernstaates in den Westen, dort kann er aber keinen Fuß fassen. Deshalb kommt er immer wieder nach Ostberlin zurück. Henry lernt die gleichaltrige Karin Holzmann kennen, die bald darauf ein Kind von ihm erwartet. Kurzerhand verloben sich die beiden. Doch schnell wird klar, dass Gewalttätigkeiten seine größte Aussteuer zu sein scheinen. Nach wenigen Monaten wird die Verlobung gelöst. Er hadert mit dem Schicksal und geht erneut in den Westen. Kurz vor dem Mauerbau kehrt er in die DDR zurück und erweicht das Herz seiner Exverlobten Karin, ihn wieder bei sich aufzunehmen. Inzwischen ist aus ihm ein affektlabiler Muskelprotz geworden, der stolz darauf ist, nach 20 Glas Bier und entsprechenden Schnäpsen angeblich immer noch keine Anzeichen von Trunkenheit zu zeigen.

Henry erhält eine Anstellung zunächst als Laborhelfer, später als Sektionsgehilfe im Pathologischen Institut der Charité. Er zeigt Interesse an dieser Arbeit, ist fleißig und bildet sich weiter. Die Tätigkeit im Sektionssaal verleitet ihn, Skalpelle verschiedener Größe für sich abzuzweigen, um seine heimliche Messersammlung zu vervollständigen. Den Diebstahl bemerkt niemand, allerdings muss er für ein halbes Jahr auf ein Leben in Freiheit verzichten, nachdem er eine Nachbarin seiner Mutter bestohlen hat.

Dennoch darf er danach als Sektionsgehilfe weiterarbeiten. Schon ein Jahr später verprügelt Henry zwei Polizisten einer Funkstreife. Karin hatte sie herbeigerufen, weil er in einem Wutanfall nicht nur Teile der Wohnungseinrichtung unsanft zerlegt, sondern sie zur Zielscheibe von Messerwurfübungen gemacht hat. Der Widerstand gegen die Staatsgewalt bringt ihm vier Monate Gefängnis ein.

Im Jahre 1962 ist Karin erneut schwanger, Grund genug, nun endlich mit Henry Stutzbach die Ehe einzugehen.

Weitere Monate vergehen. Nach wie vor bestimmen seine explosionsartigen Gewaltakte das Zusammenleben, und zu den Kindern kann er keine emotionale Bindung finden. Karin, die sich längst von ihm trennen will, bringt jedoch keinen Mut für diesen Schritt auf. Nach einem ausgedehnten Kneipenbesuch verprügelt Henry in aller Öffentlickeit zwei Passanten, die ihn anmurren, weil er sie unsanft angerempelt hat. Auch ein zu Hilfe eilender Dritter verspürt Henrys starke Rechte ebenso wie zwei Schutzpolizisten, die ihn aufs nächste VP-Revier bringen wollen. Ergebnis: Ein Jahr und vier Monate hinter schwedischen Gardinen! Karin Stutzbach nutzt die staatlich verordnete Abwesenheit des Gatten für eine Trennung und bezieht mit den beiden Kindern eine Wohnung in der Ehrenfelsstraße.

Im August 1964 öffnen sich für Henry Stutzbach erneut die Gefängnistore. Seine Mutter, die in der Linienstraße im Stadtbezirk Mitte wohnt, nimmt ihn bei sich auf. Und die Kaderabteilung der Charité erlaubt ihm großzügig, seine Tätigkeit als Sektionsgehilfe fortzusetzen. Frohgemut stürzt er sich in die Arbeit, zeigt großen Fleiß, liest viel medizinische Literatur und avanciert nach einigen Monaten zum stellvertretenden Obersektionsgehilfen.

In »Klärchens Ballhaus« lernt er auf dem Tanzboden die alleinstehende 44-jährige Hannelore Schneider kennen, die zufällig auch in der Linienstraße wohnt. Nach den ersten sexuellen Gemeinsamkeiten zieht er zu ihr. Der Frieden ist jedoch nur von kurzer Dauer. Banalitäten bringen ihn so in Rage, dass er Frau Schneider schlägt und mit dem Messer bedroht. Als sie ihn aus der Wohnung werfen will, kommt ihr ein Zufall zu Hilfe: Betrunken schlägt er die Verkäuferin eines Imbissstandes zusammen und wehrt sich mit beiden Fäusten gegen eine Festnahme durch die Polizei. Sein Strafregister vergrößert sich um einen weiteren Posten: Körperverletzung und Widerstand gegen die Staatsgewalt werden mit anderthalb Jahren Gefängnis geahndet.

Im Juli 1967 in die Freiheit entlassen, zieht er wieder zu seiner Mutter. Denn Hannelore Schneider verwehrt ihm den

Haus in der Linienstraße, in der H. St. wohnte (Aufnahme von 2001)

Zutritt zu ihrer Wohnung. Auch seine Gunst in der Kaderabteilung der Charité hat er verspielt: Er darf nicht mehr als Sektionsgehilfe arbeiten. Die Behörden weisen ihm eine Stelle als »Zeitaufwandbearbeiter« im VEB Stereomat zu. Von Anbeginn zeigt er dort gute Arbeitsleistungen.

Anlässlich einer Kneiptour lernt er die 36-jährige Brigitte Köhler kennen. Wegen ihrer zerrütteten Ehe will sie sich von ihrem Angetrauten trennen. Henry Stutzbach verschafft ihr ein tolles Liebesvergnügen und bietet ihr an, einstweilen mit in der Wohnung seiner Mutter zu wohnen. Erfreut willigt sie ein. Mit essigsaurer Miene stimmt die Mutter zu. Die Beziehung zu Brigitte Köhler wird, wie Henry Stutzbach in einer späteren polizeilichen Vernehmung angibt, von eigennützigen sexuellen Interessen bestimmt. Sie wird auch dann noch fortgesetzt, nachdem Brigitte wenige Wochen später in die eheliche Wohnung in der Treptower Kiefholzstraße zurückgekehrt ist. Als ihr Ehemann dahinterkommt, dass sie ihm nach wie vor untreu ist, verlässt er sie kurzerhand und reicht die Scheidung ein. Nun ist der Weg für Henry frei, und er kann sich öfter ungestört bei der neuen Geliebten aufhalten. Ganz tief in seinem Innern aber schlägt das Herz immer noch für seine Frau Karin, die getrennt von ihm ein eigenes Leben führt.

Die oberflächliche, nur von Sexualität bestimmte Bindung zu Brigitte Köhler wird bald gestört: In immer kürzeren Zeitabständen lässt er die Geliebte seine ungezähmten Wutausbrüche spüren, die schnell an Intensität zunehmen. Ein dramatischer Höhepunkt wird erreicht, als er zufällig dazu kommt, wie Brigittes Ehemann Sachen aus der ehelichen Wohnung holen will. Henrys harte Rechte vereitelt das Vorhaben: Ein Bruch des Unterkiefers hält den Ehemann vorübergehend von weiteren Besuchen ab. Nun erkennt auch Brigitte die Unberechenbarkeit und Gewalttätigkeit Henrys. Sie will ihm den Laufpass geben. Enttäuscht und ratlos erhebt er wutschnaubend das Messer gegen sie. Mit einem kühnen Hechtsprung aus dem Fenster ihrer Parterrewohnung kann sie sich vor ihm in Sicherheit bringen. Zwei Tage später kommt er reuevoll zurück und winselt um ihre Gunst. Doch Brigitte will nicht mehr. Mit einem Messer schlitzt er sich den linken Unterarm auf und tobt in der Wohnung umher. Brigitte alarmiert die Polizei. Henry lässt sich widerstandslos ins Städtische Oskar-Ziethen-Krankenhaus bringen, um sich ärztlich versorgen zu lassen. Behutsam überweisen ihn die Herren in Weiß wegen vermeintlicher Suizidgefährdung in das psychiatrische Krankenhaus Wuhlgarten. Doch die selbstzerstörerische Attacke war nicht ernst gemeint. Nach wenigen Tagen wird er entlassen.

Es ist inzwischen Juli 1968. Mehrmals versucht Henry, Karin zurückzugewinnen. Sie verweigert hartnäckig jede Intimität, erlaubt ihm aber den Umgang mit den Kindern. Enttäuscht winkt er ab und zieht von dannen. Wieder greift er demonstrativ zum Messer und verletzt sein linkes Handgelenk erheblich. Ärztliche Hilfe ist erforderlich. Henry wird, wie in solchen Fällen üblich, wegen akuter Selbstmordgefährdung in die psychiatrische Abteilung des St.-Joseph-Krankenhauses überwiesen. Zwei Wochen lang wird er dort betreut. »Demonstrativer Suizidversuch« heißt es später in seiner Krankenakte, in der auch steht, dass er »eine leicht erregbare, unbeherrschte, explosive psychopathische Persönlichkeit« sei.

Wochen vergehen. Diesmal haben die Ereignisse Karin Stutzbach mitleidig gestimmt und für eine vorsichtige Annäherung des Ehemanns bereit gemacht. Sie wagt einen letzten Versuch ehelicher Gemeinschaft. Nach wie vor muss Henry aber bei seiner Mutter wohnen. Zunächst fügt er sich artig in sein Schicksal, umgarnt Karin, so gut er es vermag, und ist fast drei Monate lang lammfromm. Nur die Kinder sind ihm nach wie vor gleichgültig. Dann brechen die alten Übel wieder durch: Bereits die geringsten Meinungsverschiedenheiten versetzen ihn in Wut und Raserei. Zunächst kann er sich noch halbwegs zurückhalten, droht Karin nur Prügel an. Bald schlägt er erneut auf sie ein.

Als er sie eines Tages so erheblich verletzt hat, dass sie zum Arzt gehen muss, ist ihre Geduld erschöpft: Sie wirft Henry ein für allemal aus der Wohnung und reicht, fest entschlossen, die Ehescheidungsklage ein.

Erst jetzt begreift Henry, dass er Karin nicht mehr zurückgewinnen kann. Ihre Abneigung gegen ihn dokumentiert sie zusätzlich damit, dass sie die Beziehung zu einem verflossenen Freund restauriert. Henry Stutzbach ist außer sich, leidet unter dem aufgezwungenen Liebesverlust, ist aber nicht in der Lage, selbstkritisch in sich zu gehen und über seine eigenen schweren Makel nachzudenken. Im Gegenteil: Schuldzuweisungen sind für ihn immer schon die bequemste Art der Rechtfertigung, denn seine Maxime heißt schon seit seiner Jugendzeit: »Ihr wisst ja wie ich bin, also kommt mir nicht zu nahe!«

Karin hat sich nun endgültig von ihm abgewendet. Das quält ihn sehr. Wieder beschäftigen ihn selbstzerstörerische Gedanken. Diesmal verbindet er sie jedoch mit der Überlegung, vorher Karin zu töten. Er will mit allen Mitteln verhindern, dass ein anderer Mann sie besitzt. In der Folgezeit tüftelt er an einem Plan, auf welche Weise er Karins Leben beenden könnte. Fest steht, er will diesen Augenblick genießen, ihn, wie er in der Vernehmung später angibt, zu einem »beseelenden Glücksgefühl gestalten«.

Nahezu zwanghaft beschäftigen ihn derlei Ideen, und in seinem Hirn malt er sich das grässliche Szenarium aus: Karin soll schnell sterben. Aber ihren Leichnam will er anschließend sezieren, wie er es im Sektionssaal der Pathologie schon viele Male erlebt hat. Dieser Akt soll schließlich der Höhepunkt seines Genusses sein, den er mit der Dekapitation ausklingen lassen will. Einige Wochen lang spukt das schreckliche Ritual in seinem Hirn. Besonders, wenn er Alkohol getrunken hat, drängt es ihn nach einer baldigen Realisierung. Das alles nimmt ihn innerlich so in Anspruch, dass die Gedanken an eine Selbsttötung immer mehr in den Hintergrund rücken.

Am Donnerstag, dem 13. Februar 1969, wird Henry Stutzbach durch einen Zwischenfall in die notwendige aggressive Stimmung versetzt, sein Vorhaben endgültig zu verwirklichen: Nach Ferierabend besucht er seine Stammkneipe und spielt mit einem Zechbruder Karten. Sieben Glas Bier und ebenso viele Erdbeerliköre bilden sein Abendessen. Doch das Glück ist ihm an diesem Abend nicht hold. Er verliert ein Spiel nach dem anderen und muss schließlich seinem Kumpel einhundert Mark Spielschulden berappen. Er kann den Verlust nicht verwinden. Unbändiger Groll bestimmt sein weiteres Tun. Als sein Kumpel nämlich die Toilette aufsucht, folgt er ihm. Unvermittelt hält er diesem sein geöffnetes Taschenmesser drohend unters Kinn und fordert sein Geld zurück. Der weigert sich. Stutzbach sticht zu, nicht allzu tief, und auch nicht gefährlich, doch die Wunde blutet stark und erschreckt den Verletzten so sehr, dass er den Spielgewinn flugs herausrückt. Henry wirft dabei einen Blick in dessen Geldbörse und bemerkt, dass sein Kumpel noch zwanzig Mark besitzt. Auch die will er nun haben. Doch das gelingt ihm erst nach mehren heftigen Faustschlägen. Verängstigt zieht sich der

Beraubte zurück. Stutzbach gibt ihm noch mit auf den Weg: »Wenn du zu den Bullen gehst, bring ich dich um!«

Innerlich kochend kehrt Stutzbach kurz vor Mitternacht heim. Jetzt befindet er sich in der verhängnisvollen inneren Verfassung, die nötig ist, um seinen lang gehegten Plan zu verwirklichen. Der Gedanke an die Tötung seiner Frau hat ihn fest im Griff. Als er ein Brotmesser in die Jackentasche gesteckt hat und gehen will, kommt ihm eine neue entsetzliche Idee: Ich töte erst Hannelore Schneider, sie ist ein geeignetes Testobjekt, lebt allein und wohnt nur einige Häuser weiter. Wenige Minuten später klingelt er an ihrer Wohnungstür. Schlaftrunken öffnet sie ihm. Er schwindelt, sich mit seiner Mutter überworfen zu haben, und bittet um ein Nachtlager. Hannelore Schneider zeigt Verständnis für seine vermeintlich missliche Lage und bietet ihm einen Platz in ihrem Bett an. Beide rauchen noch friedlich eine Zigarette, dann schlüpfen sie unter eine gemeinsame Decke. Henry Stutzbach kommt nun schnell zur Sache: Er stürzt sich auf sie, umschließt mit seinen kräftigen Händen ihren Hals und drückt zu, bis sie keine Regung mehr zeigt. Sodann holt er das Brotmesser aus der Jacke, sticht mehrmals in das Herz der Leblosen, schlitzt ihr die Kehle auf und führt nach seiner Art eine Sektion durch. In dieser Stunde hat er keine Empfindungen, eine extreme Kaltblütigkeit beherrscht ihn. Das Opfer ist ihm völlig gleichgültig, es ist eine Sache, zu der man kein Gefühl entwickeln kann. Nach vollbrachter Tat raucht er seelenruhig eine Zigarette, reinigt das Messer vom Blut und durchsucht die fremde Wohnung. Dabei entdeckt er ein volles Päckchen mit dem starken Schlafmittel »Kalypnon«, steckt es ein und schleicht sich davon.

Als dieser Mord in der späteren polizeilichen Vernehmung Gegenstand der Unterhaltung ist, sagt er dazu: »Mit der Tötung der Frau Schneider habe ich eine Probe abgelegt und konnte keine ernsthafte Erregung bei mir feststellen. Ich war unnatürlich ruhig. Das kam mir natürlich sehr entgegen für die Absicht, meine Frau zu töten. Nun hatte es für mich nichts besonderes bedeutet, eine für mich uninteressante Frau zu töten, aber in Bezug auf meine Frau war es so: Ich habe sie über alles geliebt. Nur war ich mir immer noch nicht sicher, ob es bei meiner Frau auch so glatt gehen würde ...«

Die Bedeutung des letzten Satzes wird klar, wenn man die folgenden Ereignisse kennt: Es ist weit nach Mitternacht. Als Henry Stutzbach das Haus verlässt, steckt das Brotmesser wieder in seiner Jackentasche. Jetzt fühlt er sich gut, ausgeglichen, fast wie ein neuer Mensch. Der Mord und die anschließende Sektion haben ihn innerlich befriedigt, und er ist überrascht, wie ruhig er dabei war. Erregung, Mitleid, Angst? Nein, nichts davon hat er verspürt. Im Gegenteil: Nun durchdringt ihn sogar ein ungewohntes Gefühl von Größe, eine selbstgestellte Mission erfüllt zu haben, vor deren Bewältigung er nicht einzuschätzen vermochte, wie er sie psychisch verkraftet. Augenblicklich beschäftigt ihn nur, ob er sich bei der Tötung seiner Frau ebenso in der Gewalt haben wird. Immerhin will er dieses Geschehen zu einem wahrhaften Höhepunkt gestalten, der ihn für alle vermeintlichen Frustrationen entschädigen soll. Bei diesen Überlegungen fällt ihm ein, sich nochmals zu testen. Er will kontrollieren, ob er die Technik des mörderischen Vorgangs ebenso beherrscht wie sich selbst. Und Brigitte Köhler soll das nächste Versuchsobjekt sein.

Sogleich führt ihn sein Weg in die Treptower Kiefholzstraße. Kurz nach 1.30 Uhr läutet er an Brigitte Köhlers Wohnungstür. Misstrauisch beäugt sie ihn durch den Türschlitz und will wissen, was er mitten in der Nacht will. Henry Stutzbach bittet mit wehleidiger Miene um ein Nachtquartier und offeriert auch Brigitte Köhler die melodramatische Mär von der Mutter, mit der er sich überworfen habe, und die ihm nun den Zutritt zu ihrer Wohnung verwehre. Sie hat ein Einsehen mit der vermeintlich vertrackten Lage ihres Exliebhabers und lässt ihn ein. Diese Arglosigkeit wird ihr Verhängnis. Eilig richtet ihm Brigitte Köhler auf der Wohnzimmercouch das Bett, während er sich entkleidet. Dabei stellt er mit Erschrecken fest, dass sein Unterhemd mit Blut beschmutzt ist. Doch es gelingt ihm, das Verdacht erweckende Wäschestück unbemerkt unter seinen abgelegten Sachen verschwinden zu lassen. Schließlich ist er nur noch mit seiner Unterhose bekleidet. Stutzbach kramt eine Schachtel Zigaretten aus seiner Hose, reicht sie Brigitte Köhler und fragt scheinheilig: »Rauchen wir noch eine?«

Sie ist einverstanden. Für eine Zigarettenlänge sitzen Stutzbach und sein ahnungsloses Opfer einträchtig beisammen und unterhalten sich über belanglose Dinge. Es sind die letzten Minuten eines Lebens, dessen Ende allein der Mörder bestimmt. Als er den Stummel seiner Zigarette ausgedrückt hat, ist es so weit: unversehens packt er mit beiden Händen Brigitte Köhlers Hals und drückt zu. Ihre Gegenwehr ist nur schwach und kurz. Stutzbach löst den Würgegriff erst, nachdem sie bewusstlos vor ihm niedersinkt. Er reißt ihr die Unterwäsche vom Leib, holt das Brotmesser und stößt es mehrmals tief in ihr Herz. Um das Blut aufzufangen, legt er die tote Frau auf ein paar Matratzen. Dann geht er mit unvorstellbarer Kaltschnäuzigkeit daran, mit langen, tiefen Schnitten Brust- und Bauchhöhle der Leiche zu öffnen. Einige Male hält er dabei inne, um seinen Seelenzustand zu überprüfen, und er ist zufrieden, keinerlei Regung zu verspüren. Das grässliche Geschehen ist nach einer Viertelstunde beendet. Stutzbach wäscht das Blut von seinem Körper ab, kleidet sich an und verlässt unbemerkt das Haus. Nunmehr fühlt er sich ziemlich erschöpft und müde. Einige Straßen weiter erwischt er ein Taxi. Er lässt sich bis zum Koppenplatz, Ecke Linienstraße fahren und geht die wenigen Meter nach Hause zu Fuß. Um seinen eigentlichen Plan alsbald zu verwirklichen, gönnt er sich nur knapp drei Stunden Ruhe, stellt den Wecker auf 5.30 Uhr und schläft wie ein Murmeltier.

Kurz vor sieben Uhr macht er sich auf den Weg nach Karlshorst in die Ehrenfelsstraße. Das Brotmesser steckt wieder in der Seitentasche seiner Jacke.

Eine reichliche halbe Stunde später. An der Wohnungstür klopft es. Karin Stutzbach ist sofort hellwach. Dieses Klopfen kennt sie genau, es ist das ihres Mannes. Sein ungewöhnlich frühes Erscheinen bedeutet nichts Gutes. Verängstigt bleibt sie unter der Decke liegen und rührt sich nicht. Wieder klopft es. Doch sie will nicht öffnen. Da kracht es an der Wohnungstür, als wenn Holz splittert. Henry Stutzbach hat mit Körpergewalt die Tür geöffnet. Sekunden später steht er im Schlafzimmer vor dem Bett seiner Frau. Entsetzen liegt in ihrem Gesicht, sie starrt ihn an, kann nur einen schwachen Vorwurf formulieren: »Das ist Hausfriedensbruch!«

Als Stutzbach seine Frau erblickt, verliert er seine bisherige innere Stabilität. Schwermütig bricht er in Tränen aus und jammert: »Ich will nur mit dir sprechen. Es muss sein, jetzt!«

Karin weiß genau, dass seine weinerliche Stimmung schnell in Aggression umschlagen kann. Deshalb will sie sich diplomatisch verhalten und keine unnötigen Konflikte heraufbeschwören. Sie macht ihm ein Angebot: »Lass uns zusammen frühstücken, dann reden wir!«

So geschieht es auch. Die Kinder dürfen für kurze Zeit dabei sein, müssen sich aber wieder in ihr Zimmer zurückziehen. Dann führen die beiden Eheleute ein langes Vieraugengespräch. Stutzbach ist die ganze Zeit über völlig niedergeschlagen, kann seine Tränen nicht zurückhalten und beklagt vor allem, dass Karin mit ihrem Scheidungsbegehren sein Leben ruiniere. Vermutlich nur um ihn zu beruhigen stellt sie in Aussicht, die Klage zurückzunehmen. Diese hoffnungsvolle Ankündigung besänftigt ihn etwas.

Dennoch wird ihm vor dem Hintergrund der beiden Bluttaten der vergangenen Nacht die Aussichtslosigkeit einer gemeinsamen Zukunft mit Karin bewusst. So bleibt seine tiefe Niedergeschlagenheit: Unter Tränen nimmt er das Brotmesser und die Schlaftabletten aus der Tasche und legt beides vor Karin auf den Tisch. Schließlich legt er das unheimliche Geständnis ab, vor einigen Stunden bereits zwei Morde begangen zu haben. Sein eigentlicher Plan aber sei es gewesen, sie und anschließend sich zu töten.

Karin blickt ihn entgeistert und ungläubig an. Er hat den Eindruck, als könne sie nicht glauben, was er sagt. Mehrmals beteuert er, die Wahrheit zu sagen und nur sie zu lieben. Andere Frauen hätten ihm nie etwas bedeutet. Nun verspüre er ein heißen Verlangen, mit ihr zu schlafen. Wahrscheinlich geht Karin Stutzbach nur zum Schein auf seinen Wunsch ein. Denn, während sie sich ihm zärtlich nähert und Bereitschaft zu einem Geschlechtsverkehr zeigt, gelingt es ihr, das Brotmesser und die Schlaftabletten an sich zu nehmen und in der Küche zu verstecken.

Henry Stutzbach drängt seine Frau zu dem versprochenen Liebesakt. Doch sie vertröstet ihn damit, vorher noch aufräumen zu wollen, weil sie angeblich Besuch von einer Bekannten erwarte. Außerdem möchte sie die Kinder für diese Zeit auf den Spielplatz schicken. Auf diese Weise gelingt es, den Ehemann eine Zeit lang hinzuhalten und die Kinder heimlich zu beauftragen, die Polizei alarmieren zu lassen. Doch in der für sie unendlich langen Zeit, bis die VP-Funkstreife erscheint, ist sie dem grauenhaften Geschehen hilflos ausgeliefert.

Stutzbach verliert plötzlich die Geduld. Er verschließt das Wohnzimmer, lässt den Schlüssel in der Hosentasche verschwinden und geht mit drohender Gebärde auf Karin zu. Sie stürzt zur Tür, reißt an der Klinke, schreit laut um Hilfe. Mit roher Gewalt vereitelt er ihre Fluchtbemühungen. Zwischen beiden entsteht ein heftiges Handgemenge. Möbel fallen um, Porzellan geht zu Bruch. Der Konflikt schaukelt sich hoch. Stutzbach fällt über seine Frau her, würgt sie, bis die Sinne schwinden, reißt ihr die Kleider vom Leib. In Ermangelung des Brotmessers nimmt er jetzt sein altes Taschenmesser, das er üblicherweise bei sich hat, und versetzt ihr mehrere Herzstiche. Mit großem Kraftaufwand schneidet er ihre Kehle durch. Aus den Halsschlagadern schießt das Blut. Das bringt ihn in heftigste Erregung. Nichts ist mehr geblieben von der inneren Gelassenheit, die er während der anderen Morde verspürte. Jetzt handelt er wie im Wahn. Er kniet nieder, senkt sein Gesicht auf die klaffende Halswunde seiner Frau und schlürft mit gierigen Zügen das herausquellende warme Blut. »Ich wollte noch etwas von ihr in mir haben«, rechtfertigt er später sein Verhalten.

Henry Stutzbach nimmt das laute Klopfen an der Wohnzimmertür nicht wahr. Er hört auch die resolute Stimme des

Wachtmeisters nicht, der ihn auffordert, die Tür zu öffnen. Als er das Blut seiner Frau zwischen den Lippen spürt, gerät er in einen minutenlangen Rauschzustand, der ihn für andere Umweltreize unempfindlich macht. Seine Gefühlswelt ist nun vollends aus den Fugen geraten. Jetzt hat er das »beseligende Glücksgefühl« erreicht, von dem er in letzter Zeit geträumt hat.

Sein letzter Wunsch, den Kopf seiner Frau vom Rumpf zu trennen, geht nicht in Erfüllung. Das Vorhaben scheitert nicht nur am ungeeigneten Werkzeug. Auch die ungeheure Anspannung, die seine Kräfte aufgezehrt hat, trägt dazu bei. Völlig erschöpft zündet er sich eine Zigarette an. Nun hat er keinen Mut mehr, sich selbst zu vernichten. Mit einem Mal wird ihm klar, dass draußen vor dem Wohnzimmer Polizisten stehen. Wie in Trance öffnet er ihnen die Tür ...

Kurz vor Abschluss des Ermittlungsverfahrens wird Henry Stutzbach für mehr als acht Wochen ins Haftkrankenhaus für Psychiatrie Waldheim eingewiesen. Grund: Ein forensisches Gutachten soll klären, ob er zur Tatzeit der drei Morde die Fähigkeit besaß, sich nach den elementaren Normen des gesellschaftlichen Zusammenlebens zu richten, andere Menschen nicht zu töten. Gleichzeitig soll es Aufschluss geben, ob diese Fähigkeit womöglich durch Geistes- bzw. Bewusstseinsstörung oder durch krankheitswertige Persönlichkeitsentwicklung vermindert oder gar ausgeschlossen war.

Stutzbachs Krankenakten über die früheren Suizidversuche werden ausgewertet. Ihn erwarten die üblichen diagnostischen Verfahren. Widerwillig lässt er diverse Laboruntersuchungen, Röntgenaufnahmen des Schädels, elektroenzephalografische Untersuchungen und lange Explorationen zur Erhebung seines psychischen Status' über sich ergehen. Seine Stimmung wechselt häufig, mal ist er aufmerksam den Gesprächen zugewandt, mal hüllt er sich in Schweigen, wirkt trotzig und aggressiv. Eine suizidale Gefährdung kann weiterhin nicht ausgeschlossen werden. Im großen und ganzen aber duldet er das analytische Procedere der Seelenärzte. Organisch ist er rundweg kerngesund. Weder eine akute noch eine früher abgelaufene Hirnerkrankung kann festgestellt werden. Anders ist die Anatomie seiner Seele: Sie wird von einer abnormen Wesensart bestimmt. Die ungestüme Aggressivität, seine Unbeherrschtheit, Gefühlskälte und Verletzbarkeit sind deutliche Merkmale einer Psychopathie, die unter strafrechtlichem Aspekt allerdings bedeutungslos ist. Dass ihn die Tötung der beiden Geliebten absolut gleichgültig lässt, entspricht ebenso seinem auffälligen Charakterbild wie die freilich absonderlichen Regungen, die er verspürt, wenn er über die Tötung seiner Frau spricht: »Das war nicht nur Genugtuung, ich bin sogar glücklich darüber!« Ansonsten ist Henry Stutzbach normal intelligent, ausgestattet mit verhältnismäßig gutem Allgemeinwissen.

In einem fünfzigseitigen Gutachten gelangen die Experten zu dem Schluss, dass »trotz des Charakters der Delikte, aber sehr wohl aufgrund ihrer Planung und Motivierung, der besonderen Tatumstände, der Durchführung sowie Absicherung, noch dazu bei Berücksichtigung des Zeitfaktors und des Rechtsverständnisses, wie auch der vorhandenen allseitigen Orientierung und Erinnerungsfähigkeit des Täters, kein Krankheitswert zurzeit der Tat festzustellen ...« war.

Mit anderen Worten: Stutzbach ist zwar ein hochgradig jähzorniger, unbeherrschter, explosiver Psychopath, aber kein Psychotiker. Folglich ist er strafrechtlich voll verantwortlich.

Anfang der neunziger Jahre geriet das psychiatrische Haftkrankenhaus Waldheim ins Fadenkreuz eines smarten Sensationsjournalismus, der diese Einrichtung als »Stasi-Folterklinik« beschrieb. Damit setzte eine allgemeine Pressekampagne ein, die sich lüstern der Frage zuwandte, ob es in der DDR, ähnlich wie in der Sowjetunion und in Rumänien, einen systematischen Missbrauch der Psychiatrie insbesondere zur Unterdrückung politisch missliebiger Personen gegeben hat. Ein Schauermärchen nach dem anderen erregte die öffentlichen Gemüter. Die Kolportagen fanden einen fruchtbaren Boden im allgemeinen Misstrauen vieler Bürger gegen die Psychiatrie, ihre Diagnostik und Therapie – ein Phänomen, das keineswegs nur auf die DDR beschränkt werden darf und durch eine weltweite Antipsychiatriebewegung zusätzlich gefördert wird.

Kompetente Untersuchungskommissionen wurden in die Spur geschickt, doch ihre Suche nach den psychiatrischen Foltereinrichtungen verlief ergebnislos. Dank ihrer mehrjährigen Arbeit an diesem Thema konnte geklärt werden, dass es, wie es in einem Abschlussbericht des Jahres 1995 heißt, »eine politisch motivierte Zwangspsychiatrie von gesunden Dissidenten, wie sie in den siebziger Jahren als ›politischer Missbrauch der Psychiatrie‹ aus der Sowjetunion bekannt geworden ist, in der DDR und insbesondere in deren Hauptstadt Berlin (Ost) nicht gegeben hat«. Ausgenommen von dieser Feststellung sind Einzelfälle ungesetzlicher Übergriffe, wie Verstöße gegen die ärztliche Schweigepflicht oder die Verletzung pflegerischer Pflichten, die, nebenbei bemerkt, überall in der Welt vorkommen können.

Die Psychiatrie in der DDR unterschied sich in Diagnostik und Therapie nicht von der in der Bundesrepublik. Selbst im Rahmen der sogenannten Zwangseinweisungen waren die Eingriffsvoraussetzungen gleich. Auf einen Unterschied ist jedoch zu verweisen: In der DDR lag die Entscheidung über die Zwangseinweisung eines psychisch Kranken in der Kompetenz des Facharztes für Psychiatrie, in der Bundesrepublik (und das ist auch gegenwärtige Rechtspraxis) in der des Richters.

Zeitgleich mit der Anklageerhebung bestellt das Berliner Stadtgericht den bekannten Rechtsanwalt Dr. Friedrich Wolff zum Pflichtverteidiger für Henry Stutzbach. Der späte Auftrag stellt nichts Ungewöhnliches dar. Nach §64 der StPO (DDR) ist der Verteidiger grundsätzlich erst nach Abschluss der Ermittlungen befugt, Einsicht in die Strafakten zu nehmen. Freilich wäre dem Gesetz nach auch während des Ermittlungsprozesses eine Einbeziehung möglich.

Jedoch gibt es eine wichtige rechtliche Einschränkung: Im laufenden Ermittlungsverfahren ist dem Rechtsanwalt Akteneinsicht nur dann möglich, »wenn dies ohne Gefährdung der Untersuchung« geschieht. In der Praxis der Verteidigung erweist sich die auf dem Papier zugesicherte Möglichkeit jedoch regelmäßig als Trugbild. Denn die Entscheidung darüber, ob der Gang der Untersuchung gefährdet werden könnte, fällt gemäß § 64 Abs. 2 StPO der DDR das Untersuchungsorgan nach eigenem taktischen, aber auch politischem Ermessen. In der Regel kann deshalb der Verteidiger erst nach Abschluss der Ermittlungen tätig werden.

Dr. Wolff hat angesichts der bevorstehenden Hauptverhandlung nicht allzu viel Zeit für eine ausgiebige Prozessvorbereitung. Allerdings führt ein weiterer Suizidversuch seines Mandanten zu einem unerwarteten Terminaufschub. Stutzbach hatte sich in der Untersuchungshaft die Pulsadern aufgeschnitten. Als das Wachpersonal ihn fand, hatte er bereits so viel Blut verloren, dass er für einige Zeit stationär behandelt werden musste. Den Zeitgewinn nutzt der Rechtsanwalt für intensive Studien der neurologischen und psychiatrischen Fachliteratur. Aufgrund der bizarren Tatbegehung und des persönlichen Eindrucks von seinem Mandanten, bezweifelt er dessen volle strafrechtliche Verantwortlichkeit und formuliert Einwände gegen das Gutachten des Psychiatrischen Haftkrankenhauses Waldheim. Seine Kritik richtet sich sowohl gegen die seiner Ansicht nach unzureichende Diagnostik als auch gegen die ärztliche Bewertung, bei Henry Stutzbach läge nur eine Psychopathie ohne Krankheitswert vor. Er verweist auf die in der Fachwelt bestehende Diskussion über das Verhältnis von krankheitswertiger Psychopathie und Psychose. Danach ist es bei psychopathischen Persönlichkeiten unter bestimmten, seltenen Bedingungen durchaus möglich, eine verminderte strafrechtliche Verantwortlichkeit anzuerkennen. Liegen in Stutzbachs abnormer Persönlichkeit und seinen absonderlichen Morden nicht etwa solche Bedingungen vor? Könnte also für ihn ein solcher Ausnahmefall gelten? Könnte er gar an einer Psychose leiden? Um jeden Zweifel auszuschließen, beantragt der Verteidiger ein gerichtspsychiatrisches Zweitgutachten.

Das Gericht folgt den Argumenten des Verteidigers. Es bestellt den Ärztlichen Direktor des renommierten Wilhelm-Griesinger-Krankenhauses für Psychiatrie und Neurologie zur Erstattung eines weiteren forensischen Gutachtens. Erneut muss Henry Stutzbach die diversen diagnostischen Verfahren und Explorationen über sich ergehen lassen. Doch sein Verteidiger mobilisiert Bereitschaft und Kooperation. Es besteht nämlich durchaus die vage Hoffnung, dass der neue Sachverständige den tatbezogenen psychischen Zustand des Angeklagten Stutzbach für krankheitswertig hält. Und wenn das so wäre, könnte das sein Leben retten. Anderenfalls droht ihm bei der Schwere der Verbrechen die Todesstrafe. Aber die Hoffnung erfüllt sich nicht. Der Sachverständige bestätigt die bisherigen psychiatrischen Feststellungen und kann weder an den diagnostischen Methoden des Haftkrankenhauses für Psychiatrie Waldheim noch an den Schlussfolgerungen einen Makel erkennen: Alle Untersuchungen entsprachen dem modernen Standard forensisch-psychiatrischer Begutachtung. Auch das Ergebnis, bei Stutzbach läge eine Psychopathie ohne Krankheitswert vor, sei nicht zu beanstanden.

In seinem mündlichen Vortrag in der Hauptverhandlung geht der Sachverständige besonders auf die strengen Maßstäbe ein, die an die qualitative Bestimmung des Krankheitswertes angelegt werden müssen: »Bei einer Psychopathie kann hauptsächlich dann von einem Krankheitswert gesprochen werden, wenn eindeutige wahnhafte Reaktionen oder Entwicklungen sich gleichsam aufpfropfen, ferner, wenn bei starker Erregbarkeit Ausnahmezustände mit einer starken Einengung des Bewusstseins auftreten. Dieselbe ist gekennzeichnet durch elementare, verbale und motorische Entäußerung, durch ein Fehlen gezielter Überlegungen und Gegenüberlegungen, außerdem durch eine fast vollständige Amnesie nach Abklingen des Ausnahmezustandes ...«

Keines der geforderten Kriterien liegt beim Angeklagten vor: Als er nämlich seine beiden Geliebten tötete, handelte er kühl überlegend und zeigte auch danach keine Beeinträchtigung seiner hellwachen Rationalität. Er geriet erst dann in stark explodierende, das Bewusstsein einengende Affekte, nachdem er seine Ehefrau getötet hatte. Diese überschießenden Reaktionen versetzten ihn in einen Zustand des Blutrausches. Doch genau dieser Teil des Tatgeschehens ist für eine strafrechtliche Bewertung nicht von Belang.

So findet auch der zweite Gutachter bei Henry Stutzbach im Zusammenhang mit der vorsätzlichen Tötung der drei Frauen – im Gegensatz zur Vermutung des Verteidigers – keinen Hinweis für eine verminderte oder gar ausgeschlossene Zurechnungsfähigkeit.

Obwohl der Prozess unter strengem Ausschluss der Öffentlichkeit stattfindet, sitzen dennoch einige adrett gekleidete Herren auf den Zuschauerbänken: Ausnahmslos höhere Funktionäre mit richterlicher Sondergenehmigung, die aus sicherheitspolitischen Gründen den Prozessverlauf verfolgen.

Den letzten Verhandlungstag beschließen die Vorträge der Anklagevertretung und Verteidigung. Der Staatsanwalt spricht fast zwei Stunden und fordert schließlich die Todesstrafe. Das Plädoyer des Verteidigers dauert ebenso lange. Es ist sein letzter leidenschaftlicher Versuch, in diesem Prozess mildernde Umstände für den Angeklagten zu erwirken und ihn damit vor dem Henker zu retten. Doch das Gericht kann und will der Begründung einer bei seinem Mandanten wahrscheinlich vorliegenden psychischen Krankheitswertigkeit nicht folgen: Im Namen des Volkes wird der Angeklagte wegen dreifachen Mordes zum Tode verurteilt.

Geraume Zeit später wird Henry Stutzbach in die Strafvollzugseinrichtung Leipzig eingeliefert. Es ist die letzte Station in dem noch kurzen Leben des Mörders.

Der Verteidiger Dr. Wolff macht in seinem im Jahre 1999 beim Nomos Verlag veröffentlichten Buch »Verlorene Prozesse« aus der herben Enttäuschung über den Verfahrens-

verlauf und das seiner Ansicht nach ungerechte Urteil im Fall Stutzbach keinen Hehl.

In der DDR starben etwa 170 Menschen durch die Hand des Henkers. Bis zum Jahre 1968 erfolgten die Exekutionen durch das Fallbeil, danach durch Erschießen. Der letzte Mörder wurde im Jahre 1972 exekutiert. Nach Öffnung der MfS-Unterlagen im Zuge der gesellschaftlichen Wende wurde bekannt, dass noch im Jahre 1981 nach einem Geheimprozess der 39-jährige MfS-Offizier Werner Teske hingerichtet wurde, der unter Mitnahme geheimer Akten ins Lager des westdeutschen Geheimdienstes überlaufen wollte. Aber erst im Jahre 1987 verschwand die Todesstrafe gänzlich aus dem Strafgesetzbuch.

In der DDR wurde die Todesstrafe als spezielles Mittel der politischen Machtsicherung angesehen, deren repressives Ziel sich »unmittelbar aus den Gesetzmäßigkeiten des Klassenkampfes ergibt«. Ihr rechtspolitischer Zweck wurde im »Lehrbuch des Strafrechts der Deutschen Demokratischen Republik« (VEB Deutscher Zentralverlag, Berlin 1957) wie folgt definiert: »Die Todesstrafe ist also eine außerordentliche Strafmaßnahme innerhalb unseres Strafensystems und dient lediglich der Unschädlichmachung solcher Personen, die schwerste Verbrechen gegen die Lebensinteressen des Volkes und der Bürger begangen haben. Gleichzeitig soll sie andere reaktionäre, unserer gesellschaftlichen Ordnung feindliche Kräfte von der Begehung solcher Verbrechen zurückschrecken.«

Der Anwendungsbereich der Todesstrafe beschränkte sich nach Inkrafttreten des sozialistischen Strafgesetzbuches vom 12. Januar 1968 »auf einige schwerste Verbrechen gegen die Souveränität der DDR, den Frieden, die Menschlichkeit und die Menschenrechte, auf schwerste Verbrechen gegen die DDR, schwerste Militärverbrechen im Verteidigungszustand sowie auf schwerste Fälle des Mordes«.

Im Allgemeinen sind Morde das Ergebnis tataktueller, spontaner Konfliktentladungen ohne langfristige Planung, meist begangen unter Alkoholeinfluss. Ein Täter denkt in solchen Situationen niemals an die strafrechtlichen

Konsequenzen seines Tuns. Und weiter: In keinem Land der Welt hat die Androhung der Todesstrafe Mörder jemals dazu gebracht, ihr Gewaltpotential zu zügeln. Sie kann – worauf die Bestrafung auch abzielt – also kein Mittel der Abschreckung und Prävention sein. Ihr Zweck reduziert sich auf die bloße Vernichtung der physischen Existenz des Delinquenten. Sie ist pure Blutrache, die sich aus vergangenen Epochen überliefert hat. In den modernen Industrieländern, in denen Exekutionen stattfinden wie z.B. in den USA, ist sie zu einem aseptischen High-Tech-Szenarium pervertiert. Die Stimmen der Todesstrafengegner formieren sich.

Der Oberste Gerichtshof der USA hielt bereits im Jahre 1972 Hinrichtungen offiziell für ungewöhnlich grausam und entschied den bundesweiten Stop der Verhängung von Todesstrafen. Doch bereits im Jahre 1976 wurde diese Entscheidung wieder aufgehoben. Die Strafvollstreckung kehrte zur althergebrachten Praxis der Justifikation zurück. Fazit: Allein im US-Bundesstaat Texas warten gegenwärtig nahezu 450 Menschen in der sogenannten death row auf ihre Exekution.

Der Vollzug einer Todesstrafe bezieht zwangsläufig andere Menschen als »Täter« oder »Beihelfer« in eine, zwar rechtlich sanktionierte, dennoch vorsätzliche Tötung ein und schafft nicht selten sogar irreversible Justizirrtümer. Wiederaufnahmeverfahren sind somit nur post mortem möglich, und die Fehlurteile sind ein für allemal irreversibel. Wie prekär die Situation in den USA ist, zeigt eine Studie der US-Regierung, nach der jährlich ein Unschuldiger durch den Henker liquidiert wird, abgesehen von der verhängnisvollen Gleichbehandlung psychopathologisch auffälliger Täter.

Auch gegenwärtig werden in den meisten Ländern der Erde noch Todesurteile vollstreckt. Die Hinrichtungsarten sind dabei vielfältig, reichen von Erhängen, Erschießen, Vergiften, Enthaupten, Erwürgen, Steinigen, Verschütten bis zum elektrischen Stuhl. In manchen Ländern sind die Exekutionen immer noch wie im Mittelalter ein öffentliches Spektakel. Ein moderner Staat jedoch muss sich auch danach beurteilen lassen, wie er mit seinen Schwerverbrechern umgeht. Sie zu liquidieren offenbart offizielle Hilflosigkeit und findet allenfalls Zustimmung bei jenen, die Rache üben wollen.

Gegner der Todesstrafe zu sein und für einen humanen Strafvollzug einzutreten bedeutet allerdings auch, dem Schutz der Gesellschaft durch strenge und sichere Verwahrung der Schwerverbrecher absolute Priorität zukommen zu lassen.

Selbst unter Juristen, Kriminalisten und Forensikern der DDR gab es entschiedene Gegner der Todesstrafe. Doch eine offene Polemik konnte nicht stattfinden. Sie wäre durch die Obrigkeit als Affront gegen die Arbeiter- und Bauernmacht missdeutet worden.

Im Strafprozess gegen Henry Stutzbach wird angesichts des humanistischen Anspruchs der DDR und der, wenn auch im Verborgenen bestehenden, Ablehnung der Todesstrafe der ganze Widersinn deutlich: Es bemühten sich Sachverständige redlich um eine objektive Aufklärung, ob beim Angeklagten eine Psychopathie mit oder ohne Krankheitswert vorlag, weil davon der Grad strafrechtlicher Verantwortlichkeit und letztlich das Leben des Delinquenten abhing. Sie mussten damit rechnen, dass es dabei nicht um die Frage einer Freiheitsstrafe mit oder ohne psychotherapeutische Begleitung ging, sondern letztlich um ihre Beihilfe für die gerichtliche Entscheidung zum Ausspruch eines Todesurteils. Welche Frustrationen müssen angesichts dieser Tatsache entstanden sein, wenn die Sachverständigen heimliche Gegner der Todesstrafe waren und sie so zwischen die Mühlen ihres Gewissens und ihrer Pflicht zu objektiver Befunderhebung gerieten?

Lauf weg, so schnell du kannst!

Aktenzeichen Bezirksgericht Cottbus 2 Bs 1/68,
Bezirksstaatsanwalt Cottbus BI 8/67

Vor den südöstlichen Toren Berlins liegt die Ortschaft Groß Köris, eingebettet in eine ausgedehnte Waldlandschaft, die von zahlreichen Kanälen und Seen durchbrochen ist und weiter nach Südosten in den Spreewald übergeht. Dort lebt unweit des Zemminsees die vierköpfige Familie Richter, redlich und unauffällig: Ursula, die Mutter (38), jobbt als Wirtschaftshilfe im nahen Zentralen Pionierlager »Heinrich Rau«, in dem alljährlich Hunderte von Kindern die Sommerferien verleben oder außerhalb der Saison FDJ-Funktionäre politisch-ideologisch auf Linie gebracht werden. Klaus Richter (40), der Vater, kutschiert einen »Ikarus«-Bus im Linienverkehr. Katharina, die sechzehnjährige große Tochter der Familie, ist strebsame Schülerin der 10. Klasse einer EOS in Königs Wusterhausen. Und schließlich Christiane (11), dunkelblond, mit Pferdeschwanz, Fünftklässlerin der Polytechnischen Oberschule in der Berliner Straße, ein munteres, fröhliches Kind und das Nesthäkchen der Familie.

Das Leben der Richters vollzieht sich durchweg geordnet in bescheidenem Wohlstand. Und so verstreicht die Zeit. Bis zu jenem Tag, an dem ein unheilvolles Ereignis über den innerfamiliären Alltag hereinbricht, das Bangen und Entsetzen auslöst und trotz seines glimpflichen Ausgangs dennoch eine lebenslange seelische Wunde zurücklässt.

Und dabei beginnt dieser Tag so vielversprechend ...

Es ist Donnerstag, der 4. Mai 1967. Am Morgen. Die Nebelfetzen über dem Zemminsee fliehen vor den wärmenden Sonnenstrahlen. Ein freundlicher Frühlingstag kündigt sich an.

Endlich! Schluss mit der Kälte und den heftigen Winden der letzten Wochen. Ursula und Klaus Richter gehen längst ihrem Tagwerk nach, haben auf leisen Sohlen bereits zu früher Stunde das Haus verlassen, um ihre Mädchen nicht zu wecken. Denn es sind Maiferien, wie überall im Land. Also eine Woche lang kein Schulstress, stattdessen genüssliches Schlafen bis in die Puppen und Tagesgestaltung nach Herzenslust.

Beiläufig bemerkt, bescherte das »einheitliche sozialistische Bildungssystem« den DDR-Schülern jährlich etwa 115 Tage Ferien, während beispielsweise die Schüler in der »selbstständigen politischen Einheit Westberlin« – wie Berlin (West) der politischen Terminologie der DDR-Führung zufolge bezeichnet wurde – pro Schuljahr durchschnittlich nur mit knapp 60 Ferientagen bedacht wurden.

Ihre beiden Töchter viele Stunden allein zu lassen, ist für die Eltern schon lange kein Problem mehr. Denn: Katharina ist selbstständig, fast erwachsen und besitzt inzwischen die notwendige Autorität, um erforderlichenfalls das quirlige Nesthäkchen zur Räson zu bringen. Aber dazu gibt es keinen Anlass, denn Christiane verhält sich auffällig folgsam. Sie wartet frohgemut und begierig auf den nächsten Samstag, ihren Geburtstag. Dann wird sie nämlich zwölf Jahre alt. Katharina hat aus diesem Grund die Gestaltung einer zünftigen Kinderparty übernommen – also Grund genug, die große Schwester nicht zu verärgern.

Nach dem späten Frühstück besprechen die Schwestern letzte Einzelheiten des bevorstehenden Events. Dabei fällt ihnen auf, dass eine weitläufige, allgemein schenkfreudige Verwandte der Mutter, die im 15 Kilometer entfernten Oderin lebt, nicht auf der Gästeliste steht. Katharina weiß, dass ein Brief auf dem Postweg mehrere Tage unterwegs wäre und ein Telefonanruf mangels erforderlichen Apparats sowieso nicht infrage kommt. Deshalb schlägt sie einen persönlichen Besuch vor. Zwar zuckelt mehrmals täglich ein Bummelzug von Groß Köris nach Oderin, doch angesichts des herrlichen Frühlingswetters entschließt sie sich zu einem motorisierten Ausflug mit dem elterlichen Moped. Immerhin ist sie seit einem knappen Jahr stolze Besitzerin des lang ersehnten »Berechtigungsscheins zum Führen von Kleinkrafträdern« und darf seitdem das Gefährt gelegentlich benutzen. Christiane ist begeistert von dem Angebot, denn eine Spritztour mit dem »Star« – dem Moped aus dem VEB Fahrzeug- und Jagdwaffenwerk Simson Suhl – verspricht trotz seiner knochenharten Sitzbank einen viel größeren Spaß.

Kurz nach 11 Uhr sind die Mädchen startbereit und begeben sich zum Schuppen. Katharina befreit das Moped von der schützenden Plane und rollt es ins Freie. Nach einigen Startschwierigkeiten knattern die beiden los, missachten aber die merkwürdigen Nebengeräusche, die der Motor warnend von sich gibt. Katharina hat längst vergessen, dass sich der Vater Tage zuvor bemühte, einen Motordefekt am »Star« zu beheben. Aber er konnte das Gefährt nur notdürftig wieder flottmachen. An diese Begebenheit wird sie sofort erinnert, als nach wenigen Hundert Metern Fahrt, ganz in der Nähe der Gaststätte »Gesellschaftshaus«, der offensichtlich morbide Motor einen letzten Seufzer von sich gibt und sich hartnäckig allen weiteren Startversuchen widersetzt. Die Mädchen sind verärgert. Christiane wartet am Straßenrand und verfolgt eine Zeitlang ungeduldig die freilich dilettantischen Aktionen der großen Schwester, den Defekt vielleicht beheben zu können. Genervt stellt Katharina schließlich ihre Wiederbelebungsversuche am »Star« ein. Ihr kommt der Gedanke, das streikende Gefährt einstweilen bei Bekannten, die ganz in der Nähe wohnen, abzustellen. Es bis nach Hause zu schieben, scheint ihre Geduld und Kräfte zu überfordern. Sie überprüft den Inhalt ihrer Geldbörse, blickt auf ihre Armbanduhr und fordert Christiane kurz entschlossen auf: »Warte hier, ich bring die blöde Karre zu Olbrichts. Wir fahr'n mit'm Zug, den schaffen wir noch!«

Und während sie das defekte Moped von dannen rollt, verharrt Christiane brav an Ort und Stelle.

Es vergehen nur wenige Minuten und Katharina ist mit der Gewissheit zurück, dass sich das verdammte Vehikel in sicherer Obhut befindet. Doch sie ist bestürzt, als sie Christiane nicht mehr an der ausgemachten Stelle vorfindet. So sehr sie auch die benachbarten Straßen absucht, die kleine Schwester ist wie vom Erdboden verschluckt. Schließlich eilt Katharina zum Bahnhof, vermutet, Christiane könnte schon vorausgegangen sein. Verzweifelt irrt sie auf dem Bahnsteig zwischen den wartenden Reisenden umher, kann Christiane jedoch nirgendwo entdecken.

Der Zug nach Lübben fährt ein, hält für einen Moment, einige Menschen steigen aus, andere ein, dann verlässt er schnaufend den Bahnhof Groß Köris. Eine Minute später ist der Bahnsteig menschenleer. Katharina fragt den Mann mit der roten Mütze. Doch der zuckt bedauernd mit der Schulter, versichert, dass seinem kritischen Blick ein kleines Mädchen ohne Begleitung nicht entgangen wäre. Katharina verlässt gehetzt den Bahnhof, sucht auf gut Glück weitere Straßen ab, befragt Passanten und Anlieger. Vergeblich. Getrieben von Selbstvorwürfen, die kleine Schwester für kurze Zeit allein gelassen zu haben, eilt sie schließlich nach Hause zurück. Noch hofft sie, Christiane könnte inzwischen dort wieder eingetroffen sein. Doch das Haus ist menschenleer. Herb enttäuscht, dass sich ihre Zuversicht nicht bestätigt, vervielfacht sich Katharinas Ratlosigkeit. Zurück bleibt der schwache Trost, Christiane werde sich ihres gedankenlosen Entfernens von der vereinbarten Stelle am Gesellschaftshaus bald bewusst, um dann rasch heimzukehren. Banges Warten folgt. Doch die kleine Schwester findet sich nicht ein. Von Stunde zu Stunde wachsen Katharinas Zweifel. Schließlich gewinnen dunkle Vorahnungen die Oberhand, Christiane könnte sich womöglich in einer bedrohlichen Lage befinden. Aber Unruhe und Ausweglosigkeit lähmen jede weitere Aktivität. Jetzt erhofft Katharina nur noch die pünktliche Heimkehr der Mutter.

Am gleichen Tag in den frühen Nachmittagstunden. Etwa sechzig Kilometer südlich von Groß Köris in der Lübbenauer Heide. Dieser Forst bildet zwischen den Ortschaften Groß Lübbenau, Kahnsdorf und Bischdorf etwa die Form eines mehrere Quadratkilometer großen Dreiecks, östlicherseits begrenzt durch die Autobahn nach Cottbus und die

Berliner Chaussee. Noch ist nirgends zu spüren, dass wenige Jahre später dieser Wald und die Gemeinde Kahnsdorf dem Kohletagebau zum Opfer fallen werden.

Die dichten Kiefernbestände bieten ein charakteristisches Bild: Fast überall finden sich an den schlanken Baumstämmen die knapp meterlangen, federartig ausgeschabten Rissflächen, die der Förster »Lachten« nennt, in deren Mitte abwärts führende Tropfrinnen herausblutendes Harz in blumentopfähnliche Gefäße leitet. Auf diese Weise wird, wie in vielen anderen Kiefernwäldern der DDR auch, der begehrte Kiefernrohbalsam gewonnen – ein Ausgangsstoff für die Herstellung von Terpentinöl, Kolophonium, optischen Kitten, Farben und diversen Produkten der Pharmazeutik.

Der Ertrag aus der exzessiven Förderung von Rohharz, der im DDR-Maßstab pro Saison immerhin knapp 14000 Tonnen erreicht, besitzt einen beachtlichen volkswirtschaftlichen Stellenwert. Geringfügig dient er dem Eigenbedarf der DDR. Der weitaus größte Teil jedoch ist für den Export in Länder mit harter Währung bestimmt. Fast zehn lange Jahre muss eine Kiefer den rigorosen Aderlass erdulden, ehe sie gefällt wird, um als Brennholz letzte Verwendung zu finden.

Herr über die Rohharzgewinnung in diesem Territorium ist Andreas Herold (57), ein untersetzter, stämmiger Typ von der staatlichen Försterei Groß Lübbenau. Für DDR-Verhältnisse üppig entlohnt, übt er den einsamen Job als sogenannter Harzer aus – ein traditionelles Handwerk, das, nebenbei bemerkt, mit dem Zusammenbruch des Arbeiter-und-Bauern-Staates fortan nicht mehr existieren wird.

Bereits seit den frühen Morgenstunden ist er im Wald unterwegs, überprüft gewissenhaft Baum für Baum, hängt Harztöpfe auf, zieht vorjährige Rissflächen und Tropfrinnen nach und versieht die Rinde von bisher unversehrten Stämmen mit neuen Lachten. Das Lachtenschneiden ist eine anstrengende Tätigkeit, die gehörige Muskelkraft erfordert, aber auch Feingefühl, um lebenserhaltende tiefere Schichten der Kiefernrinde nicht zu verletzen.

Die Stunden vergehen, und der sonnige Tag fördert Herolds Arbeitseifer. Immerhin muss er auf die beschriebene Weise ein wöchentliches Pensum von reichlich 2000 sogenannten Lachtenmetern bewältigen.

Aber gegen 14.30 Uhr ist Brotzeit angesagt. Der Harzer unterbricht seine Arbeit, ordnet sein Werkzeug und macht sich auf, durchquert das Unterholz in Richtung des alten Forstwegs. Ziel ist sein angestammter Pausenplatz – eine alte Holzbank, auf der gewöhnlich die Wanderer rasten. Instinktiv orientiert sich Herold an den Verkehrsgeräuschen, die von der fernen Autobahn zu ihm dringen. So zwängt er sich mit sicherem Schritt durch das teilweise mannshohe Buschwerk. Unter seinen Füßen zerknackt geräuschvoll das am Boden liegende, morsche Geäst. Als er den Waldweg fast erreicht hat, ertönt aus der Nähe plötzlich ein gellender Schrei, der gleich darauf in ein kurzes, erbärmliches Winseln übergeht. Augenblicke später ist Stille. Herold zuckt zusammen, spitzt die Ohren. War das ein Kind? Dieser Schrei kam aus Richtung Autobahn. »Da muss was Schlimmes passiert sein!«, sagt ihm sein Instinkt: Vielleicht ein Unfall? Herold ist aufs Äußerste gespannt, hört in den Wald hinein. Doch es ist ruhig wie sonst auch. Schritt für Schritt, leise und bedacht, pirscht er durch das Unterholz, versucht die Stelle zu finden, von der er den Schrei vernahm. Da! Von Bäumen und Strauchwerk halb verdeckt, erspäht er am Rande des Waldwegs einen abgestellten PKW. Es ist ein blaugrauer »Moskwitsch 407« – eine benzinfressende Limousine aus den traditionsreichen Moskauer Autowerken, für das die DDR-Bürger den wenig schmeichelhaften Namen »Rostquietsch« fanden. Ein beiläufiger Blick auf das polizeiliche Kennzeichen, und Herold erkennt aus dem Anfangsbuchstaben »Z«, dass es im Bezirk Cottbus amtlich gemeldet ist. Da er niemanden bemerkt, schenkt er dem Fahrzeug zunächst keine weitere Beachtung und schleicht vorsichtig weiter.

Nach reichlich zwanzig Metern, wenige Schritte von einer kleinen Lichtung entfernt, vernimmt er von dort mehrere dumpfe Schläge und ein kurzes, ersticktes Stöhnen.

Sofort hält Herold inne, geht hinter einem Baumstamm in sichere Deckung und äugt unbemerkt auf die Lichtung. Was er nun erblickt, ist zwar ein höchst unvollständiges Bild, dennoch lässt es das Blut in seinen Adern erstarren: Im Gras liegt eine ausgebreitete dunkelgraue Decke, darauf ein splitternacktes, offensichtlich lebloses, kleines Mädchen, dessen Kopf heftig blutet. Ein Mann, bekleidet mit einer blau-gelben Windbluse, beugt sich darüber und schlägt eilig die beiden Längsenden der Decke über den kleinen Körper. Mit einer Hand ergreift er eine im Gras liegende, fast halbmeterlange Rohrzange und die Bekleidung des Kindes, mit der anderen packt er die Decke und zerrt sie wie einen schlaffen Sack durch das Dickicht zu dem parkenden Auto. Vor dem Heck legt er den in die Decke lose eingeschlagenen Körper, das eiserne Werkzeug sowie die Kleidungsstücke ab und öffnet den Kofferraum. Herold stockt der Atem. Sogleich wird ihm klar, Zeuge der letzten Phase eines schändlichen Verbrechens zu sein. Für einen Moment vor Entsetzen und Angst fassungslos, starrt er auf die unwirkliche Szene. Doch er hat alle Sinne wieder beisammen, als der Mann in der blau-gelben Windbluse gerade ansetzt, den leblosen Körper in den Kofferraum zu heben. Entschlossen verlässt Herold seine Deckung und brüllt: »Was ist los hier?« Der Mann am Auto zuckt überrascht zusammen, ist für einen Lidschlag lang total verdattert, ehe er die für ihn bedrohliche Situation erfasst. Blitzschnell ergreift er die am Boden liegende Rohrzange, stürzt drohend auf Herold zu und zischt: »Hier kommst du nicht mehr lebend raus!« Der aber weicht zurück, bemerkt jedoch, wie das nackte, blutende Mädchen zu sich kommt, sich aus der Decke befreit und taumelnd vom Boden erhebt. Und während er vor dem furchteinflößenden Typ mit der Rohrzange im Zickzack durch das Unterholz flüchtet, kann er dem Kind, das unterdessen verwirrt auf dem Forstweg herumtapst, aus Leibeskräften zurufen: »Lauf weg, so schnell du kannst!«

Als Herold einen letzten, flüchtigen Blick auf das nackte Mädchen wirft, ehe er vollends im Dickicht untertaucht, scheint ihm, dass es sich so weit gefasst hat, um geradewegs davonzulaufen. Sodann liefert er sich mit dem Mann, der fortwährend weitere Morddrohungen ausstößt und bedrohlich mit der Rohrzange herumfuchtelt, eine brandgefährliche Verfolgungsjagd durch den Wald. Doch mit einem Mal gibt der Verfolger sein Vorhaben auf, offenbar, weil der Selbstschutz ihn dazu treibt. Denn Herold beobachtet aus sicherer Entfernung, wie der Mann in der blau-gelben Windbluse plötzlich zum Moskwitsch zurückhastet, einen Moment vergeblich nach dem nackten Mädchen Ausschau hält, dann überstürzt Decke, Rohrzange und Kleidungsstücke im Kofferraum verstaut, den Wagen startet und mit Vollgas davonfährt, glücklicherweise entgegengesetzt zur Fluchtrichtung des Kindes.

Herold atmet auf, ist wieder zu klaren Gedanken fähig. Nun gilt seine Sorge allein dem Kind, und er hofft inständig, dass der Unhold nicht weiter nach ihm sucht, sondern endgültig auf und davon ist.

Inzwischen ist es kurz vor 15 Uhr. Jetzt ist schnelle Hilfe vonnöten, denn das Mädchen ist am Kopf offenbar erheblich verletzt, zudem völlig unbekleidet, und das bedeutet trotz des verhältnismäßig milden Frühlingswetters eine akute, lebensbedrohliche Unterkühlungsgefahr. Eilig durchstöbert Herold das Strauchwerk, das den Forstweg säumt, bis hin zur Berliner Chaussee. Doch er kann das kleine Mädchen nirgends entdecken. Kurz entschlossen bricht er die unsystematische Suche ab. Jetzt bleibt ihm nur die vage Zuversicht, dass sich das Kind inzwischen in Sicherheit bringen konnte. Die Polizei zu alarmieren, hat nun absoluten Vorrang. Und: Im Dauerlauf eilt er zur Försterei. Dort kann er telefonieren.

Was Herold in diesen letzten, aufregenden Minuten nicht wissen kann – seine schwache Hoffnung hat sich auf wundersame Weise längst erfüllt. Denn das verletzte Mädchen kann sich mit letzter Kraft bis zur Berliner Chaussee schleppen, ehe es dort mitten auf der Fahrbahn bewusstlos zusammenbricht.

Ein Kraftfahrer des Fleischverarbeitungsbetriebs Vetschau, der gerade mit seinem »Barkas« unterwegs ist, traut seinen Augen nicht, als er ein völlig unbekleidetes Kind regungslos auf dem Pflaster liegen sieht. Geistesgegenwärtig stoppt er den Transporter, eilt hinzu, nimmt die Kopfverletzung und die merkliche Unterkühlung des kleinen, blassen Körpers, gottlob aber auch ein deutliches, wenn auch langsames, flaches Atmen wahr. Rasch bedeckt er das Kind mit seiner Jacke und trägt es behutsam zu seinem Fahrzeug. Binnen weniger Minuten hat er die Betriebspoliklinik des Großkraftwerks Vetschau erreicht. Aufgeregt übergibt er das bewusstlose Kind, schildert glaubhaft die seltsamen Umstände, unter denen er es vorfand, und überlässt alles weitere den Doktoren, die nicht vergessen, vorsorglich die Personalien des Retters festzuhalten. Die ärztliche Diagnose ist eindeutig: Massive Gehirnerschütterung nach Impressionsfraktur des Schädeldachs. Eine chirurgische Notversorgung folgt. Da aber eine tiefere Verletzung der Hirnsubstanz nicht ausgeschlossen werden kann, besteht die Gefahr der Herausbildung eines sogenannten intrakraniellen Hämatoms, eine auf das Hirn Druck ausübende, raumfordernde, lebensbedrohliche Blutung. Besonders bedenklich ist die immer noch bestehende Bewusstlosigkeit des namenlosen Mädchens. Unter diesen Bedingungen ist eine unverzügliche intensivmedizinische Spezialbehandlung erforderlich. Die aber kann in der Poliklinik nicht erfolgen.

Es verstreichen nur wenige Minuten, und schon rast ein Krankenwagen mit Blaulicht und Martinshorn über die Landstraße zum reichlich zehn Kilometer entfernten Kreiskrankenhaus nach Calau.

Die Ärzte der Unfallabteilung erkennen sofort den Ernst der Lage und zeigen vollen Einsatz. Dank ihrer Kunst ist kurz nach 17 Uhr die akute Lebensbedrohung erfolgreich abgewendet worden. Die Prognose wird als günstig eingeschätzt, wenn im Nachhinein keine neurologischen Komplikationen auftreten. Operationsbedingt bleibt die kleine Patientin aber auch weiterhin nicht ansprechbar.

Die Mediziner sind sich aber auch der folgenschweren forensischen Bedeutung der Sachlage bewusst. Denn allein die von dem »Barkas«-Fahrer geschilderten absonderlichen

Auffindungsumstände und die stumpfe Gewalt gegen den Schädel des namenlosen, splitternackten Kindes begründen den Verdacht einer schweren, möglicherweise sexuell motivierten Straftat. Und ein solcher Umstand ist unverzüglich den zuständigen Behörden zu melden.

Gegen 18 Uhr greift der Oberarzt der Unfallabteilung des Krankenhauses zum Telefon und verständigt den Amtsarzt über die Sachlage. Der wiederum leitet die Informationen gemäß der »Anordnung über die Meldepflicht bei Verdacht auf strafbare Handlungen gegen Leben und Gesundheit« an die Polizei in Calau weiter.

Zur gleichen Zeit im VPKA Calau. Die Anspannung der letzten Monate, die der Politmarathon des VII. Parteitages in Form von Sondereinsätzen, erhöhter Einsatzbereitschaft, wochenlanger Urlaubssperre und unzähligen Überstunden mit sich brachte, hat sich schon vor einigen Tagen gelöst. Der polizeiliche Dienstbetrieb verläuft wieder normal, und pünktlicher Feierabend ist halbwegs gesichert. Nach 17 Uhr ist es daher ruhig in dem sonst so geschäftigen Haus. Nur in den Räumen der Einsatzleitung herrscht die übliche Betriebsamkeit. Hauptmann Jens Klauer (44), der Operative Diensthabende, kurz ODH, befehligt diese Leitstelle für die polizeilichen Aktivitäten im Landkreis. Er steuert die deliktspezifisch genau festgelegten Sofortmaßnahmen, regelt den Kräfteeinsatz, kooperiert mit anderen Dienststellen, erteilt Anweisungen oder gibt sie weiter, erfüllt Meldepflichten gegenüber seinem übergeordneten Amtsbruder in der BDVP Cottbus oder der Zentrale in Berlin. Kurzum, bei ihm konzentrieren sich alle eingehenden Informationen aus der aktuellen polizeilichen Lage, und von ihm aus werden sie an die entsprechenden Adressaten weitergeleitet. Ihm zur Seite steht ein Gehilfe, der gewöhnlich den Papierkram erledigt, Fernschreiben absetzt, den sogenannten Lagefilm führt und manchmal auch den Kaffee kocht.

Klauer selbst thront hinter einem mit topografischen Karten, Karteikästen, Schaltern, Lautsprechern, Mikrofonen und Telefonen überladenen, fast drei Meter langen

Tresen. Von dieser Kommandozentrale aus hat er vor einigen Stunden den spektakulären Anruf des in höchstem Maße fassungslosen Harzers Andreas Herold aus Groß Lübbenau entgegengenommen, der über den Polizeinotruf 110 direkt bei ihm landete. Der Mann am anderen Ende der Leitung konnte vor Erregung kaum einen zusammenhängenden Satz von sich geben. Klauer war zunächst argwöhnisch, musste sich die Gesprächsaufzeichnung mehrmals anhören. Fragen tun sich auf: Ist etwas dran an der obskuren Geschichte? Ist der einsame Waldarbeiter etwa Opfer seiner eigenen Phantasie? Tritt womöglich ein Täter auf diese Weise die Flucht nach vorn an?

Klauer ließ in der BDVP gleich überprüfen, ob vor Kurzem der Vermisstenfall eines etwa zehn Jahre alten Mädchens angezeigt wurde. Ergebnis: Fehlmeldung. Um ganz sicher zu gehen, gab er schließlich der Polizeiwache in Lübbenau die Anweisung, schnurstracks Herold in der Försterei aufzusuchen, ihn kritisch zu befragen, den vermeintlichen Tatort in der Waldlichtung und die Parkstelle des verdächtigen Moskwitsch auf dem Forstweg zu inspizieren, ob dort brauchbare Spuren gesichert werden können. »Sofortige Rückmeldung«, lautete sein Befehl. Doch bis dahin heißt es abzuwarten.

Dass Klauers Anweisung richtig, sein Argwohn jedoch unnötig war, bestätigen die Ereignisse der nächsten Stunden. Denn es fügt sich bereits günstig, als der Amtsarzt seine Meldung über das unbekannte Kind macht und wenigstens in dieser Hinsicht Herolds abenteuerliche Schilderung bestätigt. Damit zeigt der mysteriöse Fall erste Konturen, wenngleich die bisherige Ausgangslage noch keine Ansätze für offensives polizeiliches Handeln bietet. Also gilt es, weiter zu sammeln und Erlangtes zu objektivieren, bis eine täterbezogene Fahndung möglich ist. Hauptmann Klauer beauftragt nun die Kriminalisten des Bereitschaftsdienstes aus dem Kommissariat III, den Oberarzt des Kreiskrankenhauses und den Kraftfahrer aus dem Fleischverarbeitungsbetrieb Vetschau unverzüglich als Zeugen zu vernehmen.

Endlich, kurz nach 20 Uhr, treffen die ersehnten Rückmeldungen ein. So liefern die uniformierten Gesetzeshüter aus Lübbenau nach dem Gespräch mit dem Anrufer Herold nicht nur eine brauchbare Personenbeschreibung des Unholds mit der Rohrzange, sondern vor allem das komplette amtliche Kennzeichen seines blau-grauen Moskwitsch. Außerdem haben sie die verdächtige Waldlichtung inspiziert und Reifeneindruckspuren an der Parkstelle des PKW auf dem Forstweg vermessen und fotografiert. Der Calauer Kriminaldienst wiederum informiert den ODH über die Befragung des Oberarztes der Unfallstation ebenso wie über die Aussagen des Kraftfahrers aus dem Fleischverarbeitungsbetrieb Vetschau, der übrigens auch die Stelle auf der Berliner Chaussee zeigen konnte, an der das bewusstlose Mädchen lag. Ob die dort gesicherten Spuren allerdings fallrelevant sind, wird sich später zeigen. Allein die bisher vorliegenden Fakten entlasten den Harzer Herold, und Klauers Argwohn gegen ihn schwindet zusehends.

Eine knappe Stunde später telefoniert er mit dem ODH der BDVP in Cottbus und informiert ihn vorab über den aktuellen Stand der Dinge, ehe er seinem Adlatus den offiziellen Text der sogenannten Sofortmeldung diktiert.

Unter der Überschrift »Verdacht des vorsätzlichen Tötungsversuchs an nicht identifiziertem, etwa zehnjährigen Kind weiblichen Geschlechts« tickert wenig später ein mehr als halbmeterlanges Fernschreiben an die übergeordnete Dienststelle in Cottbus mit dem Vorschlag einer Fahndungsauslösung im gesamten Bezirk. Nach der Entscheidung über die erforderliche Fahndungsstufe wird dann von dort aus die Zentrale in Berlin in Kenntnis gesetzt, die wiederum die Diensthabenden aller Bezirksbehörden im Lande informiert. Es ist ein knapper, dennoch präziser Sachstandsbericht, der die bislang angewiesenen operativen Maßnahmen und deren Ergebnisse ebenso wiedergibt wie das für eine Fahndung unerlässliche Signalement des vermutlichen Täters und das polizeiliche Kennzeichen seines Autos.

Wenn auch die Identität des splitternackten Mädchens aus der Lübbenauer Heide immer noch nicht feststeht, liegen doch, was den unbekannten Moskwitschfahrer anbelangt, beste Voraussetzungen für seine Ergreifung vor. Dann kann auch das Rätselraten um die Herkunft des Kindes bald ein schnelles Ende finden. Klauer ist in dieser Hinsicht zuversichtlich.

Jede moderne Polizei verfügt über ein wohlorganisiertes System abgestimmter und ineinander übergreifender Maßnahmen, um Fahndungsobjekte (Personen und/oder Sachen) schnell und sicher aufspüren zu können.

Die speziellen rechtlichen Gründe für das Auslösen von Fahndungen ergeben sich aus der Strafprozessordnung (in der DDR die §§ 138, 139 StPO bzw. in der Bundesrepublik die Abschnitte 9 und 9a StPO). Sie regelt, dass zur Durchsetzung der Strafverfolgung und -vollstreckung flüchtige oder sich versteckt haltende Beschuldigte oder Angeklagte dingfest zu machen sind (Grundlage ist der Erlass eines Haftbefehls oder Steckbriefs durch den Staatsanwalt).

Aber auch im Zusammenhang mit der Straftatenaufdeckung und -vorbeugung sowie zum Schutz der öffentlichen Sicherheit und Ordnung sind bei Vorliegen der entsprechenden gesetzlichen Voraussetzungen Fahndungen möglich. Sie dienen neben dem Aufspüren von vermissten Personen hauptsächlich der vorläufigen Festnahme, der Zuführung von Verdächtigen im Rahmen der Prüfung von Anzeigen und Mitteilungen, der Vorführung von Angeklagten zur Hauptverhandlung oder zur richterlichen Vernehmung, aber auch von Zeugen, wenn diese trotz ordnungsgemäßer Ladung nicht vor dem »Organ der Strafrechtspflege« erscheinen.

Innerhalb der Volkspolizei wurden die Fahndungsarten »Großfahndung«, »Eilfahndung Stufe I«, »Eilfahndung Stufe II« und »Dauerfahndung« (wurde später verändert in »Allgemeinfahndung«) unterschieden. Für ihre Realisierung standen diverse sogenannte Fahndungsmittel zur Verfügung wie z. B. zentrale Fahndungskarteien, Fahndungsbücher (jeden zweiten Monat erfolgte eine aktualisierte Neuauflage), interne Fahndungsinformationen, fahndungsmäßige Nutzung der sogenannten Hausbucheintragungen, der Hotelmelde-

scheine (Hotels und Pensionen hatten sie jede Nacht der Polizei zur Kontrolle vorzulegen), Lautsprecherdurchsagen, Pressemitteilungen, Sonderdrucke (z.B. Handzettel, Aushänge).

Fahndungsarten, wie sie gegenwärtig in der Polizei gebräuchlich sind, wie z.B. Ziel-, Schleier-, Schleppnetz- oder Schwerpunktfahndungen, waren aufgrund des damaligen Entwicklungsstandes ebenso unbekannt wie die heutzutage nicht mehr wegzudenkenden, vernetzten computergestützten Zugriffe auf fahndungsdienliche Datenbanken. Die Nutzung des Staatsfernsehens für spezielle Fahndungsersuche (ähnlicher Art wie die von Eduard Zimmermann im Jahre 1967 beim ZDF etablierte Sendereihe »Aktenzeichen XY – ungelöst«) blieb trotz vorhandener Konzepte der DDR-Kripo verwehrt.

Vor allem in den 50er und 60er Jahren spielte die Fahndungsarbeit bei vielen Volkspolizisten subjektiv eine eher untergeordnete Rolle, was vermutlich auf zwei Ursachen zurückgeht:

Zum einen: Die polizeihistorisch umfangreichste Großfahndung der DDR im sogenannten Tschechenkrieg, Oktober 1953, wurde von unverzeihlichen Führungspannen begleitet. Was war geschehen? Nach mehreren Morden, Sabotageakten und Sprengstoffanschlägen drang eine fünfköpfige Gruppe antikommunistischer Terroristen aus der damaligen CˇSR auf der Flucht vor den tschechischen Sicherheitsorganen in das Gebiet der DDR ein, um sich mit Waffengewalt nach Westberlin durchzuschlagen. Trotz des gewaltigen Aufgebots von zehntausend schwer bewaffneten Fahndungskräften (fünftausend Polizisten, fünftausend Soldaten der sowjetischen Besatzungsmacht) war die Bilanz niederschmetternd: Drei Mitgliedern der Gruppe gelang es, sich den Weg nach Westberlin freizuschießen. Nur zwei Täter konnten verhaftet werden. Sechs Polizisten fanden den Tod, dreizehn wurden zum Teil schwer verletzt (auch durch friendly fire). Allerdings blieben die gravierenden taktischen Fehlleistungen bei dieser Fahndungsoperation für die hochrangigen Hauptverantwortlichen ohne Folgen, die

Geschehnisse wurden schnurstracks mit dem Mantel des Schweigens zugedeckt. Doch die angeordnete Verdrängung versagte. Denn bis weit in die 60er Jahre waren die damaligen Vorfälle an der Polizeibasis insgeheim immer wieder Gegenstand von unerwünschten Analysen und hämischen Kommentaren. Lediglich an der Polizeihochschule im fernen Moskau diente der »Tschechenkrieg« als höchstoffizielles Schulbeispiel für vermurkste Fahndungstaktik.

Zum anderen: Abgesehen vom beachtlichen Anteil vermisster Personen blieb bis weit nach dem Mauerbau die Zahl der Fahndungen im Rahmen der allgemeinen Kriminalität gegenüber dem Fahndungsanteil bei Verletzung politischer Tatbestände (vorwiegend »ungesetzlicher Grenzübertritt« gem. § 213 StGB) auffallend gering. Selbst nach vollendeter »Republikflucht« erfolgte die Löschung der Fahndungsausschreibung aber erst später, was den »Grenzkontrollorganen« der DDR noch lange Zeit einen Zugriff ermöglichte, wenn z.B. die Abtrünnigen auf dem Wege von oder nach Westberlin unbedacht DDR-Territorium betraten oder befuhren. Auch diese unliebsame Tatsache dämpfte bei vielen Polizeiangehörigen die von der Obrigkeit geforderte offensive Einstellung zur Fahndungstätigkeit. Dass in einem vertraulichen Ausbildungsdokument der Fachschule des MdI kategorisch eingefordert wurde, endlich Schluss zu machen mit der Unterschätzung der Fahndungsarbeit (s. »Die Dauerfahndung nach Personen und Sachen«, Aschersleben 1967, S. 5), dürfte ein Indiz für die Besorgnis der Polizeiführung über den beschriebenen Zustand sein.

Inzwischen ist es 21.30 Uhr. Nach dem Vorabtelefonat mit Hauptmann Klauer und der Sofortmeldung wird der ODH in Cottbus gleich aktiv. Zunächst setzt er den Bereitschaftsdienst der MUK, Oberleutnant Thomas, ein schlankwüchsiger, intelligenter Enddreißiger, in Kenntnis über die Lage. Der ist schnurstracks mit einer »Verfügung über die Einleitung eines Ermittlungsverfahrens gegen Unbekannt« zur Stelle. Es ist nämlich ein beliebter interner, taktischer Kunstgriff, eine Einleitungsverfügung auch bei greifbar nahem Fahndungserfolg flugs mit dem Prädikat »Täter unbekannt« zu versehen, um es bei passender Gelegenheit effektvoll in »bekannt« umzuwandeln. Dann sind die Bürokraten der Führungsetage im Verteilen von Streicheleinheiten großzügig, denn sie können von ihren Schreibtischen aus kaum beurteilen, ob die Ermittlungen zur Namhaftmachung eines unbekannten Verdächtigen besonders aufwändig waren.

Sodann wird ein Hauptwachtmeister der Kraftfahrzeugzulassungsstelle, der sich soeben in Hausbereitsschaft befindet und zu spätabendlicher Stunde genüsslich vor dem Fernseher hockt, alarmmäßig zur Dienststelle beordert, um den Fahrzeughalter des verdächtigen Moskwitsch festzustellen. Gleiches widerfährt einer Polizistin aus der Abteilung Pass- und Meldewesen, die ihr heimisches Candle-Light-Dinner abrupt beenden muss, weil sie aus der zentralen Meldekartei alle Daten über den ermittelten Fahrzeughalter an Thomas weiterzuleiten hat.

Eine Stunde später liegt auf dessen Schreibtisch ein Protokoll mit Personalien und Signalement des Mannes, der vermutlich das Verbrechen in der Lübbenauer Heide verübt hat und einen blau-grauen Moskwitsch sein eigen nennt. Er heißt Herbert Schlabitz (36), wohnt in der Cottbuser Hufelandstraße und ist beim städtischen Grünanlagenbau beschäftigt. Da Gefahr im Verzuge ist, gibt es keine Rücksicht auf die nächtliche Ruhe der braven Bürger. In Begleitung zweier couragierter Polizisten der Funkstreife macht sich Thomas augenblicklich auf den Weg in die Hufelandstraße. Er klingelt Sturm an Schlabitz' Wohnung, donnert wiederholt mit der Faust gegen die Tür. Vergeblich. Stattdessen öffnet sich die Tür einer Nachbarwohnung. Ein älterer Mann im Schlafanzug, mürrisch und verschlafen, poltert ungehalten: »Eh, was soll der Krach mitten in der Nacht!«

Thomas hält ihm die Kriminalmarke unter die Augen.

»Schon gut! Da ist aber keiner zu Hause«, beruhigt sich der Nachbar schnell und gibt bereitwillig Auskunft. Weil er Frau Schlabitz und die beiden Kinder mehrere Tage nicht gesehen habe, mutmaßt er, könnten diese sich in der

Ferienwoche bei den Großeltern in Peitz – ein kleiner Ort etwa 15 km nördlich vom Stadtzentrum entfernt – aufhalten. Herr Schlabitz indes sei die Woche über allein zu Hause geblieben. »Wahrscheinlich ist er heute Nachmittag auch nach Peitz gefahren«, meint der Nachbar, der zufällig beobachtete, wie Schlabitz gegen 16.30 Uhr Hals über Kopf seine Wohnung verließ, um zu seinem vor dem Wohnblock abgestellten Moskwitsch zu spurten und davonzurasen, »als ob der Teufel hinter ihm her wäre«. Seitdem sei es mucksmäuschenstill in der Wohnung nebenan. Thomas hakt nach, lässt Schlabitz' Fahrzeug beschreiben und ist zufrieden. Ja, es ist das Auto vom Tatort.

»Wahrscheinlich abgehauen«, schlussfolgert einer der Unfomierten voreilig, um irgendetwas zu sagen. Thomas ignoriert die Bemerkung, schaut auf seine Armbanduhr. Es ist bereits kurz nach Mitternacht. Dann mahnt er: »Los, Männer, zurück zur Dienststelle!«

In seinem Büro angekommen, tippt er ein kurzes Protokoll über die erfolglosen nächtlichen Bemühungen. Danach taucht er in der Leitzentrale auf. Dort hat sich bereits eine kleine illustre Runde hochrangiger Herren aus der Führungsetage eingefunden, um sich über die aktuelle Lage in diesem ungewöhnlichen Fall zu informieren. Auch der K-Leiter, der Stabschef der Behörde und der Leiter des für Fahndungen zuständigen Dezernats sind mit von der Partie. Der ODH erläutert den Sachverhalt und seine bisherigen Anordnungen. Eine kurze Beratung folgt. Dann wird entschieden, erst zu überprüfen, ob sich Schlabitz tatsächlich bei seiner Familie im nahen Peitz aufhält – ein Part, den Thomas und ein Mitarbeiter des Dauerdienstes übernehmen werden. Sollte dies nämlich zutreffen, müsste der Verdächtige sofort festgenommen werden. So würden sich weitere Fahndungsmaßnahmen erübrigen. Anderenfalls können die Erkundigungen bei der Ehefrau wenigstens für die Vervollständigung des Signalements und die Überprüfung möglicher Aufenthaltsorte ihres Gatten genutzt werden, was die nachfolgenden Maßnahmen erleichtert. Während der K-Leiter die formale Führung über die nachfolgenden

Operationen übernimmt, verlassen die anderen Honoratioren der Bezirksbehörde alsbald die Szene. Indes machen sich Thomas und sein Mitstreiter vom Dauerdienst gleich auf den Weg nach Peitz. Vom Ergebnis ihrer Recherchen wird es abhängen, ob der Kripo-Chef eine »Eilfahndung Stufe II« auslösen wird …

Schlabitz' Nachbar hatte Recht mit seiner Vermutung. Tatsächlich hält sich Frau Schlabitz mit den beiden Kindern bei ihren Eltern in Peitz auf. Der plötzliche mitternächtliche Besuch der beiden Polizisten bringt sie keineswegs aus der Fassung. Als Thomas den Grund seines Erscheinens erläutert, verblüfft sie die Männer mit der Bemerkung: »So was habe ich kommen sehen!« Und sie ist sofort gesprächsbereit: Nein, Schlabitz sei nicht bei ihr, das hätte sie auch nicht gewollt. Mit dem Satz: »Ich will ihn nicht sehen, soll er bleiben, wo der Pfeffer wächst«, macht sie ihre Haltung zum Gatten deutlich. Sie glaube, er habe ein paar Urlaubstage genommen, könne aber nicht sagen, wo er sich aufhalte, wenn er nicht in der ehelichen Wohnung ist.

Thomas verwundert die Offenheit der Frau und schlussfolgert richtig, dass zwischen den Eheleuten offenbar nichts mehr stimmt. Jetzt will er mehr wissen. Und Frau Schlabitz beantwortet bereitwillig jede seiner Fragen: Schon lange bestehe ihre Ehe nur noch auf dem Papier. »Mein Mann ist krank, sexuell krank, vestehen Sie!« Und sie schildert, dass man ihn, den einstmals stolzen Oberleutnant der Feuerwehr, der über zehn Jahre als Politstellvertreter und Parteisekretär gearbeitet habe, vor drei Jahren aus der VP mit Schimpf und Schande ausgestoßen habe, »wegen sexueller Sachen«, über die sie im Einzelnen aber jetzt nicht sprechen wolle. Dann der Absturz, nur noch Gärtner beim VEB Grünanlagenbau! Seitdem sei das eheliche Klima ausgekühlt, das Intimleben erloschen, und überhaupt wäre die Beziehung jetzt nur noch ein formales Nebeneinander, garniert mit seinen Jähzornsausbrüchen und Eigenbröteleien. Und was das Schlimmste sei: Irgendwie verlasse sie das beklemmende Gefühl nicht, dass ihr Mann vielleicht auch »was mit den eigenen Kindern anfangen« könnte. Um es gar nicht erst so weit kommen zu lassen, werde sie alsbald mit ihnen nach Peitz zu ihren Eltern ziehen und die Scheidung einreichen ...

Oberleutnant Thomas würde die Befragung am liebsten auf der Stelle fortsetzen, doch die Zeit drängt. Er ist sich sicher: Allein diese knappen Aussagen sind ein Hinweis auf jede Menge weiteres kriminogenes Potential, das freigelegt werden muss.

Er gibt mit einer stummen Geste seinem Mitstreiter zu verstehen, jetzt aufzubrechen. Und mit den Worten »Wenn wir ihn festgenommen haben, unterhalten wir uns in aller Ruhe!«, verabschieden sich die Männer von der Frau, in deren Seele sich offenbar eine unauslöschliche Aversion angestaut hat gegen den Mann, dem sie einst das Jawort gab.

5. Mai, kurz vor 1 Uhr. Als die beiden in die Dienststelle zurückkehren, liegen bereits brandaktuelle Meldungen aus dem Kreisamt Königs Wusterhausen vor. Inhalt: Der zuständige ABV von Groß-Köris hat in den gestrigen Abendstunden die Vermisstenanzeige einer Frau Ursula Richter aufgenommen, deren elfjährige Tochter Christiane seit Vormittag spurlos verschwunden ist. Alle bisherigen Suchaktionen im Ort und dessen Umgebung seien erfolglos verlaufen. An einem Zusammenhang zu dem namenlosen Kind aus der Lübbenauer Heide zweifelt niemand. Da Thomas und der Mann vom Dauerdienst den dringend verdächtigen Herbert Schlabitz nicht festnehmen konnten, wird ihm der Status »flüchtiger Täter« verpasst. Damit liegen alle Voraussetzungen für die offizielle Auslösung der »Eilfahndung Stufe II« vor. Und das bedeutet zunächst, diverse Informationspflichten gegenüber »anderen Dienststellen« zu erfüllen. Sodann werden nach festgelegtem Maßnahmekatalog alle im Dienst befindlichen Polizeikräfte des Bezirks Cottbus über die Fahndung nach Schlabitz in Kenntnis gesetzt. Diese haben in ihrem jeweiligen Tätigkeitsbereich geeignete Ermittlungen und Kontrollen durchzuführen und dazu möglichst viele sogenannte gesellschaftliche Kräfte zu mobilisieren. Auf diese Weise soll in den nächsten Stunden

ein engmaschiges Netz geknüpft sein, durch das es kein Entrinnen gibt.

Die erfahrenen Ermittler vermuten richtig: Schlabitz ist auf der Flucht, befindet sich somit in einer psychischen Ausnahmesituation. Die Untat lastet auf ihm. Er weiß, es gibt Zeugen, und er ahnt zu Recht, dass die Häscher ihm bereits auf den Fersen sind. Jetzt wird er von dem absurden Gedanken getrieben, sich mit aller Macht dem Arm des Gesetzes zu entziehen, solange es eben geht. Seine Sinne aktivieren Wachsamkeit, Vorsicht und Misstrauen. Gleichzeitig engt die gewaltige innere Anspannung alle Fähigkeiten zu vernünftigem Handeln ein, macht ihn unberechenbar, chaotisch und vielleicht auch gefährlich. Und genau das berücksichtigt die Fahndungstaktik.

Doch während die Männer in der Einsatzzentrale das strategische Vorgehen abstimmen, ereignet sich auf der Fernverkehrsstraße F 156, ganz in der Nähe der Kreisstadt Spremberg ein Zwischenfall, der auf die Zielgerichtetheit der anlaufenden Fahndungsaktion entscheidenden Einfluss haben wird: Die zweiköpfige Besatzung eines Streifenwagens der Verkehrspolizei des VPKA Spremberg erspäht nämlich gegen 1.15 Uhr am Ortseingang der Gemeinde Graustein einen am Straßenrand unvorschriftsmäßig abgestellten blau-grauen Moskwitsch. Auf dem Fahrersitz schläft offenbar ein Mann.

Während einer der Polizisten im Funkwagen verbleibt, nähert sich der andere dem Fahrzeug, leuchtet mit einer Taschenlampe den Schlafenden an und klopft an die Scheibe der Fahrertür, eigentlich nur, um den Mann zu ermahnen, dass er an falscher Stelle und dazu noch ohne Standlicht parkt. Als der aufgeschreckte Fahrer den Unformierten erblickt, startet er sein Auto und rast augenblicklich davon. Flugs registrieren die verdutzten Polizisten das Zulassungskennzeichen des Moskwitsch, melden die Wahrnehmungen über Funk an ihre Leitstelle weiter und nehmen die Verfolgung auf. Eine filmreife Szene folgt. Als sich nach wenigen Hundert Metern Fahrt das Polizeiauto auf gleicher Höhe mit dem Fluchtauto befindet, das eigentlich überholt, ausgebremst und gestoppt werden sollte, touchiert das Fluchtfahrzeug den Polizeiwagen und versucht, diesen von der Fahrbahn zu drängen. Dann zieht es plötzlich scharf nach links und wieder geradeaus, wobei es mit der Breitseite gegen den Streifenwagen prallt. Dieser landet unsanft auf dem Bankett, gerät ins Schleudern und überschlägt sich mehrmals, ehe er auf dem Dach liegen bleibt. Unterdessen fährt der nur geringfügig lädierte Moskwitsch mit Vollgas in Richtung Weißwasser davon. Der Sachschaden am Einsatzfahrzeug ist beträchtlich, doch zum Glück sind die beiden Wachtmeister nur leicht verletzt.

Als die Information über diesen Zwischenfall gegen 1.45 Uhr die Einsatzleitung in Cottbus erreicht, ist sofort klar, dass der Verursacher dieses Verkehrsunfalls Herbert Schlabitz ist. Man reagiert schnell, und es bedarf nur einiger kurzer Telefonate über ein polizeiinternes Sondernetz, um alle Polizeidienststellen des Bezirks anzuweisen, nach dem Befehl über die Besetzung der sogenannten Kontroll-Passier-Punkte (KPP) zu handeln, was bedeutet, die in einem besonderen Einsatzdokument festgelegten, polizeitaktisch wichtigen Verkehrsknotenpunkte umgehend unter Kontrolle zu bringen.

Bereits 2.15 Uhr sind alle KPP besetzt. Kurz darauf meldet die Verkehrspolizei Senftenberg, dass das verdächtige Fahrzeug im Stadtgebiet gesichtet wurde, der Fahrer aber die Aufforderung zum Anhalten missachtete und sich nunmehr mit überhöhter Geschwindigkeit vermutlich in Richtung Autobahnauffahrt Klettwitz bewegt. Unverzüglich wird der KPP an der Raststätte Freienhufen informiert, falls das Auto nach Norden in Richtung Berlin fahren sollte. Gleichzeitig wird der ODH des Bezirks Dresden um Unterstützung ersucht, die Autobahn nach Süden abzusichern. Dieser befiehlt allen verfügbaren Funkstreifenwagen die sofortige Besetzung der KPP auf der Autobahn rings um die Stadt.

Anderthalb Stunden später durchbricht der Flüchtige, zum Äußersten entschlossen und mit durchgetretenem Gaspedal, eine Polizeisperre in Dresden-Hellerau. Die Gesetzeshüter müssen bei dieser Aktion blitzschnell dem blau-grauen Moskwitsch ausweichen, um ihr Leben nicht zu gefährden. Ein Fahrzeug nimmt die Verfolgung des Moskwitsch auf, wird kurz vor dem Abzweig Nossen aber von diesem auf den Grünstreifen gedrängt, überschlägt sich und landet auf der Gegenfahrbahn. Fazit: ein übel zugerichteter PKW, ein mittelschwer Verletzter. Weitere Einsatzfahrzeuge erscheinen, und die Jagd geht weiter. Der Moskwitsch verlässt bei Nossen die Autobahn und fährt auf der Landstraße zunächst in Richtung Waldheim, dann nach Leisnig weiter. Kurz vor Zschoppach im Kreis Grimma fallen plötzlich Schüsse aus einer Polizeipistole. Zwei Projektile treffen das Fahrzeug des Flüchtigen, ein Reifen zerfetzt, der Tank leckt. Geräuschvoll schlingert das Auto noch einige Sekunden lang über das Holperpflaster, ehe es quer zur Fahrbahn zum Stehen kommt. Regungslos, körperlich jedoch unversehrt, verharrt Schlabitz, das Lenkrad mit beiden Händen fest umklammernd, auf seinem Platz und starrt wie teilnahmslos in die Morgendämmerung. Nur unbewusst nimmt er hinter sich die blinkenden Blaulichter etlicher Funkwagen wahr und die Polizisten mit ihren Pistolen im Anschlag, die sich vorsichtig seinem Fahrzeug nähern. Stumm und völlig erschöpft fügt er sich nun in sein Schicksal. Es ist kurz vor 7.30 Uhr, und die Treibjagd auf den unheimlichen Mann aus der Lübbenauer Heide ist beendet.

Nach Kurzem Verhör durch die Dresdener Kripo wird Herbert Schlabitz nach Cottbus zur haftrichterlichen Vernehmung gebracht. Als er sich zu dem erhobenen Tatvorwurf des versuchten Mordes nach sexuellem Missbrauch äußern soll, schlägt er ängstlich die Augen nieder und schweigt, reagiert lediglich mit einem leichten Kopfnicken, das als stumme, verschämte Zustimmung gedeutet werden könnte. Dann hat er hinter Schloss und Riegel für mehrere Stunden Ruhe.

Bereits seit Nachmittag nehmen Spezialisten des Kriminalistischen Instituts den Tatort in der Lübbenauer Heide unter die sprichwörtliche Lupe. Mit eindrucksvollem Ergebnis: Die gesicherten Fragmente der Reifenspuren auf dem alten

Forstweg verraten Spurweite, Radstand und Profilmerkmale und erlauben so die Art- und Typbestimmung des spurenverursachenden Kraftfahrzeugs, das nur Schlabitz' Moskwitsch sein kann. Auf dem Waldboden der fraglichen Lichtung und am nahen Buschwerk werden insgesamt 47 unterschiedliche Fasertypen aufgespürt. Eine derart hohe Anzahl unterschiedlicher Fasertypen ist erfahrungsgemäß aber keineswegs in nur einem einzigen Textil verarbeitet worden. Folglich waren an der Spurenentstehung unterschiedliche Gewebe beteiligt. Diese Fasern bestehen überwiegend aus dunkelgrauer, graublauer und farbloser mattierter Viskose, wie sie in handelsüblichen Reisedecken verarbeitet wird. Damit bestätigt sich die Wahrnehmung des Harzers Herold, der Täter habe eine dunkelgraue Decke besessen. Die restlichen Fasern könnten aus der Bekleidung des Opfers und des Täters stammen oder Fremdfasern sein, mit der die Decke bereits kontaminiert war. Und schließlich: Alle Spuren eignen sich für spätere Vergleichsuntersuchungen.

Doch bevor der Tag sich neigt, ist Oberleutnant Thomas nach wenigen Stunden Schlaf wieder in seinem Büro und lässt den Untersuchungsgefangenen zur Vernehmung vorführen. Für Beide beginnt damit eine weitere lange Nacht.

Herbert Schlabitz ist von Anbeginn gesprächsbereit, beantwortet jede Frage und jeden Vorhalt seines Gegenüber, wenn auch mit Einschränkungen. Denn bei bestimmten, heiklen Handlungsdetails verschanzt er sich hinter schwammigen, untauglichen Rechtfertigungsversuchen oder angeblichen Erinnerungslücken.

Aber den sexuellen Missbrauch des kleinen Mädchens gesteht er ebenso ein wie seine Absicht, es anschließend töten zu wollen. Jetzt aber wünsche er sich nur, »dass die Kleine wegen der Schläge auf den Kopf nicht stirbt«. Schlabitz' Bemerkung, so vermutet Thomas, ist eine vorgeschobene, unechte Reue, die lediglich seine Angst vor einem vollendeten Mord kaschiert, der ja mit einer viel höheren Strafe geahndet würde.

Alles in allem: Seine Einlassungen sind zwar über weite Strecken konfus und widersprüchlich, offenbaren seine innere

Zerrissenheit, dennoch ist Thomas zufrieden. Denn diese erste intensive Begegnung mit dem Beschuldigten verläuft ruhig, sachlich und konfliktfrei und stellt so alle weiteren Vernehmungen auf eine solide psychologische Basis. Thomas weiß aber auch, dass letztlich nur eine zusammenhängende Bewertung aller Vernehmungen und Expertisen ein komplettes, beweisrelevantes Bild über Schlabitz' Innenwelt, seine Motive, Antriebe und die Tat ergibt. Doch das wird erst zum Abschluss der Ermittlungen erfolgen können. Zum jetzigen Zeitpunkt heißt es erst einmal, Fakten sammeln und ordnen.

Einige Tage später widmen sich die kriminaltechnischen Experten hingebungsvoll dem demolierten, sichergestellten Moskwitsch, der in einer Polizeigarage für die spurenkundlichen Aktionen bereitsteht. Wieder ist die Ausbeute überwältigend. Denn im Innen- und Kofferraum werden unzählige Fasern entdeckt. Sorgfältig katalogisiert, lassen sie sich 58 unterschiedlichen Fasertypen zuordnen. Auch dieser Spurenkomplex ist für spätere Untersuchungen bestens geeignet, etwa beim fasertypisierenden Vergleich mit der Bekleidung des missbrauchten Mädchens. Zwischen den 47 Fasertypen vom Tatort und den Spuren aus dem PKW wurde immerhin eine 81-prozentige Identität festgestellt. Und das bedeutet, wie es später dazu im Gutachten heißen wird: »Die große Anzahl übereinstimmender Fasertypen ist nur dadurch erklärbar, dass beide Orte (Tatort und Kraftfahrzeug) mit den gleichen Textilien in Kontakt gekommen sind ...«

Bereits nach zwei Wochen ist Christiane Richter körperlich wieder so fit, dass sie das Calauer Krankenhaus verlassen kann. Doch die psychotherapeutische Betreuung des traumatisierten Kindes muss noch längere Zeit fortgesetzt werden. Denn nicht nur Schlabitz' Schandtat hat die junge Seele erschüttert. Auch die Scham- und Schuldgefühle, sich gefügig, unbesonnen und somit tatbegünstigend verhalten zu haben, lasten auf ihr.

Christiane ist eine wichtige Zeugin in eigener Sache. Nachdem die Ärzte zustimmen, steht ihrer Vernehmung nichts mehr im Wege. Im Bemühen, das Gespräch mit dem Kind später nicht fortführen zu müssen, veranlasst Oberleutnant Thomas eine einmalige, ausführliche und gründlich protokollierte Vernehmung im Beisein einer erfahrenen Kinderpsychologin. Eine begleitende Tonbandaufzeichnung soll Christianes persönliches Erscheinen vor Gericht verzichtbar machen.

Thomas' Ermittlerteam stürzt sich voller Tatendrang auf den »Vorgang Schlabitz«. Zusehends wachsen die Aktenstapel, unverdrossen sind die Kriminalisten aktiv. Der Aufwand, den die Männer betreiben, kann in diesem Report nur angedeutet werden. Er widerspiegelt sich in der Vielzahl der Vernehmungsprotokolle, Dokumente über Rekonstruktionen, Bewegungsabläufe, Gegenüberstellungen, der Berichte über die verkehrspolizeilichen Unfallaufnahmen und die kraftfahrzeugtechnischen, medizinischen, psychologischen und kriminaltechnischen Gutachten. Monate vergehen, bis die Ermittlungen im Spätsommer schließlich ihren Abschluss finden. Ihre Ergebnisse sind in sechs prallgefüllten Aktenbänden konserviert, verifizieren ein schweres Sexualverbrechen und vorsätzlich begangene Verkehrsdelikte. Jetzt ist der Zeitpunkt gekommen, der ein vollständiges, beurteilbares Bild über die Vorgänge am 4. und 5. Mai ermöglicht. Und nun hat der Staatsanwalt das Wort.

Herbert Schlabitz, zur Tatzeit 35 Jahre alt, verheiratet, Vater zweier minderjähriger Kinder, wächst mit mehreren Geschwistern in einer kommunistischen Arbeiterfamilie auf, ist ein unauffälliger Schüler mit durchweg befriedigenden Leistungen, ausgestattet mit durchaus guter Intelligenz. Nach der Grundschule erlernt er den Beruf eines Gärtners, wird Mitglied der SED und arbeitet mehrere Jahre in einer Großgärtnerei. Im Jahr 1952, knapp 22 Jahre alt, verpflichtet er sich für eine Offizierslaufbahn bei der Volkspolizei, besucht erfolgreich Polizei- und Parteischulen und avanciert im Laufe der Zeit zum Oberleutnant. Ab Anfang der 60er Jahre im Dienstzweig Feuerwehr als Politstellvertreter und Parteisekretär tätig, wirkt er, der mächtigen Politverwaltung unterstellt, hauptamtlich an der politischen Indoktrination in seinem Dienstbereich mit. Äußerlich sozial angepasst und linientreu, prägen ihn jedoch Einzelgängertum, Egoismus, Eitelkeit und latente pädophile Neigungen. Dies und der Mangel an emotionaler Stabilität führt mit der Zeit zu einer unterkühlten, zweckorientierten und förmlichen Beziehung zu seiner Frau. Im Frühjahr 1963 werden Schlabitz verschiedene sexuelle Übergriffe auf Kinder zum Verhängnis. Zwar bleibt ihm ein Erscheinen vor den Schranken des Gerichts und damit eine Vorstrafe erspart, doch führen die Vorkommnisse, die vermutlich aus Gründen des politischen Renommees nur polizeiintern untersucht werden, zu seiner »unehrenhaften Entlassung aus den Organen des MdI«. Seither arbeitet er beim Städtischen Grünanlagenbau, äußerlich sozial unauffällig und integriert. Inwieweit Herbert Schlabitz auch in der Folgezeit seinen pädophilen Neigungen nachgab, lässt sich nicht nachweisen. Mehrfach erfolgen in der kriminalpolizeilichen Vernehmung Vorhaltungen in dieser Hinsicht, die er entrüstet zurückweist.

In der Woche der Maiferien, in der sich seine Frau und die Kinder bei den Großeltern in Peitz aufhalten, genießt er nach der Arbeit das Alleinsein, sitzt beim abendlichen Bier bis zum Sendeschluss vor dem Fernseher, begnügt sich mit masturbatorischen Gedanken, in denen Kinder eine Rolle spielen. Am 4. Mai jedoch bleibt er wegen eines angeblichen Arztbesuches der Arbeit fern, will »einfach mal blau machen«. Die ganze Zeit aber spukt bereits in seinem Kopf, die sexuellen Phantasien der vergangenen Tage Wirklichkeit werden zu lassen, freilich mit einem Kind. Ein Mädchen müsste es sein, so etwa zehn Jahre alt, möglichst blond und mit Pferdeschwanz. Ein ungestümer innerer Druck treibt ihn nach dem Frühstück aus dem Haus, um mit seinem Moskwitsch im Cottbuser Stadtgebiet »einfach so umherzufahren«. Vielleicht bietet sich bei diesem Streifzug die Chance, ein Kind anzulocken. Doch er muss auf der Hut sein, darf unter keinen Umständen Verdacht erwecken. Die quirlige Großstadtatmosphäre behindert die Durchführung seines Vorhabens. Dennoch fährt er eine Zeit lang kreuz und quer durch Cottbus. Vergeblich, es bietet sich keine günstige Gelegenheit. Dann zieht es ihn aus der Stadt, geradewegs auf die Autobahn in Richtung Norden zu den waldreichen Gebieten am Rande des Spreewalds.

Es ist gegen 11.30 Uhr. Fast 80 Kilometer ist er gefahren, und Schlabitz erreicht die Ortschaft Groß Köris. Als er das Gesellschaftshaus passiert, erspäht er auf der anderen Straßenseite plötzlich ein etwa zehnjähriges Mädchen mit dunkelblondem Pferdeschwanz, das unbekümmert auf und ab schlendert. Es ist Christiane Richter, die auf ihre große Schwester wartet. Der Anblick des Mädchens löst bei Schlabitz augenblicklich einen heftigen sexuellen Impuls aus. Nun will er die sich bietende Chance nutzen. Doch zunächst fährt er an dem Kind vorbei, vergewissert sich, dass niemand Notiz von ihm nimmt. Dann wendet er. Im Schritttempo geht es nun zurück. In Höhe des Gesellschaftshauses stoppt er sein Fahrzeug, kurbelt die Scheibe auf der Beifahrerseite herunter und winkt das arglose Mädchen mit hinterlistiger Freundlichkeit zu sich: »Hallo Kleine, du kennst dich doch bestimmt hier aus. Wie komme ich denn zum Bürgermeister?« Christiane nickt mit dem Kopf. Natürlich weiß sie Bescheid.

»Da müssen Sie aber nach Teupitz«, antwortet sie beflissen und tritt näher.

Schlabitz öffnet die Fahrzeugtür. Er hat zum Schein eine Autokarte vor sich ausgebreitet: »Steig doch ein und zeig's mir!«

Hilfsbereit folgt das arglose Mädchen seinem Wunsch und nimmt neben ihm Platz. Zu spät, die Falle schnappt zu. Blitzschnell verriegelt er die Fahrzeugtür und fährt los. Christiane zuckt überrascht zusammen, starr und sprachlos vor Schrecken.

Schlabitz beherrscht die Situation mit Eiseskälte und nutzt die minutenlange Schreckstarre seines Opfers für eine zügige Fahrt aus. Hinter Märkisch Buchholz, irgendwo bei den Krausnicker Bergen, biegt er schließlich in einen stillen Waldweg ab. Jetzt ahnt das Kind drohendes Unheil und jammert: »Ich hab Angst, lassen Sie mich raus, bitte, ich muss zu meiner Schwester!« Doch Schlabitz bleibt unbeeindruckt, meint nur: »Sei still, dir passiert schon nichts, ich werde dich schon zurückbringen!« Doch bereits zu diesem Zeitpunkt weiß er, dass dies eine Lüge ist. Der Wagen hält. Stumm und in angstvoller Erwartung verharrt das Kind auf dem Sitz, während Schlabitz sich entblößt, augenscheinlich in höchster sexueller Erregung. Lüstern betatscht er den Körper des Mädchens und befiehlt streng: »Los, hol mir einen runter!« Angewidert und zitternd vor Angst folgt Christiane der Aufforderung, dem Unhold hilflos preisgegeben.

Eine Viertelstunde später. Schlabitz ordnet seine Bekleidung. Die Begierde ist abgeklungen, aber nur für kurze Zeit. Schon strebt er eine Wiederholung des unappetitlichen Vorgangs an, und längst ist ihm klar, das Kind zu töten, damit es ihn nicht verraten kann. Christiane schluchzt: »Ich will nach Hause!«

Wieder lügt er: »Ich fahr dich jetzt zurück!«

Und während Schlabitz weiterfährt, beruhigt sich das Kind in der Hoffnung, bald wieder daheim zu sein. Welch ein fataler Irrtum! Schlabitz steuert seinen Moskwitsch jetzt in Richtung Lübben, bleibt auf den kleineren Landstraßen und vermeidet das Durchqueren größerer Ortschaften.

Es ist inzwischen 14.30 Uhr. Einige Kilometer weiter südlich, zwischen Groß Lübbenau und Kahnsdorf verlässt Schlabitz die Landstraße und folgt einem unbefestigten, schmalen Waldweg. In der Tiefe des Waldes parkt er seinen Wagen, verlässt ihn, öffnet den Kofferraum, entnimmt ihm eine dunkelgraue Decke und versteckt darin eine fast halbmeterlange Rohrzange. Sodann fordert er das verängstigte Mädchen zum Aussteigen auf, erfasst mit festem Griff dessen Hand und zerrt es durch die Büsche bis zu einer kleinen Lichtung. Dort breitet er die Decke aus und fordert das eingeschüchterte Kind auf, darauf Platz zu nehmen. Mit einigen unechten verbalen Freundlichkeiten kann er es einigermaßen beruhigen. Wollüstig und mit zweifelhaftem Zartgefühl entkleidet er das Mädchen und legt sich zu ihm. Als es komplett entblößt und hilflos bei ihm liegt, steuert seine Erregung den ersehnten Höhepunkt an. Jetzt wiederholt er die schändliche Prozedur von vorhin, nur diesmal zügellos und länger, sorgsam darauf bedacht, das Ejakulat im eigenen Textil aufzufangen. Nachdem der Rausch abgeklungen ist, sieht Schlabitz den Zeitpunkt gekommen, das Kind zu töten. Kaltherzig ergreift er die Rohrzange und schlägt mehrmals kräftig auf den Schädel seines Opfers, das nur kurz aufschreit. Nackt, blutüberströmt und reglos liegt es nun auf der Decke inmitten seiner Kleidungsstücke. Schlabitz glaubt, es sei tot. Eilig schlägt er die Enden der Decke über dem Körper zu einem Bündel zusammen und zerrt dieses durch das Strauchwerk bis zu seinem Fahrzeug. Gerade will er das unhandliche Paket im Kofferraum verstauen, da ertönt aus dem nahen Unterholz eine kräftige Männerstimme: »Was ist los hier!« Schlabitz erschreckt bis ins Mark, als er plötzlich einen Waldarbeiter wahrnimmt, der sein Treiben offenbar beobachtet hat. Im unerwarteten Auftauchen dieses Zeugen sieht er plötzlich eine viel größere Gefährdung seines Selbstschutzes als durch den leblosen Körper, der eingewickelt vor dem Auto liegt, und den er nun beseitigen will. Als er überdies bemerkt, dass wider alle Erwartung das Mädchen zu sich kommt und der Waldarbeiter ihm zuruft, wegzulaufen, ergreift er wutentbrannt die Rohrzange, stößt Morddrohungen gegen den Mann aus und jagt ihm nach. Der aber kann erfolgreich im Dickicht abtauchen, und Schlabitz gibt nach einer Minute auf. Als er zu seinem Auto zurückkehrt, ist das Mädchen verschwunden. Eilig verstaut er das Tatwerkzeug, die Decke und die Bekleidung des Mädchens im Kofferraum. Dann heißt es nur noch, den Tatort schleunigst zu verlassen.

Über Vetschau und Burg erreicht er irgendwo das Spreeufer. An einer geeigneten Stelle kann er die verräterischen Utensilien aus dem Kofferraum, mit Steinen beschwert, unbemerkt in den Fluten versenken, wo sie später, trotz intensiver Suche durch die Polizei, niemals gefunden werden. Kurz vor 16 Uhr trifft er zu Hause ein. Seine Nerven liegen blank. Zu Recht befürchtet er, dass der Arm des Gesetzes sich bereits nach ihm ausstreckt. Flucht ist jetzt der alles beherrschende Gedanke, der das Wohin als Nebensache erscheinen lässt. Nur wenige Minuten gönnt er sich, um sich zu waschen, umzukleiden und etwas zu essen. Dann verlässt er Hals über Kopf das Haus, setzt sich in seinen Moskwitsch und fährt los. Ziellos, planlos, einfach irgendwohin, nur raus aus Cottbus. Als es dämmert, muss er tanken. Es beruhigt ihn, dass niemand Notiz von ihm nimmt. Plötzlich kommt ihm die Idee, nach Frauenstein ins Erzgebirge zu fahren. Dort wohnt ein alter Kumpel, der ihm vielleicht Unterschlupf gewährt. Doch wie soll er diesem das Ansinnen begründen? Auf halber Strecke verwirft er den absurden Plan und kehrt um, nach Norden in Richtung Spremberg. Als die Nacht hereinbricht, überrascht ihn einige Male ein gefährlicher Sekundenschlaf. Bald ist er hundemüde. Kurz vor der Ortschaft Graustein hält er am Straßenrand und stellt den Motor ab. Völlig erschöpft schläft er auf dem Fahrersitz ein. Irgendwann weckt ihn der scharfe Lichtstrahl einer Taschenlampe. Als er einen Polizisten erkennt, ergreift ihn panische Angst. Blindlings fährt er davon. Der Streifenwagen folgt ihm. Schlabitz kann ihn schließlich mit tollkühnen Fahrmanövern von der Straße drängen. Dass sich das Polizeifahrzeug dabei überschlägt, nimmt er sieghaft wahr. Rigoros und zu allem entschlossen setzt er seine Amokfahrt fort. Einige Male entdeckt er in der Ferne die Sperren der Polizei. Doch er kann unbemerkt wenden, sie umfahren und verschwinden. Als er den Polizeikordon in Dresden-Hellerau mit Brachialgewalt durchbricht, ist ihm nicht nur die Aussichtslosigkeit seiner Flucht bewusst, sondern auch, menschliches Leben gefährdet zu haben. Doch er will nicht aufgeben. Nahezu ungerührt von der Möglichkeit der Selbstvernichtung setzt er seine Aktion fort, bis Pistolenschüsse der Polizei und eine ungeheure Erschöpfung seine sinnlose Flucht beenden.

Anfang des Jahre 1968 hat der 1. Strafsenat des Bezirksgerichts Cottbus über die von Herbert Schlabitz begangenen Straftaten zu befinden. Der versuchte Mord gem. § 112 StGB in Tateineinheit mit sexuellem Missbrauch von Kindern gem. § 148 StGB steht im Mittelpunkt des Prozesses. Am unbedingten Tötungsvorsatz gibt es keinen Zweifel. Dass Schlabitz die Tat nicht vollendete, war keineswegs das Ergebnis eines freiwilligen und endgültigen Rücktritts vom Versuch, sondern die Wirkung der sich ihm entgegenstellenden, äußeren Faktoren. Denn die Vollendung der Mordhandlung wurde nur dadurch gestoppt, weil in letzter Sekunde wie aus dem Nichts ein rettender Engel in Gestalt des Harzers Andreas Herold erschienen war. Angesichts der ohnehin zu erwartenden hohen Strafe sind die von Schlabitz auf der Flucht begangenen Straftaten im Verkehrsgeschehen hinsichtlich der Strafhöhe so geringfügig, dass sie keinen Einfluss auf das Gesamtstrafmaß haben. Denn der Richterspruch lautet: »Der Angeklagte wird zu einer lebenslangen Freiheitsstrafe sowie zur Aberkennung der staatsbürgerlichen Rechte für dauernd verurteilt.«

Die folgenden Jahre verbringt er in verschiedenen Strafvollzugseinrichtungen. Im September 1975 wird durch einen Amnestiebeschluss seine Haftzeit auf fünfzehn Jahre herabgesetzt, die er allerdings bis zum letzten Tag absitzen muss. Ob er wegen seiner pädophilen Neigungen im Gefängnis therapiert wurde, ist unbekannt. Ende des Jahres 1982 wird der 51-jährige Schlabitz für ein Weiterleben in freilich kontrollierter Freiheit aus der Haft entlassen. Seitdem lebt er unbescholten irgendwo in Sachsen-Anhalt. Auskünften Anfang des Jahres 2007 zufolge verbringt der nunmehr 76-jährige, schwer zuckerkranke Schlabitz seinen Lebensabend in einer großstädtischen Sozialeinrichtung für betreutes Wohnen.

Christiane Richter ist inzwischen über fünfzig Jahre alt, eine gestandene Frau mit eigener Familie. Sie für ein Interview darüber zu gewinnen, ob posttraumatische Belastungsstörungen ihr weiteres Leben beeinträchtigt haben und wie sie mittlerweile über die Geschehnisse von damals reflektiert, ist dem Autor nicht gelungen. Der Brief an sie blieb unbeantwortet.

Heiße Spur

Aktenzeichen IB 6/66 Bezirksstaatsanwalt Halle/Saale,
Tgb.-Nr. 54/66 VPKA Artern

Das Wissen über die individualisierenden Eigenschaften von Fingerabdrücken reicht bis ins 2. Jahrtausend vor unserer Zeitrechnung zurück. Bereits die Babylonier und Assyrer siegelten damit ihre Tontafeldokumente. Auch Japaner und Chinesen benutzten den Fingerabdruck schon frühzeitig für die Rechtsverbindlichkeit eines Schriftstücks. Doch der Weg, bis die Fingerabdruckkunde (Daktyloskopie) Einzug in die Kriminalistik fand, war lang und verschlungen. Anfang des 19. Jahrhunderts nahm der an die Breslauer Universität berufene Pathologe und Physiologe Purkinje ernsthafte Untersuchungen an menschlichen Pappillarlinien der Fingerbeeren vor und klassifizierte die ersten Hauptmuster. Ende des 19. Jahrhunderts folgten William Herschel, englischer Gouverneur in Kalkutta, und der schottische Arzt Henry Faulds. Sie forschten, unabhängig voneinander, an Tausenden von Fingerabdrücken und begründeten die These, dass die individuellen Merkmale der Papillarlinienmuster eine Indentifizierung von Personen ermöglichen. Doch ihre Bemühungen, die Erkenntnisse für kriminalistische Identifizierungszwecke zu nutzen, fanden bei den Kriminalbehörden kein ernsthaftes Interesse. Ähnlich erging es dem Professor der Tierärztlichen Hochschule Berlin, Wilhelm Eber, der intensive Studien an Fingerabdrücken unternahm und ihren individualisierenden Wert erkannte. Seinen Vorschlag, Verbrecher durch Papillarlinienabdrücke zu identifizieren, lehnte das Preußische Ministerium des Innern kurzerhand ab. Das hängt damit zusammen, dass der polizeiliche Erkennungsdienst in Deutschland zu dieser Zeit nach dem anthropometrischen System des französischen Kriminalisten Alphonse Bertillon arbeitete – ein letztlich unzuverlässiges Verfahren, das auf dem Verhältnis bestimmter, relativ stabiler Körpermaße beruht. Zeitgleich aber kam der Engländer Francis Galton, ein Vetter Charles Darwins, nach intensiven daktyloskopischen Forschungen zu dem Ergebnis, dass die Fingerabdruckkunde eine neue und bessere Identifizierungmethode sei. Er wies nicht nur nach, dass menschliche Fingerabdruckmuster vom sechsten Monat vor der Geburt bis zur Gewebeauflösung nach dem Tode unveränderlich bleiben, wenn man von der altersbedingten Größenveränderung absieht. Galton berechnete auch, dass es bei einem Verhältnis von 1:64 Milliarden weltweit praktisch keine zwei identischen Fingerabdrücke geben könne. Sein eifriger Schüler, der spätere Polizeidirektor Edward Richard Henry erarbeitete ein brauchbares Registriersystem für Fingerabdrücke, das unter dem Begriff des im Grunde auch heutzutage noch gültigen »Henry-Galton-Systems« im Jahre 1901 von der Londoner Polizei übernommen wurde und die sogenannte Bertillonage endgültig ablöste. Allmählich setzte sich nun die Daktyloskopie auch in den anderen Ländern durch. Sie zählt – freilich durch computergestützte Erfassungs- und Auswertungsverfahren qualifiziert – neben dem sogenannten DNA-Fingerprinting auch heute noch zum Standard kriminalistischer Identifizierung.

Der Informationsgehalt einer Fingerabdruckspur beschränkt sich nicht nur auf die Individualisierung des Verursachers. Er erfasst auch die Fragen nach dem Ort, an dem die Spur entstand, nach ihrem Alter, nach der Händigkeit des Verursachers, nach möglichen Handhabungen und Bewegungsabläufen. Denn: Auch aus den lokalen, temporalen und modalen Informationen können wichtige kriminalistische Schlüsse gezogen werden, wie nachfolgender Bericht illustriert.

Artern, Kreisstadt an der Unstrut, im Südosten der Goldenen Aue. Mitte Januar 1966 bricht plötzlich starker Frost herein, und die Temperaturen stürzen weit unter den Nullpunkt. Doch wie bitterkalt es am Nachmittag des 21. Januar auch sein mag, es berührt Helmut Dölling (47) nicht besonders. Er ist zufrieden, dass die Frühschicht in der Maschinenfabrik hinter ihm liegt. Jetzt sitzt er im Kreise der Familie am Kaffeetisch in der warmen Wohnstube. Inge, seine Angetraute und Verkäuferin in einem Lebensmittel-Konsum, hat eine exquisite Torte gebacken. Denn heute ist sein Geburtstag. Kein runder zwar, doch für Tochter Carla (23), Arbeiterin in der Zuckerfabrik, und ihren gleichaltrigen Verlobten, Günter Pohlitz, gerade von einer Grippe genesen, aber noch bis 2. Februar krankgeschrieben, ansonsten Rangierer am Bahnhof Artern, Anlass genug, auch dabei zu sein. Nur ein Platz bleibt unbesetzt.

»Kommt Oma noch?«, fragt Carla neugierig in die Runde und weist auf den leeren Stuhl. Achselzucken und Schweigen am Tisch. Keiner kann darauf antworten. Großmutter Olga Grauer, eine quicklebendige, aktive Zweiundsiebzigjährige mit beneidenswerter physischer und psychischer Kondition, führt ein eigenständiges Leben. Sie wohnt eigentlich im Norden Arterns, besitzt dort ein Haus mit Scheune und großem Garten. Kürzlich hat Oma Olga die Diele ihres Hauses durch eine Trennmauer teilen und eine massive Tür einbauen lassen. Auf diese Weise entstand neben ihrer eigenen separaten Wohnung eine zusätzliche kleine Zweiraumwohnung, denn das Wohnungsamt hatte die Auflage erteilt, zwei Räume ihres Hauses unterzuvermieten. Und da es allemal besser ist, Angehörige und keine Fremden im Hause zu haben, hat sie Carla und ihrem Verlobten die Untermieterwohnung überlassen und so die Bürokraten im Rathaus zufrieden gestimmt. Als die kalten Tage begannen, war Oma Olga um ihren betagten, in Eisleben wohnenden Bruder sehr besorgt. Kurzerhand hat sie am 19. Januar Fenster und Türen ihres Heims verriegelt und ist mit dem Linienbus für einige Tage nach Eisleben gefahren, um sich um ihn zu kümmern.

»Eigentlich wollte sie gestern zurück sein«, bemerkt Helmut Dölling und mutmaßt, »vielleicht geht's Opa Paul nicht so gut. Bei seinem Alter! Und versorgen muss er sich auch allein. Oma wird noch einige Tage bei ihm bleiben.«

»Mir hat sie gesagt, sie kommt erst zurück, wenn die große Kälte vorbei ist«, wirft Günter Pohlitz ein. In der Tat ist auch das eine plausible Erklärung. Dennoch ist ihr Fernbleiben an diesem besonderen Nachmittag ungewöhnlich.

Inge Dölling präsentiert unterdessen eine Flasche Apfelkorn. Carla holt die Schnapsgläser aus dem Schrank, und der gemütliche Teil des kleinen Familienfestes nimmt seinen Lauf. Das Thema der nicht anwesenden Oma Olga, die vermutlich bei ihrem Bruder in Eisleben für eine warme Stube sorgt, ist somit bald vergessen. Jedoch: Eine Person in der Geburtstagsrunde kennt die wahren Gründe, warum die alte Frau entgegen ihrer sonstigen Gewohnheit dem Familientreffen ferngeblieben ist.

Die Tage vergehen. Die eisige Kälte aber hält an. Inge Dölling ist beunruhigt, weil die Mutter immer noch nicht heimgekehrt ist.

»Ich werde nach Eisleben fahren und nachschauen«, schlägt sie eines Tages dem Gatten vor. Der aber wiegelt gelassen ab: »Sie wird immer noch bei Opa Paul sein, denk mal an die Kälte. Warten wir also noch einige Tage!«

Auch Carla und ihr Verlobter Günter unterstützen die Ansicht des Vaters. Sie sehen allemal keinen Grund zur Besorgnis.

Anfang Februar jedoch setzen sich auf Betreiben der Mutter die Familienmitglieder zusammen und beraten ihr weiteres Verhalten, denn sie haben von Oma Olga immer noch keine Nachricht. Günter Pohlitz unterbreitet einen Plan, der vorsieht, sämtliche Bekannte der Oma in Artern aufzusuchen, ob sie vielleicht etwas über ihren Verbleib wissen. Und außerhalb Arterns? Bis auf eine langjährige Freundin in Leipzig und ihren Bruder in Eisleben kennt Oma Grauer niemanden, den sie spontan besuchen würde. Die Familie vermutet aber folgerichtig, dass sie sich an ihre Ankündigungen gehalten und ihren Bruder besucht hat. Inge Dölling will deshalb zunächst nach Eisleben fahren. Sie bedrängt ihren Gatten, unterdessen in Leipzig Erkundigungen einzuziehen. Doch der will nichts übereilen. Auch Günter Pohlitz bremst ihren Eifer, hält indes eine briefliche Anfrage bei Oma Grauers Freundin für völlig ausreichend.

»Können wir nicht mal in ihrer Wohnung nachsehen?«, fragt er in die Runde.

Vater Dölling wehrt kategorisch ab. »Wir haben keine Schlüssel, und einbrechen tun wir nicht!«

4. Februar 1962. Am Morgen. Inge Dölling macht sich auf den Weg nach Eisleben. Mit einer verwirrenden Nachricht ist sie am späten Nachmittag zurück: Oma Grauer ist zwar vereinbarungsgemäß am 19. Januar pünktlich bei ihrem Bruder eingetroffen, jedoch am Vormittag des nächsten Tages wieder zurück nach Artern abgereist. Sie wollte, wie sie den Bruder wissen ließ, einen Geburtstagskuchen für den Schwiegersohn backen.

Inzwischen sind aber mehr als zwei Wochen ohne ein Lebenszeichen von Oma Grauer vergangen. Frau Dölling beschwört ihren Gatten, endlich bei der VP eine Vermisstenanzeige zu erstatten. »Die können uns auch nicht helfen«, murrt er zwar, macht sich dennoch auf den Weg zum VPKA.

18.00 Uhr. Er sitzt Leutnant Roloff vom Kriminaldienst gegenüber, der sich im Interesse einer gewissenhaften Anzeigenaufnahme erstaunlich viel Zeit nimmt. Helmut Dölling schildert, dass Oma Grauer vom 19. bis 20. Januar ihren Bruder in Eisleben besucht hat und seitdem verschwunden ist. Diese Tatsache erhält angesichts der eisigen Winterkälte und des fortgeschrittenen Lebensalters der Frau eine besondere Bedeutung. Deshalb wird Helmut Dölling nicht, wie allenthalben bei Vermisstenanzeigen üblich, mit einem weiteren Abwarten vertröstet. »Wir können den Umständen nach eine unmittelbare Gefahr für Leben und Gesundheit ihrer Schwiegermutter nicht ausschließen«, gibt der Gesetzeshüter zu bedenken und erfragt für die spätere polizeitaktische Einschätzung der Sachlage möglichst viele Details über ihre Lebensverhältnisse, gesundheitliche Konstitution, Gewohnheiten, Eigenschaften und Eigenarten. Alles in allem: Die soziale Kommunikation zwischen Helmut Dölling, seiner Familie und Oma Grauer ist lebendig, freundlich, ehrlich und in keiner Weise belastet. An die Marotte, die Hausschlüssel auch während ihrer Abwesenheit nicht aus der Hand zu geben, hätte sich die Familie längst gewöhnt.

»Ist sie depressiv, hat sie schon einmal Lebensüberdruss geäußert?«, will Leutnant Roloff wissen. Ausgeschlossen! Helmut Dölling hält derlei Überlegungen für absurd. Oma Grauers beneidenswerte körperliche Fitness und geistige Frische sprächen gegen jeden Verdacht, sich das Leben nehmen zu wollen. Keine Anzeichen von Schwermut oder Todesüberlegungen.

Roloff wechselt das Thema und interessiert sich für die dreiundzwanzigjährige Enkelin und ihr Verhältnis zur Großmutter. Darüber weiß Vater Dölling nur Gutes zu berichten: Oma Grauer und Carla stehen in einer sehr innigen Beziehung. Dafür spräche schon, dass die eigentlich etwas knauserige, misstrauische alte Dame im November letzten Jahres bereitwillig Wohnraum abgab, als Carla mit ihrem aus Jüterbog zugezogenen Verlobten Günter Pohlitz zusammenziehen wollte. Ihm habe sie allerdings von Anfang an misstraut, obwohl er bisher keinen Anlass dazu gegeben hätte. Die Familie deute diesen Argwohn als psychologisch verständliche Reaktion eines älteren Menschen auf eine plötzliche Veränderung.

Während Helmut Dölling über sich, seine Familie und Oma Grauer berichtet, strapaziert Leutnant Roloff die Tasten seiner Schreibmaschine.

Nach der Anzeigenaufnahme füllt er noch das Formblatt mit der Personenbeschreibung der Vermissten aus und fertigt ein abschließendes Protokoll:

»... Im gesamten Gebiet der DDR besitzt die Vermisste keine weiteren Verwandten. Lediglich in Leipzig wohnt eine Freundin, mit der sie in brieflicher Verbindung steht. Der Anzeigeerstatter hält es nicht für möglich, dass die Grauer nach Leipzig gefahren ist, weil es nicht ihrer Gewohnheit entspricht, wegzufahren, ohne ihre Verwandten über das Ziel ihrer Reise zu informieren. Der Anzeigende erklärt, dass es unwahrscheinlich ist, dass die Grauer evt. tot in ihrer Wohnung liegt, weil sie während ihrer Anwesenheit im Haus niemals ihre Zimmer verschließt.«

»Ob sie vielleicht einen Unfall hatte und im Krankenhaus liegt, hilflos oder bewusstlos?«, fragt Dölling besorgt.

Doch Roloff beruhigt ihn: »Natürlich müssen wir das noch genauer prüfen. Sie können aber gewiss sein, ein Krankenhaus hätte längst mit den Angehörigen Verbindung aufgenommen. Und selbst, wenn die Identität unbekannt wäre, wüssten wir das. Immerhin ist ihre Schwiegermutter schon seit siebzehn Tagen verschwunden.«

Der Kriminalist erläutert Dölling das weitere polizeiliche Vorgehen: So müsse der Bruder in Eisleben ebenso zeugenschaftlich vernommen werden wie die Linienbusfahrer auf der Strecke zwischen Artern und Eisleben. Doch angesichts der vorgerückten Stunde ist das eine Aufgabe für den morgigen Tag. Jetzt aber muss mit Einverständnis der Familie die Wohnung der vermissten Olga Grauer besichtigt werden.

20.00 Uhr. Helmut Dölling führt Leutnant Roloff und einen weiteren Mitarbeiter des Kriminaldienstes zum Wohnhaus seiner Schwiegermutter: Ein eingeschossiges Haus mit Terrasse, großem Garten und Scheune. Schon von außen erkennt man, dass in der Wohnung der Rentnerin Dunkelheit herrscht. Nur durch das Fenster, hinter dem Carlas und Günters kleine Wohnung liegt, scheint ein schwaches Licht. Die Männer klopfen an die Tür. Missgelaunt öffnet Carla. Sie ist allein.

»Ist Günter nicht da?«, fragt Dölling verwundert.

»Keine Ahnung, wo er ist. Als ich von der Arbeit kam, musste er weg, wollte irgendetwas besorgen«, antwortet Carla leicht verstört.

»Und Sie haben wirklich keine Schlüssel zur Wohnung Ihrer Großmutter?«, vergewissert sich Roloff. Carla verneint. Roloff gibt seinem Mitarbeiter zu verstehen, vorerst bei ihr zu bleiben, während er mit Dölling eine Kontrollrunde um das Haus macht.

»Brechen wir die Tür auf«, schlägt Helmut Dölling vor. Doch Roloff wehrt ab und versucht zunächst, eines der Fenster der im Parterre liegenden Wohnung von außen aufzudrücken. Vergeblich. Er hält seine Taschenlampe dicht an eine Scheibe und leuchtet hinein. »Das ist die Wohnstube«, kommentiert Dölling die Aktion und versucht ebenfalls, in den Raum zu blicken. Der Strahl der Taschenlampe tastet über einen an der Wand hängenden Abreißkalender. Das Datum »19. Januar 1966« ist gut zu erkennen. Der Lichtstrahl wandert über das Mobiliar, hält an einer Kommode inne, dessen Schubladen weit herausgezogen sind. Irgendwelche Papiere liegen auf dem Fußboden. Auch die Türen der Schrankwand sind halb geöffnet. Die Häkeldecke auf dem Couchtisch ist verschoben.

»Schauen Sie mal die Unordnung!«, wendet sich Roloff verwundert an Dölling. Der verfolgt mit starrem Blick den Lichtschein: »Niemals würde Oma die Wohnung so verlassen«, klagt er, »da war bestimmt jemand drin!«

»Gut, machen wir die Wohnungstür auf«, entschließt sich Leutnant Roloff und kramt aus seiner Jackentasche ein Bund mit Sperrhaken und Dietrichen – ehemalige Einbruchswerkzeuge, die nach ihrer Einziehung jetzt polizeiliche Verwendung finden. Ohne Probleme findet er einen passenden Nachschlüssel, öffnet die Tür und knipst das Licht an. Sofort wird den Männern klar, dass hier ein Unbefugter eingedrungen war: Überall Spuren des zerstörerischen Werks eines Einbrechers. Auch Carla wirft einen scheuen Blick in die Zimmer und schlussfolgert, dass ihre Oma niemals eine solche Unordnung hinterlassen hätte. Vermutungen, wie der Unbekannte wohl in die Wohnung gelangt sein könnte, werden laut. Leutnant Roloff untersagt das weitere Betreten der Wohnung und verschließt sie wieder. Er vermutet folgerichtig, dass die vorgefundene Situation in einem engen Zusammenhang mit Oma Grauers Verschwinden steht und auf ein Verbrechen hinweisen könnte.

Plötzlich fällt Dölling etwas ein, was wichtig sein könnte: »An dem Tag, an dem meine Schwiegermutter nach Eisleben gefahren ist, hatte ich Frühschicht. Zwischen 14.00 und 14.30 Uhr bin ich zu ihrem Grundstück. Ich wollte in der Scheune was vermessen, weil ich einen Pferdestellplatz einrichten wollte. Das war mit meiner Schwiegermutter schon seit Langem abgesprochen. Als ich zur Scheune kam, war Günter Pohlitz auch dort. Er hatte einen Spaten in der Hand, kratzte damit das auf dem Boden liegende Stroh zusammen und begann, Erde auszuheben. Ich fragte: ›Was machst du da?‹, und er antwortete, dass er einen Verschlag bauen wolle, um Hühner zu halten. ›Lass das, hier kommt ein Pferd rein‹, sagte ich zu ihm. Daraufhin schaufelte er die Erde wieder zurück, stellte den Spaten beiseite und ging mit mir hinaus mit der Bemerkung, ›dann muss ich eben hinten im Garten einen Hühnerstall bauen‹.«

Dieses nebensächliche Ereignis ist unter den gegebenen Umständen ein Grund für eine kritische Prüfung.

»Lassen Sie uns gleich nachsehen«, drängt Roloff deshalb. Und die Männer gehen zur Scheune. Es dauert auch nicht lange und sie entdecken eine ziemlich lockere Stelle im ansonsten festgestampften Erdboden, über dem eine dünne Strohschicht liegt. Dölling holt von irgendwoher einen Spaten, den Roloff gleich ergreift, um damit das Stroh von der auffälligen Stelle wegzukratzen. Ein etwa Quadratmeter großes Areal wird sichtbar, in dem der Erdboden frisch und verhältnismäßig locker erscheint. Von dunkler Vorahnung erfasst sticht Roloff das Spatenblatt vorsichtig hinein und hebt die Erde aus. In der Tiefe des Loches ist das Stück eines von Erdreich bedeckten textilen Gegenstandes mit Karomuster sichtbar. »Olgas Mantel!«, stößt Dölling entsetzt aus.

Roloff unterbricht die Aktion abrupt: »Hier muss die MUK ran!« Er schiebt Dölling, der am liebsten weitergemacht hätte, mit sanfter Gewalt aus der Scheune und verlangt: »Gehen Sie ins Haus, bleiben Sie bei Ihrer Tochter. Hier wird bald der Teufel los sein!«

Während Roloff postwendend in sein Büro zurückkehrt, sichert sein Mitarbeiter das Grundstück.

21.00 Uhr. Inge Dölling hält sich unterdessen auch bei ihrer Tochter auf. Die Ungewissheit über das Schicksal ihrer Mutter hat sie zu Tochter und Gatten getrieben. Helmut Dölling ist froh, dass die drei in dieser angespannten Situation zusammen sein können.

Leutnant Roloff ist wieder in seiner Dienststelle. Er unterrichtet den Operativen Diensthabenden des VP-Kreisamts über das Ergebnis der Besichtigung in der Vermisstensache Grauer. Ein Funkwagen wird zum Grundstück beordert. Lange Telefonate mit dem Operativstab der BdVP Halle und dem Bereitschaftsdienst der MUK folgen, ein Sachstandsbericht wird per Fernschreiben nach dort übermittelt. Anweisungen werden angekündigt. Eine halbe Stunde später der ersehnte Rückruf aus Halle: Die Mordkommission übernimmt den Fall, befindet sich bereits auf dem Weg nach Artern. Leutnant Roloff ist erleichtert.

22.30 Uhr beginnt die Arbeit der Spezialisten in der Wohnung der Rentnerin. Hauptmann Schön (54), erster Offizier der MUK, leitet den Einsatz. In seiner Begleitung zwei seiner Ermittler und Oberleutnant Hausmann (47), der Kriminaltechniker der MUK, der zugleich ein versierter Daktyloskop ist. Die Männer verschaffen sich zunächst einen Überblick über das Grundstück, die Scheune und die Wohnräume. Fotos werden geschossen. Weitere uniformierte Einsatzkräfte erscheinen. Sodann wird das taktische Vorgehen festgelegt: Hauptmann Schön und seine beiden Mitstreiter übernehmen die Scheune, Hausmann geht in der Wohnung auf Spurensuche. Die beiden haben vorsorglich vereinbart, bedeutsame Tatortspuren gleich vor Ort operativ auszuwerten, um die Ergebnisse ohne Zeitverzug in der folgenden Vernehmung der Familienangehörigen berücksichtigen zu können.

Bereits bei der bloßen Inaugenscheinnahme stößt Hausmanns geschulter Blick auf winzige eingetrocknete, blutverdächtige Spritzer an der Wand neben der Wohnungstür. Da die bewährte Benzidinvorprobe diesen Verdacht bestätigt, werden die Spuren für die Blutgruppenbestimmung gesichert. Auch an der Wohnungstür entdeckt Hausmann etwas Wichtiges: Hinter dem Schließblech mechanische Beschädigungen am Schloss. Es sind die stummen Zeugen eines gewaltsamen Öffnens der Tür.

Weiter: In den Räumen herrscht Unordnung. Kommoden und Schränke sind geöffnet und durchwühlt, Schubladen herausgezogen, der Inhalt auf dem Boden verstreut. Hausmann hält eine Batterie kleiner Blechdosen mit feinkörnigen, hellen und dunklen Pulverchen und jede Menge schwarze und transparente Gelatinefolien bereit, um für die unterschiedlichen Spurenträger jeweils geeignete Einstäubemittel und Sicherungsmaterialien zur Verfügung zu haben. Auch spezielle Chemikalien für die Sichtbarmachung von Fingerabdrücken zählen zum Arsenal des Spurensuchers. Schließlich: Ein wuscheliger Fehhaarpinsel, Zentimetermaßstab, Fotoapparat, Handlupe und Speziallampe vervollständigen seine Arbeitsmittel.

Doch Hausmann findet trotz peniblen Vorgehens an den meisten vermeintlichen Spurenträgern nur unbrauchbare Abwischungen. Logischer Schluss: Obwohl dem Anschein nach der unbekannte Übeltäter in Eile gehandelt haben muss, hat er sich die Zeit genommen, seine daktyloskopische Hinterlassenschaft sorgfältig zu beseitigen.

Aber Spurensuche bedeutet nicht nur Genauigkeit, sondern vor allem Ausdauer. Deshalb pinselt Hausmann auch solche Behältnisse, Schränke und Türen ab, die vermutlich nicht geöffnet wurden. Und dort finden sich jede Menge verwertbare Fingerabdrücke. Sie werden fotografiert, gesichert und stehen nun für die Vergleichsarbeit zur Verfügung, denn es gilt, über den Ausschluss der Tatortberechtigten die Täterspuren zu selektieren.

Vor einem Schrank aus massivem Eichenholz mit geschnitzten Ornamenten steht eine Stahlkassette auf dem Teppichboden. Offenbar wurde sie mit brachialer Gewalt geöffnet. Spuren eines Stemmeisens sind erkennbar. Der Kasetteninhalt fehlt.

Hausmann schließt aus der Auffindungssituation, dass das Behältnis ursprünglich im Schrank aufbewahrt wurde. Der aber ist ordnungsgemäß verschlossen, die Schlüssel fehlen. Auch Hinweise auf ein gewaltsames Öffnen sind nicht zu entdecken. Da Oberleutnant Hausmann an den Türen aber wieder eine Vielzahl von Abdrücken, aber keine Verwischungen findet, schlussfolgert er, dass der Täter keine Veranlassung sah, an dieser Stelle Spuren zu vernichten.

Trotzdem muss der Schrank geöffnet worden sein. Aber auf welche Weise? Hausmanns analytische Überlegungen lenken seinen Blick auf die Schrankseiten, und er bemerkt, dass das Möbelstück nicht ganz parallel zur Wand steht und die Eindrücke der Schrankfüße im Teppichboden nicht mehr passgerecht sind. Die linke Schrankseite steht fast fünf Zentimeter weiter von der Wand ab als die rechte. Messerscharf schließt Hausmann daraus, dass der Schrank von der Wand weg- und wieder zurückgeschoben worden sein kann. Nun beginnt er mit der Spurensuche. Und er wird fündig: An der vorderen linken Außenkante des eichenen Möbels der Abdruck von vier parallel zueinander stehenden kompletten Fingergliedern einer rechten Hand. In gleicher Höhe an der hinteren linken Kante der Ballenabdruck vermutlich einer linken Hand. Es sind die Relikte eines klassischen Greifvorgangs beim Wegschieben eines Schrankes. Der Täter muss diese Spuren bei der Verschleierung übersehen haben. Hausmann sichert den Fund und rückt den Schrank nach vorn. Die schlampig befestigte Rückwand bestätigt seine Vermutung: Der Schrank ist von hinten geöffnet worden. Und er glaubt auch, die Stelle gefunden zu haben, an der die Kassette ursprünglich im Schrank gestanden hat. Oberleutnant Hausmann ist zufrieden.

5. Februar 1966, 1.30 Uhr. Die Spurensuche in der Wohnung ist erfolgreich abgeschlossen. Hausmann nimmt eine Lupe und die schwarze Folie mit den eindrucksvollen silbergrauen Spurenabzügen vom Greifvorgang am Eichenschrank, geht hinüber zur Scheune. Dort haben die Männer inzwischen einen grässlichen Fund gemacht: Im Areal mit der aufgelockerten Erde in einer Tiefe von 70 cm der vollständig bekleidete Leichnam der Rentnerin. Glücklicherweise hat der scharfe Frost draußen den Boden unter der Strohabdeckung in der Scheune noch nicht erreicht, wo gottlob erträgliche Kühlhaustemperaturen herrschen. Deshalb bereitet die Bergung des Leichnams, der noch keine fortgeschrittenen Leichenerscheinungen aufweist, kaum Schwierigkeiten. Der Schädel der alten Frau ist zertrümmert. Die grauen Haare sind mit Blut und Erde zu einer unförmigen schwarzen Masse verklebt. So verrät schon das

äußere Bild, dass Oma Grauer erschlagen worden sein muss.

Hauptmann Schön lässt die Arbeiten am Leichenfundort abbrechen: »Jetzt ist die Gerichtsmedizin dran!«

»Ich habe Täterspuren«, mischt sich Hausmann ein und päsentiert Schön die konservierten Abdrücke, »prima Ulnarschlingen am Zeige- und Mittelfinger der rechten Hand.« Der mustert die Folien, lobt das Werk des Kriminaltechnikers und sagt: »Nimm dir jetzt die Leute im Haus mal vor. Bring ihnen vorher aber schonend bei, dass wir die Oma gefunden haben.« Hausmann übernimmt den unangenehmen Part nur widerwillig und trabt lustlos davon.

Taktvoll setzt er Carla und ihre Eltern von dem grausigen Fund in der Scheune in Kenntnis und lässt ihnen geraume Zeit, die Erschütterung und den Schmerz herauszulassen. Als sie sich einigermaßen gefasst haben, bittet er sie, ihm die Innenflächen ihrer rechten Hand zu zeigen. Gewissenhaft betrachtet er diese unter der Lupe. Doch die Fingerbeeren der Eltern besitzen nicht das gesuchte Papillarlinienmuster. Auch Carla kann durch diese Inaugenscheinnahme ausgeschlossen werden. Keiner von diesen dreien hat Oma Grauers Eichenschrank weggerückt. Aller Verdacht richtet sich nun gegen Günter Pohlitz. Doch der scheint auf und davon zu sein. Leutnant Roloff wird informiert. Der lässt über den Fahndungsoffizier Günter Pohlitz zur Eilfahndung ausschreiben. Doch ehe das Netz der Fahndung über das Kreisgebiet ausgebreitet wurde, erreicht den Kriminaldienst eine gute Nachricht von der Transportpolizeiwache des Bahnhofs Artern: »Gegen 01.15 Uhr wurde der Pohlitz, der sich in einem abgestellten Personenzug versteckt hatte, aufgegriffen und festgenommen. Er leistete keinen Widerstand.« Auf der Stelle wird er zum VPKA gebracht, wo Hauptmann Schön und Oberleutnant Hausmann bereits auf ihn warten.

Günter Pohlitz protestiert lauthals gegen seine Festnahme, kann aber keine plausible Begründung dafür abgeben, warum er nicht zu Hause ist und sich stattdessen in einem kalten, abgestellten Personenzug versteckt. Doch Schön und Hausmann halten sich mit Vorhalten zurück. Sie sammeln weiter Indizien und Beweise.

»Zeigen Sie mir mal Ihre rechte Hand!«, fordert Hausmann ihn auf, untersucht mit aller ihm möglichen Aufmerksamkeit die Fingerbeeren des jungen Mannes und blinzelt ihn schlitzohrig an: »Sie waren in der Wohnung nebenan!«

»Nee, ehrlich, da war ich noch nie drin«, entrüstet sich Günter Pohlitz.

Hausmann wirft dem Einsatzleiter einen dezenten Blick zu, der ausdrücken soll, »ich bin mir ganz sicher, das hier ist unser Kunde«.

Der Hauptmann versteht. Sein Gesicht verfinstert sich, und er starrt Pohlitz bedrohlich in die Augen: »Na, dann ziehen Sie sich mal warm an!« Und er meint nicht nur die eisige Kälte draußen.

»Ich sage jetzt gar nichts mehr!«, wehrt sich Pohlitz und lässt alle seine inneren Jalousien herunter.

Schöns plötzlicher Groll ist leicht zu erklären. Aus der inzwischen erfolgten Vernehmung des Ehepaars Dölling wurden nämlich Umstände bekannt, die schon vor der personellen Zuordnung der Fingerabdrücke den Verdacht auf den Beinaheschwiegersohn lenkten. So hatte ihn der Betriebsarzt vom 15. Januar bis 2. Februar wegen eines grippalen Infekts offiziell krankgeschrieben. Inoffiziell aber war er nach drei Tagen wieder putzmunter. Und während Carla tagsüber in der Zuckerfabrik schuftete, faulenzte ihr Verlobter zu Hause und ließ den lieben Gott einen guten Mann sein. Er hatte also Zeit und Gelegenheit, nach der Abreise der Rentnerin am 19. Januar tagsüber ungestört in deren Wohnung einzubrechen. Außerdem waren die Döllings darüber verwundert, dass Pohlitz am 20. Januar ein Transistorradio und Bekleidung gekauft hatte und erklärte, sein Bruder hätte ihm überraschend Geld geschenkt. Allein diese Fakten machen ihn verdächtig. Und der sprichwörtliche Fingerzeig für das ungewöhnliche Schrankschieben in Oma Grauers Wohnung lässt obendrein keinen Zweifel an seiner Täterschaft.

Jedoch: Die Herkunft der Blutspuren und der Leichenfund in der Scheune sollen aus taktischen Gründen jetzt noch nicht angesprochen werden. Denn Hauptmann Schön geht von der Überlegung aus, Pohlitz den Eindruck zu vermitteln, dass die Polizei nur von dem Einbruch in die Wohnung der Oma Grauer und nichts von der Toten in der Scheune wisse. Folgerichtig will er zunächst nur den Einbruch zum Gegenstand der Vernehmung machen. Erfahrungsgemäß wird sich der Verdächtige nämlich zu dem Delikt mit der geringeren Gesellschaftsgefährlichkeit viel schneller bekennen als zu einem Mord. Das bietet Hauptmann Schön ausreichende Möglichkeiten zur Diagnose des Aussage- und Verteidigungsverhaltens des Beschuldigten und erleichtert die nachfolgende Vernehmung zu den schwerwiegenden Sachverhalten.

5. Februar, kurz nach 2.00 Uhr. Die Vernehmung des Rangierers Günter Pohlitz ist in vollem Gange. Anfangs verhält er sich trotzig und feindselig, beharrt darauf, Olga Grauers Wohnung noch nie betreten zu haben. Was er wohl am 19. und 20. so getrieben habe, will Hauptmann Schön wissen und lässt ihn frei berichten, ohne Unterbrechung. Eigentlich sei er an diesen beiden Tagen meist außer Haus gewesen, habe von dem Geld, das ihm sein Bruder schenkte, Einkäufe gemacht. Schön verzieht keine Miene, nur gelegentlich spult er das Tonband etwas zurück, dreht den Lautsprecher auf und lauscht demonstrativ den letzten Passagen der Konfabulationen seines Gegenüber. So lässt er Pohlitz einige Minuten lang gewähren.

Dann legt er ihm verschiedene Spurenabzüge aus Olga Grauers Wohnung vor.

»Wissen Sie, was das ist?«, fragt er listig.

Pohlitz starrt auf die schwarzen Folien mit den silbrigen Fingerspuren. Offenbar schwant ihm nichts Gutes, denn er schweigt.

»Tja, mein Lieber, das sind Ihre!«, frohlockt Schön.

Pohlitz schaut den Vernehmer ziemlich verdattert an. Dann grient er hilflos, fühlt sich offensichtlich in der Falle und schlägt sich einige Male mit der Faust an die Stirn und stöhnt: »Ich Idiot! – Und ich dachte, sie wären alle abgewischt!«

Das hat gesessen, denkt Schön, jetzt nicht mehr locker lassen! Ein Vorhalt nach dem anderen prasselt nun auf Pohlitz nieder. Mit Erfolg. Zermürbt gesteht er kurze Zeit später, am Nachmittag des 19. Januar in die Wohnung der alten Frau gewaltsam eingedrungen zu sein und insgesamt 720 Mark und ein Sparbuch mit 3600 Mark Guthaben entwendet zu haben.

Hauptmann Schön hat das erwartete Etappenziel erreicht. Jetzt kann er getrost das Thema wechseln, denn er weiß, dass der Feinschliff an diesem noch groben Geständnis bei künftigen Vernehmungen erfolgen wird.

Es ist fast 3.30 Uhr. Schön wechselt die Kassette im Tonbandgerät. Als er den Startknopf betätigt, sagt er wie beiläufig: »Wir haben auch Blut gefunden!«

Pohlitz scheint zu ahnen, was jetzt auf ihn zukommt. Er wird unruhig, rutscht auf dem Stuhl nervös hin und her und flüchtet sich in die schwache Ausrede: »Vielleicht hab ich mich verletzt!«

»Ach ja, verletzt!«, parodiert Schön die Stimme des Beschuldigten und schiebt die entscheidende Frage nach: »Und was haben wir wohl in der Scheune gefunden?«

Jetzt gerät Pohlitz vollends aus der Fassung. Er spürt, wie die Schlinge sich zuzieht. Noch ein Mal bäumt sich sein Widerstandswillen auf, und er erfindet die wundersame Mär von »Wilhelm«, einem flüchtigen Bekannten, dessen Nachnamen er nicht kennt. Mit ihm gemeinsam will er den Einbruch begangen haben. Als Oma Grauer unerwartet erschienen sei, habe Wilhelm sie mit einem Beil kurzerhand erschlagen. Gemeinsam hätten sie dann die Leiche in der Scheune beseitigt.

Hauptmann Schön grienst bei Pohlitz' blumigen Einlassungen still in sich hinein. Die Erfahrung hat ihn längst gelehrt, dass bei derartig diffizilen Sachverhalten der Weg zur Wahrheit zumeist über den wackligen Steg des Teilgeständnisses führt. So auch in diesem Falle. Er weiß aber auch: Dies ist der zweite Etappensieg auf dem Weg zur Wahrheit.

5. Februar 1966, 4.00 Uhr. Pohlitz' Vernehmung neigt sich vorerst dem Ende zu. Er hat seinen inneren Widerstand aufgegeben. Schöns variable Taktik des ständigen Wechsels von Distanz und Zuwendung, die Unsicherheit, über welche konkreten Beweismittel die Polizei noch verfügen könnte, aber auch zunehmende Erschöpfung haben ihn zermürbt. Er sieht ein, dass Leugnen und Herumreden nicht mehr weiterhelfen.

So bekennt er schließlich – zehn Stunden nach Bekanntwerden des Vermisstenfalls –, dass seine bisherige Aussage über den Tod Oma Grauers eine Lüge sei. »Ich war es allein. Ich habe sie erschlagen und in der Scheune vergraben ...«

Schön resümiert: Es war gut, die daktyloskopische Spur am Eichenschrank – ohne ein schriftliches Gutachten abzuwarten – gleich im ersten Angriff zur taktischen Konfrontation mit Pohlitz zu verwenden. Immerhin gab der Beschuldigte dadurch seine situativ angepasste, im Grunde aber konzeptionslose Verteidigungsstrategie schnell auf. Der Kriminalist ist mit dem Ergebnis dieser langen Nacht zufrieden. Jetzt befindet er sich auf der Zielgeraden zur Wahrheit.

Drei Tage später erscheint auf der für Artern zuständigen Lokalseite der SED-Bezirkspresse »Freiheit« eine kurze Notiz über die ungewöhnlich schnelle Aufklärung des Mordes.

In den folgenden Wochen ist die Mordkommission mit umfangreichen Ermittlungen im Fall Pohlitz beschäftigt. Das Ermittlungsverfahren soll bald, freilich nach allen Regeln objektiver Beweisführung, abgeschlossen werden. So gilt vor allem, die Aussageninhalte der weiteren, nunmehr präzisierenden Beschuldigtenvernehmungen gewissenhaft zu objektivieren. Dazu sind Zeugen zu vernehmen, Gutachten hinzuzuziehen, neue in Auftrag zu geben, polizeiinterne Datenspeicher auszuwerten, Leumundsberichte anzufordern und die Täterbiografie freizulegen.

Mitte des Jahres 1966 erhebt der Staatsanwalt Anklage gegen den dreiundzwanzigjährigen Günter Pohlitz. Nach einer mehrtägigen Verhandlung vor dem 1. Strafsenat des

Bezirksgerichts Halle wird für Recht erkannt, den Angeklagten wegen Mordes zu einer lebenslänglichen Zuchthausstrafe zu verurteilen und ihm die staatsbürgerlichen Rechte zeitlebens abzuerkennen.

Für die nächsten Jahrzehnte wird damit die kriminelle Karriere eines jungen Mannes aufgehalten, dessen sinnlose Bluttat kriminologisch erst begreifbar wird, wenn man seinen jämmerlichen Lebensweg kennt. Ein Lebensweg, der bei vielen Mördern ähnlich verlaufen könnte.

Der Einblick in Pohlitz' Biografie und Tatentwicklung zeigt den fatalen Schlusspunkt einer unzureichenden Sozialisation, die zu mangelnder Selbstkontrolle und zur Unfähigkeit, Folgen einzuschätzen und vernünftiges Verhalten danach auszurichten, führt. Sein Fall macht deutlich, wie charakterliche, emotionale und soziale Fehlentwicklung den Nährboden für ein Kapitalverbrechen bereitet hat. Er zeigt, wie ein Mensch mit psychosozialen Defiziten bestimmte, meist selbstverschuldete Situationen nicht beherrscht und wie im Ergebnis einer übermächtigen Psychodynamik der Durchbruch seines Gewaltpotentials erfolgt:

Ende 1943 wird Günter Pohlitz im Berliner Arbeiterviertel Prenzlauer Berg geboren. Er und seine sechs Geschwister wachsen in tristen, ärmlichen Verhältnissen auf. Der alkoholabhängige, affektinkontinente Vater, ein stumpfer, einfach strukturierter Typ, schuftet als Arbeiter im Kabelwerk Oberspree. Er tyrannisiert seine Familie mit unberechenbaren Wutanfällen, Demütigungen und Gewalttätigkeiten. Die Mutter, durch die fortlaufenden Geburten ohnehin gesundheitlich stark beeinträchtigt, ist eine gutmütige, aber schwache und überforderte Frau, die unter dem Despotismus des Gatten ebenso leidet wie die Kinder. Günters emotionale und soziale Entwicklung verläuft im inkonstanten Milieu zwischen zwei Extremen: Auf der einen Seite der lieblose, strenge, züchtigende Vater, der die Kinder in ständiger Angsthaltung hält, auf der anderen Seite die weichherzige, verwöhnlerische Mutter, die nur hinter dem Rücken des Angetrauten verbal gegen ihn aufbegehrt, ansonsten in der gleichen Angsthaltung verharrt. Vor dem Hintergrund dieser in höchstem Maße ungünstigen Familienverhältnisse zeigt der kleine Günter bereits in der Vorschule ernsthafte Symptome einer Fehlerziehung. Er ist unangepasst, egozentrisch, bockig, boshaft, zeigt keine Bindungsfähigkeit zu den Spielkameraden, treibt sich herum und wird zum Alptraum der Erzieher. Deshalb erfolgt seine Einschulung in einer pädagogischen Sondereinrichtung, obwohl er intellektuell normgerecht ausgestattet ist. Die schulischen Leistungen sind durchweg durchschnittlich, ansonsten ist er interessenlos und faul. Der egozentrische, sture und sozial unangepasste Knabe fällt immer wieder dadurch auf, dass er sich mitunter tagelang herumtreibt, bis ihn der Hunger, die Kälte oder die Polizei nach Hause zurückführen. Da Korrekturen seines gestörten Sozialverhaltens nicht erkennbar werden, kommt er in ein geschlossenes Kinderheim, in dem er auch die Schule bis zum Abschluss der 8. Klasse besucht. Der nun Dreizehnjährige findet als Gärtnergehilfe eine kurzzeitige Anstellung, macht sich aber durch sein aggressiv-provokatives, wenig kollegiales Verhalten ziemlich unbeliebt. Er verlässt den Gartenbaubetrieb und wird Brenner in einer Ziegelei. Auch hier zeigt sich das gleiche Verhaltensbild. Als er im Kollegenkreis Schlägereien anzettelt und verschiedene kleinere Garderobendiebstähle begeht, weisen ihn die Behörden in einen Jugendwerkhof ein, aus dem er erst mit neunzehn Jahren wieder entlassen wird. Er verdingt sich eine Zeit lang in einem Gleisbautrupp der Deutschen Reichsbahn, übernimmt eine Stelle als Heizer, kann aber nirgends sesshaft werden. Hin und wieder bestiehlt er die Kollegen, und wenn er spürt, dass man ihn verdächtigt, wechselt er kurzerhand die Arbeitsstelle. Sein Weg führt ihn dann ins Niederlausitzer Braunkohlengebiet. Im Kombinat »Schwarze Pumpe« lässt er sich zum Rangierer ausbilden und arbeitet einige Monate lang bei der Betriebsbahn. Er beginnt, exzessiv zu trinken, bestiehlt Arbeitskollegen und muss sich dehalb vor der Konfliktkommission verantworten, den Schaden wiedergutmachen und sich bei den betreffenden Kollegen öffentlich entschuldigen.

Konfliktkommissionen waren gesellschaftliche, aus Betriebsangehörigen gebildete Gerichte in den Betrieben, die von der Belegschaft für die Dauer von zwei Jahren gewählt wurden. Sie berieten und entschieden zumeist in Arbeitsrechtssachen und einfachen zivilrechtlichen Streitigkeiten, konnten aber auch erstmalig begangene, geringfügige Straftaten verhandeln, wenn der entstandene Schaden und die Schuld gering waren, der Täter sich zur Tat bekannt hat und die Sache einfach und vollständig aufgeklärt war. In diesen Fällen wurden die Konfliktkommissionen aufgrund einer Übergabeverfügung des Staatsanwalts, der Ermittlungsbehörden oder eines Übergabebeschlusses des zuständigen Gerichts tätig.

Doch, wie das Sprichwort sagt, lässt die Katze das Mausen nicht, und so kommt Günter kurze Zeit später wegen weiterer Diebstähle vor die Schranken des Gerichts. Diesmal geht es nicht so glimpflich aus. Für mehrere Monate muss er hinter Gitter. Ab jetzt gilt er amtlich als vorbestraft. Als er aus der Haft entlassen wird, ist er völlig mittellos. Anstatt arbeiten zu gehen, begeht er in einer Gartenkolonie Einbrüche bei verschiedenen Laubenpiepern. Er wird erwischt und inhaftiert. Wieder spricht der Richter ein Machtwort und bestraft ihn wegen Diebstahls im Rückfall zu einer unbedingten Freiheitsstrafe. Erst am 28. September 1965 öffnen sich für ihn die Gefängnistore wieder. Günter wird in zwei Monaten dreiundzwanzig Jahre alt. Er ist völlig abgebrannt, muss also irgendwo Arbeit finden. Eine Woche hat er Zeit dazu, sonst sitzen ihm die Behörden wieder im Genick und winken mit dem Strafrechtstatbestand der Asozialität. Jemand rät ihm, es im Bunawerk bei Halle zu versuchen, dort würden jede Menge Kräfte für den harten Job am Karbidofen gebraucht. Günter telefoniert mit einer Dame aus der Kaderabteilung des VEB Chemische Werke Buna. Ein persönliches Gespräch wird ihm angeboten. Einer seiner Brüder gibt ihm etwas Geld für die Reise. In den frühen Morgenstunden des 30. Septembers sitzt er mit seinen Habseligkeiten, die allesamt in eine Reisetasche passen, im D-Zug nach Halle. Bei dem Personalgespräch muss er sich ziemlich dämlich und sperrig angestellt und die Dame in der Kaderabteilung so verärgert haben, dass sie schließlich sagt: »Bedauere, wir haben nichts für Sie!« Unverrichteterdinge muss er von dannen ziehen.

Am frühen Abend hockt er plan- und perspektivlos beim Bier im Mitropa-Selbstbedienungsrestaurant des Hauptbahnhofs Halle und wartet fast drei Stunden auf den nächsten Zug nach Berlin. Dieses Etablissement hat das gleiche Gesicht wie anderenorts viele Bahnhofslokale auch. Tagsüber Auffangbecken für die Reisenden, die bei Imbiss und dünnem Kaffee die Zeit bis zur nächsten Zugabfahrt überbrücken, abends ungastlicher Tummelplatz für allerlei zwielichtige Gestalten, Trinker, Herumtreiber und Gestrauchelte. Hier führt ihn ein Zufall mit der gleichaltrigen Carla Dölling zusammen. Sie nimmt an seinem Tisch Platz. Die beiden kommen ins Plaudern. Günter erfährt, dass Carla geradewegs aus Artern kommt und nun wie er auf den D-Zug Richtung Berlin wartet. Doch sie fährt bloß bis Jüterbog. Dort teilt sie sich die kleine Wohnung mit einer Freundin, mit der sie tagsüber in der dortigen Konservenfabrik am Band steht.

Günter Pohlitz lässt seinen ganzen Frust über das misslungene Personalgespräch in Buna heraus und gesteht Carla, eigentlich jetzt keine Bleibe zu haben. Als sie Stunden später im Zug gen Berlin sitzen, nutzen sie das leere Abteil für ungehemmte Zärtlichkeiten. Noch ehe sie Jüterbog erreicht haben, beschließen sie, für immer zusammenzubleiben und Carla besiegelt die neue Freundschaft, indem sie ihm leichtsinnigerweise einen einstweiligen Unterschlupf in ihrer engen Wohnung anbietet. Ohne tiefgründiger darüber nachzudenken, lässt sich Pohlitz darauf ein. Carlas Freundin behagt der ungebetene Gast nicht, doch muss sie sich wohl oder übel mit der neuen Situation abfinden.

Günter findet auf dem Güterbahnhof gleich Arbeit als Rangierer. Carla teilt ihre Matratze mit ihm, und die Freundin grollt über die aufgezwungene Einengung. Schon nach kurzer Zeit kommt es zu schweren Zerwürfnissen zwischen

Günter und Carlas Freundin, die seinen kulturlosen Zornesausbrüchen kaum gewachsen ist. Als er die Faust in ihr Gesicht drückt, zieht Carla die Notbremse: Sie überredet Günter, mit ihr nach Artern zu ziehen. Carla lockt ihn damit, dass die Oma in ihrem Hause eine kleine, separate Wohnung besitzt, die sie auf Anweisung des Wohnungsamts vermieten soll. Dort hätten sie doch eine Bleibe. »Ich kriege Oma schon rum«, meint Carla zuversichtlich, feiert mit Günter den Jahreswechsel und obendrein Verlobung.

Am 2. Januar 1966 fährt Carla mit Günter Pohlitz nach Artern und stellt Eltern und Großmutter vor vollendete Tatsachen. Tatsächlich lässt sich Oma Grauer überzeugen. Ihr ist allemal lieber, Verwandte als Untermieter im Hause zu haben als Wildfremde. Günter Pohlitz, der sich schnell, hemmungslos und förmlich in die neue soziale Umgebung von Carlas Familie einpasst, weckt allerdings gleich intuitives Misstrauen bei der alten Frau. »Der hat falsche Augen«, beklagt sie sich irgendwann bei ihrem Schwiegersohn. Und sie hat recht. Denn Pohlitz wiederum hat aus den Gesprächen in der Familie schnell herausgefunden, dass Oma Grauer ihre Ersparnisse gewissenhaft unter Verschluss hält. Weil »die Olle geizig ist und auf ihrer Kohle sitzt«, hat ihn längst die Idee erfasst, gelegentlich »bei ihr einzusteigen«.

Carla arbeitet von nun an in der Zuckerfabrik. Günter erhält prompt eine Anstellung bei der Reichsbahn. Wieder rangiert er Güterzüge am Bahnhof. Allerdings nur wenige Tage. Ein leichter grippaler Infekt ist willkommener Anlass, sich vom Arzt vierzehn Tage krankschreiben zu lassen. Nach zwei Tagen ist er genesen, erfreut sich des zusätzlichen Urlaubs auf Krankenschein.

Am Vormittag des 19. Januars kommt er hinzu, als Oma Grauer im Begriff ist, ihre Wohnung zu verlassen. Da sie nicht ihre Alltagskleidung, sondern ihren guten, graukarierten Wintermantel trägt, vermutet er, dass sie sobald nicht zurückkehren wird und sich ihm so eine günstige Gelegenheit bietet, sein unlauteres Vorhaben wahrzumachen. Doch er will sicher sein.

»Wo soll's denn hingehen bei der Kälte?«, fragt er scheinheilig.

»Nach Eisleben«, antwortet sie kurz.

Günter weiß von Carla, dass Oma Grauers Bruder dort wohnt und sie sich in der Vergangenheit auch schon mal längere Zeit bei ihm aufgehalten hat.

»Bleibst du lange?«, fragt er weiter. Aus Frau Grauers argwöhnischem Blick schließt er, dass ihn die Dauer ihrer Abwesenheit eigentlich nichts angeht. Doch ohne Verlegenheit begründet er seine Neugierde, allerdings mit dem Hintergedanken, sie könne ihm vielleicht ihre Wohnungsschlüssel hinterlassen: »Ich frage nur wegen der Heizerei, ich würd's ja bei dir machen.«

Doch Oma Grauer lässt sich darauf nicht ein und winkt ab:

»Ich hab vorhin noch mal richtig eingeheizt, das reicht. Morgen Mittag bin ich wieder zurück, muss für Helmut Kuchen backen«, sagt sie und macht sich auf den Weg.

Nun ist Pohlitz allein im Haus. Er überlegt: Die Alte ist weg, Carla wird vor 17.00 Uhr nicht zurück sein, er hat also genügend Zeit, sich in der fremden Wohnung einmal umzusehen. Ohne weiteres kritisches Nachdenken über die Konsequenzen steht sein Entschluss fest. Er beschafft sich Schraubendreher, Brecheisen, einen zurechtgebogenen stabilen Draht und einen feuchten Lappen zum Abwischen möglicher Fingerspuren. Dann macht er sich ans Werk. Nachdem er das Schließblech von der Wohnungstür abgeschraubt hat, fummelt er zunächst systemlos mit dem Schraubendreher im Schloss herum. Doch auf diese Weise lässt sich die Tür nicht öffnen. Jetzt versucht er es mit dem Draht. Das durch mehrere Zuhaltungen gesicherte Türschloss strapaziert seine Geduld, doch schließlich gelingt es ihm, die Tür zu öffnen. Eilig durchwühlt er die Schränke und Behältnisse auf der Suche nach Bargeld. Was sich nicht aufschließen lässt oder anderweitig nicht leicht zugänglich ist, wird mit brachialer Gewalt geöffnet. Pohlitz achtet sehr genau darauf, mit dem feuchten Lappen seine Fingerabdruckspuren gründlich abzuwischen. In einer Blechdose findet er 620,– Mark Bargeld, an anderer Stelle nochmals 100,– Mark. Die Türen des großen Eichenschranks will er nicht gewaltsam aufbrechen. Eine absonderliche Ehrfurcht hält ihn zurück. »... ein alter Schrank mit Schnitzereien, den wollte ich nicht kaputtmachen«, gesteht er später. Deshalb rückt er ihn von der Wand ab und öffnet ihn von hinten. Die Beute: Eine verlockende, jedoch verschlossene Stahlkassette. Mit Stemmeisen und körperlichem Einsatz öffnet er sie. Inhalt: das Sparbuch der Rentnerin mit einem Guthaben von 3600,– Mark. Danach verlässt er die fremde Wohnung, bringt seine Beute in Sicherheit, geht zurück, verschließt mit dem selbstgefertigten Dietrich die Wohnungstür und befestigt das Schließblech.

Späterhin kommen Pohlitz Bedenken, dass die Unordnung, die er in der Wohnung hinterlassen hat, ihn verraten könnte. »Die Alte wird sofort merken, dass jemand in ihrer Bude war und hat mich gleich in Verdacht«, resümiert er folgerichtig. Doch sein verwahrlostes Gemüt lässt nur einen Gedanken zu, nämlich Oma Grauer bei ihrer Rückkehr abzupassen, zu töten und ihre Leiche zu vergraben. Dazu will er alles vorbereiten.

Gegen 14.00 Uhr schafft er aus dem Keller ein Handbeil herbei und versteckt es zwischen den Sachen, die an der Flurgarderobe hängen. Mit einem Spaten bewaffnet geht er sodann in den Garten, um eine geeignete Stelle für das Grab auszusuchen, das er vorsorglich ausheben will. Doch der Erdboden ist so hart gefroren, dass er den Grabeversuchen widersteht. Da es in der Scheune nicht so kalt ist, versucht er es dort. Tatsächlich, er findet eine unauffällige Stelle und beginnt sein schändliches Werk. Er hat gerade das herumliegende Stroh zur Seite geschoben und die ersten Spatenstiche getan, da öffnet sich plötzlich das Scheunentor und Carlas Vater erscheint, Papier und Zollstock in der Hand.

»Was soll das denn hier?«, fragt er erstaunt.

Pohlitz erschreckt, fasst sich aber gleich und beschwichtigt ihn: »Du weißt doch, wir wollen Hühner anschaffen, hier könnte ich den Stall bauen!«

Das passt Helmut Dölling aber ganz und gar nicht, und er poltert: »Nix Hühner, mach das Loch wieder zu, das ist mein Pferdestellplatz!«

Pohlitz folgt der energischen Aufforderung, hat sich wieder voll im Griff und ist Dölling beim Vermessen der künftigen Pferdeboxen behilflich. Anschließend verlassen beide Männer die Scheune. Dölling geht nach Hause, und Pohlitz verschwindet in seiner Wohnung. Aber nur für kurze Zeit. Kaum ist die Luft wieder rein, eilt er zurück zur Scheune und gräbt seelenruhig eine so große und tiefe Grube, dass darin ein menschlicher Körper mühelos entsorgt werden kann. Als Carla nach Hause kommt, hat er die Vorbereitungen der Leichenbeseitigung längst abgeschlossen. Er trinkt sein übliches Quantum Bier, sieht fern und verhält sich unauffällig wie sonst auch.

Am nächsten Morgen. Carla muss frühzeitig aus den Federn, ihre Schicht beginnt um 7.00 Uhr. Pohlitz schläft genüsslich bis kurz vor zehn. Von da an wartet er auf die Rückkehr der alten Frau. Innerlich ruhig und abgebrüht, hat er alle Sinne beieinander. Gegen Mittag bezieht er Posten hinter der Gardine am Fenster, von wo aus er die Straße im Blick hat, und wartet. Bald sieht er Frau Grauer die Straße heraufkommen. Als sie die Haustür öffnet, lehnt Pohlitz gelassen wie Eckensteher Nante an der Tür zu seiner Wohnung. Die rechte Hand verbirgt er hinterm Rücken, damit die alte Frau das Beil nicht sehen kann.

»Tach, wie war's denn?«, begrüßt er sie mit falscher Freundlichkeit.

»Nächste Woche fahre ich wieder hin, meinem Bruder geht's nicht so gut«, antwortet sie ehrlich, stellt ihre Tasche vor der Wohnungstür ab und will ihre Wohnung aufschließen. Pohlitz ist blitzschnell hinter ihr und und schlägt mit voller Wucht die stumpfe Seite des Beils auf ihren Kopf. Mit einem kurzen Stöhnen sinkt sie sofort zu Boden, ist offenbar gleich bewusstlos. Blut sickert in ihr Haar und in den Mantelkragen. Eilig zieht er die besinnungslose Frau über den Dielenfußboden bis in seine Wohnung, umwickelt ihren Kopf mit einer Wolldecke, um das Blut aufzufangen. Pohlitz will aber ganz sicher gehen und versetzt ihr noch neun heftige, stumpfe Schläge gegen den Kopf, bis ihr Leben ausgehaucht ist. Im späteren Obduktionsbericht wird es dazu heißen, dass die schweren Beilhiebe neben einer multiplen, offenen Schädelzertrümmerung und mehreren Schädelbasisbrüchen eine ausgedehnte Hirnquetschung verursacht haben, die unmittelbar zum Tode führte. Knapp zwei Minuten dauert der schreckliche Vorgang. Dann durchsucht Günter Pohlitz die Tasche der Toten, die noch in der Diele steht. 25,- Mark kann er erbeuten, der andere Inhalt interessiert ihn nicht. Die Leiche schleppt er zur Scheune, versenkt sie in der vorbereiteten Grube und schaufelt diese eilig zu. Er stampft den Boden so gut es eben geht fest, verteilt lockeres Stroh über der Grabestelle, um sie der übrigen Umgebung in der Scheune anzupassen. Ziemlich gelassen kehrt er in seine Wohnung zurück, reinigt den Fußboden der Diele und des Zimmers und bemerkt dabei, dass er vergessen hatte, die Tasche zu vergraben. Rasch lässt er sie unter seinem Bett verschwinden, um sie später nach Brauchbarem zu durchsuchen. Er wäscht sich, wechselt die Kleidung und wird nur noch von der Begierde gesteuert, ein Transistorradio sein eigen zu nennen. Die Erinnerung, vor Kurzem einen Menschen umgebracht zu haben, beeindruckt ihn nicht sonderlich, bleibt oberflächlich und wird sofort verdrängt. Er denkt und lebt im Augenblick, da ist für Vergangenheit und Zukunft kein Raum.

Tatsächlich bummelt er nach der Tat durch Artern, kauft von dem erbeuteten Geld das begehrte Kleinradio, dazu Schuhe und einen warmen Anorak und kehrt heim, als Carla längst zu Hause ist. Dort ist alles wie sonst auch. Nichts deutet daraufhin, dass vor wenigen Stunden an diesem Ort ein grausames Verbrechen verübt wurde, und niemand vermisst Oma Grauer. Carla ist zwar über Günters großzügige Einkäufe verwundert, doch nimmt sie ihm das Märchen vom spendablen Bruder und seinem Geldgeschenk arglos ab.

Am nächsten Nachmittag hat Helmut Dölling zum Geburtstagskaffee eingeladen. Pohlitz, sein künftiger Schwiegersohn, ist auch dabei. Nur Oma Grauer fehlt. Ihr Fernbleiben ist für kurze Zeit Gesprächsthema am Kaffeetisch. Ungerührt und mit eiskalter innerer Gefasstheit beteiligt er sich an der Unterhaltung über die möglichen Gründe ihrer Abwesenheit. Und nur er allein kennt die wahren Umstände, warum ihr Platz leer bleibt.

Von Tag zu Tag wächst in Döllings Familie die Besorgnis über das unerklärliche Ausbleiben der Oma. Mit gespielter Anteilnahme teilt Pohlitz ihren Kummer. Doch er bleibt nicht passiv, sondern ergreift die Initiative. Nach der Devise »warum jetzt schon alles an die große Glocke hängen, wo die VP nach so kurzer Zeit sowieso noch nichts macht« will er Zeit gewinnen und unterbreitet zum Schein Vorschläge für die Fortsetzung der familieninternen Suche nach Oma Grauer. Dadurch gelingt es ihm eine Zeit lang, Döllings Drang zur Erstattung einer Vermisstenanzeige zu bremsen.

Seit Donnerstag, dem 3. Februar, ist Pohlitz gesundgeschrieben. Nun arbeitet er wieder auf dem Gleisgelände des Bahnhofs, kuppelt die Waggons, legt Hemmschuhe und Weichen und hilft beim Zusammenstellen der Güterzüge. Es ist eine schwere und gefährliche Arbeit, die keine Unaufmerksamkeit duldet. Nur manchmal denkt er daran, dass es nur noch eine Frage der Zeit ist, bis der Arm des Gesetzes nach ihm greifen wird. Bis dahin aber will er das freie Leben auf seine Weise genießen, in seiner Freizeit viel schlafen, fernsehen, rauchen, sein Bierchen trinken und heimlich das gestohlene Geld ausgeben. Erst wenn ihm die Gefahr im Nacken sitzt, will er über sein künftiges Verhalten nachdenken.

Doch zu tiefgründigen perspektivischen Überlegungen kommt Günter Pohlitz nicht mehr. In den Abendstunden des 4. Februar entschließt sich Helmut Dölling, eine Vermisstenanzeige nicht länger hinauszuzögern. Kurz darauf macht er sich auf den Weg zum VPKA.

Als Carla nach Hause kommt, sitzt Günter Pohlitz gelangweilt vor dem Fernseher, raucht und trinkt Bier. Als sie sagt: »Papa ist gerade zur Polizei«, drückt er bedächtig die

Zigarette aus, erhebt sich, zieht Anorak und Pudelmütze über und sagt beiläufig: »Ich muss noch mal weg!«

»Warum das?«, fragt Carla überrascht.

»Muss noch was besorgen«, knurrt er und verschwindet.

Daußen auf der Straße erfasst ihn plötzlich Panik. Sie erreicht seinen Leib, engt sein Denken ein und macht ihn völlig ratlos, setzt verstandeslos seine Motorik in Gang. Nur ein einziger Gedanke tobt jetzt unter seiner Schädeldecke: Weg hier! Doch wohin? Ein archaischer Trieb leitet ihn, und er läuft davon. Instinktiv zieht es ihn zum Bahnhof. Dort kennt er sich aus. Er entdeckt einen abgestellten Personenzug, verschwindet in einem Abteil, streckt sich erschöpft auf einer Sitzbank aus und schläft ein. Ein wachsamer Eisenbahner, der zufällig eine dunkle Gestalt beobachtet, die sich heimlich an einem abgestellten Zug zu schaffen macht, informiert die Bahnhofswache der Trapo.

Minuten später: Pohlitz hört die festen Stiefelschritte der Gesetzeshüter, die sich unaufhaltsam seinem Abteil nähern. Doch er fühlt sich nicht mehr in der Lage, zu fliehen. Zusammengekrümmt, kraftlos und unbeweglich verharrt er auf der Sitzbank. Es scheint, als würde ein phylogenetisch alter Reflex von ihm Besitz ergreifen, gleichsam wie bei einem Käfer, der im Zustand höchster Gefahr erstarrt, sich totstellt.

So liegt er, bis ihn starke Männerarme aufrütteln. Widerstandslos lässt er sich festnehmen und zum VPKA überführen, wo ihn Hauptmann Schön und Oberleutnant Hausmann in Obhut nehmen. Damit kann die Eilfahndung nach Pohlitz gelöscht werden.

Allmählich gewinnt der Festgenommene seine Fassung zurück, die innere Erstarrung weicht. Offenbar will er nicht wahrhaben, in welch aussichtsloser Lage er sich befindet, denn er versucht kurzzeitig, gegen seine Festnahme aufzubegehren. Doch Schön und Hausmann bleiben unbeeindruckt, konfrontieren ihn stattdessen erfolgreich mit den verräterischen Fingerabdrücken, wodurch letzten Endes seine Gesprächsbereitschaft gefördert wird. Nach dem ersten, freilich noch sehr allgemein gehaltenen Geständnis erreichen die Ermittlungen eine solche Qualität, dass sie nunmehr streng täterbezogen erfolgen können.

Im Verlaufe des Strafverfahrens erhebt sich die Frage, ob Pohlitz' soziale Fehlentwicklung seine strafrechtliche Verantwortlichkeit gemindert haben könnte. Deshalb wird er gerichtspsychiatrisch begutachtet. Ergebnis: Der Sachverständige bescheinigt ihm zwar eine »schwere gefühls- und gemütsmäßige Verwahrlosung und kaum wahrnehmbare soziale Bindungsfähigkeit, jedoch besaß die abnorme Persönlichkeitsentwicklung tatbezogen keinen solchen Einfluss auf die Entscheidungsfähigkeit, dass sie als erheblich vermindert oder gar ausgeschlossen und folglich krankheitswertig beurteilt werden könnte«. Pohlitz plante den Mord mit genauer Überlegung. Die Art und Weise der Vorbereitung, Durchführung und Verschleierung der Tat spricht für sein methodisches Vorgehen, das in jeder einzelnen Tatphase durch eine ausreichende Außenkontrolle gekennzeichnet war. Eine Affekthandlung kann daher ebenfalls ausgeschlossen werden. Alles in allem: Günter Pohlitz ist strafrechtlich voll verantwortlich.

Einige Wochen später wird er wegen Mordes angeklagt und zu lebenslangem Zuchthaus verurteilt.

Der Kannibale

Fall 1:

Aktenzeichen 373/71
VPKA Glauchau

Es ist das Jahr 1969, und es ist Herbst. Ein höchst offizielles Jubiläum kündigt sich an: Zwanzig Jahre schon hat die Arbeiter- und Bauernmacht die gesellschaftlichen Geschicke in festem Griff. Die mit dem sogenannten Neuen Ökonomischen System verbundenen Wirtschaftsreformen führten in den Jahren nach dem Mauerbau zu einem spürbaren Wachstumsschub. Die DDR hat sich zur zweitgrößten Industriemacht innerhalb des Ostblocks gemausert. Auch ihre internationale diplomatische Anerkennung boomt. Das Land rückt aus seinem internationalen Schattendasein heraus. Selbstbewusst will es sich präsentieren. Die sozialistische Obrigkeit ordnet an, den Jahrestag würdig zu feiern. Auch in der sächsischen Kreisstadt Glauchau, dem traditionsreichen Industrieort der Tuchmacher und Leinenweber laufen die Vorbereitungen. Der Kultur- und Sozialfonds in den volkseigenen Betrieben darf mit vollen Händen ausgeschöpft werden. So auch im VEB Spinnstoffwerk »Otto Buchwitz«. Eine bombastische Kulturveranstaltung mit anschließendem Tanz bis zum Morgengrauen wird angekündigt. Die fleißigsten Werktätigen des Betriebes dürfen teilhaben an dem festlichen Ereignis.

Für die meisten Gäste ist der Abend auch ein nachhaltig schönes Erlebnis, für zwei jedoch das unscheinbare, heimtückische Vorspiel einer Tragödie, die zwei Jahre später ein großes Entsetzen in der kleinen Stadt auslöst. Denn in dieser Nacht führt der Zufall die Akteure dieses Dramas zusammen: Ihn, Michael, 32, ein ruhiger, gutmütiger Typ mit leicht gewelltem braunen Haar, der als Betriebsschlosser eine zuverlässige Arbeit verrichtet, und sie, die 29-jährige

Maschinenarbeiterin Hannelore, mollig, resolut, blond, mit üppigem Busen und drallem Po. Viel Tanz und viel Wein führen die beiden schnell zusammen, lassen die Gefühle erotischer Anziehung regelrecht explodieren. Eigentlich sollten ihre Erfahrungen sie zu kritischer Vorsicht mahnen, leichtfertig keine neuerliche Bindung einzugehen. Hinter ihnen liegen schließlich etliche gescheiterte Partnerschaften. Doch Alkohol verklärt. Und bereits an diesem Abend wird ihre gemeinsame Zukunft zum Gegenstand eines intimen Gesprächs auf dem Barhocker. Die vergangenen Enttäuschungen wollen sie so endgültig aus ihren Seelen bannen, empfinden dies als eine Herausforderung, die in der gleichen Nacht noch auf einer gemeinsamen Matratze zu einem Eheversprechen führt und ihren ersten, lustvollen Höhepunkt erreicht.

Bereits wenige Wochen später geben sie sich auf dem Standesamt das Jawort, einigen sich auf den gemeinsamen Namen Ewald und geloben Treue, bis der Tod sie dereinst scheiden wird. Anfangs scheint den frischgebackenen Eheleuten Hannelore und Michael Ewald das Glück hold. Ganz in der Nähe der Stadtkirche St. Georg beziehen sie eine heruntergekommene Zweizimmerwohnung, guten Willens, ein Leben in ehelicher Harmonie zu führen. Der Honigmond ist ausgefüllt mit der Wohnungsrenovierung, dem Herbeischaffen notwendigen Inventars aus dem Fundus der Gebrauchtmöbelläden, vor allem aber mit stürmischen Kopulationen, denen ausgedehnte Kneipengänge vorausgehen. Jedoch ziehen bereits nach wenigen Wochen die ersten dunklen Wolken über den Ehehimmel. Schon banalste Meinungsverschiedenheiten werden alsbald mit unverhältnismäßig großer Heftigkeit ausgetragen. Selbst körperliche Attacken bleiben nicht aus. Derweil Michael sich während der ehelichen Gefechte meist defensiv verhält, zeigt sich Hannelore keineswegs zimperlich. Sie lässt den Angetrauten nicht nur die Kräfte ihres fülligen Körpers, sondern auch handliche Haushaltsgegenstände spüren. In den konfliktfreien Phasen übernimmt der Teufel Alkohol die Geschicke der jungen Eheleute und sorgt für einen zeitweiligen Waffenstillstand.

Mit der Zeit verflacht das eheliche Intimleben. Der Alltag besteht letztlich nur aus Schichtarbeit im Spinnstoffwerk, abendlichen Nörgeleien und Stammtischgesprächen. Überhaupt, Hannelores sexuelles Bedürfnis wird immer mehr durch das nach Bier und Schnaps verdrängt. Michael bleibt deshalb mit seinen Wünschen immer häufiger allein. Weil die Angebetete in nüchternem Zustand aber kaum mehr zu einer sexuellen Annäherung bereit ist, erhält der Alkohol mit der Zeit eine wichtige kuppelnde Funktion. Michael erkennt das und bereitet den ehelichen Beischlaf damit vor, dass er für einen optimalen Alkoholpegel seiner Gattin sorgt. Dann darf er sich an ihr bedienen. Hannelore dosiert ihr Entgegenkommen mit kühler Überlegung, in dem sie ihm zunächst eine Annäherung erlaubt, um ihn sogleich wieder auf Distanz zu bringen. Das stachelt ihn an und fördert seine Spendierfreude. Michael ist emotional so eingeengt, dass er nicht spürt, wie sie ihn auf diese Weise manipuliert. Liebesverlust quält, neurotisiert, steigert aber auch die Lust auf das so schwer Erreichbare und zwingt zu demütigenden Zugeständnissen. Geld oder Schnaps für Sex. Zwischen diesen Alternativen findet das Sexualleben der Ewalds nun statt. Eine sonderbare käufliche Liebe und der Alkoholgenuss sind in dieser Ehe bald zu einem bestimmenden Element geworden. Im Gegensatz zu Hannelore hält sich sein Quantum an geistigen Getränken in erträglichen Grenzen. Sie hingegen verfügt über eine erstaunliche Kondition, die es ihr trotz chronischer Alkoholexzesse ermöglicht, am nächsten Tag im Betrieb unauffällig zu erscheinen. In Wirklichkeit aber befindet sie sich schon längst auf dem schnurgeraden Weg in die Alkoholabhängigkeit.

Die Kneipengänge zehren am gemeinsamen Geldbeutel. So dauert es auch nicht lange und wirtschaftliche Nöte belasten das Ehepaar zusätzlich – ein weiterer Grund für eheliche Auseinandersetzungen. Mangel an Geld bedeutet Mangel an Alkohol. Das macht Hannelore noch aggressiver, unberechenbarer und unleidlicher. Der Gatte ist unfähig, eine geeignete Strategie zu finden, dem Trinkgebaren seiner Frau Einhalt zu gebieten und sich ihrer Stimmungsausbrüche zu erwehren. Er bemerkt nicht die Schwäche seiner sexuellen Abhängigkeit von Hannelore, fühlt sich hilflos ihren Launen ausgesetzt.

Wochen vergehen. In sklavischer Unterwerfung muss Michael ansehen, wie Hannelore ohne ihn die Kneipenbesuche fortsetzt, dabei fragwürdige Männerbekanntschaften schließt, sich aushalten lässt und nächtelang dem ehelichen Schlafgemach fernbleibt. Kraftlos setzt er sich den Schmähungen aus, kuscht vor seiner resoluten Frau, weil Unterwürfigkeit ein Charakterzug ist, den ihm seine autokratische Mutter dereinst einprügelte. Jetzt ist er gefangen im Teufelskreis von Sklavenmoral und sexueller Begierde. Längst hat er begriffen, dass Hannelore ihn nur kalt erduldet und er sie nie ganz für sich besitzen kann. Trotzdem buhlt er leidenschaftlich um ihre Gunst. Doch schroff weist sie ihn ab, macht aus ihren Seitensprüngen keinen Hehl. Folgerichtig verstärken sich die Zerwürfnisse zwischen den Eheleuten, bis Hannelore ihre endgültige Trennung ankündigt. Michael bittet sie inständig, ihr Vorhaben aufzugeben, droht mit Selbstvernichtung.

Vergeblich: Ende des Jahres 1970 packt sie auf Betreiben ihres aktuellen Liebhabers ihre sieben Sachen und bezieht einige Straßen weiter bei Frau Thieme, einer betagten Dame, die alle Jahre ihre Verwandtschaft in Westdeutschland besuchen darf, ein billiges Untermieterzimmer. Von nun an sehen sich die Eheleute nur im Spinnstoffwerk, wenn sie die gleiche Schicht haben. Dann gehen sie höflich miteinander um, rücksichtsvoll und ohne Nörgelei. Michael frisst die Eifersucht in sich hinein und macht Hannelore unverdrossen weiterhin den Hof. Doch sie reicht einige Zeit später auf dem Kreisgericht Glauchau die Scheidung ein. Michael ist außer sich. Verzweiflung und Schwermut befallen seine Seele. Er befürchtet mit Recht, sie nun endgültig zu verlieren, fügt sich aber demütig in sein Schicksal. Sein erbärmlicher Zustand muss das Herz des Richters erweicht haben, denn dieser setzt das Scheidungsverfahren aus, verordnet den Eheleuten eine weitere Bewährungszeit. Halbherzig willigt Hannelore ein, teilt nun das Ehebett wieder mit Michael.

Doch die Harmonie ist nur von kurzer Dauer. Nach wie vor frönt die Gattin dem Alkohol und dem Ehebruch. Manchmal fasst sich Michael ein Herz und moniert ihre Seitensprünge. »Ich lasse mich sowieso von dir scheiden. Was ich mache, geht dich nichts an«, wehrt sie sich, ergreift die Flucht nach vorn und ergeht sich in üblen Beschimpfungen, die wie Hagelstürme auf ihn niederprasseln.

Das kleine Zimmer bei der alten Frau Thieme hat Hannelore natürlich nicht aufgegeben. Es ist ihr Hort des stillen Genusses und der Ausnüchterung. Ihr ebenfalls trinkfester Galan – ein asozialer Bursche, der wesentlich jünger als sie ist und seine Finanzen aus undurchsichtigen Quellen bezieht – hatte ihr dazu geraten. Michael bleibt folglich wieder häufiger allein, beschränkt sein surrogates Intimleben auf die Erlebnisse in seinen Vorstellungen, in denen Hannelores aufreizender Hintern einen wichtigen Part übernimmt. Die aufgezwungene Triebunterdrückung führt zu einer nahezu krankhaften Verbissenheit, mit der er auch in der Folgezeit seine lüsternen Gedanken auslebt, ohne die Hoffnung aufzugeben, dass sich das Objekt seiner Begierde eines Tages real wieder mit ihm vereint. Die sexuellen Entbehrungen, aber auch die Eifersucht, wühlen Michaels Seele auf. Entartete Phantasien entstehen, Hannelores Körper bald zu besitzen, koste es, was es wolle. So entsteht ein gefährlicher Zündstoff, den ein kleiner Funke bereits zu einer gewaltigen Entladung führen könnte.

Fast ein halbes Jahr dauert dieser Zustand an. Mitte Juli nimmt Michael Ewald seinen Jahresurlaub. Es ist eine triste, langweilige Zeit des Ausschlafens und des Müßiggangs. Anfangs verschafft er sich durch Tapezierarbeiten bei Nachbarn einen kleinen Nebenverdienst, dann verbringt er viele Sonnenstunden im Freibad und die Abende in einer Kneipe seines Kiezes. Hannelore hat er schon tagelang nicht gesehen. Doch dauernd muss er an sie denken.

Am Nachmittag des 29. Juli 1971 kündigt die Schwüle ein nahendes Gewitter an. Michael will auf andere Gedanken kommen. Deshalb beabsichtigt er, seine Mutter in Meerane mit einem Besuch zu überraschen. Auf dem Wege zum

Bahnhof erblickt er zufällig auf der anderen Straßenseite Hannelore. Ihr Anblick weckt augenblicklich seine Fleischeslust. Doch er wagt es zunächst nicht, sie anzusprechen. Als sie ihn bemerkt, steuert sie jedoch unverdrossen auf ihn zu. Schon an ihrer Art zu gehen bemerkt er, dass sie nicht mehr ganz nüchtern ist. Der Alkohol lässt ihre Augen matt glänzen. Sie lächelt den Gatten, den sie so lange schon nicht gesehen hat, freundlich an: »Gehst du mit mir einen trinken?«

Sofort schlägt Michael sein Vorhaben, nach Meerane zu fahren, in den Wind, beginnt ein belangloses Gespräch über die Widrigkeiten seines Leben in Trennung, fragt, welches Verhalten er zeigen müsste, um sie wieder für sich zu gewinnen und gibt unmissverständlich zu erkennen, dass sein Verlangen nach ihr übermächtig sei.

»Leih mir zwanzig Mark«, fordert sie, ohne auf seine seelische Befindlichkeit einzugehen. »Montag gibt's erst wieder Lohn, dann kriegst du sie zurück!«

Michaels Gesicht zeigt herbe Enttäuschung. Ihr scheint dies nicht zu entgehen, denn sie korrigiert ihre Forderung mit einer Offenheit, die ihn verblüfft: »Die alte Thieme ist bis nächsten Monat in Bremen, besucht ihre Kinder. Kauf 'ne Pulle Klaren und wir gehen zu mir. Dann kannst du mich ficken.«

Dieses verlockende Angebot will er sich keinesfalls entgehen lassen. Doch Hannelores Untermieterbude ist ihm verhasst. Dieser Ort, an dem sie sich mit ihrem Liebhaber verlustiert, könnte seine Stimmung vergiften. Er will ins vertraute, eheliche Schlafgemach, in dem er so viele Wochen auf die Angebetete verzichten musste. Deshalb schwindelt er: »Ich hab' nicht so viel bei mir. Komm mit nach Hause, du kriegst das Geld.«

Die Erwartung eines materiellen Vorteils ist so übermächtig, dass Hannelore dem Vorschlag zustimmt. Augenblicke später trottet das Paar in scheinbarer Eintracht in Richtung der ehelichen Wohnung. Dort angekommen, sind sich die Eheleute über den absonderlichen Deal schnell einig: Eine kleine Flasche Apfel-Korn und fünf Mark gegen einen Geschlechtsverkehr. Michael wird derart vom Sinnesrausch beherrscht, dass er Hannelore schnell zur Sache drängt. Als er die Flasche aus dem Schrank hervorholt und das Geld überreicht, stellt sie leidenschaftslos ihren Körper zur Verfügung. Michael macht sich gierig über sie her. Ein explosionsartiger, geiler Kitzel und die sexuelle Kurzstrecke ist nach wenigen Sekunden absolviert. Hannelore bringt den Gatten sofort wieder auf Distanz, scheint zu erkennen, dass der potente Mann durchaus zu einem wollüstigen Marathon fähig wäre. Doch während sie ihr Haar ordnet und das Kleid richtet, stellt sie zu seiner großen Freude in Aussicht, am Abend wiederzukommen, freilich nicht, ohne dies mit der Frage zu verbinden: »Was lässt du dafür springen?« Michael muss nicht lange überlegen. »Zehn Mark und 'ne Pulle«, ist seine spontane Antwort.

Gegen 19.30 Uhr ist sie wieder zur Stelle. Sie trägt ein knallrotes Minikleid, das die Konturen ihres molligen Körpers unterstreicht. Der aufreizend herbe Duft ihres Parfüms kaschiert die Alkoholfahne. Michael Ewalds Blut gerät in Wallung. Er hegt nicht nur die Hoffnung auf ein leidenschaftliches Liebeserlebnis, sondern sieht in dem Stelldichein die Chance für einen ehelichen Neubeginn. Er präsentiert seiner Frau zwei Flaschen »Nordhäuser Doppelkorn«, von denen eine flugs in ihrem Kunstlederbeutel verschwindet. Die andere öffnet er, gießt zwei Gläser randvoll, bietet ihr eines an und prostet ihr auffordernd zu. Er will sich Zeit nehmen, braucht ein erotisches Vorspiel, glaubt insgeheim, auf diese Weise auch Hannelore in Leidenschaft zu versetzen.

Und während beide auf dem Sofa sitzend die Flasche leeren, lenkt Michael das Gesprächsthema immer wieder auf eine Versöhnung. Doch die Gattin zeigt kein Interesse an einer Reanimation der Ehe. Trotzdem redet Michael unentwegt auf sie ein, appelliert an ihr Gewissen, will die genauen Gründe wissen, warum sie ihn ablehnt und das Scheidungsbegehren nicht aufgibt. Sein lamoyantes Gebaren macht Hannelore schließlich nur noch abweisender und kälter. Ihr wiederholtes, schroffes »Nein« versetzt ihn schließlich in Zorn. Seine Stimme wird laut. Mit einem Mal ist ihm nämlich die Aussichtslosigkeit seiner Bemühungen bewusst geworden: Er hat sie verloren. Die Enttäuschung versetzt ihn in Rage. Deshalb brüllt er seine ganze Wut über die verkorkste Ehe, den Liebesverlust und ihre Trinksucht heraus, macht aus seiner grenzenlosen Eifersucht auf den unbekannten Geliebten keinen Hehl und überschüttet Hannelore mit Vorwürfen. Sein Gebrüll reizt jedoch auch sie. Unmissverständlich donnert sie ihm entgegen: »Lass den Scheiß! Ich bereue jede Minute mit dir, und du willst einfach nicht wahrhaben, dass es aus ist. Begreife endlich, ich liebe einen anderen!«

Sie erhebt sich grollend und will die Wohnung verlassen. Michael ist außer sich. Er hat sich längst ausgerechnet, welche Folgen eine endgültige Trennung für ihn haben würde: Wenn Hannelore jetzt geht, ist er wieder allein in seinem kalten, leeren Heim. Sie hingegen vergnügt sich bald wieder in den Armen eines anderen. Dazu noch das Scheidungstheater vor Gericht, unnötige Kosten, Hausrat teilen, raus aus der Wohnung. Nein, das verkraftet er nicht. In seinem Gehirn toben wirre Überlegungen, bis er einen Entschluss fasst, furchtbar und mit normalem Menschenverstand nicht nachvollziehbar: »Wenn ich sie schon nicht kriege, soll sie der andere auch nicht haben!« Später vor Gericht wird er diesen Satz, der wie eine schwache Rechtfertigung anmutet, mehrmals wiederholen. Wie ferngesteuert ergreift er die leere Schnapsflasche und erhebt sie wutschäumend gegen Hannelore. Noch ehe sie die Gefahr erkennt, trifft ein wuchtiger Hieb ihren Schädel. Ohne einen Laut von sich zu geben stürzt sie zu Boden. Augenblicklich schwinden ihre Sinne. Michael beugt sich über sie, die Flasche, die den Schlag unversehrt überstanden hat, in der Hand. Aus einer Platzwunde am Schädel Hannelores sieht er etwas Blut herausquellen, das in ihrem blonden Haar versickert. Reglos liegt sie zu seinen Füßen. Nur ein kaum wahrnehmbares Röcheln verrät, dass sie nicht tot ist. Sonst ist Stille. Seine Wut verfliegt im Nu. Neue, absonderliche Gedanken schwirren durch sein Hirn: Jetzt ist sie mein! Jetzt kann ich sie haben!

Michael Ewald eilt in die Küche, ergreift ein Messer und ist auf der Stelle wieder bei ihr, um ihr den Hals aufzuschlitzen. Jetzt ist er ganz dicht bei ihr, Körper an Körper, so wie er es sich immer gewünscht hat. Ihr Leben ist in seinen Händen. Dann sticht er zu. Zu seiner Verwunderung tritt verhältnismäßig wenig Blut aus der klaffenden Wunde. Dafür vernimmt er ein stoßweises keuchendes Gurgeln, das bei jeder Atembewegung der Bewusstlosen die in die Wunde eintretende Luft verursacht. Unter laufender Pulskontrolle beobachtet er, wie Hannelore ihr Leben aushaucht. Nach einigen Minuten ist es vorbei. Er kann nicht wissen, dass Luft in Hannelores Blutgefäße drang und das Herz schnell zum Erlahmen brachte. Michael erhebt sich. Die bisher auf seinen Genitalapparat gerichtete Erregung ist plötzlich abgeklungen und wird durch ein umfassendes Wohlbehagen ersetzt, ausgelöst durch das Gefühl des Siegers. Das Gefühl ist so überwältigend, dass es die Angst vor Entdeckung der Untat sehr klein erscheinen und Gewissensskrupel und Schuldgefühle gar nicht aufkommen lässt. Michael Ewald will es genießen, in dieser Nacht die uneingeschränkte Macht über die Frau ausüben können, auf die er so lange verzichten musste. Dass sie tot ist, erscheint ihm dabei nebensächlich. Erfolgreich unterdrückt er deshalb alle Überlegungen zur Beseitigung ihres Leichnams und aller Spuren, verschiebt sie auf einen späteren Zeitpunkt. Sie sollen seinen Siegesrausch nicht stören.

Bei leiser, anheimelnder Radiomusik entkleidet er die tote Frau. Der Anblick ihrer Pobacken mobilisiert erneut das Gefühl der Macht. Die Erregung ist übermächtig. Doch wie soll es weitergehen, wie kann er seine Lust befriedigen? Er überlegt: Nein! Vor einem regelrechten Geschlechtsverkehr mit der Toten schreckt er zurück. So liegt er länger als eine Stunde dicht bei der Toten, liebkost den noch warmen Körper, insbesondere die Gesäßpartie. Es ist ein makabrer Vorgang, absurd und zugleich zärtlich. Der Mörder sucht die absolute Nähe zu seinem Opfer.

So verrinnt die Zeit und mit ihr das bisherige Wohlbefinden. Schließlich packt Michael Ewald doch die Angst vor

Entdeckung seiner Schandtat. Eines ist gewiss, er muss sein Verbrechen vertuschen, sonst hat ihn die VP schnell am Schlafittchen. Noch ist er zuversichtlich, ungeschoren davonzukommen, wenn er es richtig anstellt. Er will die Tote zerstückeln und die Teile im Glauchauer Stausee versenken. Dazu verschafft er sich aus dem Arsenal seiner Werkzeuge eine Tischlersäge. Bevor er sein schauerliches Werk beginnt, wendet Michael die rücklings auf dem Wohnzimmerfußboden liegende Tote auf den Bauch, um die Säge in der Mitte der Wirbelsäule ansetzen zu können. Doch dann hält er inne: Erneut versetzt ihn der Anblick des üppigen Pos in lüsterne Erregung. Mit teuflischer Lust schneidet er mit dem Küchenmesser zwei große Stücke aus dem Gesäß, tranchiert sie säuberlich, legt das Fleisch in einen großen Tiegel, den er sorgfältig abdeckt, um ihn gegen lästige Fliegen zu schützen, und deponiert das Gefäß in der kühlen Speisekammer. »Ich wollte mich später wieder daran erregen«, gibt er in der späteren polizeilichen Vernehmung dazu an.

Ins Wohnzimmer zurückgekehrt zersägt Michael Ewald die Leiche seiner Frau in zwei Teile, umwickelt diese mit Plastikfolie und verpackt sie in alte Kohlensäcke. Den Sack mit dem Torso des Oberkörpers zwängt er in einen alten Koffer und stellt diesen im Schlafzimmer ab, um ihn bei nächster Gelegenheit im Keller zu vergraben. Den anderen Sack, der sich mühelos auf der Lenkstange seines Fahrrads transportieren lässt, bringt er noch vor Mitternacht zum Stausee und versenkt ihn im flachen Uferwasser.

Müde und abgespannt kehrt Michael nach Hause zurück, gönnt sich aber nur eine Verschnaufpause. Dann reinigt er den Fußboden des Wohnzimmers und sein blutbeflecktes Hemd und verbrennt Hannelores Sachen. Vorsorglich hat er ihre Hausschlüssel an sich genommen. Gegen 3.00 Uhr sinkt er ermattet in die Kissen, um einige Stunden tief zu schlafen.

Freitag, der 30. Juli 1970. Gegen 7.00 Uhr ist Michael Ewald wieder auf den Beinen. Er muss das schauerliche Werk der Beseitigung seines Opfers fortführen. Doch seine Bemühungen, im Keller eine passende Grube auszuheben, scheitern, denn der harte Kellerboden widersteht den Attacken der Kohlenschaufel. Deshalb bringt Michael den Koffer mit dem grausigen Inhalt wieder ins Schlafzimmer seiner Wohnung zurück, setzt stattdessen die Reinigungsprozedur fort. Kurz vor Mittag beendet er die Spurenbeseitigung. Nun ist er zufrieden.

Wollüstige Gedanken stellen sich wieder ein, als er sich plötzlich an den in der Speisekammer abgestellten Fleischtiegel erinnert. Er weckt einen unbegreiflichen Appetit auf dieses Fleisch. Die Idee, ein Stück von Hannelores Körper zu verzehren, lässt ihn nicht mehr los und erweckt Schauder und Lust zugleich. Phantasien kennen eben keine Moral.

Wie ein heiliges Ritual zelebriert Michael die Vorgänge der nächsten anderthalb Stunden: Er schneidet eine große Portion aus einem der Fleischstücke, gibt sie in einen Topf, füllt Wasser auf, fügt Gewürze hinzu als würde er eine schmackhafte Kraftbouillon zubereiten wollen und kocht das ungewöhnliche Mahl, bis das Fleisch gar ist. Dann isst er ein Stück davon und trinkt von der Brühe.

Später, als er von der Kriminalpolizei aufgefordert wird zu beschreiben, was er dabei empfand, das Fleisch seiner Ehefrau zubereitet und gegessen zu haben, gibt er an, derart aufgeregt gewesen zu sein, dass er sich nicht mehr an alle Einzelheiten erinnern könne. »Darüber zu sprechen ist mir sehr peinlich«, gesteht er schließlich. Doch es ist von ihm zu erfahren, einmal probiert haben zu wollen, wie Menschenfleisch sei, und in der Tat: Es habe ihm geschmeckt.

Eine weitere »Verkostung« nimmt er nicht vor. Skrupel hindern ihn, aber auch die Befürchtung, die Tat nur unvollständig zu verschleiern, wenn er das restliche Fleisch nicht auch beseitigt. Rationale Überlegungen steuern jetzt sein weiteres Handeln. Am Abend nimmt er den Sack mit dem Oberkörper seiner toten Frau aus dem Koffer und versenkt ihn in der Abortgrube des Wohnhauses. Dann reinigt er gewissenhaft Tiegel und Kochtopf und verbrennt den Koffer. Auch die restlichen Blutspuren werden sorgfältig beseitigt. Vom blutigen Wischwasser behält er allerdings etwas zurück. Dieses und den benutzten Scheuerlappen stellt er beiseite, um damit die perfekte Verschleierung des Verbrechens zu inszenieren. Denn: Sein Plan sieht vor, einen anderen Tatort vorzutäuschen und die Tat damit dem unbekannten Liebhaber seiner Frau anzulasten.

Im Schutze der Nacht schleicht Michael zum Unterschlupf seiner Gattin bei der alten Frau Thieme, deren Wohnung nur einige Straßen entfernt liegt. Die vorsorgliche Zurückbehaltung von Hannelores Wohnungsschlüssel erweist sich jetzt ebenso als günstiger Umstand wie die reisebedingte Abwesenheit der Vermieterin. Unbemerkt dringt Michael in die fremde Wohnung ein und bedient sich der mitgebrachten Requisiten: Er taucht den Scheuerlappen in das Blutwasser und verspritzt es in der Küche, auf dem Korridor und in Hannelores Stube, wo er den Lappen auch zurücklässt. Leise und unbemerkt verlässt er nach getanem Werk die Wohnung. Erst jetzt ist er zufrieden.

Allerdings hat Michael Ewald keine Ahnung davon, dass viele Stunden vorher ein Jünger Petris statt eines wohlgenährten Karpfens einen Sack aus dem Glauchauer Stausee fischt, in dem sich die untere Hälfte eines weiblichen Körpers befindet und zum Zwecke der Identifizierung die Maschinerie der VP bereits auf Hochtouren läuft. Am nächsten Tag schon wird die Glauchauer Bevölkerung aufgerufen, der Polizei zu melden, wo eine weibliche Person vermisst wird. Da Hannelore Ewald am 30. Juli nicht zur Arbeit erschienen war, erwarten die befreundeten Kollegen von Michael, er möge vorsorglich eine Vermisstenanzeige erstatten. Widerwillig gibt er dem Drängen nach und meldet offiziell seine Frau als vermisst. Den bienenfleißigen Gesetzeshütern gelingt es innerhalb zweier Tage, die Tote zu identifizieren. Beeindruckt von den vermeintlichen Tatspuren in der Wohnung der immer noch verreisten Frau Thieme nehmen sie folgerichtig Hannelores verdutzten Geliebten fest. Michael Ewald ist beruhigt. Sein Plan scheint aufzugehen.

Doch die Zufriedenheit ist nur von kurzer Dauer. Die Angaben in der Vermisstenanzeige sind nämlich unvollständig und widersprüchlich. Michaels erneute Vernehmung ist erforderlich. Aber er kann die offenen Fragen nicht klären.

Erfolgsmeldung über die Aufklärung des Verbrechens in der Zeitung »Freie Presse« Glauchau, vom 2. August 1971

Verbrechen geklärt

Am 29. Juli 1971 wurde in Glauchau ein Tötungsverbrechen an einer Frau begangen. Durch die Deutsche Volkspolizei konnte es innerhalb von 48 Stunden aufgeklärt und der Täter festgenommen werden. Wir danken der Bevölkerung für ihre gute Mitarbeit.

BDVP Karl-Marx-Stadt

Im Gegenteil: Immer mehr verfängt er sich in weiteren Widersprüchen. Schnell hegt die Polizei Argwohn und verleiht diesem durch einen hochoffiziellen Besuch in seiner Wohnung Nachdruck. Das spurenkundliche Ergebnis bestätigt schließlich den Verdacht seiner Täterschaft. Michael Ewald wird verhaftet. Kraftlos lässt er das Klicken der Handschellen über sich ergehen. Die Ereignisse der letzten Tage haben ihn nämlich ziemlich zermürbt. Sich der Ausweglosigkeit seiner Lage und des Scheiterns des vermeintlich perfekten Vertuschungsplans bewusst, hält er es für besser, ein umfassendes Geständnis abzulegen.

Hannelores Liebhaber kommt mit dem Schrecken davon. Er darf nach wenigen Stunden Aufenthalt die ungastliche Zelle des Polizeigewahrsams verlassen.

Das Ermittlungsverfahren gegen Michael Ewald verläuft zügig, bereitet der Kriminalpolizei keine größeren Schwierigkeiten: Die Beweislage ist schnell klar und der Beschuldigte bleibt konsequent bei seinen wahrheitsgemäßen Aussagen. Vor Prozessbeginn erfolgt seine obligatorische Begutachtung im Psychiatrischen Haftkrankenhaus Waldheim. Der Sachverständige hält Michael Ewald für durchschnittlich intelligent, arbeitsam, bescheiden. Er sei eine schwache, selbstunsichere, konfliktscheue Persönlichkeit mit enormer sexueller Triebhaftigkeit. Die unbestrittene Gefühlsaufwallung während des Streits mit seiner Frau habe insgesamt jedoch nicht die qualitativen Anforderungen erreicht, die an einen Affekt im Sinne des Totschlags gestellt werden müssen. Diese werden allenfalls in der ersten Tatphase, nämlich der Körperverletzung erfüllt, als der Täter in der Rage seiner Frau die Schnapsflasche auf den Kopf schlug und dadurch deren Bewusstlosigkeit verursachte. Alle nachfolgenden Handlungen liegen außerhalb des strafrechtlich relevanten Affekts.

Ende des Jahres findet vor dem Bezirksgericht Karl-Marx-Stadt die Hauptverhandlung statt. Freundlich, ein wenig scheu gibt Michael Ewald bereitwillig Auskunft über die Einzelheiten seines Verbrechens, fügt sich in sein Schicksal. Glücklicherweise spielen die kulinarischen Details am Rande des Tötungsverbrechens vor Gericht kaum eine Rolle. Sie sind für die strafrechtliche Beurteilung des objektiven und subjektiven Tatbestands von untergeordneter Bedeutung.

Michael Ewald wird gemäß § 112 StGB wegen Mordes an seiner Ehefrau zu lebenslänglicher Freiheitsstrafe verurteilt und in die berüchtigte Strafvollzugseinrichtung Brandenburg-Görden überführt.

Unter Kannibalismus (Anthropophagie) versteht man in dem hier gemeinten Zusammenhang den Verzehr menschlichen Fleisches durch Menschen. Archaische Formen, die sich auf die Ernährung durch menschliches Fleisch beziehen und vorsätzliches Töten voraussetzen, sind in frühen Reise- und Forschungsberichten hinlänglich beschrieben, aber nie bewiesen worden. Glaubhaft hingegen sind Mitteilungen über lebensbedrohliche Ausnahmezustände, die Menschen zum Verzehr des Fleisches Verstorbener gezwungen haben sollen (Überlebenskannibalismus), z. B. die Vorfälle in den Gulags Stalinscher Prägung oder die dramatischen Vorgänge während der Südpolarexpedition des Briten Robert F. Scott. Ob es dabei jemals zu vorsätzlicher Tötung gekommen ist, lässt sich ebenfalls nicht belegen. Anderslautende Berichte sind rein spekulativ. Dem auch in der Gegenwart anzutreffenden Kannibalismus bei einigen Naturvölkern (z. B. in Neuguinea) liegen religiöse Motive zugrunde. Er ist Bestandteil spezieller

Bestattungsbräuche (z.B. zeremonielles Essen von Leichenteilen, um die Eigenschaften des Toten zu übernehmen). Auch diese Form bezieht sich ausschließlich auf den rituellen Verzehr von Fleisch Verstorbener.

Manche Literaten vergangener Jahrhunderte nutzten die Faszination des Schauders, die der Kannibalismus auslöst, und verstiegen sich in phantastischen, stigmatisierenden Übertreibungen. In der herrschenden Kirche fanden sie dabei ebenso Zustimmung wie beim abergläubischen Volk. Mythen von Hexen, Zauberern, Werwölfen, Vampiren und anderen Menschenfressern entstanden. Im durchweg blutrünstigen deutschen Märchengut sind sie für alle Zeit konserviert. Die mörderische Hexe in »Hänsel und Gretel«, die das zarte Fleisch von Kindern bevorzugt oder der Fall der schönen, bösen Königin, die erst zufrieden ist, wenn sie Schneewittchens innere Organe verzehrt hat, belegen das. Auch der moderne Zeitgeist braucht seine Mythen, will den Nervenkitzel. Folgerichtig lassen die emsigen Unterhaltungsmedien die verschiedensten Arten von anthrophagen Ungeheuern aufmarschieren.

Aber: Immer wieder werden auch reale Fälle von Kannibalismus bekannt. Sie sind durchweg spektakulär, bieten einen willkommenen journalistischen Stoff und bleiben lange im öffentlichen Gedächtnis. Jedoch beziehen sie sich ausnahmslos auf Täter, die vorsätzliche Tötungsdelikte begangen haben und im Zuge offensiver oder defensiver Opferzerstückelung menschliches Fleisch verzehren.

Jedem zehnten Tötungsverbrechen folgt eine Leichenzerstückelung. Doch der Anteil kannibalistischer Praktiken ist verschwindend gering, liegt allenfalls im Promillebereich statistischer Angaben über die Tötungsdelikte mit Opferzerstückelung.

In der 40-jährigen Existenz der DDR registrierte die Kriminalstatistik insgesamt etwa 6100 Tötungsverbrechen, und nur alle acht bis zehn Jahre wurde ein Mord oder Totschlag mit Kannibalismus nachgewiesen. Ähnliche statistische Verhältnisse kann man auch in anderen europäischen Ländern annehmen.

Kriminalpsychologisch gesehen, dürfte sich im Kannibalismus das absurde Verlangen nach vollkommener Nähe offenbaren. Der Täter unterliegt primitiven, archaischen Triebkräften und symbolisiert durch den Verzehr menschlichen Fleisches die absolute »Verschmelzung« mit seinem Opfer. Sadistische, masochistische und fetischistische Komponenten begleiten den Vorgang. Das geflügelte Wort »jemand zum Fressen gern haben« bringt diese Problematik auf den Punkt, wie der geschilderte Fall des Schlossers Michael Ewald deutlich macht.

Fall 2:

Aktenzeichen 4/48
Kriminalamt Chemnitz

Chemnitz, Januar 1948. Bisher fiel noch kein Schnee. Die Temperaturen sind mild, liegen knapp über dem Gefrierpunkt. An das große Frieren und Hungern im letzten Winter denken die Menschen immer noch angstvoll zurück. Das Wetter ist erträglich und der Hunger nicht mehr so quälend wie im vergangenen Jahr. Wenn auch die streng zugeteilten Lebensmittelrationen längst nicht sättigen, langsam geht es aufwärts. Die Zuversicht des Neubeginns mobilisiert bürgerlichen Lebenswillen, auch unter dem Diktat der sowjetischen Militäradministration. Trotz aller Entbehrungen beginnen die Menschen wieder zu lachen, zu tanzen und zu genießen. Sie verdrängen das ideologische, materielle und ökonomische Chaos. Viele unredliche Mitbürger aber nutzen es für Diebstahl, Raub und Mord. So erreicht die Kriminalität eine nie dagewesene Größe. Etwa 2200 Tötungsdelikte pro Jahr werden zwischen 1945 und 1948 in der sowjetischen Besatzungszone verübt. Mehr als 30 Morde pro Jahr registriert allein das Kriminalamt Chemnitz in dieser Zeit für seinen Verantwortungsbereich. Der Anteil der Tötungsverbrechen ist 14mal größer als in den letzten 25 DDR-Jahren – eine gewaltige Herausforderung für die Mordaufklärer.

Es ist Samstag, der 18. Januar 1948, vormittags. Im Kommissariat K1 des Chemnitzer Kriminalamts, das für die Delikte gegen Leib und Leben zuständig ist, herrscht Anspannung. Aber nicht nur deshalb, weil die beiden Mordkommissionen, personell unterbesetzt, technisch nur notdürftig ausgestattet sind und von den Aktenbergen schier erdrückt werden, sondern weil folgenreiche interne Veränderungen angelaufen sind. Sie hängen damit zusammen, dass das bisherige, aus der Weimarer Republik überlieferte, rechtsstaatliche Polizeiverständnis im Interesse des Machtanspruchs der SED-Führung infrage gestellt wird.

Hinter den Bürotüren finden deshalb eifrige Diskussionen statt. Auch in der 2. Mordkommission. Allen voran diskutiert Kriminalinspektor Wegener, Mitte 30, seit Sommer 1945 bei der Polizei und Leiter der Kommission. Seine Mitstreiter, Kriminalobersekretär Biermann, 40 Jahre alt, Sozialdemokrat, schon während der Nazizeit Polizist, und Kriminalsekretär Jeske, Anfang 20, vor einem Jahr aus englischer Kriegsgefangenschaft entlassen und in den Polizeidienst getreten, mischen kräftig mit. Nur Fräulein Lühmann, eine 25-jährige, stille Blondine, Kriminalanwärterin und Sekretärin, enthält sich ihrer Meinung.

Lebhaft wird erörtert, welche Auswirkungen der sich in der Polizei energisch durchsetzende stalinistische Zentralismus haben wird. Vor einigen Monaten schon wurde die bewährte Polizeihoheit der Länder aufgehoben. Stattdessen sichert eine für die gesamte Polizei in der Ostzone zuständige »Deutsche Verwaltung des Innern« – ein Vorläufer des Ministeriums des Innern – als zentrales, diktatorisches Leitungsinstrument die Durchsetzung der führenden Rolle der SED und der sicherheitspolitischen Interessen der Besatzungsmacht.

Diese Veränderungen bedrücken die Polizistenherzen. Inhaltliche Fragen werden aufgeworfen, existentielle Ängste werden laut. Und viele der Vorahnungen werden sich bestätigen. Wenige Monate später wird nämlich mit dem berüchtigten »Befehl Nr. 2 des Präsidenten der Deutschen Verwaltung des Innern in der sowjetischen Besatzungszone« eine gewaltige personelle Säuberungsaktion eingeleitet, die bis zum Oktober 1949 andauert und für 13 300 vermeintlich politisch unzuverlässige Polizisten das Ende ihrer Laufbahn bedeutet.

Das Schrillen des Telefons holt Kriminalinspektor Wegener und sein Team schlagartig in die Realität des Berufsalltags zurück. Grund: Das Polizeirevier Süd ist im Rahmen der Überprüfung der Anzeige zweier Mieter des Hauses Uhlandstraße 25 auf Umstände gestoßen, die eine weitere Untersuchung durch die Mordkommission erforderlich machen. Der Anzeige nach wird seit dem 8. Januar die 65-jährige Hausbewohnerin Marie Oehme, die im gleichen Grundstück ein kleines Kurzwarengeschäft betreibt, vermisst. An den heruntergelassenen Jalousien ihres Ladens prangt ein Zettel mit dem Text »Wegen Krankheit geschlossen«. Um sich nach dem Wohl der alten Dame zu erkundigen, läuteten die besorgten Mieter an der Wohnung, die sie seit einiger Zeit mit ihrem 67-jährigen Bruder Bernhard Oehme teilt. Er öffnete die Tür. Auf die Frage nach dem Befinden der Kranken, antwortete er gleichgültig und sorglos, seine Schwester sei überhaupt nicht krank, sondern nur verreist. Als die Nachbarn wissen wollten, warum dann der Laden wegen Krankheit geschlossen sei, stellte er sich auf merkwürdige Weise ahnungslos. Die Mieter finden Oehmes Interessenlosigkeit am Schicksal seiner Schwester und die Umstände ihrer angeblichen Reise ziemlich suspekt. Sie wissen überdies, dass er vor einigen Wochen in einem aufsehenerregenden Schwurgerichtsprozess wegen des Versuchs, seine Frau und

Der geschlossene Kurzwarenladen der Frau Marie Oehme in der Chemnitzer Uhlandstraße und der vom Mörder angebrachte Zettel an der Ladentür

die Tochter durch Gift zu töten, mangels Beweises freigesprochen werden musste. Und da sie keineswegs an seiner Schuld zweifeln, Oehme also für einen Kriminellen halten, machen sie der Polizei Mitteilung.

Revierpolizisten werden in Marsch gesetzt. Doch Oehme verwehrt ihnen den Zutritt zur Wohnung und beteuert, das Reiseziel seiner Schwester nicht zu kennen. Als er ihre Bekleidung beschreiben und Auskunft geben soll, welche Ausweispapiere, Koffer oder Taschen sie bei sich führt, macht er vieldeutige, wirre Angaben, zeigt keine Kooperationsbereitschaft. Vielmehr macht er aus seinem Desinteresse am Schicksal seiner Schwester keinen Hehl. Unverrichteter Dinge ziehen die Uniformierten wieder davon. Nun geht man auf dem Revier davon aus, dass sich das Kommissariat K1 der Sache annimmt.

Inspektor Wegener zögert keinen Moment, Marie Oehmes Wohnung zu inspizieren und ihren Bruder peinlich genau zu befragen. Er und Kriminalsekretär Jeske machen sich sofort auf den Weg zur Uhlandstraße 25.

Sie klingeln an der Wohnungstür, hören Hundegebell und bald darauf ein schwerfälliges Schlurfen. Die Tür wird geöffnet. Vor ihnen steht Bernhard Oehme, mittelgroß, schlank, fast glatzköpfig. Ein rüstig wirkender Mittsechziger mit lebhaften Augen, bekleidet mit dickem Pullover, einer viel zu weiten Hose und Filzpantoffeln an den Füßen. Auf den ersten Blick ein biederer Typ. In seiner Begleitung ein mittelgroßer, friedlicher Mischlingshund. Oehme sperrt ihn in die Küche, lässt widerwillig die Vertreter des Gesetzes herein, die sofort ihrer kriminalistischen Neugierde freien Lauf lassen. Oehme fühlt sich überrumpelt. Wortlos verfolgt er den polizeilichen Schnüffelvorgang mit seinen Blicken. Die Männer packt eine Vorahnung und das Entsetzen, denn im Schlafzimmer entdecken sie eine Anzahl Töpfe, Schüsseln und Eimer, vollgefüllt mit Fleisch, portioniert und eingepökelt nach Metzgerart. Ohne Umschweife und ohne Regung gesteht Bernhard Oehme, er habe seine Schwester nach einem vermutlichen Herzschlag tot aufgefunden. Ihm sei dann der Gedanke gekommen, ihren Leichnam auf die vor-

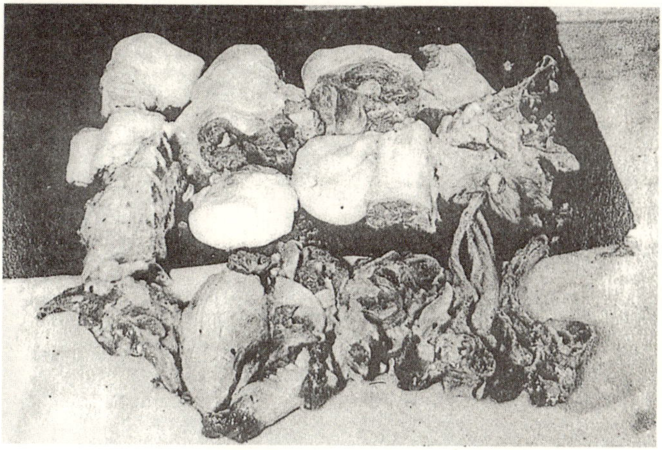

Vermutlich für den Verkauf bestimmtes portioniertes und eingepökeltes Fleisch des Opfers

Blick in die Töpfe mit dem vom Mörder zubereiteten Opferfleisch

gefundene Weise zu zerlegen. Seine Absicht sei es gewesen, das Fleisch zu verschieben.

Wegener und Jeske gehen weiter. Nur mit Mühe können sie ihren Ekel zurückhalten. In der Küche befinden sich mehrere große Töpfe, in ihnen Brühe, Gewürze, Suppengrün und komplett zubereitetes Fleisch. Tagelang habe er sich davon ernährt, auch Haferflocken in der Bouillon zubereitet, gesteht Oehme. Er fände im Geschmack des Menschenfleisches zu anderem Fleisch keinen Unterschied, gibt er in einer späteren Vernehmung zu Protokoll. Dann im Keller: Der Kopf der Toten und Teile ihrer Gliedmaßen, bereitgelegt, um aus ihnen mittels Natronlauge und Kochsalz Kernseife für den Weiterverkauf herzustellen.

Leipziger Gerichtsmediziner ordnen sämtliche Fleischteile zweifelsfrei Marie Oehme zu. Darüber hinaus können sie beweisen, dass die Frau keineswegs an einem Herzversagen gestorben ist. Die Untersuchung ihres Schädels fördert schwere, zu Lebzeiten entstandene Kopfverletzungen zutage. Bernhard Oehme wird mit diesem Befund konfrontiert. Erst jetzt räumt er ein, sich am 7. Januar mit seiner Schwester gestritten zu haben. Weil sie ihm mit seiner Tabakspfeife auf den Mund schlug, sei er in Wut geraten. Er habe einen Hammer geholt und sie erschlagen. Als der Hund von dem verspritzen Blut leckte, sei ihm der Gedanke gekommen, den Leichnam seiner Schwester zu »verwerten«.

In vielen, langen Verhören schildert Oehme die grässlichen Details seines Vorgehens. Kriminalinspektor Wegener, der die Vernehmung führt, und Kriminalanwärterin Fräulein Lühmann, die das Protokoll aufnimmt, müssen so viele abstoßende Dinge anhören, dass sie die Übelkeit nur durch immer wieder eingelegte Pausen mindern.

Oehme ist im Verhör so gesprächig, als ginge es um die normalsten Dinge der Welt. Mitunter erweckt er den Eindruck, als erfasse er den Ernst der Situation nicht. Sachlich, gefühllos, hemmungslos und zynisch macht er seine Aussagen.

Wortreich beschreibt er die Zubereitung von Herz, Leber, Nieren und Rippenfleisch. Nahezu stolz berichtet er über seine Kenntnisse, Seife herzustellen. Er räumt sogar ein, einige Fleischportionen an andere Personen verkauft zu haben, freilich wisse er deren Namen nicht. Ungeniert bittet er Wegener, zur nächsten Vernehmung noch ein Stück Fleisch in die Zelle zu bringen, es brauche nicht warm gemacht zu werden, er esse es gleich so …

Als der Inspektor ihm im Verlaufe weiterer Vernehmungen vorhält, einmal eine Geldbörse entwendet zu haben, ruft er voller Entrüstung: »Nein, ich bin doch kein Lump und kein Dieb!« Mit dieser Reaktion zeigt sich die absurde Moral des Verbrechers.

Wie ein Lauffeuer verbreitet sich in Chemnitz die Nachricht über die schrecklichen Vorgänge im Haus Uhlandstraße 25. Der Ruf nach der Todesstrafe wird laut. Die öffentliche Anteilnahme an dem bizarren Fall nimmt Riesenausmaße an.

Inzwischen wird das Verfahren gegen Bernhard Oehme zügig vorangetrieben. Doch die endgültige Klärung der Frage, wie er seine Schwester erschlagen hat, soll durch eine Tatrekonstruktion untermauert werden. Ein Lokaltermin wird angesetzt. Inspektor Wegener, Kriminalsekretär Jeske und der Staatsanwalt führen die Aktion durch. Kriminalobersekretär Biermann ist dafür verantwortlich, die einzelnen Handlungsphasen fotografisch festzuhalten.

Als die Polizeifahrzeuge vor dem Wohnhaus in der Uhlandstraße 25 vorfahren, sind im Nu Hunderte von Neugierigen versammelt, um sich den Blick auf das Ungeheuer Bernhard Oehme nicht entgehen zu lassen. Die zunächst volksfestartige Stimmung der Schaulustigen schlägt aber schnell in eine allgemeine Wut um. »Gebt ihn uns«, fordert die aufgebrachte Menge. Und nur der starken Polizeipräsenz ist es zu verdanken, dass Oehme nicht gelyncht wird.

Die »Chemnitzer Volksstimme« verbreitet am 24. Januar auf der Lokalseite unter der Überschrift »Grauenhafter Mord in Chemnitz« einen relativ ausführlichen Bericht über den Fall Oehme. Doch der Schwurgerichtsprozess findet unter Ausschluss der Öffentlichkeit statt. Bernhard Oehme muss für zehn Jahre hinter Gitter. So lautet zumindest das Urteil. In Wirklichkeit aber wird er der sowjetischen Militäradministration überstellt. Nur Insider wissen, dass er in einem Gulag weit hinterm Ural wenige Wochen später liquidiert wird.

Die Persönlichkeit Bernhard Oehmes sicher einzuschätzen fällt schwer, weil über sie nur bruchstückartige Angaben bekannt sind.

Zweifellos ist er eine rohe, kalte Natur mit der Symptomatik eines schwer gemütsarmen Psychopathen. Er erlernt den Beruf eines Galvaniseurs, ist als Verchromer tätig, gilt als tierlieb. Er heiratet während des ersten Weltkriegs, wird Vater einer Tochter. Doch die Ehe steht von Anfang an unter einem schlechten Stern. Seine Kenntnisse als Galvaniseur nutzt er zur Herstellung falschen Geldes. Folgerichtig wird er wegen Verbrechens gem. § 146 Reichsstrafgesetzbuch mit acht Jahren Zuchthaus bestraft.

Im Jahre 1947 gerät er wieder in Untersuchungshaft, weil wegen dringenden Tatverdachts des Mordversuches an seiner Frau und seiner Tochter Ermittlungen gegen ihn geführt werden. Ihm wird dabei zur Last gelegt, zur Tatausführung die als Galvaniseur erlangten beruflichen Kenntnisse über Metallgifte genutzt zu haben. In einem Indizienprozess verhandelt das Chemnitzer Schwurgericht am 11. Dezember 1947 gegen Bernhard Oehme, muss ihn aber mangels Beweises freisprechen. Folgerichtig trennen sich Frau und Tochter endgültig von ihm, werfen ihn aus der Wohnung. Seine Schwester Marie hat Erbarmen und nimmt ihn bei sich auf. Sie glaubt, dass er sich in ihrem kleinen Laden beim Verkauf von Knöpfen, Garn, Nadeln und Schnallen nützlich machen wird. Ein verhängnisvoller Irrtum: drei Wochen später stirbt sie durch seine Hand.

Da die heute übliche psychiatrische Begutachtung zur Feststellung der Schuldfähigkeit seinerzeit unterblieb, kann nicht ausgeschlossen werden, dass bei Bernhard Oehme eine symptomarme Schizophrenie vorgelegen haben kann. Die verhältnismäßig milde Strafhöhe von zehn Jahren Zuchthaus könnte als Indiz gelten, dass bei der Strafzumessung seine gestörte Persönlichkeit berücksichtigt worden ist. Wie dem auch sei: Offiziell kam er in sowjetische Haft, in der er angeblich an einem altersbedingten Leiden verstarb.

Man kann aber auch eine andere Möglichkeit in Betracht ziehen: Die sowjetische Militäradministration hatte leiten-

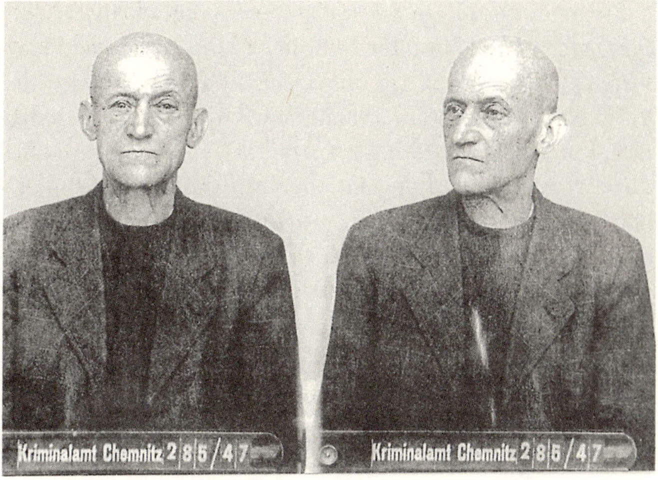

Zweiteiliges Täterlichtbild des Mörders Bernhard Oehme

den Funktionären des SED-Machtapparats längst Ukas erteilt, den Verurteilten ihrem Strafvollzug zu überantworten, um ihn alsbald der deutschen Rechtshoheit zu entziehen. Sie haben damit Oehmes schnellen Tod billigend in Kauf genommen. Denn es war allgemein bekannt, dass die sowjetischen Vollzugsbehörden mit Tätern vom Schlage eines Bernhard Oehme nicht viel Federlesens machen. Der Strafausspruch von zehn Jahren Zuchthaus sollte das inoffiziell längst beschlossene Todesurteil nur kaschieren.

Am Rande dieses spektakulären Verfahrens spielt sich ein Vorgang ab, über den hinter vorgehaltener Hand besonders im Kommissariat K1 des Chemnitzer Kriminalamts noch lange debattiert wird.

Kurz vor Beginn der nicht öffentlichen Hauptverhandlung gegen Bernhard Oehme wird Wegener unerwartet zum Chef des Kriminalamts beordert. Der empfängt ihn mit bitterböser Miene und präsentiert ihm den von einem holländischen Reporter verfassten Artikel aus einer westdeutschen Wochenzeitschrift, in dem über den Mord in Chemnitz ausführlich berichtet wird: »Können Sie mir das erklären?«

Wegener überfliegt das Journalistenprodukt. In der Tat, dort ist ausführlich über Oehmes Untaten zu lesen. Nun wäre das allein nicht arg, wenn der Inhalt des Beitrags der Veröffentlichung in der »Sächsischen Volkszeitung« lediglich sinngemäß entnommen worden wäre. Aber er geht über die dort gegebenen Informationen hinaus. Es werden nämlich einige Details des Falls geschildert, die offensichtlich aus einer internen Quelle des Kriminalamts kommen. Auf der Stelle sieht sich Wegener mit dem Verdacht konfrontiert, im Kommissariat K1 bestünde eine undichte Stelle, aus der die Informationen gen Westen abgeflossen sind, anderenfalls wäre er nicht vor seinen Dienstherrn zitiert worden. Nicht auszudenken, ein imperialistischer Spion in den eignen Reihen! Der Amtsleiter ist entrüstet. Doch nicht genug. In dem Beitrag ist auch zu lesen, dass sich die Menschen in der Ostzone schon gegenseitig auffressen. Wegeners oberster Chef tobt: So etwas zu schreiben ist üble Hetze gegen die sowjetische Besatzungsmacht, die sich als Repräsentant der sozialistischen Sowjetmacht der Arbeiter und Bauern stets um eine ausreichende Lebensmittelversorgung der ostdeutschen Bevölkerung bemüht. Dann schließt er die Standpauke, die Wegener schuldlos trifft, mit der Drohung ab: »Die sowjetischen Genossen wollen hart durchgreifen. Köpfe werden rollen!«

Wegener ist fassungslos, kann dazu nichts sagen. Er hat keine blasse Ahnung, wie der holländische Reporter an derartige Informationen gelangen konnte. Für seine Mitarbeiter legt er jedenfalls die Hand ins Feuer. Doch im Kommissariat K1 führt das unverzeihliche Vorkommnis zu einer allgemeinen Betroffenheit.

Als der Kriminalinspektor am nächsten Morgen sein Büro betritt, weisen seine Mitarbeiter Biermann und Jeske ohne etwas zu sagen, nur mit einer Kopfbewegung, auf den unbesetzten Schreibtischstuhl der Sekretärin Fräulein Lühmann hin. Ist sie womöglich krank? Wegener will es wissen. Sofort eilt er zum Geschäftszimmer, um sich bei der Tippse des Kommisariatsleiters, die gewöhnlicherweise derlei Meldungen registriert, zu erkundigen, ob die Kriminalanwärterin krank sei. Doch sie verhält sich ziemlich unterkühlt, beantwortet die Frage nicht, sondern fordert ihn auf: »Gehen Sie rein zum Chef!«

Wegener tut es. Der Kommissariatsleiter erwartet ihn offenbar schon und poltert gleich los: »Die Lühmann kommt nicht mehr!«

»Wieso das?«, fragt Wegener erstaunt.

Doch sein Chef reagiert unwirsch auf diese offenbar lästige Frage: »Ich sagte doch, sie kommt nicht wieder! Warum, ist belanglos!«

Sprachlos, mit offenem Mund starrt Wegener seinen Vorgesetzten an. Der wiederholt sich: »Wie ich sagte, die können wir vergessen!«

Tatsächlich. Tage vergehen, und Fräulein Lühmann erscheint nicht mehr. Dass die Möglichkeit eines Zusammenhangs zwischen der westlichen Veröffentlichung und ihrem Fernbleiben besteht, bezweifelt niemand. Doch die Leitung des Kriminalamtes gibt dazu keine Erklärung, hüllt sich in Schweigen. Und das soll, so die Absicht der Obrigkeit, auch so bleiben. Totschweigen heißt deshalb die Parole.

Niemand im Kommissariat wagt, die Angelegenheit öffentlich anzusprechen. Neugierde könnte Ärger nach sich ziehen. Und der Verdrängungsmechanismus funktioniert. So geht man bald zur Tagesordnung über. Doch hinter den Bürotüren wird getuschelt, dass Fräulein Lühmann schon lange in einer intimen Beziehung zu einem holländischen Journalisten gestanden habe. Dieser Umstand erklärt die Preisgabe polizeiinterner Informationen. Jedoch bleibt ihr plötzliches Verschwinden für immer unklar.

Natürlich zerbrechen sich die Mitarbeiter des Kommissariats K1 ihre Köpfe über die Gründe. Zwei Lager bilden sich: Auf der einen Seite die auf die SED-Machthaber eingeschworenen Patrioten. Sie verurteilen die »Verbindungsaufnahme zu einem Helfershelfer imperialistischer Spionagezentralen und die üble Hetze gegen die sowjetischen Befreier« und halten es für angemessen, dass sich der sowjetische Sicherheitsdienst in seiner wenig zaghaften Art ihrer angenommen hat. Auf der anderen Seite die Gemäßigten. Sie glauben und hoffen, Fräulein Lühmann habe wegen ihrer Auskunftsbereitschaft gegenüber dem holländischen Journalisten zu Recht freiheitsentziehende Konsequenzen befürchtet und deshalb in letzter Minute der Ostzone den Rücken gekehrt.

Egal, welche der beiden Möglichkeiten der Wahrheit entspricht, niemals wird man je wieder etwas von ihr hören.

Etwa ein halbes Jahr nach der Verurteilung Bernhard Oehmes, im Januar 1949, beginnt mit der Durchsetzung des berüchtigten Befehls Nr. 2 die politische Überprüfung aller Polizeiangehörigen, verbunden mit einer Entlassungswelle, die gleichzeitig von einer gewaltigen personellen Aufstockung durch Berufsneulinge begleitet wird. Auf diese Weise wird schließlich eine politisch zuverlässige Polizeiexekutive mit der Bezeichnung »Deutsche Volkspolizei« formiert. So gerät der Fall Oehme bald in Vergessenheit, der nur dem kriminologisch Interessierten in Erinnerung bleibt. Denn: In der deutschen Kriminalgeschichte gibt es kein zweites Beispiel eines so absurden, von Eigennutz geprägten »Überlebenskannibalismus« – gerichtet gegen Blutsverwandte und völlig frei von hintergründigen Sexualmotiven.

Nachtrag: Kriminalinspektor Wegener zeigt Loyalität gegenüber der neuen Ordnung. Sein Eintritt in die SED sichert ihm ein Verbleiben als Kriminalist. Er steht bis zu seiner Berentung im Dienst der späteren Deutschen Volkspolizei.

Für Kriminalobersekretär Biermann endet die Kriminalistenkarriere. Die politische Obrigkeit findet es unverzeihlich, dass er bereits in der faschistischen Polizei diente, wenn auch an unbedeutender Stelle und ohne nominelles Mitglied der NSDAP zu sein. Seine sozialdemokratische Vergangenheit kann daran nichts ändern.

Kriminalsekretär Jeske muss ebenfalls seinen Hut nehmen. Immerhin war er in westalliierter Kriegsgefangenschaft. Und das allein ist ein ausreichender Grund für die Entfernung aus dem Polizeidienst.

Knast in der DDR

Eine Nachbemerkung

Im Allgemeinen soll Strafvollzug durch Isolierung der Gestrauchelten von der Gesellschaft die Rechtstreue der Allgemeinheit im Sinne einer positiven Generalprävention festigen. Der moderne Srafvollzug befindet sich aber in einer permanenten Zwickmühle: Einerseits zwingt die von der Gesellschaft mit Recht erwartete Zweckorientierung auf sichere Verwahrung, Läuterung und Besserung, aber auch Abschreckung, die Justizvollzugsbehörden zur Durchsetzung eines strengen Reglements der Disziplinierung und Einschränkung individueller Bedürfnisbefriedigung. Andererseits bildet die Strafvollzugspraxis mit ihrer zunehmenden Humanisierung und das durchaus verständliche Unverständnis in der Gesellschaft einen immer währenden Reibungspunkt.

Frühere Bemühungen, das Strafvollzugsziel primär durch Resozialisierung zu verwirklichen und die Delinquenten durch Erziehung in der Freiheitsstrafe zu befähigen, ihr künftiges Leben normkonform und in sozialer Verantwortung zu führen, wurden angesichts der unaufhaltsamen Rückfallquote ad absurdum geführt und weitgehend aufgegeben.

Die DDR-Kriminologie erklärte diese Probleme sogenannter bürgerlicher Strafpolitik – wie überhaupt die Ursachen der Kriminalität – mit »der auf Privateigentum an Produktionsmitteln basierenden sozialökonomischen Grundstruktur der kapitalistischen Gesellschaft«, die derlei Erscheinungen gesetzmäßig hervorbringe. In Abgrenzung dazu entwickelten Kriminalpolitik und Pönologie der DDR eigene Modelle mit sozialistischen Inhalten.

Grundgedanke war dabei, dass sich im Sozialismus die Produktion unter den Bedingungen des Gemeineigentums vollziehe und diese Eigentümerstellung sich nur durch aktive Teilnahme an der gesellschaftlichen Produktion verwirkliche. Ein neues Verhältnis zur Arbeit, das sich infolge der Beseitigung des Privateigentums auf den Wegfall von Habgier, Neid, Egoismus und Individualismus zu Gunsten eines besseren Menschen gründe, wurde postuliert. Vermeintlich frei von Ausbeutung sollte die Arbeit zum ersten Lebensbedürfnis entwickelt werden.

Das Strafvollzugsgesetz (StVG) der DDR fußte auf diesen Grundsätzen. Mehrmals novelliert, erreichte es in seiner Fassung vom 7. April 1977 (GBl. der DDR Teil 1, Nr. 11) den letzten Stand. Es sollte der Strafpolitik kapitalistischer Länder, die sich im »Teufelskreis der menschenfeindlichen Ausbeuterverhältnisse und ihrer ständigen Produktion von Kriminalität längst unrettbar verfangen« hätte, einen wahrhaft humanistischen Charakter entgegen setzen. »Inhalt und Gestaltung des Vollzuges mit Freiheitsentzug werden durch das humane Wesen des sozialistischen Staates bestimmt« (§ 2 Abs. 1 StVG). Folgerichtig wurde die Erziehung durch »kollektive gesellschaftlich nützliche Arbeit« (verbunden mit staatsbürgerlicher Schulung) in den Mittelpunkt des Strafvollzuges gestellt. Die Gefangenen waren deshalb zur Arbeit verpflichtet (§ 2 Abs. 1 StVG).

Im Übrigen setzte sich dieser Grundgedanke auch bei der Resozialisierung (nach dem erstmals in der deutschen Rechtsgeschichte geschaffenen »Wiedereingliederungsgesetz«) fort, wonach allen aus der Haft Entlassenen Wohnung und Arbeit zugewiesen wurde, freilich unter den Bedingungen strenger Auflagen und Kontrolle (§ 48 StGB der DDR).

Die zumeist körperlich schwere oder gesundheitsschädigende Tätigkeit der Gefangenen erfolgte in volkswirtschaftlichen Schwerpunktbetrieben (z. B. in der Zementproduktion, Maschinen- und Eletrogeräteherstellung, Möbelindustrie), mit denen entsprechende Vereinbarungen bestanden oder die direkt in die Strafvollzugseinrichtungen integriert waren.

Außerhalb der Arbeit spielte sich das Leben grundsätzlich in zumeist überbelegten Gemeinschaftsräumen ab.

Das StVG und seine Durchführungsbestimmungen regelten die Grundsätze des sogenannten allgemeinen und erleichterten Vollzugs hinsicht der »Gestaltung des Erziehungsprozesses«, der Rechte und Pflichten der Gefangenen, der Unterbringung, Versorgung, der Kontakte nach »draußen« sowie der Disziplinarmaßnahmen. Hausordnungen der jeweiligen Vollzugseinrichtung spezifizierten diese Rechtsverbindlichkeiten. Freigang und Urlaub, wie sie heutzutage üblich sind und die in vielen Fällen in der Allgemeinheit auf Unverständnis stoßen, gab es nicht.

Das »Organ Strafvollzug« war ein separierter Dienstzweig der Deutschen Volkspolizei und folglich militärisch strukturiert. Wichtige Funktionen bei der Disziplinierung der Gefangenen und Regulierung ihres Tagesablaufs erfüllte vor allem der »operative Aufsichtsdienst«, die Wachposten, der Stellvertreter für politische Arbeit und der Offizier für staatsbürgerliche Erziehung und allgemeine Bildung. Für die unmittelbaren Belange der Gefangenen waren die sogenannten Erzieher zuständig, deren Tätigkeit sich an der sowjetischen Strafvollzugspädagogik orientierte. Sie hatten individuellen Kontakt zu den Inhaftierten zu unterhalten. Doch das war angesichts der desolaten Personalsituation objektiv kaum möglich, weil ein Erzieher in der Regel die Verantwortung über 70 bis 80 Gefangene ausübte. Damit funktionierte das Strafvollzugssystem nur über die weitgehende Selbstverwaltung der Insassen. Diese Situation zwang zu absolutem Gehorsam gegenüber den kleinen und großen Autoritäten, womit der Willkür Tür und Tor geöffnet war.

Neben der harten Arbeit war das Leben auf engstem Raum von vitaler Isolation, Stumpfheit des Tagesablaufs, innerer Vereinsamung, tiefem Misstrauen und vielfältigen Frustrationen ebenso geprägt wie von Rangkämpfen, Aggressivität und homosexueller Betätigung. Durch eine nahezu animalische, erbarmungslose Hackordnung befanden sich – im Gegensatz zu den »Langstrafern« (z. B. Gewalt- und Sexualverbrecher), die sich im Verlaufe der Zeit zumeist wichtige Posten erkämpft hatten – vor allem die Gefangenen mit kürzeren Haftzeiten in permanentem Nachteil.

Empfindsame Naturen, die nicht in das Bild einfach strukturierter Krimineller passten und die vielleicht erstmals in Strafhaft gerieten, erlitten mitunter ein erhebliches psychisches Trauma. Und es bedurfte schon einer stabilen Persönlichkeit, die Belastungen des Strafvollzugs schadlos zu überstehen. Ansonsten bot sich das bunte Bild der in der Psychiatrie bekannten Haftreaktionen, die sich auf abnorme Erlebnisverarbeitung gründen, oft zweckorientiert sind und glücklicherweise nur zeitweilig andauern. Sie sind abzugrenzen von den schwerwiegenden endogenen Psychosen, die wie andere Krankheiten auch im Knast auftreten können. Allerdings dauerte es mitunter längere Zeit, bis das Strafvollzugspersonal eine derartige Symptomatik erkannte und die Überführung der betroffenen Gefangenen in die psychiatrischen Hafteinrichtungen veranlasste (z. B. psychiatrisches Haftkrankenhaus Waldheim).

Hinzu kommt, dass eine sehr lange Haft in nicht wenigen Fällen erhebliche personale Deformationen der Gefangenen zur Folge hatte, die sie letztlich für ein geordnetes Leben »draußen« endgültig verdarben.

Besonderes Merkmal für die sozialistische Strafvollzugspraxis war das Funktionieren eines feingesponnenen, flächendeckenden Bespitzelungsnetzes. Einerseits hatte die Arbeitsrichtung 1 der Kriminalpolizei, die verdeckte Ermittlungen führte, ihre Informanten in die Gefangenenkollektive installiert, um auf diesem Wege weitere, noch nicht bekannte Delikte aufzudecken. Andererseits verfügte die Abteilung XIV und die Hauptverwaltung U-Haft und Strafvollzug des MfS in jedem Verwahrraum über sogenannte Zelleninformatoren und inoffizielle Kontaktpersonen. Folge: Die Denunziation im großen wie im kleinen war allgegenwärtig und züchtete zusätzliches Misstrauen.

Ein weiterer Aspekt der DDR-Strafpolitik lag in der eigenwilligen Rechtsauffassung, nach der es angeblich keine politischen Gefangenen gab. Politisch oder weltanschaulich motivierte »Delikte« wurden schlichtweg als Verbrechen oder Vergehen gegen die DDR oder die staatliche Ordnung aufgefasst und waren, wie es im Strafgesetzbuch formuliert wurde, »unnachsichtig zu ahnden«.

Damit fand eine Gleichschaltung mit der allgemeinen Kriminalität statt. Die Verletzung von politischen Strafrechtstatbeständen (insbesondere der »ungesetzliche Grenzübertritt« und die »ungesetzliche Verbindungsaufnahme«) hatte besonders Ende der siebziger, Anfang der achtziger Jahre rasant zugenommen und zu einer erhöhten Anzahl von Verurteilungen mit Freiheitsentzug geführt. Das hing mit der am 1. April 1975 von Erich Honecker unterzeichneten Schlussakte von Helsinki unmittelbar zusammen, die unter anderem Ausreisemöglichkeiten zusicherte. Folgerichtig stiegen die Ausbürgerungsbegehren explosionsartig an. Deren Verwirklichung auf dem Wege der Legalität blieb allerdings in den allermeisten Fällen eine Illusion.

Genaue Zahlen sind unbekannt, denn offizielle Angaben darüber gab es ebenso wenig wie eine allgemeine Strafvollzugsstatistik.

Die Rechtsauffassung, politische Gefangene den wegen allgemeiner Kriminalität Inhaftierten gleichzustellen und rücksichtslos in ihre Kollektive zu integrieren, wurde von vielen Betroffenen als Schikane empfunden. Und da ihr Anteil wesentlich geringer war, unterlagen sie weitgehend der übermächtigen Autorität der echten Kriminellen. Die kriminalsoziologische und psychische Struktur der »Politischen« wich im Allgemeinen erheblich von der der anderen Inhaftierten ab, die zumeist durch Disozialität, Affektlabilität, Hemmungslosigkeit im Triebleben, Suchtmittelabhängigkeit, Gefühlsarmut, aber auch durch intellektuelle Defizite gekennzeichnet war.

Die Tatsache »politischer Delinquenz« wurde durch die SED-Führung stets hartnäckig geleugnet. Kennzeichnend für diese Position ist beispielsweise die Reaktion Erich

Honeckers bei einem am 6. Februar 1981 dem englischen Verleger Maxwell gewährten Interview, der den SED-Chef mit folgender Frage konfrontierte:

»Amnesty international. Zum dritten Mal seit 1966 ist vor wenigen Tagen eine Dokumentation veröffentlicht worden, die der DDR vorhält, sie verletze internationale Verträge, die von Ihnen selbst unterzeichnet worden seien. Etwa den 1973 ratifizierten Vertrag über Bürger- und politische Rechte oder auch die Schlussakte von Helsinki. Wie stellen Sie sich zu diesem Vorwurf? Zwischen 3000 und 7000 DDR-Bürger, meint Amnesty international, seien gegenwärtig in Haft, weil sie das Land verlassen wollen. Stimmt das, und gibt es politische Gefangene in der DDR?«

Die Menschenrechte verhöhnende Antwort Honeckers spricht für sich:

»Offensichtlich ist diese Gesellschaft einer der vielen Vereine im Westen, die aus dunklen Quellen finanziert werden und es sich zur Aufgabe gemacht haben, anständige Staaten zu verleumden. Ich bitte Sie, sich unsere Verfassung und die Gesetze der DDR anzusehen. Sie werden finden, dass die Grundsätze des Völkerrechts in der Verfassung verankert sind. Die Angabe, dass 3000 bis 7000 Bürger der DDR aus politischen Gründen gegenwärtig in Haft seien, ist schlicht gesagt eine grobe Lüge: Allein die Differenz von 4000 zeigt, wie ernsthaft diese Leute an solche Fragen herangehen. Im Übrigen können Sie davon ausgehen, dass bei uns alle Bürger vor dem Gesetz gleich sind. Seit der letzten Amnestie im Jahre 1979 gibt es bei uns keinen einzigen politischen Gefangenen mehr.« (Erich Honecker »Aus meinem Leben«, Berlin 1980)

Eine weitere Facette der Strafvollzugswirklichkeit in der DDR scheint erwähnenswert: Die kriminalsoziologische Struktur der Strafgefangenen, insbesondere in den großen Haftanstalten wie Brandenburg, Bautzen oder Torgau, wies eine erhebliche Überrepräsentierung von Gewalt- und Sexualtätern, vor allem Mördern und Totschlägern, auf.

Das hatte verschiedene Gründe: Zum einen wurde im Sinne eines strafrechtlichen Grundtatbestandes jede vorsätzliche Tötung eines Menschen als Mord angesehen, wenn nicht die strafrechtlich privilegierenden Merkmale des Totschlags zutrafen. Und Mord wurde in der Regel mit lebenslanger Haft bestraft. Bis zum 4. Strafrechtsänderungsgesetz vom 18. Dezember 1987 konnte bei Vorliegen bestimmter Merkmale (z. B. Tötung aus Mordlust, Habgier, niedrigen Beweggründen) sogar die Todesstrafe ausgesprochen werden, wenngleich sie deswegen letztmalig 1972 angewendet wurde.

Hingegen lagen beim Totschlag die zwar mit geringerer Strafe belegten, aber dennoch bis zu zehn Jahren Freiheitsentzug möglichen, privilegierenden Merkmale der vorsätzlichen Tötung vor (z. B. Tötung im Affekt). Daraus ergab sich, im Gegensatz zur gegenwärtigen Rechtsauffassung, die den Grundtatbestand der vorsätzlichen Tötung im Totschlag definiert, während der Mord die privilegierenden Tatbestandmerkmale (z. B. Tötung aus Mordlust, Habgier, niedrigen Beweggründen) enthält, eine kuriose Situation, die allen kriminologischen Realitäten widersprach: Der Anteil der Mörder in der DDR war weitaus höher als der der Totschläger.

Zum anderen: Die langen Haftstrafen für diese Deliktgruppe und die Tatsache, dass jährlich etwa 130 vorsätzliche Tötungen verübt wurden, die durch eine beachtliche kriminalpolizeiliche Aufklärungsrate von etwa 98 Prozent für einen relativ gleichmäßigen »Nachschub« sorgten, führten zu einer deutlichen Überrepräsentation der Gewalttäter in den Vollzugseinrichtungen.

Es ist daher erklärlich, dass mit der Zeit mehrere tausend Mörder und Totschläger gleichzeitig in Haft waren.

Nebenbei bemerkt: Das führte zu einem positiven Effekt in der Gesellschaft. Die Rückfallquote der Kapitalverbrechen erreichte im Gegensatz zum gegenwärtigen Kriminalitätsbild praktisch einen Nullstand.

Immer ist Strafhaft ein gravierender Einschnitt in die Biografie des Betreffenden und immer wird sie notwendig und beabsichtigt sein, wo das Recht sie rechtfertigt.

Kaum ein Rechtsinstitut hat nach dem Zweiten Weltkrieg so viel Änderungen erfahren wie Strafrecht und Pönologie, und zwar in beiden Teilen Deutschlands. In der DDR fanden sie unter sozialistischem Vorzeichen statt und zielten hauptsächlich auf die rigorose Festigung der »Diktatur der Arbeiter und Bauern« ab. Sie führten schließlich dazu, dass Recht neben Unrecht gleichermaßen bestand.

Knast in der DDR war ohne Zweifel eine harte Angelegenheit. Aber ein Vergleich mit der Situation in den heutigen Justizvollzugseinrichtungen der Bundesrepublik sollte bei der Beurteilung des DDR-Strafvollzugs unterbleiben, weil er die unterschiedlichen Zeiten und unterschiedlichen Gesellschaftsformen ebenso unberücksichtigt ließe, wie die verschiedenen Strafvollzugsmodelle. Eine Gegenüberstellung mit der Strafvollzugspraxis in den ehemaligen sozialistischen Ländern allerdings wäre durchaus legitim. Nur: Diese würde zu dem Ergebnis führen, dass die Strafgefangenen in den Vollzugseinrichtungen der DDR noch am besten dran waren.